Simply Irresistible
by Rachel Gibson

大好きにならずにいられない

レイチェル・ギブソン
大杉ゆみえ［訳］

ライムブックス

大好きにならずにいられない

主要登場人物

ジョージアンヌ・ハワード……………………………逃亡中の花嫁
ジョン・コワルスキー………………………………アイス・ホッケーの選手
レキシー………………………………………………ジョージアンヌの娘
アーニー・マクスウェル……………………………ジョンの祖父
メイ・ヘロン…………………………………………ケータリング店のオーナー
ヴァージル・ダフィー………………………………ジョンが所属するホッケー・チームのオーナー
ヒュー・マイナー……………………………………アイス・ホッケーの選手。ジョンの同僚
チャールズ・モンロー………………………………ケーブルテレビ局のオーナー

プロローグ

テキサス州マッキニー
一九七六年

算数をやっていると頭が痛くなってくる。本を読んでいるときはせいぜい目が痛くなるだけだったし、難しい言葉に行きあたったら文章を指でなぞって理解しているふりをすることもできたけれど、算数となると、ふりをすることなんて不可能だ。

ジョージアンヌ・ハワードは、四年生だった。机に広げた紙の上に突っ伏した彼女の耳には、休み時間、テキサスのあたたかい陽差《ひざ》しを浴びながら外で遊んでいるクラスメイトたちの声が聞こえていた。算数は大嫌いだ。何より嫌なのは、わけのわからない棒の束を数えさせられることだった。棒が描《か》かれた絵をじっと見つめていると目が痛くなるだけだし、何度数えても答えはいつも同じ――それも、間違った答えだ。

ジョージアンヌは算数のことを忘れ、放課後、祖母といっしょに楽しむピンクのお茶会のことを考えた。おばあちゃんはもう、小さなピンクのプチフールを作りおえたはずだ。あとはふたりでピンクのシフォンドレスに身を包み、ピンクのテーブルクロスやナプキン、同じピンクの柄のティーカップを並べればいい。ジョージアンヌはピンクが大好きだったし、お茶をいれるのも得意だった。

「ジョージアンヌ！」

彼女ははっと我に返った。「はい、先生」

「おばあちゃんに言って、検査へは連れてってもらったの？」

ジョージアンヌはうなずいた。三日もかけて、大きな耳をしたお医者さんの前で本を読まされたのは、つい先週のことだ。質問に答えさせられたり、物語を書かされたりもした。絵を描くのだけは楽しかったけれど、ほかはバカなことばかりだった。

「算数はもう終わった？」

ジョージアンヌはいろんな数字を書き散らした目の前の紙を見つめた。何度も消しゴムを使ったせいで、答えの欄は灰色に汚れている。「まだです」彼女はそう言って、手で紙を隠した。

「とにかく、できたところを見せてちょうだい」

うんざりしながら立ちあがり、わざと大げさな仕草で椅子の位置をなおしてから、ゆっくりと先生の机のほうへ近づいていく。合成皮革の靴底は、教室の床でほとんど音を立てなかった。胃のあたりが気持ち悪くなった。

ノーブル先生はジョージアンヌの手から算数のテストを受けとると、じっと眺めた。「また同じ間違いね」先生はいかにもいらだたしそうに語尾をあげながら言った。茶色の瞳に怒ったような表情を浮かべ、鼻先に皺《しわ》を寄せている。「どうして同じところを間違えるの？」

ジョージアンヌは先生の肩ごしに、社会科の授業で作った小さなイヌイットの住居《イグルー》が二〇ほど並んでいるテーブルのほうを見た。角砂糖を使って作ったイグルーだ。ほんとうは全部で二一あるはずだったのだが、作文を書くのが遅れたせいで、ジョージアンヌのイグルーは次の授業のときに作ることになってしまった。たぶん、明日。「わかりません」と彼女は蚊の鳴くような声で答えた。

「最初の問題の答えは〝一七〟じゃないって、もう四回も言ったでしょう？　どうして何度やっても同じになるの？」

「わかりません」何度も何度も数えたはずだった。七本ずつ、ふたつの束になっていて、あとは脇《わき》に三本の棒が置いてある。だったら一七本じゃない？

「何度も説明したはずよ。よく見て」

ジョージアンヌが言われたとおりにすると、ノーブル先生は棒の束を指さして言った。「この束は一〇本なの」先生は今や声を荒らげながら指を動かしていた。「そしてこっちの束も一〇本。そして、そのそばに三本。一〇たす一〇はいくつ？」

ジョージアンヌは頭のなかに数字を思い浮かべながら答えた。「二〇です」

「三をたしたら？」

彼女は黙って数を数えた。「二三」

「そのとおり！　答えは二三よ」先生は紙をジョージアンヌの目の前に突きつけた。「じゃあ、もう一度座って残りの問題をやってしまいなさい」

ジョージアンヌは机に座りなおし、ふたつ目の問題を見つめた。三つの束がある。それぞれの束をきちんと数えたあと、彼女は答えの欄に〝二一〟と書いた。

ベルが陰気な音で鳴り響くやいなや、ジョージアンヌはおばあちゃんの編んでくれた紫色のポンチョをつかんで、ほとんど走りどおしに家へ帰った。裏口からなかに入ると、白と青の大理石を張ったカウンターの上にピンクのプチフールが置いてあるのが見えた。小さなキッチンだった。黄色と赤の壁紙が、あちこちではげかけていた。それでも、お気に入りの部屋だ。ケーキやパンのほっとするようなにおいが、いつも漂っている。

銀色の食器がお茶用のカートの上に並べてあった。ジョージアンヌがおばあちゃんを呼ぼうとしたとき、玄関広間のほうから男の人の声が聞こえてきた。大切なお客様しか入れない部屋だ。彼女は足音を忍ばせながら玄関へ行ってみた。

「あなたのお孫さんは、抽象的な概念が理解できないんですよ。言葉を逆さまにつかったり、つかいたい言葉が思い浮かばなかったりもしてますしね。たとえばドアノブの絵を見せたときも、〝なかに入りたいときに回すもの〟としか言えませんでした。なのに、エスカレーターやつるはしがどんなものであるかはわかってるし、アメリカの州の名前もほとんど間違えずに言えるんです」話をしているのは、大きな耳をしたあの医者だった。前の週、くだらない検査をしてくれた人だ。ジョージアンヌは戸口のところで足をとめて耳を澄ました。「しかし、いい話もあります。理解力には優れてますね。文章の意味は理解してるってことです」

「どうしてそんなことが？」おばあちゃんがたずねた。「あの子は毎日ドアノブを使ってるし、逆につるはしなんて、見たこともないはずです。それに言いたいこともうまく言えないのに、どうやって文章を理解するっていうんですか？」

「現代の医学では、まだそういった脳の障害の原因はつかめていないんですよ、ミセス・ハワード。どうしてそんな症状が出るのかも不明です。ですから、治療法もありません」

ジョージアンヌはふたりから見えないところで、壁にもたれていた。頬が熱くなった。何かのかたまりを呑《の》みこんだような気分だ。脳の障害？　その言葉の意味がわからないほど、わたし、バカじゃない。でもあのお医者さんは、わたしのことを障害児だと思ってる。

「何をしてやればいいんでしょう？」

「もう少し検査を続ければ、どの部分で最も重度の障害を抱えているのか、わかってくると思います。薬で状態のよくなる子供もいますよ」

「ジョージアンヌを薬漬けになんてしたくありません」

「じゃあ、そういった児童を預かってくれる学校へ入れることですな」医師はアドヴァイスした。「まだ小さなお子さんですが、将来は美しい女性に成長するでしょう。きっと、面倒を見てくれる夫にめぐりあえますよ」

「夫ですって？　ジョージーはまだ九つなんですよ、アラン先生」

「怒らせようとして言ったわけじゃありません、ミセス・ハワード。でも、あなたはあの子のおばあさんでしょう？　あと何年、面倒を見られると思ってるんです？　これはわたしの意見ですが、ジョージアンヌは決して頭のいい女性にはならないんですよ」

胃のあたりが焼けつくようだった。ジョージアンヌはこっそり廊下を抜けて裏口から外に出た。階段に置いてあったコーヒー豆の缶を蹴《け》り、こぢんまりとした小さな庭に向かっておばあちゃんが使っている洗濯ばさみを飛ばす。

舗装もしていない車回しには、エル・カミーノがとめてあった。あの車を目にするたびに、ルート・ビアの色だと思ってしまう。二年前、おじいちゃんが死んで以来、運転する人もいない。タイヤは四つともパンクしていた。おばあちゃんはリンカーンを運転しているから、あの車はきっとわたしのものになるのだろう。そうジョージアンヌは思っていた。あの車でロンドンでも、パリでも、テクサーカーナにでも行ってやろう。

けれど今日は、どこにも行きたくなかった。ビニール張りのベンチ・シートに腰をおろし、冷たいハンドルを握って、クラクションの部分に描かれたシヴォレーのエンブレムを見る。ぎゅっと手に力を入れると、視界がぼやけてきた。お母さんのビリー・ジーンは知っていたのかもしれない。ジョージアンヌが〝決して頭のいい女性にはならない〟ことを。だからこそ彼女を母親の家に置き去りにして、行方をくらましてしまったのだろう。おばあちゃんはいつも、ビリー・ジーンには母親になる準備ができていなかったのよ、と言う。だがジョージアンヌはずっと、どうしてお母さんはわたしを置いていってしまったのだろうと考えていた。その理由が、やっとわかった気がする。

　未来のことを考えていると子供らしい夢などすっかり消えていってしまい、涙が頬を伝った。気づいたことがいくつかあった。わたしはたぶん、もう休み時間ももらえないし、ほかの子たちみたいに授業中、イグルーを作ることもできない。看護師になりたいという夢も、宇宙飛行士になりたいという夢も消えてしまった。母親も戻ってはこない。クラスメイトもさっきお医者さんが言っていたことを知り、わたしをバカにしはじめるだろう。

　バカにされるなんて、絶対にイヤだ。

　たとえば、あのギルバート・ウィットニーみたいにバカにされるなんて。ギルバートが二年生のときおしっこをもらしてしまったことは、いまだにみんなが覚えている。今では、ギルバート・ウェットリーと呼ばれているくらいだ。いったいわたしは、どんなあだ名をつけられるんだろう。

　たとえ殺されようと、わたしが他人と違っていることは黙っておこう。彼女はそう心に決めた。ジョージアンヌ・ハワードが脳に障害を持っているなんて、絶対、誰にも言わないでおこう。

1

一九八九年

ヴァージル・ダフィーの結婚式の前夜、夏の嵐《あらし》がパジェット海峡を襲った。だが翌朝には灰色の雲もどこかへ行ってしまい、空気は、エリオット湾の景色やシアトルのダウンタウンの高層ビル群の壮大な眺めがはっきり見えるほど澄みわたった。その美しさは、結婚式の招待客の何人かが青空を見あげ、ヴァージルは自分の海運王国だけでなく母なる自然さえも思うがままにできるのだろうかと考えたほどだった。アイス・ホッケーのチームと同じく、あの若い花嫁もおもちゃのようにもてあそぶのだろうか。

客たちは式の開始を待っているあいだ、ほっそりしたグラスでシャンパンを飲み、年齢差のあるカップルの関係はいつまで続くのだろうと噂《うわさ》しあった。長くは続かない、というのがおおかたの意見だった。

ジョン・コワルスキーは、そんなゴシップ好きの連中を無視しようとつとめた。心配事ならほかにもあったからだ。クリスタルのタンブラーを口もとに持っていき、一〇〇年もののスコッチを水のように流し入れる。頭のなかでがんがんと音がし、目の奥も歯も痛んだ。まったく、昨晩は大騒ぎだった。そのほとんどは、すでに記憶になかったが。

彼のいるテラスの上からは、縞模様《しま》に刈りこんだエメラルド色の芝生と手入れの行きとどいた花壇、水のあがっている噴水が見えた。アルマーニやダナ・キャランに身を包んだ客たちが、庭の喬木《きょうぼく》の正面に置いてある数脚の白い椅子のほうへ歩いていく。庭の木は、花やリボンやピンクのガーゼのような布で飾りたてられていた。

ジョンはチームメイトたちに視線を移した。おそろいのネイビー・ブルーのブレザーを着てローファーを履き、居心地の悪そうな表情を浮かべている。場違いであることがわかっているからだろう。どうやらみんな、俺《おれ》と同じく、シアトルの社交界にデビューする夢など見てはいないようだ。

左側でハープを抱えているのは、ふわりとしたラベンダー色のドレスを着て、同系色の靴を履いた細身の女性だった。彼女が音楽を奏ではじめた。パジェット海峡の潮騒《しおさい》よりかすかに大きな音量で、ハープの旋律が聞こえてきた。ハープ奏者はジョンのほうを見あげ、はっきりと誘うような笑みを浮かべた。だがジョンは驚いたりしなかった。女性の視線を浴びることには慣れている。だからわざと、彼女の体を上から下まで舐《な》めるように観察した。俺はもう二八歳だ。いろんな体型やサイズ、いろんな経済状態、いろんな知的レベルの女性とつきあってきた。女性ファンのいる場所に出ていくのをためらったこともない。だが、筋ばった体型の女性は苦手だった。モデルとデートをするのが好きなチームメイトもいるが、俺が好きなのは、もっとふっくらした体型の女性だ。どうせ触るならかたい骨ではなく、柔らかい肉のほうがいい。

ハープ奏者がさらに蠱惑《こわく》的な微笑《ほほえ》みを浮かべたので、ジョンは視線をそらした。彼女は痩《や》せすぎだったし、ハープ音楽は結婚式と同じくらい嫌いだった。結婚式なら二度挙げたことがあるが、どちらも幸せな生活への船出とはならなかった。半年前など、今と同様ひどい二日酔いに悩まされながら、赤いベルベットを敷いたラスヴェガスのハネムーン・スイートで目覚め、ディー・ディー・ディライトという名前のストリッパーと結婚してしまったことに気づかされたほどだ。結婚生活は結婚初夜と同じ程度しか長続きしなかった。何より悔しかったのは、ディー・ディーが名前ほど麗《ディライト》しい女性ではなかったことだった。

「わざわざ来てくれてすまんな」シアトル・チヌークスのオーナーが背後から近づいてきて、ジョンの肩をぽんと叩《たた》いた。

「俺たちに選択肢なんてありませんからね」ジョンは深い皺が刻まれたヴァージル・ダフィーの顔を見おろしながら応じた。

ヴァージルは笑い声をあげ、広い煉瓦《れんが》敷きの階段をおりていった。シルバー・グレイのタキシードはどこから見ても高価そうだ。正午を過ぎたばかりの陽差しのなか、ヴァージルはまさにヴァージルそのものだった。大富豪。プロ・ホッケー・チームのオーナー。若く美しい妻など、なんの苦もなく手に入れられる男。

「昨日の晩、あのおやっさんが婚約者といっしょにいるところを見たんだけどさ」

ジョンが右肩ごしに振り向くと、チームに加入したばかりのヒュー・マイナーがいた。スポーツライターに言わせれば、その容姿も、プライヴェートでの向こう見ずな態度も、ジェイムズ・ディーンにそっくりな男――ジョンの好きなタイプだ。「ほう？」彼はそう答えながらブレザーの懐に手を入れ、オックスフォード・シャツの胸ポケットからレイバンのサングラスをとりだした。「俺は早く帰ったもんでな」

「すっげえ若いんだよ。二二歳くらいだな、ありゃ」

「らしいな」ジョンは年配の女性たちが階段をおりようとしていることに気づいて、脇にどいた。彼は自他ともに認める女好きだったし、モラリストのふりをしたこともなかった。しかし、そんな彼にしても、ヴァージルのような年齢の男が四〇歳も年下の女性と結婚することには大きな違和感を覚えていた。

ヒューが肘でジョンの脇腹をつついた。「それにその婚約者、ひざまずいて乳しぼりでもしたくなるくらい、おっぱいがデカいんだぜ」

ジョンはサングラスをかけながら、こちらを振り向いた女性たちに微笑みかけた。ヒューの言葉は淑女のいる場所にふさわしいものではなかった。「おまえ、農場育ちなのか？」

「そのとおり。ウィスコンシンの田舎だよ」若いゴールキーパーは誇らしげに答えた。

「だが、そんなことを大きな声で言うんじゃない。女性ってのは、牛に比較されるのを何より嫌うんだぞ」

「そりゃそうだけどさ」ヒューは笑って首を振った。「でも、自分のじいさんくらいの年の男と結婚するような女なんだぜ。おまけにブスでもデブでもない。いや、かわいいって言ってもいいくらいでさ」

ヒューはまだ二四歳だ。ジョンほどの人生経験もないし、おそらく悩みもないのだろう。ナ《N》ショナル・ホ《H》ッケー・リ《L》ーグ最高のキーパーになるという評判だったが、玉に瑕《きず》なのは、シュートされたパックを顔面でとめる悪い癖があることだった。確かにこの男には、その面の皮の厚さに合ったマスクが必要なようだ。「だって、この屋敷を見まわしてみろよ」ジョンは言った。「ヴァージルの資産は全部で六億ドルを超えるって話だぜ」

「しかし、なんでもカネで買えるってもんじゃないだろ?」ヒューは不満そうにつぶやきながら階段をおりた。「あんたは来ないのか、ウォール?」振り向いてたずねる。

「いや」ジョンは答えた。氷のかたまりを口に入れ、グラスの中身をシダの鉢にあけた。まずいスコッチだ。もう充分、オーナーに忠義は尽くした。「ひどい二日酔いなんでな」彼は階段をおりながら言った。

「どこへ行くんだい?」

「コパリスの自宅だよ」

「ミスター・ダフィーが怒るぜ、きっと」

「そりゃ残念だな」ジョンはこともなげに言うと、煉瓦造りで三階建ての大邸宅のまわりを回って、家の前にとめてあった六六年型のコルヴェットへ向かった。一年前、シアトルのホッケー・チームであるチヌークスにトレードされ、数百万ドルの契約を結んでもらったお祝いに買ったコンヴァーティブルだった。クラシックのコルヴェットは大好きだ。エンジンは大きいし、馬力もある。フリーウェイに出たら、幌《ほろ》をあけよう。

青いブレザーを脱いだとき、視界の隅に何かピンクのものが飛びこんできた。階段のほうだ。赤く輝く車の上にブレザーを放《ほう》って、上を見あげる。そこにいたのは目の覚めるようなピンクのドレスを着た女性だった。巨大な二重ドアから外へ出てきたばかりらしい。ベージュの旅行かばんを下に置き、むきだしの肩にかかった縦ロールの髪を風になぶらせている。前脇の下から腿のあたりまで、まるでサテンでできたラップにでも包まれたみたいだった。前身ごろの上部には白く大きなリボンが縫いつけられていて、雑誌のモデルのような豊かな胸もとを隠していた。小麦色の脚はすらりと長く、ストラップのないハイヒールのミュールを履いている。

「あの、ちょっと待って」彼女ははっきり南部なまりの残る口調で、あわててジョンに声をかけてきた。いかにも歩きにくそうな靴でかちかちと音を立てながら、跳ねるように階段をおりてくる。ドレスがきつすぎるせいで、横向きにならなければおりられないようだ。一歩足を踏みだすたびに、ドレスの上で大きな胸が揺れた。

転ぶからそんなに急ぐな、と言ってやりたかった。だがジョンは片足に体重をかけ、ただ腕を組んだまま待っていた。「走っちゃ危ないな」ようやくそう言ったのは、彼女が車の反対側までやってきたときだった。

完璧《かんぺき》な弧を描いた眉の下から、淡い緑の瞳が彼を睨《にら》んでいた。「あなた、ヴァージルのホッケー・チームのメンバーでしょう?」その女性は、脱いだミュールをかがみこんで拾いながら言った。カールした艶《つや》やかな黒髪が日焼けした肩の上を滑っていき、白いリボンと胸もとをかすめた。

「ジョン・コワルスキーだ」彼は自己紹介した。早くキスして、と言わんばかりのふっくらした唇と誘うような瞳。祖父のセックス・シンボルだったリタ・ヘイワースみたいだ。

「ここから逃げたいの。手を貸してくれないかしら」

「もちろん。どこへ行くっていうんだい?」

「ここ以外だったらどこでも」彼女はそう答えると、旅行かばんとミュールをジョンの車のなかへ放りこんだ。

　彼は唇の端に笑みを浮かべながら、コルヴェットに乗った。思いもかけず、こんなにとびきりの美人が隣に乗ってくれるなんて、今日はついているのかもしれない。彼女が助手席に腰を落ち着かせたのを確かめてから、ハンドルを操って円形の車回しを出た。どこの誰だか、なぜ急いでいるのかもわからないまま。

「ああ、わたしったら」彼女はうめくように言うと、遠ざかっていくヴァージルの家のほうを振りかえった。「シシーを置いてきちゃった。ライラックとピンクのバラのブーケをとりに行ってくれたのに!」

「シシーって?」

「友達よ」

「式に出るんじゃなかったのか？」ジョンがたずねると、その女性はうなずいた。きっと花嫁の付添人のひとりだろう。車のスピードがあがり、モミの並木や、起伏の多い農場や、ピンクのシャクナゲの花があっという間にうしろへ飛びすさっていく。彼は視界の隅でその女性を観察した。なめらかな肌は健康的に日焼けしている。第一印象よりずっと若く、そして美しい。

ジョンは再び行く手に視線を定めたが、それでも、風になびく彼女の髪が顔や肩のまわりで躍っていることはわかった。「ああ、今度はほんとうに大失敗しちゃった」彼女は母音を長く伸ばしながら低い声でもらした。

「戻ってもいいんだけど」ジョンはそう言った。友達の結婚式から逃げださなきゃいけないなんて、いったい何があったんだろう。

彼女が首を振った。真珠のイヤリングが、顎の下のつややかな肌をこすった。「いいの。もう手遅れだから。前にも失敗したことはあったけど……でも、こんなのって……今までで最悪だわ」

ジョンは道路の先を見つめつづけた。女の涙に弱いわけではなかったが、ヒステリーを起こされるのはごめんだ。この女、今にも泣きわめかんばかりじゃないか。「ええっと……きみの名前は？」世間話でも始めれば、落ち着いてくれるかもしれない。

彼女は大きく息を吸いこんで、片手で胃のあたりを押さえながらゆっくり吐きだした。

「ジョージアンヌです。友達はみんな、ジョージーって呼ぶけど」

「じゃあ、ジョージー、きみの名字は？」

彼女はもう片方の手を額にあてた。爪は根もとをベージュに、先を白く、きれいに塗られていた。「ハワード」

「どこに住んでるんだい、ジョージー・ハワード？」

「マッキニーよ」

「それって、タコマの南の？」

「わたし、ひと晩じゅう泣きどおしだったの」うめくように言うと、とたんに呼吸が速くなった。「信じられない。こんなの、信じられない」

「気分が悪くなったのか？」

「そうじゃないけど」ジョージーは首を振り、口をぱくぱくあけて息を吸おうとした。「息ができない」

「過呼吸状態なんだな？」

「そう――ううん、違う――わからないの！」彼女は潤んだ瞳で不安げにジョンを見た。脇腹にあてた爪がサテンの生地に食いこもうとしていた。なめらかな腿の上、サテンのドレスの裾《すそ》がずりあがっている。「信じられない。信じられない」しゃっくりでもするような呼吸を続けながら、彼女はそうくりかえした。

「頭をさげて、膝のあいだにはさむようにするんだ」ジョンは何度も道路のほうへ視線を戻しつつ指示した。

彼女は上体を倒しかけたが、すぐにシートへもたれかかった。「無理」

「どうして無理なんだ？」

「コルセットがきつすぎて……ああ、もう！」南部なまりが強くなった。「今度こそは、って思ったのに。信じられない」相変わらず、同じ言葉ばかりくりかえしている。

この女性に手を貸してやると、面倒なことに巻きこまれるかもしれない。そう思いながらもジョンは、思いきりアクセルを踏みこんでパジェット海峡にかかる狭い橋を渡り、ベインブリッジ島をあとにした。緑の森を抜けると、もう三〇五号線だ。

「シシーは絶対許してくれないわ」

「友達のことなんて、今はいいじゃないか」天恵のごとく車に乗りこんできた女性が普通の状態にはないことを知って落胆しながら、ジョンは言った。「ヴァージルからプレゼントでももらえば、何もかも水に流してくれるさ」

ジョージアンヌが眉根を寄せた。「それはどうかしら」

「きっとそうだって」ジョンは反論した。「ヴァージルは、シシーを豪華な旅行にでも連れてってくれるよ」

「でもシシーはヴァージルのことが嫌いなのよ。ただのエッチなじじいだ、って思ってるんだから」

とてつもなく嫌な予感が、ジョンの首筋を這《は》いあがってきた。「シシーって、花嫁じゃないのか？」

彼女は大きな緑の瞳でジョンを見つめ、首を振った。「花嫁は、わたし」

「全然おもしろくない冗談だぞ、ジョージアンヌ」

「わかってる」彼女は涙をこぼしながら言った。「祭壇にヴァージルを置き去りにしてきたなんて、自分でも信じられないの！」

嫌な予感が頭のなかに侵入してきて爆発し、二日酔いが一挙に戻ってきた。ブレーキを踏んでコルヴェットをハイウェイの路肩に寄せる。ジョージアンヌは両手でドアハンドルをつかみ、ドアにもたれかかっていた。

「ちくしょう！」ジョンは勢いこんでギアをパーキングに入れ、かけていたサングラスをとった。「冗談だって言ってくれよ！」そう詰めよって、レイバンをダッシュボードの上に投げる。逃げてきた花嫁を車に乗せたことが知れたら、ヴァージルがどんな反応を示すか、考えたくもなかった。いや、考えなくてもわかることだ。ロッカーを片づける暇もなく、連敗続きのチームへトレードされるのがオチだろう。チヌークスのことは気に入っていたのに。シアトルもいい町だと思ったのに。またトレードだなんて。

ジョージアンヌは背筋を伸ばして首を振った。

「でもきみは、ウェディング・ドレスなんて着てないじゃないか」ジョンはからかわれているような気がして、彼女の服を指さした。「ウェディング・ドレスを着ない花嫁なんて、いるはずがないだろ？」

「これがウェディング・ドレスなの」彼女はドレスの裾をつまんで腿を隠そうとした。だがそのドレスは、肌を隠すために作られたものではなかった。裾をさげようとすると、今度は胸もとがずり落ちてくるだけだ。「ありきたりのウェディング・ドレスじゃないってのは確かだけど」彼女はそう言い訳しながら、今度はリボンをつまんで前身ごろをあげようとした。「だってヴァージルは五度目の結婚だし、白いウェディング・ドレスなんてもう見飽きた、って言うから」

ジョンは深呼吸した。目を閉じ、顔を撫《な》でてみる。この女といっしょにいちゃいけない。

「きみはタコマの南に住んでるんだろ？」

「いいえ。マッキニーよ――テキサス州のマッキニー。三日前まで、オクラホマシティより北になんて行ったこともなかったわ」

「ますます最悪の話になってきたな」ジョンはユーモアのかけらもない声で言い捨てると、皮肉な笑いをもらしながら彼女のほうに向きなおった。ジョージアンヌはまさに、彼に捧《ささ》げられたプレゼントにでもなったような姿でそこにいた。「きみの家族は式に来てるんだろうね？」

彼女はまたしても首を振った。

ジョンは眉をひそめた。「なるほど」

「なんだか気持ち悪い」

彼は運転席を飛びだして車を回りこんだ。クラシックのコルヴェットのなかで吐かれたりしたら、たまったもんじゃない。急いで助手席のドアをあけ、ジョージアンヌのウェストに手を回す。ジョン・コワルスキーは身長一九八センチ、体重一〇二キロ。相手がどんなプレイヤーでも体当たり《ボディチェック》ひとつで吹き飛ばせるのが自慢だった。しかし、そんな彼をもってしても、ジョージアンヌ・ハワードを車から引きずりだすのは簡単な作業ではなかった。見た目よりずっと重く感じられたし、ボディソープにでも浸《つ》かっていたように、つるつるとつかみにくい。「吐きたいのか?」ジョンは彼女の頭の上からたずねた。

「そうじゃないけど」ジョージアンヌはそう答え、すがるような目で彼を見つめた。ジョンはこれまで、たくさんの女性とつきあってきた。この女は落ちるな、と思ったら、まず間違ったことなどなかった。〝愛して、そして、わたしの面倒を見て〟という女性のまなざしなら、すぐにそれとわかる自信があった。今のジョージアンヌの目は、まさにそんな目だ。女どもは甘い声を出して男をその気にさせる。だがそれ以外のことなど、何ひとつできやしない。ジョージアンヌを行きたいところへ送りとどけてやるのは簡単だろう。しかし、ヴァージル・ダフィーを袖《そで》にした女を愛し、その面倒を見てやるなんて、考えただけでぞっとする。

「どこできみを落とせばいい?」

ジョージアンヌは蝶々《ちょうちょう》を一ダースほども呑みこんだような顔をし、苦しそうに息を吸いこんだ。ふたサイズは小さなドレスの胸もとをつかんで引っぱり、なんとか空気を肺へ送りこもうとする。彼女は真っ青なふたつの瞳を見あげながら思った。こんなにハンサムな人の前で吐いちゃうくらいなら、手首でも切って死んだほうがいい。濃いまつげとふっくらした唇のせいでフェミニンな感じがしてもおかしくないのに、この人はどこまでも男性的だ。ホモセクシュアルでないことは一〇〇パーセント間違いない。ジョージアンヌ自身、身長一七八センチ、体重――太りすぎに気をつけているときは――六四キロと大柄だけれど、彼の隣にいると普段よりずっと小さく見える。

「どこできみを落とせばいいんだ、ジョージー？」彼がもう一度たずねた。豊かなブラウンの髪がひと房、額でカールしている。左眉の上に、細く白い傷跡が見えた。

「わからない」彼女は消え入るような声で言った。ジョージアンヌはもう何か月も、胸のなかにひどく重たいしこりのようなものを抱えて生きてきた。ヴァージルみたいな人だったら、そんなしこりなどすっかり消してくれるかもしれないと願いながら。彼と暮らせば、もう二度と借金の取り立て屋に追いまわされたり、怒った大家さんに家賃の催促をされなくてすむ。ジョージアンヌは二二歳だった。これまで必死に頑張って、自分で自分の面倒を見ようとしてきたつもりだった――だがそれは、みじめな失敗に終わった。彼女の人生はいつだって失敗の連続だった。学校でもこれまでの職場でもちっともうまくいかなかったし、ヴァージル・ダフィーを愛せるはずだとあれだけ自分に言い聞かせたのに、それもうまくいかなかった。あの日の午後、鏡の前に立って彼が選んでくれたウェディング・ドレスを合わせてみたときも、胸のしこりは消えるどころか重くなるばかりだった。ヴァージルと結婚なんてできない。そう思った。どれだけお金持ちだろうと、あんな年齢の人とベッドをともにするなんて、やっぱり無理だ。

「家族はどこにいる？」

ジョージアンヌは祖母のことを思った。「大叔母と叔父ならダンカンヴィルに住んでるけど、でも、ロリーおばさんは腰が悪くて動けないし、クライドおじさんはおばさんの面倒を見るために家にいなきゃいけないから」

ジョンが口の両端をさげた。「両親は？」

「わたし、おばあちゃんに育てられたの。でもおばあちゃんは数年前に、最後の旅に出てしまったわ」ジョージアンヌは答えた。顔を見たことさえない父親や、祖母の葬儀のときに一度会っただけの母親のことなど訊《き》かれなければいいけれど、と思いながら。

「友達は？」

「ヴァージルのところよ」シシーのことを考えただけで、動悸《どうき》が激しくなった。わたしの着る服の色にあれだけ気を配ってくれたのに。でも今は、ドレスのカラー・コーディネートなんて、どうでもいいことにしか思えない。

ジョンの口もとがゆがんだ。「なるほど」大きな手をジョージアンヌのウェストから離し、髪をかきあげる。「どうやら、はっきりした計画なんてなかったようだな」

そう。計画なんてなかった。はっきりしたものだろうと、ぼんやりしたものだろうと。ただわたしは、旅行かばんをつかんでヴァージルの家を逃げだしただけ。どこに行きたいのかも、どうやって行きたいのかもわからないまま。

あと二分で何かいいアイデアを思いつかなければ、ジョンはこのまま車に飛び乗り、わたしを置き去りにしてどこかへ行ってしまう——そんな思いがジョージアンヌの頭をかすめた。

わたしにはこの人が必要だ。少なくとも、次の行き先が見つかるまでは。だから、いつもの手を使った。片手を彼の腕に置き、少しだけ体を寄せるようにしながら、何を言われてもいきなり拒否したりはしません、とでも言いたげな表情を浮かべる。そうして「助けてほしいの」と、バーボンに浸したようにスムーズな声で言い、あなたはたくましい男性でわたしはどこまでもかよわい女なのよ、という思いをこめて微笑みを浮かべた。実生活では失敗続きだけれど、男性を思いのままに動かすことにかけてはほとんどしくじったことなどなかった。一度ゆっくりまばたきをしてから、ジョンの美しい瞳を見あげる。彼を誘うように唇の端を曲げてはいても、もちろん本気でそんな表情を浮かべているのではない。まるで愛撫《あいぶ》でもするようにそっと彼の腕を撫でおろしたけれど、それだって、いきなり手を握られたときに備えるための動きでしかなかった。胸のほうに指先を伸ばされたりするのは、絶対に嫌だ。

「せっかくのチャンスだが」ジョンはジョージアンヌの顎をとらえ、上を向かせて言った。「でも、俺には失うものが多すぎるな」

「失うもの？」冷たいそよ風が、カールした彼女の髪を顔のまわりで躍らせた。「どういうこと？」

「つまり、だ」彼はそう言って、自分のほうに突きつけられている彼女の乳房をまじまじと見ながら続けた。「きみは俺に助けてもらいたいと思ってる。そのためには自分の体を使ってもかまわない、ってね。俺もセックスは大好きだよ。だが、そのせいでキャリアを台なしにはしたくないんだ」

ジョージアンヌは彼から離れると、目にかかった髪の毛を払った。男性と親密な関係になったことはこれまでにも何度かあったが、彼女に言わせれば、セックスなんてつまらないものだった。男たちはそういうことをするのが好きなようだけれど、彼女にとっては恥ずかしいことでしかない。セックスに関してただひとついいのは、それがたいていの場合、三分程度しか続かないことだ。ジョージアンヌは顎をあげ、侮辱されて傷ついたわ、とでも言いたげな視線を向けた。「勘違いしないで。わたし、そんな子じゃないの」

「ほう」おまえがどんな子かなんて、もうわかってるさ。ジョンは見すかしたような目で、彼女を眺めた。「きみって、思わせぶりなんだな」

思わせぶりだなんて、失礼ね。ジョージアンヌはそう思った。わたしは演技をしてるつもりなのに。

「意味のないおしゃべりはやめて、俺に何をしてほしいのか言ってくれないか」

「わかりました」彼女は言った。作戦を変更したほうがよさそうだ。「ちょっと助けてほしいだけ。数日間、泊まれる場所が欲しいの」

「いいかい」ジョンはため息をついて、片方の足からもう片方の足へと体重を移しかえた。

「俺はきみが探してるようなタイプの男じゃない。助けてはあげられないよ」

「じゃ、どうして、何をしてほしいんだなんて訊いたの？」

彼は目を細めただけで、何も言わなかった。

「何日かでいいの」彼女は必死になって懇願した。これから先のことを考える時間が欲しかった――人生がめちゃくちゃになってしまったのだから。「迷惑はかけません」

「それはどうだろうな」彼は冷ややかな笑いを浮かべた。

「おばさんと連絡もとりたいし」

「どこに住んでるんだっけ？」

「マッキニーよ」ジョージアンヌは正直に答えた。しかし、ロリーおばさんと会話を交わすことを考えると気が重くなった。結婚相手の正体を知ったとき、大叔母は大喜びだった。はしたないと思ったのか、口には出さなかったけれど、大叔母の頭に大画面テレビや角度調節が可能なベッドといった高価な贈り物が浮かんでいるのは明らかだった。

ジョンは厳しいまなざしでじっと彼女を睨みつけていた。「くそっ。車に乗ってくれ」そう言って背を向け、運転席のほうへ歩いていく。「だが、おばさんと連絡がとれたら、すぐに空港かバスの発着所まで送っていくからな。あとはどこへでも行けばいい」

ジョンが不承不承そう言っていることはすぐにわかった。だからジョージアンヌは時間を無駄にしたりしなかった。あわてて車に乗り、ドアを閉める。

ジョンはハンドルを握ってギアを入れた。コルヴェットは勢いよくハイウェイに戻った。タイヤがアスファルトを嚙《か》む音が、ふたりのあいだにわだかまるぎごちない沈黙をうずめていく――少なくともジョージアンヌにとって、それはぎごちない時間だった。しかしジョンは何事もなかったかのような顔をしている。

これまでだったら、自分の魅力で男を手玉にとることなど容易なはずだった。しかし今日だけはいささか勝手が違った。ジョンはどうやらわたしのことが気に入らないらしい。どうしてなんだろう。男の人たちはいつだって、わたしのことを好きになってくれたのに。見たところ、ジョンは紳士などではない。ほとんど癖になっているかのように汚い言葉を口にするし、そのことを謝りもしなかった。南部の男たちもよくそういう言葉をつかったけれど、そんなときはすぐに〝失礼〟と言ってくれた。ジョンはもともと、誰かに頭をさげるような人ではないのだろう。

彼女は横を向き、魅力的なジョン・コワルスキーのことを考えた。「あなた、シアトルで生まれ育ったの？」目的地に着くまでには、わたしのことが好きになってくれるかもしれない。彼女はそう考えながらたずねた。そのほうが、お互い、気分もずっと楽になるはずだ。彼はまだ気づいていないかもしれないけれど、結局わたしはこの人のところに泊めてもらうことになるのだから。

「いや」

「じゃあ、出身は？」

「サスカトゥーンだよ」

「それってどこ？」

「カナダ」

ジョージアンヌは顔にまとわりつく髪をひとつにまとめ、首の横のところで軽く握った。

「カナダには行ったことないわ」

ジョンは何も言わない。

「ホッケーはいつからやってるの?」少しは楽しい会話になってくれればいいのだけれど。

「生まれてからずっとさ」

「チヌークスに来てからは、どれくらい?」

彼はダッシュボードに手を伸ばしてサングラスをかけなおした。「一年だよ」

「スターズのゲームなら見たことがあるわ」ジョージアンヌはダラスのホッケー・チームのことを持ちだした。

「女の腐ったみたいなのしかいないチームだ」彼はハンドルを握っているほうの腕のカフスボタンを外し、シャツの袖をまくりあげた。

あまり楽しい会話にはならなかったようだ。「カレッジへは行ったの?」

「行ったとは言えないな」

どんな意味なのかわからなかったが、彼女は話を続けた。「わたしはテキサス大学へ行ったわ」だがそれは、ジョンに自分のことを好きになってもらおうとして言った嘘《うそ》だった。

彼はあくびをした。

「成績優秀だったんだから」

「へえ?　で?」

いかにも興味のなさそうな彼の態度に負けないようにしながら、ジョージアンヌは言った。

「結婚は?」

ジョンがサングラスの向こうから睨みつけてきた。どうやら、触れてはいけない話題に触れてしまったらしい。「なんなんだ、きみは？　どこかの二流紙の記者か？」

「違います。ただ訊いてみたかっただけ。どうせしばらくいっしょに過ごすんだから、楽しくおしゃべりして、お互いのことを少しでもわかったほうがいいだろうって思っただけよ」

彼は視線を再び道路へ戻し、もう一方のカフスを外しはじめた。「俺はあんまりおしゃべりなほうじゃないんでね」

ジョージアンヌはドレスの裾を引っぱった。「どこへ行こうとしてるのか、訊いてもいい？」

「コパリス・ビーチに俺の家がある。そこからおばさんに電話をかければいい」

「それって、シアトルの近く？」彼女はお尻の位置をずらして、もう片側の裾を引っぱった。

「いいや。知らないようだから言っとくが、俺たちは西へ向かってるんだ」

かすかに見覚えのある景色でさえ、今や彼方《かなた》へ遠ざかろうとしている。ジョージアンヌはパニックに襲われながら言いかえした。「そんなの、わたしにわかるわけないでしょ？」

「陽差しの向きを考えれば、答えは簡単なはずだがな」

西に向かっているなんて知らなかったし、太陽の位置を確かめることも考えつかなかった。方角に関しては、まったく自信がない。「あなたのビーチ・ハウスには、電話、あるのよね？」

「当然だろ」

ダラスまで長距離電話をかけなければならない。ロリーおばさんと話をしたあとは、シシーの両親に電話して事情を説明し、どうやったら彼女と連絡がとれるかたずねよう。ヴァージルがくれた婚約指輪をどこへ送りかえしたらいいかもチェックしなきゃ。ジョージアンヌは左手にはめた五カラットのダイヤを眺め、泣きたいような気持ちになった。気に入っていた指輪だったのに、手放さなければならないなんて。わたしは思わせぶりな女かもしれないけれど、良心だけは忘れていないつもりだ。ダイヤモンドは返却するべきだろう。でも、その前にまず、頭のなかを整理したかった。このままだとおかしくなりそうだ。「太平洋はまだ見たことがないの」ジョージアンヌはパニックが忍びよってくるのを感じながら言った。

ジョンは相変わらず返事をしてくれなかった。

彼女はこれまで自分のことを、デートの相手としては最高だと思っていた。どんなに気まずいときでも、楽しい話をして雰囲気を変えることができたからだ。「でも、メキシコ湾になら何度も行ったわ。一二歳のとき、おばあちゃんがわたしとシシーをリンカーンに乗せて連れてってくれたの。シシーとふたりで、すごくかわいいビキニを買ってね。シシーのはアメリカの国旗の模様で、わたしのはバンダナみたいなシルキーな生地。今でもよく覚えてる。ダラスのJ・C・ペニーまでわざわざ行って、自分たちで買ってきたんだから。前にカタログで見て、絶対に欲しかったの。それから、シシーのことなんだけど、シシーのお母さんの家族って、ミラーっていう名字なのね。ミラー家っていったら、コリン郡じゃ有名なのよ。ミラー家の女はみんな、お尻が大きくて足首が太い、って。確かにあんまり魅力的じゃないかもしれないけど、でも、いい人ばかり。一度なんて——」

「きみは何が言いたいんだ？」ジョンが口をはさんだ。

「これから本題に入ろうとしてたんだけど」ジョージアンヌは明るい表情を崩さないようにしながら答えた。

「じゃあ、早く言ってくれ」

「ワシントン州の海岸の水は冷たいのか、って訊きたかったの」

ジョンはにやりと笑って彼女のほうを見た。そのときはじめてジョージアンヌは、笑った彼の頬にえくぼができることに気づいた。「南部育ちの人間なんて、凍え死んじまうよ」彼はそう言ってから、ふたりのあいだにあるコンソールに手を伸ばしてカセットを出し、デッキに突っこんだ。悲しげなハーモニカの音色が流れてきて、それ以上会話を続けることが困難になってしまった。

ジョージアンヌはあたりの丘陵地帯に目を向けた。モミやハンノキが点々と生え、あちこちに青や赤、黄色い花が咲いている。彼女はこれまで、あえて自分のやったことを真剣に考えようとはしなかった。真剣に考えてみても、ただ頭が麻痺《まひ》してしまうような気がするだけだったからだ。だが今度ばかりは、やってしまったことの重みがテキサスの熱気のように押しよせてきた。これまでの人生と、今日の行動。わたしは婚約者を結婚式の祭壇に置き去りにしてしまった。確かに彼と結婚しても、幸せな生活は送れなかったかもしれないが、だからといって、あんなことをしていいわけがない。

持ち物は四つのスーツケースに詰め、ヴァージルのロールスロイスに積んであった。例外は、小さな旅行かばんに入れてジョンの車に置いてあるものだけだ。ヴァージルとのハネムーンに備えて、ゆうべ詰めた身のまわりのものだけ。

財布のなかにあるのはたった七ドルと、限度額いっぱいまで使ってしまったクレジット・カードが三枚。化粧品のたぐいがたっぷりと、歯ブラシやヘアブラシ、櫛《くし》、ヘアスプレー、フレンチカットの下着とそれにマッチしたブラが六セット、避妊用のピル、そしてチョコレート・バー。

これまでだって裕福な暮らしなどしたことはなかったけれど、今が最悪だ。

2

青く透明に輝く太陽の反射と、水のなかで揺れる海草。そして舌で味わえるほど濃い潮の香りがまじった風。太平洋がジョージアンヌを歓迎してくれた。うねる青い海や白く砕ける波頭を眺めながら背伸びをすると、腕に鳥肌が立った。

空気を切り裂くようにして鳴きかわすカモメの声に囲まれつつ、ジョンは車回しをたどって灰色の家に近づいていった。白いブラインドがついた、どこにでもある家だ。ポーチには袖なしのTシャツと灰色のポリエステルのショートパンツを身につけた老人が腰をおろし、そばにはゴムのサンダルが置いてある。

ようやく車が停止すると、ジョージアンヌは急いでドアハンドルに手をかけ、外に出た。ジョンがドアをあけてくれるのを待ったりはしなかった――そんなことをしてくれるとは思えない。それに、一時間半も車のなかに座っていると、胸もとを締めつけているドレスのせいでほんとうに気分が悪くなりそうだった。

ピンクのドレスの裾を引っぱってできるだけ腿を隠し、旅行かばんと靴に手を伸ばす。ピンクのミュールを履くためにかがみこむと、コルセットの金具が脇腹に食いこんだ。

「何をやってるんだ、おまえは」ポーチの老人がうなるような声でジョンに言った。「また踊り子か?」

ジョンが額に皺を寄せて顔をしかめながら、ジョージアンヌを玄関へ連れていった。「アーニー、この人はミス・ジョージアンヌ・ハワード。ジョージー、俺の祖父のアーネスト・マクスウェルだよ」

「はじめまして、サー」ジョージアンヌは手を差しのべながら老人の顔をのぞきこんだ。面長で眉が太く、俳優のバージェス・メレディスそっくりだ。

「南部の人間か……」老人は背を向けると家に入ってしまった。

ジョンがスクリーン・ドアをあけてくれたので、ジョージアンヌは玄関に入った。家のなかはしゃれた青や緑、薄いブラウンに塗られていた。外の景色が大きなリビングの窓から室内に飛びこんでくるかのようだ。部屋のなかのすべてが、海や砂浜とマッチするようにしつらえてあった——例外は銀色のガムテープで補修された黒いビニール・レザーのリクライニング・チェアと、トロフィーが並んだキャビネットの上でX字型に飾られている二本の折れたホッケー・スティックだ。

ジョンは、木とガラスでできたコーヒー・テーブルの上にサングラスを放った。「廊下の先にゲスト・ルームがある。左側のいちばん奥だ。バスルームは右側だからな」そう言ってジョージアンヌのうしろを通ってキッチンへ入ると、冷蔵庫をあけてビールの栓をひねった。ボトルを口まで持ちあげ、閉じた冷蔵庫のドアに肩をもたせかける。今回は大失敗だ。ジョージアンヌに手なんて貸してやるんじゃなかった。絶対にこの家まで連れてきちゃいけなかったんだ。いや、ほんとうはそんなことなどしたくなかったんだが、あんなに心細そうな怯《おび》えた瞳で見あげられたら、道路の脇に捨ててくることなどできなかった。ヴァージルに知られなければいいんだが……。

彼は冷蔵庫を押しやるようにして上体を伸ばすと、リビングへ戻った。アーニーはお気に入りのリクライニング・チェアに体を沈め、舐めまわすような視線でジョージアンヌを見つめていた。彼女は風に髪をなぶらせながら暖炉の脇に立っている。ピンクのドレスが皺くちゃだ。すっかり疲れきった様子だが、アーニーの目には腹いっぱい食べられるバイキング料理より魅力的に映っているらしい。

「どうしたんだ、ジョージー？」ジョンはそうたずね、もう一度ビールを口もとへ運んだ。「着替えればいいじゃないか」

「ちょっとした問題があって」彼女は引きずるような口調で答え、ジョンを見た。「着替えがないの」

彼はボトルで床を指した。「そこには何が入ってるんだ？」

「化粧品」

「それだけなのか？」

「違うけど」彼女はちらりとアーニーを盗み見た。「あとは下着とか、お財布とか」

「服は？」

「ヴァージルのロールスロイスに積んだスーツケースのなかよ」

食事や居場所どころか、服まであたえてやらなければならないとは。「わかった」ジョンはそう言うとビールをコーヒー・テーブルの上に置き、ジョージアンヌを自分のベッドルームへ連れていった。ドレッサーの引き出しをあけ、着古しの黒いTシャツと、前を紐《ひも》で結ぶようになっている緑のショートパンツを出した。「これを着ろよ」キルトのカバーがかかったベッドの上に服を放り投げ、部屋を出ようとする。

「ジョン？」

ジョージアンヌの口から自分の名前がこぼれでたのを聞いて、彼は立ちどまった。だが振り向くことはしなかった。今はあの緑の瞳に浮かんだ怯えを目にしたくない。「なんだ？」

「このドレス、ひとりじゃ脱げないの。手伝ってくれない？」

向きなおると、彼女の体は窓から斜めにもれてくる黄金の陽差しに包まれていた。

「背中の上のほうに小さなボタンが並んでるんだけど」彼女は恥ずかしそうに指さした。着るものをあたえてもらうだけでなく、服まで脱がせてほしいというのか。

「すごく外しにくくて」ジョージアンヌは言い訳した。

「向こうを向くんだ」ジョンは彼女に近づきながら、とげのある声で命じた。

ジョージアンヌは何も言わず、彼に横顔を見せてドレッサーの上の鏡と正対した。ドレスのいちばん上の部分、ふたつのなめらかな肩胛骨《けんこうこつ》のあいだに、小さなボタンが四つ並んでいた。彼女が髪を片側に寄せる。うなじのあたりでは、産毛が美しくカールしていた。その肌も、髪も、南部なまりの口調も、すべてが柔らかかった。

「そもそも、どうしてこんな服が着られたんだ？」

「手伝ってもらったから」ジョージアンヌは鏡ごしに首を振ってみせた。その後ベッドへと連れていくことをせずに女性の服を脱がせるなんて、いつ以来だろう。だが、ヴァージルのところから逃げてきた花嫁と必要以上に触れあうつもりなどなかった。ジョンは手をあげ、小さなボタンをそっと外した。

「今ごろ、どんな騒ぎになってるのかしら。シシーは最初からヴァージルとの結婚なんて考えなおしたほうがいいって言ってたんだけど、わたし、なんとかなるって思ったの。でもそれは間違いだったみたい」

「間違いだってことに、今日になって気づいたわけか？」彼はそう言いながら、指を下におろしていった。

「前から気づいてたわ。ヴァージルにも、考えなおしたいって言ったし。昨日の晩だって話をしたんだけど、あの人、わたしの言うことなんて聞いてくれなかった。でもそのとき、結婚式用の銀器が見えたの」ジョージアンヌが首を振ると、柔らかな螺旋《らせん》を描いた髪がなめらかな肌をかすめて背中に落ちかかった。「銀器はフランシスI世のキングスパターンがいいって言ったら、彼の友人たちがびっくりするくらいたくさんプレゼントしてくれてね」ジョンが興味を示していないにもかかわらず、彼女は夢見るような表情になった。「ああ――あれだけの果物ナイフにフルーツが刺さってるのを見るだけで、ぞくぞくした。シシーはレプッセー細工の模様のほうがいいって言ってたんだけど、わたし、昔からフランシスI世の模様が好きだったの。子供のころだって……」

女の子っぽい話題など、ジョンには耐えられなかった。しかしこの部屋には、テープデッキもトム・ペティのカセットもない。だから彼は、ジョージアンヌの声を心のなかから締めだした。女性から〝あなたって最低ね〟となじられたことなら何度もある。だが彼はそのことを勲章のように思っていた。こっちがそういう態度をとっているかぎり、少なくとも、永遠の伴侶《はんりょ》となることを強要されずにすむからだ。

「ついでだから、ジッパーもさげてもらえない?」ジョージアンヌは言った。「で、とにかく、ピクルス用のフォークだとかグレープフルーツ用のスプーンだとかを目にしたら、うれしくて涙が出そうになっちゃって……」

ジョンは鏡に向かって顔をしかめてみせたが、彼女は気づきもしなかった。ドレスの前身ごろに縫いつけられた白く大きなリボンをじっと見おろしているだけだ。ジョンは金属製のジッパーに指を伸ばし、引きさげた。そしてそのとき、どうしてジョージアンヌがうまく呼吸できなかったのか、その理由を発見した。次第に開いていくウェディング・ドレスのジッパーの下から顔をのぞかせたのは、銀のホックにきつく紐をかけられたコルセットだった。ピンクのサテンやレースや金具が、柔肌に食いこんでいる。

彼女は白いリボンに手をあて、大きな胸から落ちるのを防いだ。「大好きな銀器のパターンを見てるだけでなんだか頭がぼうっとしちゃって、それでわたし、きみは結婚を控えて不安になっているだけだよ、っていうヴァージルの言葉を信じることにしたの。ほんとうに、心から彼の言葉を信じたかったんだけど、でも……」

ジッパーをすっかりさげてしまうと、ジョンは言った。「おろしたよ」

「ありがとう」ジョージアンヌは鏡のなかから彼を見あげ、またすぐに目を伏せた。頰を染めながらたずねる。「あの……その下の、それも、ゆるめてくれない？」

「コルセットのことか？」

「ええ、お願い」

「俺はきみのメイドじゃないんだがな」ジョンは不満そうにつぶやきながらもう一度手をあげ、紐を引っぱってホックから外しはじめた。コルセットがあたって赤くなった部分に拳《こぶし》が触れると、ジョージアンヌの体に震えが走り、喉の奥から大きなため息がもれた。

ジョンは目をあげて鏡を見つめ、手をとめた。女性のこんな表情を見るのは、なかに深く押し入ったときだけだ。甘い欲望がいきなり下腹を突きあげてくる。うっとりした瞳とふくよかな唇を見ただけでこんな反応を起こしてしまった自分がいらだたしかった。

「ああ」彼女はふうっと息を吐きだした。「生きかえったみたい。ほんとうはこんなドレス、一時間もしたら脱ぐはずだったの。でも、もう三時間よ」

美しい女性のこんな姿を目にしたのだから、反応するのは当然だ。しかし今日は、これ以上深入りするのはやめておこう。「ヴァージルは年寄りなんだぞ」彼は声ににじむいらだちを隠そうともせずに言った。「あのじいさんにこんなコルセットなんて脱がせられるはずがないじゃないか」

「ひどい言いかたをするのね」ジョージアンヌは押し殺した声で言った。

「俺から優しい言葉なんて期待しないでくれよな、ジョージアンヌ」ジョンは厳しい口調で言い、またホックを引っぱった。「そんな言葉を期待しても、がっかりするだけだぞ」

彼女はジョンを見ながら髪を肩に滑らせた。「でも、その気になりさえすれば、あなたって優しい人だと思うんだけど」

「そうさ」彼は指先で赤くなった肌に触れてから、手をおろした。「もしその気になれれば、ね」ジョンはそう言い残すと、うしろ手にドアを閉めて部屋を出ていった。

リビングに戻るやいなや、ジョンはアーニーの視線を感じた。祖父は興味津々のようだ。ジョンはテーブルの上に置いてあったビールをつかむと、祖父の古いリクライニング・チェアの正面にあるカウチに腰をおろし、アーニーが矢継ぎ早に質問してくるのを待った。もちろん、長く待つ必要などなかった。

「どこで拾ってきたんだ？」

「長い話なんだけどさ」彼はそう答えてから、ことの顚末《てんまつ》を包み隠さず伝えた。

「おいおい、おまえ、頭でもおかしくなっちまったのか？」アーニーはぐいと上体を前に倒し、あやうく椅子から転げ落ちそうになりながらたずねた。「フィアンセがどんな行動に出ると思ってるんだ？　これまでのおまえの話からすると、ヴァージルってのは、あんまり寛大な男じゃないんだろう？　なのに、そんな男から花嫁をかすめとってきたってわけか？」

「かすめとったわけじゃないよ」ジョンはコーヒー・テーブルに両足をのせた。体がクッションに沈みこんでいく。「あの女が勝手に逃げてきたんだ」

「まあな」アーニーは薄い胸の前で両腕を組み、しかめっ面で孫を見た。「だが、あの子は花婿を祭壇に置き去りにしてきたんだぞ。そんなことをされた男が、黙って水に流してくれると思うか？」

ジョンは自分の腿に肘をついて、ボトルを口もとへ運んだ。「見つかりゃしないさ」そう言って、ごくごくとビールを飲む。

「そう願っとくんだな。わたしたちは、苦労してここまでやってきたんだから」アーニーは孫に昔のことを思いださせようとした。

「わかってる」そんなことまで持ちださなくてもいいのに、と思いながらジョンは言った。だが、これまでさんざん祖父の世話になったのはほんとうのことだ。父が亡くなったあと、ジョンと母親はアーニーの隣の家へ引っ越した。毎年冬になると、アーニーはジョンがスケートできるよう、裏庭にたっぷり水をまいてくれた。その氷の上で、骨の髄が凍りつくまで練習につきあってくれたのも祖父だった。そもそもホッケーの手ほどきをしてくれたのは、ほかならぬアーニーだ。試合のときは会場まで連れていってくれたし、最後まで応援してくれた。生活が苦しかったときも、支えになってくれた。

「で、あの子と〝やる〟のか？」

ジョンは祖父の皺くちゃな顔をまじまじと見た。「なんだって？」

「最近じゃ、そういうふうに言うんだろう？　あの子と懇ろになるのか、ってことさ」

「なんてこと言うんだよ」しかしジョンは心から驚いていたわけではなかった。「やったりするわけ、ないじゃないか」

「その言葉がほんとうであることを心から願っとくよ」アーニーはごつごつして骨ばった足を、もう片方の足と交差してみせた。幸運を祈るサインだ。「だがな、ヴァージルがこのことを知ったら、絶対におまえはあの子とやったんだと思うに決まってるぞ」

「俺のタイプじゃないよ」

「嘘をつくな」アーニーが反論した。「ちょっと前におまえがつきあってたストリッパーのココア・ラデュードってのと、そっくりじゃないか」

ジョンはちらりと廊下のほうを眺め、人影がないことを確かめた。「あの子の名前はココア・ラデュークだ。それに、つきあってたわけじゃない」眉をひそめながら祖父を見かえす。口にこそ出さなかったが、祖父がジョンの生きかたを快く思っていないのは明らかだった。

「でも、おじいちゃんが来てるとは思わなかったな」ジョンはわざと話題を変えた。

「ここ以外、どこにいればいいっていうんだ？」

「自分の家だよ」

「明日は六日だぞ」

ジョンは視線をそらし、海に面した巨大な窓に目をやった。波が白い泡を浮かべながら、巻きこむようにして盛りあがっていく。「手を握っててもらう必要はないよ」

「わかってる。だが、いっしょにビールを飲む仲間くらいは欲しいだろうと思ってな」

ジョンは目を閉じた。「リンダのことは話したくないんだ」

「話す必要なんてないさ。だが、母さんは心配してるぞ。もっと連絡してやれ」

ジョンは親指の爪でビールのラベルをはがしはじめた。「そうするよ」しかし、連絡などしないことはわかっていた。母と話をしても、酒の飲みすぎだとか、命を縮めるような生きかたをするなとか、その手のお小言を食らうだけだ。確かに母の言うとおりだけれど、わざわざ指摘してもらいたくはない。「町を通り抜けたときだけどさ、おじいちゃんの行きつけのバーからディッキー・マークスが出てくるのを見たよ」ジョンは再び話題を変えようとした。

「さっき会ってきたばかりだ」アーニーは前かがみになると、ゆっくり椅子から立ちあがった。自分がもう七一歳であることを孫に思いだしてもらいたいらしい。「明日の朝、釣りに行こうってことになってな。おまえも早起きしてつきあわんか?」

数年前だったら、誰より早く起きてボートに飛び乗っていたはずだ。だがここ最近は、割れるような頭痛とともに目を覚ますのが日課だった。夜明け前の凍りつくような寒さのなか、外へ出ていくなんて億劫《おっくう》だ。「考えとくよ」彼はそう言ったが、釣りになど行かないことはわかっていた。

ジョージアンヌはえび茶色のブラを身につけるとTシャツに手を伸ばし、頭からすっぽりかぶった。目の前のドレッサーには、ナ《N》ショナル・フ《F》ットボール・リ《L》ーグのシアトル・シーホークスのキャップとストップウォッチ、そしてリストバンドが置いてあった。表面にはほこりがたまっている。彼女はドレッサーの上の大きな鏡に目をやり、体を震わせた。黒いコットンのTシャツの胸もとだけが張りつめていて、あとはどこもぶかぶかだ。ファッション的には最低のセンスだと言っていい。とりあえずTシャツの裾を大きなショートパンツのなかに入れてみたが、胸やお尻の大きさを強調するだけにしかならなかった――今は絶対に目立たせたくない部分だ。あわててTシャツを引きずりだしてお尻を隠し、靴を旅行かばんに押しこんでからチョコレート・バーを手にとった。ベッドの端に腰をおろして茶色の包み紙をむき、甘いチョコレートに歯を沈みこませる。そうやってもぐもぐ咀嚼《そしゃく》していると、唇から歓喜のため息がもれてきた。青いベッドカバーの上へ仰向けになり、背中を伸ばして、天井にとりつけられた照明器具を眺める。白いガラスの底では、蛾《が》が二匹死んでいた。チョコレート・バーをむさぼりながら、木の壁の向こうから聞こえてくるジョンとアーニーの会話に耳を澄ます。ジョンはわたしに好意など持ってはいない。なのになぜわたしは、彼の低い声を聞いているだけでほっとするのだろう。きっとこのあたりでは、ほかに顔見知りの人間なんていないせいだわ。それにあの人、あんなふうにふるまっているけれど、ほんとうは嫌な人なんかじゃない。あれだけたくましいのだから、そばにいてほっとしても当然じゃない？

彼女はさらに体を伸ばし、ジョンの枕《まくら》に頭をのせた。足もとには、さっきベッドの端に脱ぎ捨てたウェディング・ドレスがある。チョコレート・バーを平らげてしまうと、ロリーおばさんに連絡しようか、と考えた。いや、あとでいい。急いでおばさんの反応を確かめる必要なんてないはずだ。起きなきゃ、と思いながらも彼女は瞳を閉じた。頭に浮かんでいたのは、ヴァージルに出会ったときの光景だった。グラスの〈ニーマン・マーカス〉の香水売り場。わたしはそこで販売スタッフとして働き、お客さんにフェンディやリズ・クレイボーンのサンプルを差しだしていた。あれがたった一か月前のことだったなんて、信じられない。向こうから声をかけてこなければ、あの人のことなど気にもとめなかっただろう。仕事のあと、彼が道の脇にリムジンをとめ、バラの花束片手に待っていたりしなければ、ディナーの誘いに乗ることもなかったはずだ。外の熱気や湿気、バスの排気ガスから逃れてクーラーのきいたリムジンに乗りこむのは、なんとも心地よかった。もしわたしが寂しい生活を送っていたり未来に不安を感じたりしていなかったら、出会って間もない男性からのプロポーズなど受けなかったはずなのに。

昨日の晩ジョージアンヌは、やっぱり結婚はできないから式をキャンセルして、とヴァージルに告げた。だが彼は耳を貸してくれなかった。自分の人生をめちゃくちゃにしてしまったことに気づいた彼女は、胸にぽっかり穴があいたような気持ちに襲われながら涙をこぼした。目の前には得体の知れない不安な未来が立ちはだかっていた。頼れる親戚《しんせき》もいない。いるのは、社会保障の手当で暮らしながら、テレビの『アイ・ラヴ・ルーシー』を楽しみにしている叔父と年老いた大叔母だけだ。

財産もなければ、知りあいもヴァージル以外にはいなかった。だがそのヴァージルからは、わたしの財産に頼るな、と言われてしまった。ジョージアンヌは突然、『欲望という名の電車』のブランチ・デュボアになったような気がした。ヴィヴィアン・リーの映画なら、すべて見ている。そういえば、ジョンの名字はコワルスキーだ。ブランチを追いつめる男、スタンリー・コワルスキーと同じ名字。偶然にしてはできすぎじゃない？　気味が悪いくらいに。

ひとりぼっちで不安だったけれど、それでも今のわたしには、ほかの誰かのふりをする必要はない。それだけが慰めだ。ファッション・センスの最低なヴァージルを満足させるために、わざわざ下品な服を着る必要もない。

ジョージアンヌは疲れきり、泣きながら眠りに落ちていった。物音に気づいてはっと起きあがるまで、眠っていたことにも気づかなかった。

「ジョージー？」

振り向こうとすると、左目の脇に髪が落ちかかった。陽の差しかかる戸口に、カレンダーのモデルのようなすばらしい体型をした男性が立っていた。銀の腕時計を内向きにはめ、頭の上でドアの枠を握って、片方の腰を少しだけ浮かせている。ジョージアンヌはそんな姿を、しばらくのあいだ、ただうっとりと眺めていた。

「腹は減ってないか？」

彼女は何度かまばたきし、そうしてようやく我に返った。ジョンはすでに、色あせて膝のあたりが破れたリーヴァイスにはきかえていた。チヌークスの白いタンクトップが厚い胸板の上にぴったり張りつき、脇の下から少しだけ毛が見えている。わたしが眠っているあいだに、彼はこの部屋で着替えをしたんだろうか。

「何か食べたいんだったら、アーニーがチャウダーを作ってるところなんだけどな」

「ぺこぺこよ」彼女はそう言って脚を回し、ベッドからおりた。「今、何時？」

ジョンは手をおろして、手首の時計を眺めた。「もうすぐ六時だ」

二時間半も眠ってしまったわけだ。なのに、さっきより疲れが増したような気がする。彼女はバスルームの位置を思いだしながら、旅行かばんに手を伸ばした。「少し待ってて」そう言いつつドレッサーの前を通ったが、鏡に映った自分の姿は見ないようにした。「ちょっとのあいだだけ」そうつけくわえて、戸口へ近づく。

「わかった。夕食の用意はすぐにできるからな」ジョンはそう伝えながらも、決して急ごうとはしていなかった。自らの肩幅で戸口をいっぱいにし、通せんぼをしている。

「ちょっと、ごめんなさい」わたしが身を縮こまらせて脇をすり抜けると思ってるんなら、大間違いよ。ジョージアンヌはそう思った。この手のゲームだったら、小学校ですでに習得ずみだ。男ってすぐに、女性の体に触れたがったり、胸の谷間を上からのぞきこもうとするんだから。ジョンもそんな男のひとりなんだろうか。がっかりだ。しかし彼の青い瞳を見あげたとき、彼女はほっとした。眉のあいだに皺を寄せて彼がじっと見つめていたのは、胸ではなく、口もとだった。ジョンは手をあげ、親指でジョージアンヌの下唇をぬぐってくれた。彼がつけているオブセッションの香りがはっきりわかるほど、近い距離だった。一年間も香水売り場で働いていたのだから、どのブランドかはすぐにわかる。

「なんだ、これは?」彼は親指の腹をジョージアンヌに見せて言った。そこには、チョコレートがついていた。

「わたしのランチよ」そう答えたとき、胃のあたりがきゅっと縮こまったような気がした。目をあげて彼の顔を見ると、珍しく、しかめっ面を浮かべてはいなかった。彼女は舌先で唇をぬぐってからたずねた。「これでマシになった?」

彼はゆっくりと体の脇に腕をおろし、視線だけをあげた。「何よりマシなんだ?」ジョージアンヌはてっきりジョンがまたあのえくぼを見せてくれるのだと思ったが、彼はただ背中を向け、廊下を遠ざかっていった。「アーニーが、ディナーのときの飲み物はビールがいいのか、それとも冷たい水でいいのか、って訊いてたよ」彼が肩ごしに言った。ジーンズのお尻の部分がすっかり色落ちしていて、ポケットに突っこんだ財布の形が浮きあがっていた。足もとには祖父と同じような、安物のゴム・サンダルを履いている。

「水でいいわ」ほんとうに欲しいのはアイス・ティーだったけれど、彼女はそう答え、バスルームへ行って化粧をなおした。バーガンディー色の口紅を塗っていると、唇の端に笑みが浮かんでくる。思ったとおりだ。ジョンは嫌な男なんかじゃない。

肩の上のカールをなおしてから、廊下へ出て小さなダイニングへ向かった。ジョンとアーニーはすでに、カシの台座のテーブルについていた。「時間がかかって、ごめんなさい」彼女はそう言ったが、内心では、わたしを待たずに食事を始めるなんてマナーを知らない男たちね、と思った。ジョンと向かいあわせに座り、オリーヴ色のホルダーからとったナプキンを膝の上に置く。テーブル・セッティングの作法に反して、スプーンはスープ皿の左側に置かれていた。

「コショウはそこにあるからな」アーニーが、テーブルのまんなかの赤と白の容器をスプーンで指し示した。

「ありがとう」ジョージアンヌは老人を眺めた。コショウがきいた料理はあまり好きではなかったのだけれど、クリーミーなホワイト・チャウダーをひと口飲んだとたん、アーニーがそう言ったわけがわかった。豊かな味わいの濃いスープだったからだ。コショウなしでも充分においしい。彼女はスープ皿の横に置いてあったグラスから氷水を飲みながら、ダイニングを見まわした。装飾品はほとんどない。テーブル以外で目についたのは、トロフィーがいくつも並んだキャビネットだけだ。「ここにずっと住んでらっしゃるんですか、ミスター・マクスウェル？」夕食の会話の口火を切るのは自分の役目なのだろうと思いながら、彼女はたずねた。

老人は首を振った。クルーカットの白髪が薄くなりかけている。「ここはジョンの持ち家のひとつさ。わたしはまだサスカトゥーンに住んでる」

「それって近くなんですか？」

「ちょくちょくゲームを見に来るくらいにはね」

ジョージアンヌはグラスを置き、再びスープを飲んだ。「ホッケーのゲームですよね？」

「もちろん。こいつの出てる試合なら、たいてい見てるよ」アーニーはそう答えて孫に目をやった。「それにしても、この前の五月、おまえのハットトリックを見逃したのは今でも悔しいがな」

「まだ言ってるのかい」ジョンが応じる。

ジョージアンヌはホッケーのことなんて、ほとんど何も知らなかった。「ハットトリック、って？」

「ひとりの選手が一試合で三点決めることさ」アーニーが説明した。「それに、あのキングス戦も見逃したんだぞ」首を振りながら誇らしげな目で孫を眺める。「あの弱虫のグレツキーの野郎、おまえのボディチェックでボードに吹っ飛ばされたあと、一五分間も逃げまわってたそうじゃないか」老人はさもうれしそうな表情を浮かべた。

アーニーの言っていることなどさっぱり理解できなかったけれど、〝ボディチェックでボードに吹っ飛ばされる〟のが痛そうだということだけはわかった。ジョージアンヌが生まれ育った州で最も盛んなのはアメリカン・フットボールだが、彼女はフットボールでさえ大嫌いだった。あの暴力的なスポーツを嫌っている人間は、もしかしたら、テキサスで彼女ひとりきりだったかもしれない。「それって、反則なんじゃないんですか？」

「そんなことがあるもんか！」老人は大声で言いはなった。「あいつはウォール様につっかかってきやがったんだ。思い知らせてやらんとな」

ジョンが唇の端をあげながら、つぶしたクラッカーをスープ皿に放りこんだ。「まあ、レディ・ビング賞はもらえないだろうけどね」

アーニーがジョージアンヌのほうを向いた。「レディ・ビング賞ってのは、フェア・プレイ賞みたいなもんさ。だがそんなもの、くそくらえだ」彼は拳でどんとテーブルを叩き、もう片方の手でスプーンを口に運んだ。

フェア・プレイ賞をもらえないのは孫だけじゃなさそうね。ジョージアンヌはそう思いながら言った。「このチャウダー、とってもおいしい」話題を少しでも暴力的でないものに変えたかった。「あなたが作ったんですか？」

アーニーはスープ皿の隣にあるビールのグラスに手を伸ばした。「もちろん」そう答えて口もとに持っていく。

「ほんとにおいしいわ」他人に好かれることは、ジョージアンヌにとって大切なことだった。ジョンにはいい印象を持ってもらえなかったのだから、せめて彼の祖父には気に入られたかった。「最初はホワイト・ソースを作るんですか？」アーニーの青い瞳をのぞきこんでたずねる。

「そのとおりだ。しかし、うまいチャウダーを作る秘訣《ひけつ》は貝の出汁《だし》だよ」老人はスープを飲みながらレシピを披露し、ジョージアンヌは、ひとことも聞きのがすまいと集中しているふりをした。それだけで老人は、熟れたプラムのように彼女のてのひらへ落ちてきた。彼女はさらにスパイスの使いかたをたずねたが、そのあいだずっと、ジョンがじっとこちらを見ていることに気づいていた。それだけではない。彼がスープを飲む仕草も目の端でとらえていたし、ビールのボトルを持ちあげたことも、ナプキンで口もとをぬぐったことも、すべてわかっていた。ジョンの視線が彼女から祖父へと移っていった。さっき昼寝から起こしてくれたときは親しげなそぶりだったのに、今はそんな風情がすっかり消えている。

「ジョンにもチャウダーの作りかたを教えたんですよね？」彼女はジョンを会話に巻きこもうとしてたずねた。

ジョンが椅子にふんぞりかえって腕を組みながら、ぼそりと答えた。「習ったりなんか、しちゃいないよ」

「こいつは外食ばかりなんだ。わたしがいるあいだは、キッチンも使ってるし、食料品もふんだんにあるんだがね。ほら、わたしは料理が好きなもんでさ」アーニーは秘密でも打ち明けるような口調で言った。「だが、こいつはさっぱりなんだ」

ジョージアンヌは老人に微笑みかけた。「人にはみんな、向き不向きってものがありますからね。それにしてもあなたには――」彼女はそこで言葉を切り、皺だらけの老人の腕に手をかけた。「神様がくれた才能があるんだわ。こんなにおいしいホワイト・ソース、誰にでも作れるわけじゃないもの」

「今度、きちんと教えてあげような」アーニーは笑みを返した。

老人の皮膚は、あたたかい油紙のようだった。子供のころの懐かしい思い出がよみがえってくる。「ありがとう、ミスター・マクスウェル。でも、さっきのレシピでよくわかりました。わたしの育ったテキサスじゃ、なんでもクリーム味にするんです。ツナでもね」ちらりとジョンを見ると渋面を作っていたが、無視することにした。「わたしもグレイヴィーだったら、どんなものでもだいたい作れる自信があるんですけどね。おばあちゃんはレッドアイを作る名人だったし。あ、レッドアイっていっても、深夜のフライトのことじゃなくって、ソースのことですけど。友達や親戚が亡くなったときは、おばあちゃんがレッドアイのグレイヴィーでハム料理を作るのが習慣みたいになっちゃってたんです。もともとおばあちゃんはモービルの近くの養豚場育ちだったし、それでお葬式になると近所の人まで、ハム料理を作ってくれ、って訪ねてきたりして」ジョージアンヌはこれまでずっと、年配の人たちとつきあいながら生活してきた。だからアーニーと話をしていると心が安まった。体が前のめりになり、自然に笑みが浮かんでくる。「そういえば、ロリーおばさんも有名なんですけど、でも、有名っていってもいい意味じゃないんです。ライム味のゼリーをよく作るんだけど、おばさんたら、そこになんでも入れちゃうの。ミスター・フィッシャーが亡くなったときに作ったゼリーなんて、もう最悪で。ファースト・ミッショナリー・バプティスト教会じゃ、今でも語り草なんですよ。でも、ファースト・ミッショナリー・バプティストはファースト・フリー・ウィル・バプティストとは違う教会で、たとえば足を洗ったりはしないし、それに教義だって——」

「おいおい」ジョンが口をはさんだ。「いったい何が言いたいんだ？」

ジョージアンヌは思わず真顔に戻ったが、楽しい雰囲気だけは壊さないようにした。「今、本題に入ろうとしてたところなんだけど」

「だったら早くしてくれないか。アーニーは老い先短いんだからな」

ジョージアンヌはアーニーの腕を優しく叩きながら、目を細めているジョンを睨んだ。

「ひどい言いかたね」

「こんなの、たいしたことないさ」ジョンはからになったスープ皿を押しやり、体を前に傾けた。「ところで、教えてほしいことがあるんだ。チームメイトと議論になったんだけどさ、ヴァージルって、まだ勃《た》つのかい？　それとも、結婚したのはカネ目あてだったのか？」

ジョージアンヌは目を見開いた。頬が熱くなる。ヴァージルとの関係がロッカールームの笑い話になっているなんて、侮辱以外の何ものでもない。

「いいかげんにしろ、ジョン」アーニーが叱《しか》りつけた。「ジョージアンヌはいい子じゃないか」

「ほう？　いい子だったら、カネのために男と寝たりはしないはずだがな」

ジョージアンヌは口を開いたが、言葉はひとつも出てこなかった。同じくらい侮辱的なことを言いかえしてやろうと思っても、何も浮かばない。しばらくしたらジョンをぎゃふんと言わせられるようなことを思いつくのだろうが、それでは遅すぎる。彼女は深呼吸し、気持ちを落ち着かせようとした。興奮すると頭から言葉が消える――それは子供のころからの悲しい癖だった。〝ドア〟だとか〝ストーブ〟といった単語でさえ、思いだせなくなってしまう。さっき、ジョンに〝コルセット〟と言おうとしたときもそうだった。「どうしてあなたにそんな失礼なことを言われなきゃいけないわけ？」彼女はナプキンをテーブルに置きながら言った。「わたしのせいなのか、それとも、あなたが普段から女性を目の敵《かたき》にしてるのか、それはわからないけど、わたしがヴァージルとどんなおつきあいをしようが、あなたには関係ないでしょ？」

「別に、女性を目の敵にしてるわけじゃないさ」ジョンはそう言って、わざと視線をジョージアンヌの胸もとへ落とした。

「あんたの言うとおりだ」アーニーが割って入る。「あんたがミスター・ダフィーとどんなつきあいをしようが、わたしたちにはなんの関係もない」老人はジョージアンヌの手を握った。「そろそろ潮が引いたころだ。海岸におりてって、潮だまりでも探検してみなさい。大きな岩のそばにいいところがある。テキサスに帰るときのお土産が見つかるかもしれんぞ」

ジョージアンヌは年寄りを大切にするように育てられた女性だった。だから、アーニーの優しさを無駄にしようとは思わなかった。祖父と孫を同時に眺めながら立ちあがる。「ほんとうにごめんなさい、ミスター・マクスウェル。雰囲気を悪くするつもりなんて、なかったんです」

ふたりが言いあいになったのは、わたしがここに来たからだわ。椅子をテーブルに押しこみながら、ジョージアンヌはそう考えた。小さな窓がいくつかある裏口のドアを目指して、狭いダイニングを通り抜ける。ジョンがハンサムであることに惑わされて、判断を誤ってしまったのだろうか。嫌なやつじゃないと思ってたのに！

アーニーは裏口が閉じるのを待ってから言った。「あんな年端もいかない子に八つあたりするなんて、どういうつもりだ？」

するとと孫が片方の眉をあげた。「年端もいかない？」ジョンは両肘をテーブルについた。「どんなに想像力豊かな人間だって、ジョージアンヌを〝年端もいかない子〟だなんて思わないぜ」

「だが、そんなに年をとってるわけでもないだろう」アーニーは反論した。「それに、おまえが失礼なことを言ってあの子を怒らせたのは事実だ。おまえの母さんがここにいたら、耳を捻《ひね》りあげられるぞ」

ジョンが口の端を曲げて微笑んだ。「まあ、たぶんね」

アーニーは心に痛みを感じながら孫の顔をのぞきこんだ。孫の口の端に浮かんだ笑みは、このところ、どうもほんとうの笑みだと思えない。「よくないことだぞ、ジョン・ジョン」彼は孫の肩に手を置いた。がっしりと筋肉のついた肩だった。だが、今目の前にいるのは、アーニーが狩りや釣りに連れていった、あの幸せそうな少年ではなかった。ホッケーや車の運転を教えてやった少年。一人前の男にしてやろうと、自分の知っていることをすべて教えてやった少年。だが今目の前にいる男は、アーニーが育てたあの少年ではない。「嫌なことは心のなかから吐きだしちまえ。抱えこんで、自分を責めてばかりいちゃだめだ」

「吐きだす必要なんてないさ」ジョンは厳しい表情に戻って言った。「あのことは話したくないんだ」

　アーニーは心を閉ざしてしまった孫の顔を見つめた。自分にそっくりだったその瞳は、年齢とともにすっかり曇ってしまったようだ。ジョンを急《せ》かしたつもりはなかった。放っておいても、いつか自分の力で、リンダがしたこととの折りあいをつけていくはずだと考えていたからだ。半年前、ストリッパーと結婚するなどという馬鹿《ばか》なことをしたときにも、それはある意味、リンダを忘れるための方策なのだろうと思った。しかし、明日が一周忌になる今も、ジョンは彼女を埋葬したときと同じくらい傷ついている。「誰かと話をするんだよ」アーニーは言った。もしかすると、無理にでも孫の気分を変えさせてやったほうがいいのかもしれない。「いつまでくよくよしてるんだ、ジョン。おまえは、酒の力を借りてあのことを忘れようとしてるだけじゃないか。何も起きなかったことになんて、できないんだぞ」アーニーは先日テレビで言っていたことを思いだした。「そういうときの酒は、薬になんてなりゃしない。むしろ、もっと大きな病の種にもなりかねないんだからな」彼は司会者が言っていた言葉をそのまま披露した。

「また『オプラ・ウィンフリー・ショウ』でも見てたのか?」

　アーニーは顔をしかめた。「そんなことはどうでもいい。大事なのは、過去の出来事がおまえの心をむしばんでるってことだ。おまけに、罪もない女の子をはけ口にしてる」

　ジョンは椅子の背にもたれかかり、腕を組んだ。「ジョージアンヌをはけ口になんてしてないよ」

「じゃあ、どうしてあんなに失礼なことを言った?」

「気にさわるんだ」ジョンは肩をすくめた。「意味もないことをべらべらしゃべってさ」

「南部の人間だからだよ」アーニーが説明する。リンダのことは、とりあえず置いておこう。

「南部の女の子のおしゃべりを楽しもうとしてみればいいじゃないか」

「おじいちゃんみたいに？　あいつ、ホワイト・ソースのことか葬式のことを持ちだして、おじいちゃんを手玉にとろうとしてただけだぜ」

「妬《や》いてるんだな」アーニーが笑い声をあげた。「こんな老いぼれに嫉妬《しっと》してどうするんだ」

彼はテーブルをぽんと叩き、ゆっくり立ちあがった。「なんてこった」

「頭がおかしいんじゃないのか？」ジョンはぐびりとビールを飲みながら吐き捨てるように言い、同じように立ちあがった。

「おまえ、あの子が気に入ってるんだろう？」アーニーがリビングのほうへ行きながら言った。「あの子の視線を気にしながら、ちらちら見てたじゃないか。自分では気づいてないかもしれんが、おまえはあの子に魅力を感じてる。いや、うすうす気づいてるから、そんなにいらいらしてるんじゃないのか？」そう言ってベッドルームへ入り、ダッフルバッグに身のまわりのものを詰めはじめた。

「どこへ行くんだい？」ジョンが戸口のところからたずねた。

「何日か、ディッキーのところに泊めてもらうよ。ここじゃ、お邪魔のようだからな」

「邪魔なわけがないだろ？」

アーニーはちらりと孫を見かえした。「さっき言っただろう？　おまえはあの子をじっと見てたんだ」

ジョンは片手をリーヴァイスのポケットに突っこんで、ドアの枠にもたれかかった。もう片方の手につかんだビールのボトルで、いらだたしげに腿を叩いている。「こっちこそ、さっき言ったじゃないか。ヴァージルのフィアンセとセックスする気なんてない、って」

「じゃあ、おまえが正しくてわたしが間違ってることを願っておこう」アーニーはダッフルバッグのジッパーを閉じ、ストラップを手にした。ここを出ていくことがいいことなのかどうかはわからなかった。最初の勘では、このままとどまって、明日の朝、孫が後悔しないように目を光らせてやるのがいいと思っていた。しかし、わたしの仕事はもう終わりだ。やるべきことはやった。あとはジョンが自ら始末をつければいい。「気をつけろよ。でないと、あの子を傷つけて自分のキャリアも台なしにすることになるぞ」

「そんなこと、するつもりはないよ」

アーニーは目をあげ、悲しげな笑みを浮かべた。「そう願いたいもんだな」不安そうな声で言い捨て、ぶらぶらとリビングへ戻っていく。「ほんとうに、そう願いたいもんだ」

ジョンは祖父の背中を見ながら、あとについてリビングへ行った。はめ殺しの大きな窓へ近づくと、ベージュのカーペットに素足が沈みこむのがわかった。三軒の持ち家のうち、二軒が太平洋に面していた。海は大好きだ。潮騒も、その香りも。単調な波の音を聞いていると、嫌なことも忘れられる。この家は現実からの隠れ家としてはうってつけだった。ここにいれば、契約のことや、ＮＨＬで最も頻繁に話題となるセンターであることなど、どうでもよくなった。ほかのどこにもない安らぎが得られた。

今日までは。

ジョンは大きな窓ごしに、波打ち際の女性を眺めた。風に髪をなびかせている。彼女がこの家の安らかな雰囲気を壊してしまったのは事実だ。彼はビールを口もとに運び、ごくごくと飲んだ。

しかし、つま先立ちになっておそるおそる海の感触を確かめているジョージアンヌを見ていると、はからずも、唇の端に笑みが浮かんできた。彼女は疑いなく理想の女だ。意味のないおしゃべりをして彼をいらだたせたり、ヴァージルのフィアンセだったりしなければ、さっさと家を出ていってほしいなどとは決して思わなかっただろう。

だがジョージアンヌは、チヌークスのオーナーと深く関わっている女性だった。だからできるだけ早く、町から追いだしてしまわなければならない。明日の朝になったら空港かバスの発着所へ連れていこう。問題は、今晩をどう過ごすかだ。

ジョンは片方の親指をジーンズのウェストに引っかけ、ビーチで凧《たこ》をあげているふたりの子供たちに視線をやった。ジョージアンヌとベッドをともにするのが怖いのではなかった。アーニーが何を言おうと、俺は、自分の股間《こかん》にものを考えさせるような男ではない。ディーディーとの結婚なんていう馬鹿なあやまちを二度とくりかえすんじゃないぞ。再びビールを飲みながら彼はそう自分に言い聞かせた。

ゆっくりとビールをおろし、ジョージアンヌを眺める。あのときだって、ぐでんぐでんに酔っ払っていなければ、出会って数時間にしかならない女と結婚したりはしなかったはずだ。確かにディー・ディーはすばらしい体をしていたけれど。

ジョンは暗い表情になり、口の端をさげた。視線はいつの間にか、波打ち際で遊んでいるジョージアンヌを追っていた。低い声で悪態をつき、足音も荒くキッチンへ戻ると残ったビールをシンクに捨てる。

明日の朝、割れんばかりの頭痛とともに目覚め、ヴァージルのフィアンセと結婚したことに気づくなんて、まっぴらだ。

3

波が腿のあたりを濡《ぬ》らすたびに、ジョージアンヌはびくりと体を震わせた。確かに海は冷たかったけれど我慢して足の指でしっかりと砂地をつかみ、パンのようにこんもりした大きな岩の一端をつかんだ。重心を少しだけ前へ移し、ごつごつした表面に指をかける。しばらくのあいだ彼女は、紫やオレンジのヒトデがいくつも張りついたその岩を、心奪われたかのように眺めていた。そうして点字を読んでいるかのごとく、表面を注意深く指で探った。左手の五カラットのダイヤモンドが夕暮れどきの光を浴びて、赤や青の炎を拳に投げかけている。

潮騒が耳のなかでこだまし、目の前の景色が頭をすっきりさせてくれた。何もかも、生まれてはじめて体験する太平洋のおかげだ。

最初にビーチへおりてきたとき、ジョージアンヌは暗い気分に押し包まれていた。経済的に困窮していることや、結婚式をめちゃくちゃにしてしまったことや、ジョンのような男に頼らざるをえないことが、両肩に重くのしかかっていた。ジョンは同情のかけらも示してくれない。だがお金やジョンやヴァージルのことより彼女を不安にさせていたのは、こんな土地でひとりきりになってしまったという孤独感だった。顔見知りもいない場所。まわりを囲んでいるのは、緑の木々や山。テキサスとは大違いだ。海だってずっと冷たいし、砂粒は粗く、風も強い。

立ったまま海を眺めていると、こんな世界で生きているのはわたしひとりなんじゃないだろうかという思いがこみあげてきて、パニック感と闘わなければならなかった。だがそれは結局、無駄なあがきだった。まるで停電していく摩天楼のように、彼女の頭のなかでかちり、かちりと音を立て、何かが暗くなっていった。極度の緊張にさらされると、心がからっぽになってしまう――それはいつものことだ。なんとかしようと思っても、どうにもならない。今日一日の出来事が積もり積もって、ついに頭の回路がオーバーロードしてしまったのだろう。おまけに再び電気が通いはじめるまで、いつもよりずっと時間がかかってしまった。ようやくまともに考えられるようになると、ジョージアンヌは目を閉じ、体のなかを清めるようにして深呼吸し、これまでのごたごたを脳裏から消し去った。

頭を整理して、別のことに神経を集中させるのは得意だった。もう何年も練習してきたことだ。ジョージアンヌはこれまでずっと、自分とは違うリズムで動きつづけるまわりの世界とつきあってきた――彼女には必ずしも理解できないリズムを持っている世界。しかし、そのリズムを模倣することなら可能だった。九歳のころから彼女は、みんなと同じステップを踏みながら生きていけるよう、懸命の努力を続けてきた。

脳に障害を抱えていることをおばあちゃんから告げられたのは、一二年前の午後だった。

それ以来彼女のまわりの人々は、彼女の障害をみんなから隠そうとしてきた。礼儀や料理を教えてくれるチャーム・スクールに行かされたのもそのせいだ。いわゆる塾になど通ったことはなかったけれど、デザインのことならよく理解できたし、フラワー・アレンジメントなら目をつぶっていてもうまくできた。なのに読書となると、小学四年生程度の文章を読むのがせいぜいだ。だから彼女は、ありあまる魅力と快活さをフルに発揮し、きれいな顔と体の陰に障害を隠しながら生きてきた。今では自分がいわゆる知的障害などではなく、失読症であることもわかっている。だが、そのことを人に打ち明けようとは思わなかった。知的障害がないことがわかったときは大きな安堵《あんど》感に包まれたけれど、かといって、人に助けを求めるのははばかられたからだ。

大きな波が腿を叩き、ショートパンツの裾を濡らした。さらに大きく足を開き、先ほどより強く砂地をとらえる。ジョージアンヌの人生のルールブックの第一条は、まず、他人に好かれようとすることだ。単なる友達以上の関係になろうとつとめること。そして第二条は、みんなと同じようにふるまうこと。だから彼女は、週にふたつ、新しい単語を見つけては記憶するようにしていた。古典的な名作と言われる映画なら、できるだけ見るようにもした。ジョージアンヌに言わせれば、これまでセルロイドのフィルムに焼きつけられた最高の映画は『風と共に去りぬ』だ。あまりに分厚い本なので、気おくれして読んだことはなかったけれど、原作も持っている。

ライム・グリーンのイソギンチャクに触ると、べたべたした触手が指に絡みついてきたせいでたじろぎ、あわてて身を引いた。そのとき再び大きな波がぶつかってきて、膝から力が抜け、背中から水のなかへ倒れこんでしまった。引き波に翻弄《ほんろう》されて岩から遠ざかり、くるくると回転しながら岸のほうへ押し戻されていく。氷のように冷たい水が胸もとに入ってきて、息が詰まりそうだった。口のなかもしょっぱい潮水と砂でいっぱいだ。彼女は足をばたばたさせながら、顔を水面から出そうとした。ずるずるした海草が首に絡みつき、背後からさらに大きな波が押しよせてきて、彼女を魚雷のように砂浜へ打ちあげた。ようやくひと息ついたとき、波は再び襲いかかろうと猛スピードで引いていくところだった。ジョージアンヌは片手をつき、あわてて立ちあがった。波の来ないところまで逃げてから、再び四つん這いになって呼吸を整える。口のなかの砂を吐きだし、首に絡みついた海草を放り投げた。どれだけプランクトンを呑みこんだのだろうと思うと、歯の根が合わないほど怖かった。胃のなかが、背後の太平洋と同じくらい激しくうねっている。体のいろんなところに砂が入りこんだような気分に襲われながら、ジョンの家を見あげた。こんな失態、見られていなければいいのだけれど。

だが、その願いはむなしかった。サングラスをかけたジョンがゴムのサンダルで砂を蹴散らしながら、いかにも満足そうな笑みを浮かべて近づいてくるところだった。もう一度海に潜りこんで死んでしまいたい。ジョージアンヌはそう思った。

潮騒やカモメの鳴き声にまじって、深く豊かな彼の笑い声が聞こえてきた。その瞬間、彼女は寒さや砂や海草のことを忘れてしまった。自分がどんな姿をしているのかも、死にたいと思ったことさえも。全身の血がたぎり、火炎放射器のように怒りが爆発する。これまでずっと、人に失態を見られないよう頑張ってきたというのに。笑われるのは、大嫌いだ。

「こんなにおもしろい見せ物は久しぶりだったよ」ジョンが白い歯を見せながら言った。

ジョージアンヌの鼓膜の奥では怒りが轟《とどろ》いていた。海の音さえもう聞こえない。濡れた砂を拳に握りしめる。

「きみも自分の姿が見られればよかったのにな」彼は首を振って続け、耳や額にかかった髪を風になびかせながら大声で笑った。

ジョージアンヌはひざまずくと、濡れた砂をジョンに向かって投げつけた。砂は音を立てて胸にぶつかり、彼女は溜飲《りゅういん》をさげた。とりたてて運動神経がいいわけではないが、狙《ねら》った標的を外すことはめったにない。

その瞬間、笑い声が消えた。「なんだよ?」ジョンが悪態をつきながらタンクトップを見おろし、驚いたような表情を浮かべて再び視線をあげる。ジョージアンヌはそのチャンスを逃さず、彼の額を狙った。どろりとした砂がレイバンにぶつかり、ずるずると足もとへ落ちていった。ジョンは黒いフレームの上から、復讐《ふくしゅう》に燃える青い瞳で彼女を睨みつけた。

ジョージアンヌは笑みを浮かべ、さらに砂をすくいあげた。ジョンに何をされようと、怖くなどなかった。「もっと笑えば? あなたってほんとに最低の男ね」

彼は外したサングラスで彼女を指しながら言った。「俺だったら、そんなものを投げたりはしないいな」

ジョージアンヌは立ちあがって勢いよく頭を振り、顔にかかったびしょ濡れの髪を払った。

「砂が怖いの?」

彼は片方の眉をあげただけで、ぴくりとも動かない。

「どうするつもり?」彼女は挑発した。今やジョンは、これまで彼女が受けてきた侮蔑《ぶべつ》や屈辱を象徴する存在でしかなかった。「男の意地でも見せるの?」

ジョンが笑みを浮かべた。そして悲鳴をあげる隙《すき》もあたえず、ボディチェックでジョージアンヌを押し倒した。彼女は虚を突かれたまま手から砂を飛び散らせ、ほんの数センチのところにある青い瞳を見あげた。

「いったいどうしたっていうんだ?」それは質問ではなく、ただの怒りの表出だった。ブラウンの髪がひと房、額に垂れ、眉を走る白い傷跡に落ちかかっている。

「放してよ」ジョージアンヌは叫びながら、彼の上腕を殴りつけた。握りしめた拳の下に、あたたかい皮膚とたくましい筋肉が感じられた。怒りを吐きだすように、もう一度殴りつける。わたしのことをあざ笑ったのだから、これくらいの仕打ちは当然だ。それに、お金のためにヴァージルと結婚しようとしたなんて言って、わたしの本心を見抜いたのだから。おばあちゃんのことも恨めしかった。おばあちゃんがわたしをひとりにしなかったら、こんな間違いなどしでかさずにすんだかもしれないのに。

「いいかげんにしろ、ジョージー」ジョンが低い声で言い、手首をつかんで顔の脇に押しつけた。「やめるんだ」

ジョージアンヌはハンサムな顔を見あげた。こんな男、大嫌い。自分のことも、大嫌い。霞《かす》むこの目に見えるものも、何もかも大嫌い。泣くまいとして大きく息を吸ったが、喉の奥からもれてきたのはすすり泣きだった。「あなたなんて嫌いよ」彼女は小さな声で吐き捨て、塩辛くなった唇を舌で舐めた。涙をこらえようとして、胸をふくらませる。

「今この段階じゃ」ジョンが息のあたたかささえ感じられるほどの距離から言った。「俺だってきみのことが気に入ってるとは言えないな」

彼の発している体熱が、ジョージアンヌの怒りを貫いた。その瞬間、彼女はいくつかのことに気づかされてはっとした。彼の右脚が自分の脚のあいだにすっぽりとおさまっていること。彼の股間が内腿にくっついていること。広い胸に押さえつけられていること。なのにその重みが少しも苦しく感じられないこと。彼の体がたくましく、どこまでもあたたかいこと。

「きみって、ほんとにいろんなことを考えさせてくれるよな」彼は口の端をゆがめて笑みを浮かべながら言った。「考えちゃいけないことを、いろいろとね」自分を納得させるように、首を振っている。「絶対に考えちゃいけないことさ」ジョンは親指で彼女の手首の内側を撫で、視線を顔に合わせた。「きみの額は砂まみれだし、髪の毛はくしゃくしゃで、体はまるで濡れネズミだ。なのにどうして、こんなに魅力的なんだい?」

ジョージアンヌはこの数日間ではじめて、自分のいるべきところに戻ってきた気がした。思わずうれしくなって口もとに笑みが浮かんでくる。つまりジョンは、これまでの行動とはうらはらにわたしのことを好きになってくれたわけだ。あと少しばかり策をめぐらせれば、将来の身の振りかたが見えてくるまで家に置いてくれるかもしれない。「お願いだから、手首を放して」

「また殴りかかるんじゃないだろうな」

ジョージアンヌは首を振り、心のなかで、この人を操るためにはどれくらい魅力を振りまけばいいのだろうかと計算した。

ジョンが片方の眉をあげた。「砂を投げたりは？」

「しません」

彼は力をゆるめたが、ジョージアンヌの上からどこうとはしなかった。「痛かったか？」

「ううん」彼女はジョンの肩に手を置いた。その手の下のかたい筋肉が、彼の力強さをジョージアンヌに思いおこさせた。女性に乱暴するような男だとは思えなかった。でも、わたしはこの人の家に泊まることになる。それだけで勘違いする男は、山ほどいるだろう。これまで彼はわたしのことなど嫌っているようだったから、親しくなってもせいぜい感謝の気持ちを述べあうくらいだろうとたかをくっていたけれど、今後は気をつけなければ。

頭のなかにアーニーのことがよみがえってきて、彼女は喉の奥からかすれた笑いをもらした。「タックルされたのなんて、はじめてよ。あなたって、いつも女の人にこんなことするの？」いくらジョンだって、隣の部屋で祖父が寝ているというのに、女性とベッドをともにしようなどとは思わないはずだ。ジョージアンヌは安堵した。

「どうしたんだ？　こういうの、好きじゃないのか？」

ジョージアンヌは彼の瞳を見あげて微笑んだ。「時と場合によりけりね」

ジョンはひざまずいて彼女を見おろした。「好きだと思ったんだがな」そう言いながら立ちあがる。

熱い体が遠ざかっていくのを感じ、彼女はなんとか上体だけを起こした。「最初は花でも贈ってもらったほうがいいかな。まだるっこしいやりかたかもしれないけど、気持ちは伝わるもの」

ジョンは手を差しのべ、ジョージアンヌを立ちあがらせた。もう長いあいだ、女性に花など贈ったことはない。最後に花を注文したのは、亡き妻の白い棺《ひつぎ》を一ダースのピンクのバラで飾ったときだ。

彼はジョージアンヌの手を放すと、つらすぎる思い出を頭の隅へ追いやって目の前の女性に神経を集中した。彼女はウェストをひねりながら、お尻の砂を払っている。ジョンはあえて、その女性の体に視線を這わせた。髪は乱れたままだし、膝はまだ砂まみれだ。汚れたつま先と赤いペディキュアが奇妙なコントラストを作っている。緑のショートパンツはぴったりと腿に張りつき、着古しの黒いTシャツは乳房の形を浮きたたせていた。寒さのせいで、小さな草の実のように乳首が突きだしている。組み敷いたときの感触はすばらしかった――すばらしすぎたと言ってもいい。だからつい長いあいだ、柔らかい体の感触を楽しみ、きれいな緑の瞳をのぞきこんでしまった。

「おばさんには連絡したのか？」ジョンはかがんでサングラスを拾いあげながら訊いた。

「じゃあ、家に戻ったら連絡するといい」背筋を伸ばし、ビーチの向こうにある家を目指しはじめる。

「そうするわ」ジョージアンヌは歩幅の長いジョンに追いつこうとしながら言った。「でも、おばさん、今夜はビンゴ大会に行ってるはずなの。あと何時間か戻ってこないはずよ」

彼はちらりとジョージアンヌを眺めてからサングラスをかけなおした。「ビンゴ大会ってのは、どれくらいかかるんだ?」

「抽選券を何枚買うかにもよるんだけどね。でも会場が農協のホールだったら、たぶんあまり長くはいないんじゃないかしら。禁煙じゃないから。ロリーおばさんって、煙草《たばこ》のにおいが大嫌いなの。それに、農協ホールだとドラリー・ホファマンも来てるのね。おばさんとドラリーって、七九年以来犬猿の仲なのよ。理由は、ドラリーがおばさんのピーナツ・パテのレシピを盗んで、自分で考えたって言ったから。それまでは大の仲よしだったんだけど、でも——」

「またか」ジョンがため息をついて話をさえぎった。「いいかい、ジョージー」立ちどまって彼女を見おろしながら言う。「そういうことはやめてくれ。でないと、今晩じゅうに家から放りだすからな」

「そういうことって?」

「無駄なおしゃべりさ」

「ええっと……まだよ」

ジョージアンヌはあんぐり口をあけ、左胸をてのひらで押さえた。「わたし、無駄なおしゃべりなんてしてる？」

「してるさ。いらいらするね。きみのおばさんのゼリーなんて俺にとっちゃどうでもいいし、どのバプティストが足を洗うのかも、ピーナツ・パテも、どうでもいい。きみって、普通にしゃべれないのか？」

ジョージアンヌが視線を落とした。だがその直前、ジョンは、彼女の瞳に傷ついたような色が浮かんだことに気づいた。

「わたし、普通の人みたいに話せてない？」

彼の心を罪の意識がちくちくと刺した。ジョージアンヌを傷つけようと思ったわけではないが、かといって意味のない会話を何時間も続けるつもりもなかった。「いや、そんなでもないんだけどさ。でも、俺としては三秒でわかる答えが欲しいだけなのに、結論もない話を三分も続けられるとね」

彼女は下唇を噛んだ。「わたし、馬鹿なんかじゃないわ、ジョン」

「そんなことは言ってないよ」大学を優秀な成績で卒業したと言っていたはずなのに、どうしてこんな反応を示すのだろう。そういぶかりながら、彼は応じた。「じゃあ、こうしよう、ジョージー」傷ついたような表情を確かめながら続ける。「きみは無駄なおしゃべりをやめる。俺は嫌なやつであることをやめる。どうだ？」

彼女が、さあどうかしら、と言いたげに口もとをゆがめた。

「俺の言うことがわからないのか？」ジョージアンヌは首を振りながら、あざけるような口調で返した。「さっき言ったでしょ。わたし、馬鹿じゃない、って」

ジョンは笑い声をあげた。彼女のことを好きになりかけている自分がいた。「さあ、戻ろう」そう言って家のほうを指し示す。「震えてるじゃないか」

「ええ」彼女は素直に従い、ジョンに寄りそった。

ふたりは言葉も交わさず、ひんやりした砂地を歩いていった。風のあいだから潮騒とカモメの声が聞こえてくる。ジョンの家へと続く古い階段の前まで来ると、ジョージアンヌが最初にステップをあがり、彼のほうを振り向いた。「わたし、意味のないおしゃべりなんてしてないわ」沈む夕日を受けて目を細めている。

ジョンは足をとめ、ほとんど水平の位置にある彼女の顔を眺めた。カールした髪が乾きはじめ、顔のまわりで風に躍っている。「ジョージー、それはどうだろうな」サングラスに手を伸ばして、鼻筋までおろした。「だが、きみが自分をコントロールできるんだったら、俺たち、うまくやっていけるはずだよ。少なくとも今晩は――」そう言って、レイバンを彼女の顔にかけてやった。「友達でいられるはずだ」ほかに適当な言葉が見つからなかった。だが、友達以上の関係になるなんて、ありえない話だ。

「そうだったらいいけど」ジョージアンヌは蠱惑的な笑みを浮かべてみせた。「でもさっきはあなた自身、俺は優しくない、って言ってたんじゃなかった？」

「そのとおりさ」彼女はすぐそばにいた。乳房が胸に触れるくらいの距離だ。これも彼女一流の思わせぶりなのだろうか。

「優しくない人と、どうやって友達になれっていうの?」

ジョンは彼女の口もとに視線を移した。俺がどれだけ優しくなれるか、今この場で教えてやろうか、と思いながら。体を近づけ、あの唇にキスしたらどうなるだろう。彼女はセクシーな笑みを浮かべて、俺を誘っている。その誘いに乗り、唇の甘さを確かめたら? 腕をあげ、数センチ先にある彼女の腰を引きよせたかった。どこまで触れたら拒否されるのか、確かめたくてたまらなかった。

だが、まだ理性は失っていない。「わかった」彼はジョージアンヌの肩に手を置き、彼女と並んだ。「俺は外出しよう」先に立って階段をあがりながら宣言する。

「わたしも連れてって」彼女もぴったりあとについて言った。

「だめだ」ジョンは首を振った。ジョージアンヌ・ハワードといっしょにいるところを誰かに見られでもしたら、一巻の終わりだ。そんなリスクは冒せない。

冷えた肌をお湯であたためながら、ジョージアンヌはゆっくり髪をシャンプーしはじめた。シャワーに入ったのは、もう一五分も前だ。ジョンからは〝俺も外出前にシャワーを浴びたいから、さっさとすませてくれ〟と言われていたはずだった。だが、その言葉に従うつもりはない。

目を閉じて上を向き、泡を洗い流していく。それにしてもこんな安物のシャンプーだと、きれいなパーマが台なしになってしまう。ヴァージルのロールスロイスに積んだスーツケースには、ポール・ミッチェルのシャンプーが入れてあったのに。シンクの下で見つけたコンディショナーのサンプルの袋を破って中身を押しだしていると、泣きたいような気持ちになったけれど、それでも彼女はシャワーの湯気とフローラルの香りに包まれながら、目の前の問題にとり組んだ。

アーニーは先ほど出ていってしまったし、ジョンも外出するという。家主もいない家に何日も滞在するわけにはいかない。友達になろうと言われたときはほっとしたけれど、そんな安堵感も、外出するという彼の宣言で消えてしまった。

ジョージアンヌはコンディショナーを注意深く髪にすりこんでから、シャワーの外に出た。ほんの一瞬だけ、この体を使ってジョンを引きとめようかと思ったが、すぐにそんな考えを打ち消した。モラルに反するという思いもあったけれど、何より、セックスが好きではなかったからだ。何度か男性とそういう親密な関係を持ったときも、自意識過剰になってしまい、そのせいで楽しめなかった。

シャワーを出るころには、すっかりお湯を使いきってしまった。だが彼女は、男性用石鹸《せっけん》のにおいがまだ残っているのではないかとびくびくしていた。手早く体をふき、エメラルド色のレースの下着をはいて同系色のブラをつける。ハネムーン用に持ってきた特別なランジェリーだった。しかし、ヴァージルがこのランジェリーを見られなかったからといって、かわいそうだとは思わなかった。

天井の換気扇が湯気を吸いだしていく。彼女はまだかすかに濡れた体にジョンから借りたシルクのローブを張りつかせたまま、ウェストのベルトを締めた。柔らかい感触のローブだったけれど、男ものだし、それにコロンの香りがする。丈が膝下まであるうえに、背中には赤と白の糸で日本語の漢字が大きく刺繡《ししゅう》されていた。

目の粗い櫛で髪をとかしながら、ヴァージルの車に残してきたエスティー・ローダーのローションやパウダーなんて忘れなさい、と自分に言い聞かせた。キャビネットの引き出しをあけ、湯あがりに使える化粧品はないかと探したが、出てきたのは歯磨き粉と何本かの歯ブラシ、フット・パウダーのボトル、シェイヴィング・クリームの缶、そして剃刀《かみそり》が二本だけだった。

「これだけなの？」ジョージアンヌは額に皺を寄せ、今度は旅行かばんのなかを引っかきまわしはじめた。三日前から呑みはじめた避妊用のピルの袋を脇にどけ、化粧品を外に出す。ジョンはほとんどなんの苦労もせずにあれだけハンサムでいられるのに、わたしはお金と時間をたっぷりかけて外見を気にしなければならない。それって、不公平じゃない？

タオルで鏡をぬぐい、自分の姿を映した。歯を磨き、マスカラとアイラッシュを塗って、頰紅をつける。

そのとき、ドアをノックする音が聞こえた。びっくりして、あやうく甘い香りのするピーチ色の口紅をほっぺたに塗ってしまうところだった。

「ジョージー？」

「ジョン？」

「覚えてるだろ？　俺もシャワーを浴びたいんだぞ」

もちろん覚えていたが「そうだったわね」と答えた。手櫛で髪を整えてから、厳しい批評眼をもって自分の顔をチェックする。体からは男性みたいなにおいがするし、外見もばっちりだとは言えない。

「今夜じゅうには終わるんだろうな？」

「ちょっと待ってて」彼女は化粧道具を旅行かばんに放りこみ、トイレのふたをおろした。

「濡れた服はタオルかけにかけといていい？」白と黒に塗られたフロアから、先ほどまで着ていたものを拾いあげながらたずねる。

「ああ、かまわない」ジョンがドアの向こうから答えた。「まだなのか？」

ジョージアンヌは、濡れたブラと下着をていねいにかけ、その上にショートパンツとTシャツをかけた。「これでよし、と」そう言いながらドアをあける。

「さっさとすませるって話だったはずだけどな」彼は、まるで雨でも受けとめるかのように両のてのひらを上に向けてみせた。

「さっさとすませたつもりだけど」

ジョンが腕をおろした。「あんまり長いんで、肌がカリフォルニア・レーズンみたいにしわしわになってるんじゃないかって心配したくらいだぞ」すると彼は、ジョージアンヌが予期していたとおりの行動をとった――彼女の体を上から下まで、舐めまわすように見ている。その瞳が興味に輝いていることを見てとり、ジョージアンヌはリラックスした。ジョンはわたしのことを気に入っている。「お湯を使いきっちゃったのか？」彼は厳しい表情になって訊いた。

ジョージアンヌは目を丸くした。「そうみたい」

「この時間じゃ、もうどうでもいいことだけどな、ちくしょう」彼は手首の内側の時計を確かめながら罵《ののし》った。「今から出たって、バーに着くころにはカキは売りきれだろうよ」そう言い、背を向けてリビングへ行こうとする。「塩ピーナツと湿気《しけ》たポップコーンで我慢するしかないか」

「おなかがすいてるんだったら、何か作ってあげましょうか？」ジョージアンヌは彼のあとにぴったりくっつきながら提案した。

ジョンがちらりと肩ごしに振りかえった。「いや、けっこうだ」

だが、彼に認めてもらうチャンスをみすみす逃すつもりはなかった。「わたし、料理がうまいのよ。あなたが出かけるまでに、おいしいディナーを作ってみせるわ」

ジョンがリビングのまんなかで足をとめ、向きを変えて正面から彼女を睨みつけた。「けっこうだったら、けっこうだよ」

「でも、わたしもおなかがすいてるの」ほんとうは少しすいているくらいだったのだが、彼女は嘘をついた。

「スープじゃ足りなかったんだな?」彼は体重を片方の足にかけ、手を前ポケットに突っこんだ。「アーニーはときどき、他人が自分ほど少食じゃないってことを忘れちまうんだ。もっと欲しいって言えばよかったのに」

「あれ以上、好意に甘えたくなかったの」ジョージアンヌはそう言いながら、彼に向かって甘い笑みを浮かべた。ジョンの気持ちは揺れているらしい。あとひと押ししてみよう。「おじいさまを傷つけるようなことはしたくなかったの。確かに一日じゅう食べてなかったから、おなかはぺこぺこだったけれどね。でも、わたし、お年寄りのことならよくわかってるから。スープとサラダだけで充分なのよ。わたしたちにしてみれば、コースの最初のメニューでしかなくてもね」

ジョンが口もとを曲げた。

かすかな笑みを黙認の証《あかし》だと見なした彼女は、さっさと脇を抜けてキッチンに入った。料理などしないと言ったわりには、驚くほどモダンなキッチンだ。アーモンド色の冷蔵庫をあけ、頭のなかで食料品のリストを作っていく。アーニーはここにいるあいだは食料をたっぷり買いこんでおくと言っていたけれど、それは冗談ではなかった。

「ほんとうに、ツナにもグレイヴィーをかけるのか?」戸口のほうからジョンが訊いてきた。

ジョージアンヌは脳裏でレシピの輪転機を回しながら、棚のドアをあけた。なかにはいろんな種類のパスタやスパイスが詰まっている。ジョンのほうをちらりと見ると、彼はドアの枠に肩をもたせかけていた。「クリームド・ツナが食べたいなんて言わないでね。なかには好きな人もいるけど、わたしはもう二度とあの料理のにおいを嗅《か》がなくたって幸せなんだから」

「朝食はたっぷり作るほうかい？」

ジョージアンヌは戸棚を閉めて、彼のほうに向きなおった。気がつくと、ウェストの黒いベルトがほどけかかっていた。「当然でしょ」もう一度きつく締めなおしながら言う。「だけど、おいしそうなシーフードがこれだけ冷蔵庫に入ってるのに、どうして朝食のことなんて持ちだすの？」

「シーフードだったら、いつでも食べられるからね」ジョンが肩をすくめて答えた。

チャーム・スクールの授業で覚えたテクニックを総動員して、彼を驚かせようと思っていたのに。「あなたが食べたいのは朝食みたいな料理なの？　特製のソースをかけたわたしのリングイーネ、ほっぺたが落ちるくらいおいしいのに」

「ビスケットとグレイヴィーはどうだい？」

ジョージアンヌは落胆しながら言った。「冗談なんでしょ？」ビスケットとグレイヴィーの作りかたを習ったことはなかったが、どちらも習わなくても作れるたぐいの料理だ。まるで細胞が最初から作りかたを覚えているみたいな料理。「さっきはカキを食べるって言ってたのに」

彼は再び肩をすくめた。「油っぽい朝食をたっぷり食べるのが好きなんだよ。動脈硬化になりそうなやつをね」

ジョージアンヌは首を振り、もう一度冷蔵庫をあけた。「じゃあ、ふたりでここにある豚肉を全部揚げてしまいましょう」

「ふたりで?」

「そう」彼女はハムをカウンターに置き、今度は冷凍庫をあけた。「ハムをスライスしてくれない? こっちはそのあいだにビスケットを作るから」

ジョンは陽に焼けた頰にえくぼを浮かべ、ドアの枠を押しやるようにして体勢をなおした。「それくらいだったら俺にもできるかもな」

彼が微笑んでくれたせいで、ジョージアンヌはおなかの底からうれしくなった。つながったままのソーセージをシンクに入れ、熱いお湯で洗い流す。あんな微笑みを見たら、どんな女だってころりと参ってしまうはずだ。「ガールフレンドはいるの?」彼女はそうたずねてお湯をとめ、小麦粉やその他の必要なものを棚からおろしはじめた。

「何枚スライスすればいい?」ジョンは質問に質問で返した。

ジョージアンヌは肩ごしに彼の手もとを見た。片手でハムをつかみ、もう片手には人でも殺せそうなほど大きなナイフを握っている。「あなたの食べたいだけ」彼女はそう答え、もう一度たずねた。「わたしの質問には答えてくれないわけ?」

「ああ」

「どうして?」量もはからずに、小麦粉や塩やベイキングパウダーをボウルに入れていく。

「だって」ジョンはハムを切りながら言った。「きみには関係ないことだろ」

「わたしたち、友達なんでしょ？」さっきそう言ったのはジョンだし、ジョージアンヌは彼のプライベートなことが知りたくてたまらなかった。「友達って、いろんなことを打ち明けあうものよ」

ナイフを動かしていた手がとまり、ジョンが青い瞳で彼女の顔をじっと見つめた。「じゃあ、俺の質問にも答えてくれるかい？」

「いいわ」彼女はそう答えた。必要とあれば多少の嘘はしかたない。

「わかった。ガールフレンドはいないよ」

どうしてだか、その答えを聞いたとたん、おなかの底がさらにうれしくなった。

「じゃあ、今度はそっちの番だ」彼はハムをひと切れ、口のなかへ放りこみながら言った。

「ヴァージルとはいつからのつきあいなんだ？」

ジョージアンヌはその質問の意味を考えながら彼の脇をすり抜け、冷蔵庫からミルクを出した。嘘をつくべきだろうか。それとも、ほんとうのことを言ったほうがいい？　嘘とほんとうを混ぜておくべき？　「一か月ちょっと前から」結局、ほんとうのことを伝えた。ボウルの中身にミルクを足していく。

「ふうん」ジョンは率直な笑みを浮かべて言った。「ひと目惚《ぼ》れ、ってわけか」

いかにも意味深な言いかただ。彼女は思わず、木のスプーンを投げつけてやりたくなった。

「ひと目惚れって、信じてないの？」ボウルを左のヒップに押しつけながらかきまわす。おばあちゃんが何度も何度もやっていたことだし、これまで自分でも同じやりかたをくりかえしてきた。

「信じないね」彼は首を振り、再びハムを切りながら答えた。「きみみたいな女性とヴァージルみたいなじいさんのあいだに起きたひと目惚れだったら、とくにね」

「わたしみたいな女？　それ、どういう意味？」

「わかってるだろ？」

「いいえ」見当はついたけれど、ジョージアンヌはそう答えた。「何が言いたいんだか、さっぱりわからない」

「おいおい」ジョンはしかめっ面をしてみせた。「きみは若くて魅力的だし、体だって、その……」言いよどんで、ナイフを彼女のほうへ向ける。「とにかく、きみみたいな女の子が、左耳の脇から頭のてっぺんにかけて薄い髪を撫でつけてるような男と結婚するんだから、理由なんてひとつしかないじゃないか」

「ヴァージルのことが好きだったの」彼女は自己弁護しながら、ボウルの中身をこねていった。

彼が眉をあげ、疑いのまなざしを向けた。「つまり、あいつの持ってるお金が好きだったってことだろ？」

「そうじゃない。彼って、ときにはすごく魅力的なのよ」

「そして、ときには最低最悪の男にもなれる。だがまあ、きみはまだ、あいつとつきあってひと月ちょっとなんだから、そういう面を知らなくても当然だけどな」

自分を抑えていないと、かっとしてまた何かを投げつけてしまいそうだった。そんなことをしたら、あと数日ここにいてもいいと言ってもらえる可能性なんてなくなってしまうだろう。ジョージアンヌはボウルをそっとカウンターに置いた。

「どうして結婚式から逃げてきた？」

理由を教えてやるつもりはなかった。「ただ、気が変わっただけ」

「それとも、これからずっと、自分のじいさんより年上の男とセックスをしなきゃいけないってことに気づいたか、だな」

ジョージアンヌは胸の下で腕を組み、ジョンを睨みつけた。「その話題を持ちだすのはこれで二度目ね。わたしがヴァージルとどんな関係にあるのか、どうして気になるの？」

「気になるわけじゃないさ。いささか好奇心をそそられるだけでね」ジョンは彼女の言葉を訂正し、さらに何枚かハムを切ってナイフを置いた。

「わたしとヴァージルがまだセックスをしてないって可能性は、考えたことがないの？」

「ないね」

「でも、わたしたち、セックスなんてしてないわ」

「嘘をつけ」

ジョージアンヌはおろした手を握りしめた。「あなたって、考えてることも言うことも薄汚いのね」

ジョンはそんな非難を受け流して肩をすくめ、カウンターの端に軽くお尻をのせた。「ヴアージル・ダフィーがあれだけの財産を作ったのは、どんな投資をするときでも念には念を入れて確認してきたからさ。そんな男がたいして確かめもしないまま若いベッド・パートナーを選ぶなんて、考えられないね」

ヴァージルがわたしにお金を注《つ》ぎこんだことなんてありません、と怒鳴りつけてやりたかった。だがそれは嘘だ。おまけに彼は、投資に見あった利潤さえあげていない。花嫁が式場から逃げてしまったのだから。「わたしはあの人と寝てません」ジョージアンヌは、自分の気持ちが怒りから傷心へと変わっていくのに気づきながら抗弁した。

ジョンが唇の端をかすかに持ちあげ、眉にかかった髪をかきあげて首を振った。「いいかい、ジョージー、俺にとっちゃ、きみがヴァージルと寝たかどうかなんてどうでもいいことなんだ」

「じゃあ、どうしてそのことばかり口にするの？」どんな嫌味を言われても、もう怒りに我を忘れてはいけない。ジョージアンヌはそう自分に命じながらたずねた。

「きみが自分のしたことの意味をわかってないからさ。ヴァージルは金持ちだし、力も持ってる。今日きみは、そんな男を侮辱したんだぞ」

「わかってます」彼女はジョンの白いタンクトップに視線を落とした。「明日電話をかけて、謝るわ」

「やめといたほうがいいな」

ジョージアンヌが目をあげ、彼の顔を見た。「早すぎるってこと？」

「そりゃそうさ。来年だって早すぎるかもしれない。俺だったら謝ったりせず、さっさとこの州から逃げだすよ。できるだけ急いでね」

彼女はジョンの胸の前、ほぼ一〇センチのところまで足を踏みだし、怯えたようなまなざしで彼を見あげた。しかしほんとうは、ヴァージル・ダフィーのことを恐れていたわけではなかった。確かに今日してしまったことは申し訳ないと思っていたけれど、ヴァージルならきっと乗りこえられるはずだ。あの人はわたしを愛してなどいない。ただ、わたしの体を欲しているだけだ。そんな人のことをひと晩じゅうよくよく考えていたって、なんになるというのだろう。考えなければならないことは、まだほかにもある。たとえば、これからの身の振りかたを思いつくまでここにいていいよ、という言葉をジョンの口から引きだすこと。

「あの人、どうするかしら?」彼女はおもねるような口調で言った。「誰かを雇って、わたしを消す、とか?」

「そこまでは、どうかな」ジョンは彼女の口もとに視線を落とした。「でも、小さな女の子の人生をみじめにするくらいなら、やりかねないけどね」

「わたし、小さな女の子なんかじゃないわ」ジョージアンヌはそうささやいて、さらに身を寄せた。「あなたって、そんなことも気づかないの?」

ジョンはカウンターから離れて彼女の顔を見た。「俺は勘がにぶいわけでも頭が悪いわけでもない」そう言って、手を彼女のうなじに回す。「きみに関しては、もういろんなことに気づいてるよ。たとえば、そのローブを脱いでくれたら、俺はきっと何時間も幸せに笑っていられるだろう、とかね」ジョンの指が首づたいにおりていき、両肩のあいだをかすめた。彼がこんな近くに立っているというのに、怖くなどなかった。広い胸と太い腕を見ていると、その男らしさが頭のなかで渦を巻いた。しかし、その気になったらすぐに彼のそばを離れられるはずだという自信は揺るがない。「わたしがこのローブを脱いだら大変よ。整形手術でも受けないかぎり、あなたの笑顔、消えなくなっちゃうから」彼女は南部人独特の魅力を振りまきながら、からかった。

ジョンが手をさらにさげ、右側のヒップを手のなかに包みこんだ。俺をとめられるならとめてみろ、と瞳で挑発している。どこまで許されるのか、試しているわけだ。「そのためだったら、手術くらいかまわないね」ジョージアンヌを抱きよせながら言う。

ジョージアンヌは彼の手の感触に全身を絡めとられ、一瞬凍りついた。けれど、お尻を愛撫され、乳首の先に分厚い胸板を感じながらも、彼の操り人形になってしまったようには感じなかった。少しだけ体をリラックスさせ、彼の胸にてのひらをあてる。そこにはかたい筋肉があった。

「だが、キャリアを捨てるほどじゃない」ジョンが、彼女のお尻を包むスムーズな絹の感触を指先で確かめながら言った。

「キャリア？」ジョージアンヌはつま先立ちになり、唇の端に軽くキスをした。「なんのこと？」そう訊きながら、ジョンがこれ以上大胆な行動に出たらすぐに逃げてしまおうと身構える。

「きみといると」ジョンは彼女の口もとにささやきかけた。「普通の男は楽しい思いをするんだろうな。でも俺みたいな男にとって、きみは毒でしかない」

「あなたみたいな男？」

「節度を超えていて、輝いていて、罪深いものに抵抗できない男さ」

「その三つのうちのどれがわたしなの？」

「ジョージー、三つともだよ。きみがどれほどの猛毒を持ってるのか確かめたいのは山々だが、やめておいたほうがよさそうだ」

「何をやめておくの？」彼女は念を押すようにたずねた。

ジョンは彼女の顔を見るために体を離した。「ワイルドなことさ」

「なあに？」

「セックスだよ」

大きな安堵感がジョージアンヌを包んだ。「今日はわたし、ついてないみたいね」彼女は引きずるようなアクセントを強調しながら満面の笑みを浮かべようとしたが、その試みは失敗に終わってしまった。

4

ジョンはフォークのかたわらにある折りたたまれたナプキンを見て、首を振った。帽子の形に折ったのだろうか。それともボート？　いや、何かのふたのつもりかもしれない。ジョージアンヌは、南部式と北部式をミックスした感じでテーブルをセットする、と言っていた。だとすると、帽子の線がいちばん濃いはずだ。二本のビールの空き瓶からは、黄色と白の野生の花が首を伸ばしている。テーブルのまんなかでは砂がラインを描き、それに沿って貝殻と、石の暖炉の上に飾られていた幸運の蹄鉄《ていてつ》が四つ並べられていた。蹄鉄をテーブルに飾ってもアーニーは怒ったりしないだろうが、そもそもどうしてジョージアンヌがこんながらくたを使って食卓をアレンジしたかったのかは、さっぱりわからなかった。

「バターは？」

彼はテーブルの向こうにあるふたつの魅力的な緑の瞳を眺めながら、あたたかいビスケットとグレイヴィーのかかったソーセージを口に詰めこんだ。ジョージアンヌ・ハワードは思わせぶりな女だけれど、料理の腕は抜群だ。「いや、いい」

「シャワーを浴びてさっぱりした？」彼女は続けてたずね、自分の作ったビスケットと同じくらいあたたかな笑みを浮かべた。

このテーブルに座った二分前からずっと、この女は俺に会話をさせようとしている。だが、その誘いに乗るつもりはない。「まあね」ジョンは答えた。

「ご両親はシアトルに住んでらっしゃるの?」

「いや」

「じゃ、カナダ?」

「母親だけだ」

「じゃあ、ご両親は離婚なさったの?」

「いや」彼の視線は、黒いローブからのぞく豊かな胸もとへと引きつけられた。

「お父様は?」ジョージアンヌはオレンジ・ジュースに手を伸ばしながら訊いた。ローブの前がはだけ、スカラップで飾られたグリーンのブラのラインと、ふっくらと盛りあがった白い肌が見えた。

「俺が五つのときに死んだよ」

「ごめんなさい。でもわたしにも親を失ったときの気持ちはわかるの。わたしの両親も、まだ小さかったときにいなくなっちゃったから」

ジョンは冷静な表情のまま、彼女にちらりと視線を送った。ジョージアンヌは美しい女だ。その体はふわりとふくよかな曲線を描いているし、脚もすらりと長い。まったく、裸にしてベッドへ連れこみたくなるような女だった。だが今日の昼すぎ、すでに心は決めてあったはずだ。ジョージアンヌには手を出したりしない。そのことなら充分我慢できたのだが、我慢できないのは、彼女があの手で俺の体のあちこちに触りたがる〝ふり〟をしていることだ。きみと寝るつもりはないと言ってやったときは、唇をとがらせて不満そうな声を出していたけれど、ふたつの瞳は間違いなく安堵感できらめいていた。あれほどほっとした表情が女性の顔に浮かぶのを見たのは、はじめてだった。

「ボートの事故だったの」まるでたずねられたかのように彼女は言った。オレンジ・ジュースを飲みながら先を続ける。「フロリダの沖でね」

ジョンはハムをひと切れ口に入れ、コーヒーに手を伸ばした。女性にはもてるほうだった。電話番号を書いた紙を、ポケットだけでなく下着のなかに押しこまれたこともある。俺とのセックスを歯の神経を抜きに行くことと同じレベルで考えた女性は、ひとりもいないはずだ。

「そのときわたしが両親といっしょにいなかったのは、ほんとうに偶然だったの。もちろん両親はわたしを旅行に連れていきたがったんだけど、わたし、水疱瘡《みずぼうそう》にかかっちゃって。だからふたりは、しぶしぶ、わたしをおばあちゃんのところへ預けていったの。おばあちゃんの名前はクラリッサ・ジューンっていうんだけど、わたし、今でも覚えてる……」

その声を頭のなかから締めだしながら、ジョンはぼんやり視線をさげ、彼女の喉もとを見た。俺はうぬぼれの強い人間じゃない。それでも、認めたくはないけれど気になることがある。この女が俺に少しも魅力を感じていないことだ。ジョンはコーヒー・マグをテーブルに置き、腕を組んだ。シャワーを浴びたあと、洗いたてのジーンズと白いTシャツに着替えたばかりだった。まだ外出しようと思っていたからだ。あとは靴を履いて玄関を出れば、それでいい。

「なのに、ミセス・ラヴェットったら冷蔵庫みたいに冷たい人でね」ジョージアンヌがしゃべっていた。いつの間に話題は両親のことから冷蔵庫のことになったのだろう、とジョンは思った。「それに安っぽいの……ひと晩じゅう泣いたりして、ほんとうに安っぽい人なのね。だって、ルー・アン・ホワイトが結婚したときなんて、ミセス・ラヴェットったら——」ジョージアンヌはそこで言葉を切り、緑の瞳をきらきらと輝かせた。「ホット・ドッグ焼き器をプレゼントしたんだから。信じられる？ 電化製品をプレゼントするだけでも充分安っぽいのに、選んだのがウィンナーを焼く道具だなんて！」

ジョンはうしろに体重をかけて椅子を斜めにした。さっき無駄なことは言わないと約束したはずじゃないか。きっと本人は無意識なのだろう。この女、思わせぶりなだけじゃなく、しゃべりだしたらとまらないってわけだ。

ジョージアンヌは皿を脇にどけて体を前に倒した。ローブがはだけかかっているのもかまわずに話を続けている。「おばあちゃんも言ってたわ。マーガレット・ラヴェットはどうしようもなく安っぽい女だ、って」

「わざとやってるのか？」ジョンは訊いた。

彼女が目を丸くした。「え？」

「わざと見せてるのか、ってことだよ」

ジョージアンヌは胸もとを見てテーブルから体を離すと、ローブを喉のところまでかきあわせた。「違います」

椅子の前脚をフロアに叩きつけるようにして、彼は立ちあがった。目を見開いている彼女を見おろして考えた。もう狂気に身を任せてしまおう。彼は手を差しのばし、声をかけた。「こっちへ来るんだ」ジョージアンヌがそばまでやってくると、ジョンは彼女のウェストに手を回し、きつく抱きよせた。「俺はこれから外出する」柔らかな体のカーブを感じながら言った。「だから、さよならのキスをしてくれないか」

「どれくらい外出するつもり？」

「しばらくのあいだはね」彼は、体が重くなっていくような感触に襲われながら答えた。

ジョージアンヌはあたたかい窓辺で伸びをする猫のようにしなだれかかり、彼の首に腕を回した。「わたしも連れてってほしい」まさに、猫撫で声だった。

ジョンは首を振った。「まずキスしてくれ。心をこめたキスをね」

彼女はつま先立ちになって言われたとおりにした。キスのしかたはよくわかっているらしい。唇を開いて、柔らかく押しつけてくる。その唇からはオレンジ・ジュースの味がした。そして、その先に待っているさらに甘い行為の味。彼女の舌が唇に触れながらくねり、じらしながら愛撫し、指が髪のなかに入って足がふくらはぎを探った。そこからこみあげてきたまじりけのない欲望に呑みこまれ、ジョンは体をこわばらせた。

これじゃ、まるで玄人じゃないか。ジョンはそう思いながら少しだけ身を引き、彼女の顔をのぞきこんだ。唇は艶々と光っているし、呼吸も少しだけ乱れている。もしその瞳に、自分が感じているのと同じ飢えがほんのわずかでも浮かんでいたら、満足してこのまま背を向け、玄関から出ていくのに。

ジョンの視線は、顔のまわりで柔らかくカールしているマホガニー色の髪へと移っていった。絹のような渦がそれぞれ、部屋の明かりを反射している。その渦のなかへ指先を沈めたかった。だが、それはできない。背を向けて外に出るんだ。なのに彼は、じっと彼女の瞳を見つめつづけた。

このままじゃ、納得できない。そう思った彼は、片方の手で彼女のうなじを支えてかすかに横を向かせ、足の先まで伝わるような熱いキスをした。彼女がトロフィー・キャビネットを兼ねた食器棚へお尻をのせなければならなくなるまで、ぐいぐいとうしろへ押していく。唇の位置を頬から顎へと移し、髪を押しのけて首筋に口づけした。彼女の肌からは女性らしくあたたかい、花のようなにおいがした。ジョンはシルクのローブを肩から滑り落とそうとしながら、一瞬腕をこわばらせ、これ以上先へ進んじゃいけない、と自分に命じた。

「いいにおいだ」彼女の首筋に向かって言う。

「男みたいなにおいじゃない？」彼女は緊張まじりの笑いをもらした。

ジョンは微笑んだ。「俺のまわりには男しかいないんだぞ。信じていい。きみは、男っぽいにおいなんてさせちゃいないよ」そう言ってエメラルド色のブラのストラップに指を這わせ、柔らかい喉もとにキスをする。

その瞬間、ジョージアンヌは彼の手を自分の手で覆った。「こんなこと、しないって言ったんじゃなかった？」

「しないさ」

「じゃあ、わたしたちが今してることは、何？」

「ちょっとふざけあってるだけだよ」

「でも結局は最後までいっちゃうんでしょ？」彼女は片手で自分の肩を抱き、胸を隠すようにした。

「だいじょうぶだ。だから、リラックスして」ジョンはそう言いながら、なめらかな腿の裏へ手を回し、彼女を持ちあげた。抗議の声があがる前にジョージアンヌをキャビネットの上へのせ、脚のあいだに体を割りこませる。

「ジョン？」

「うん？」

「痛くしないって約束してくれる？」

彼は頭をあげて彼女の顔を見た。真剣な表情だ。「痛くしたりはしないよ、ジョージー」

「わたしが嫌いなことは、しない？」

「もちろん」

ジョージアンヌは笑みを浮かべ、手を彼の肩にのせた。

「こういうのは好きかい？」ジョンは彼女の腿の外側に手を滑らせ、そのままシルクのローブを持ちあげた。

「うーん」ジョージアンヌは甘い声を出しながら彼の耳たぶを舐め、首筋へと舌を滑らせた。

「じゃあ、こういうのは好き?」今度は自分から、彼の喉の脇に向かってたずね、敏感な部分を軽く吸う。

「最高だ」ジョンは抑えた笑いをもらしながら答えた。そうして膝を伝って手を上へとあげていき、レースの下着のゴムに指先をかけた。「何から何まで、きみは最高だよ」首をかしげ、目をつぶった。ジョージアンヌほど柔らかな女性に触れた記憶はなかった。指先をあたたかい腿へ埋もれさせ、さらに脚を開かせる。彼女の唇の甘美な動きを喉のところで感じつつ、ローブのなかへ手を滑りこませ、ヒップを抱えこんだ。「肌は柔らかくて、脚はすらりとしてて、お尻はいい形をしてる」そう言って彼女の体を自分の腰骨に押しつけると、股間に熱が押しよせてきた。気をつけていないと、このままジョージアンヌのなかへ沈みこんでいってしまいそうだ。

彼女が顔をあげた。「わたしをからかってるの?」

ジョンは澄んだ瞳を見おろした。「違うさ」その瞳が欲望にきらめいていないかどうか、確かめる。だが期待は外れた。「半分裸になってる女性をからかったりなんて、しないよ」

「わたし、太ってない?」

「痩せた女は好きじゃないんでね」彼は抑揚もつけずに答え、手をお尻から膝におろし、もう一度お尻のほうまでさすりあげた。ジョージアンヌの瞳に興味の火がちらりと灯《とも》ったと思ったら、ついにそれは欲望の火花と化した。

ジョージアンヌはいかにも眠たげな彼の視線をのぞきこみながら、きっとこの人は嘘を言ってるんだと思った。思春期を迎えてからずっと、彼女は体重と闘ってきた。試したダイエットの種類は数えきれないくらいだ。彼の顔を両手ではさみこみ、唇にキスをする。先ほどのような、テクニックだけのキスではなかった。思わせぶりで、相手をじらすようなキス。ジョンという男性を呑みこんでしまいたかった。いつも自分のことを太りすぎだと思ってきた女の子にとって、彼の言葉がどれほどうれしかったか、教えてあげたかった。だからジョージアンヌは自らを解きはなち、めまいのするような欲望に身を任せた。お互いの唇をむさぼり、手で体をまさぐりながら愛撫を交わすと、つま先まで震えが走った。シルクのベルトが解かれ、ローブがはだけられるのがわかった。ジョンの手が脇腹からおなかへと滑っていき、ウェストのところでとまった。するとあたたかいそのてのひらは、脇腹を伝ってあがってきて、親指で重い乳房の下側を撫でた。予期さえしていなかった強烈な歓喜がジョージアンヌを揺すぶった。乳房に触れられて緊張しなかったのは、生まれてはじめてだ。彼女はジョンの口のなかに向かって、驚きのため息をもらした。

彼が顔をあげ、ジョージアンヌの瞳をのぞきこんだ。さもうれしそうな微笑みを浮かべ、彼女の肩をあらわにする。

ジョージアンヌは腕をおろし、黒いシルクのローブを腿の脇に落とした。ジョンは自分の意図を見抜かれまいとするかのように、急いで彼女の背中へ手を回し、ブラのホックを外した。その素早さに驚いた彼女は、思わず手をあげてレースに飾られた緑のブラを押さえた。

「わたし、〝大柄〟なの」あわてて言ってから、なんと馬鹿な言葉を口にしてしまったんだろうと思って死にたくなった。そんなの、見ればわかることでしょ？

「それは俺も同じさ」ジョンは意味ありげな笑みを浮かべ、からかうように言った。

ジョージアンヌの喉からは、こわばった笑いしか出てこなかった。ブラの紐が片方、肩から滑り落ちる。

「そうやってひと晩じゅう、そこに座ってるつもりかい？」拳でブラのラインをなぞりながら、ジョンがたずねた。

軽く触れられただけで、肌がちりちりした。彼の口調は心地よかったし、彼の選んだ言葉は優しかった。だから、まだやめてほしくなかった。わたしはジョンのことが好き。だからジョンにもわたしを好きになってほしい。ジョージアンヌは彼のセクシーな瞳を見ながら手を下にさげた。ブラがゆっくりと膝もとへ落ちていく。大きな胸を見て、ジョンが何か卑猥《ひわい》なことを言うのではないかと、彼女は息を詰めた。

「ジョージー」彼は言った。「〝大柄〟なんていう言葉は似合わないな。〝完璧〟って言葉をつかわなきゃ」ジョンは彼女の乳房をてのひらで包みこみ、長く激しいキスをした。親指がゆっくりと上へ、下へ、そして丸く、乳首をこすっていく。そんな愛撫をされたことなど、はじめてだった。羽のように軽いタッチで触れられていると、まるで自分の体が繊細で壊れやすいものでできているかのような気がした。彼は引っぱったり、ひねりあげたり、強くつまんだりしなかった。荒々しくわしづかみにすることもなく、ただ、彼女の快感を高めようとするだけだった。

欲望と賞賛と愛がジョージアンヌの血管を駆けめぐり、脚のあいだで脈動した。キスをしながら両腿で彼の腰を締めつけ、きつく抱きよせると、かたく盛りあがったものが股間にあたった。彼のTシャツを引っぱり、いったん唇を放して頭から脱がせる。広い胸を覆ったうねるような黒い毛が引きしまった腹部へ続き、ジーンズのなかへと消えていた。彼女はTシャツを投げ捨て、胸からおなかにかけてのひらで撫でまわした。かたい筋肉と熱い肌を覆っている短く黒い毛を指先でかきわけていく。彼の鼓動が速くなり、呼吸が荒くなるのがわかった。

ジョンはうめくような声で彼女の名を呼び、唇をとらえてもう一度熱い口づけをしてくれた。乳首の先が彼の胸にこすれ、痛いほどの欲望が全身を走る。どこに触れられても、これまでに経験したことがないほど情熱に満ちた男性の脈動が感じられた。まるでこの体が、生まれてからずっとジョンの愛を待っていたかのような感じだ。ジョージアンヌは背中からおなかにかけての感触を楽しみながら、引きしまった腹筋の上に手を戻した。指先をジーンズのジッパーにかけるのと同時に、彼が鋭く息を呑んだ。金属製のボタンを外そうとすると、ジョンは彼女の手首をつかんで唇を離し、一歩あとずさって、疲れきったようなまなざしで見かえした。額には皺が刻まれ、日焼けした頰は上気している。いかにも、大好きなごちそうを目の前にした腹ぺこの男といった顔だ。満足げな表情ではない。彼は必死になって、ジョージアンヌを拒もうとしていた。

「ああ、もうどうでもいい」ジョンはついにそう吐き捨てると、彼女の下着に手をかけた。「どっちにしたって、俺は終わりだ」

ジョージアンヌはお尻のうしろでキャビネットに手をついて、腰を浮かせた。ジョンが脚のほうへ下着をおろしていく。そうしてもう一度、彼女の両足のあいだに立ちはだかったとき、彼もまた裸になっていた。確かにジョンは〝大柄〟だ。その言葉に嘘はなかった。ジョージアンヌは手を伸ばし、彼の太いものを握りしめた。ジョンもその上から手を添え、ゆっくりと上下にしごかせる。彼女の手のなかで彼はとてつもなくかたく、そして熱くなっていた。

ジョンはふたつの手とジョージアンヌの開いた腿を見つめた。「ピルは呑んでるかい？」あいたほうの手で骨盤の上に触れながら、そうたずねる。

「ええ」彼女が吐息をつくようにして答えると、彼は指先で毛をかきわけ、濡れたところへじかに触れてきた。興奮のあまり、体が粉々になりそうだった。

「脚を俺のウェストに回すんだ」ジョージアンヌが命令に従うと、ジョンはひと突きでなかに入ってきた。勢いよく頭をあげ、彼女の視線をとらえる。「ああ、すごいよ、ジョージー」喉の奥から絞りだすような声だ。彼は少しだけ位置を浅くしたあと、すべてがすっぽりおさまるまで奥へと突き入れた。ジョージアンヌのお尻をつかんで、最初はゆっくりと、そして次第に速く動いていく。ひと突きするたびに、キャビネットに並んだトロフィーががたがたと音を立てた。ジョージアンヌは、このまま深い闇《やみ》の底に落ちてしまうのではないだろうかと思った。突かれるたびに肌が熱くなり、もっと彼が欲しくなる。ジョンの動きは拷問であり、同時に無上の快楽でもあった。

彼女は何度も何度も彼の名前を呼びながら、頭をキャビネットにもたせて目を閉じた。「やめないで」今にも限界を超えそうになり、大声で叫ぶ。体のなかの炎が全身に燃え広がり、筋肉が無意識のうちに痙攣《けいれん》し、彼女は熱く長いオーガズムのなかへと落ちていった。普段の自分ならショックを受けそうな言葉をいくつも叫んでいたが、そんなことはどうでもよかった。ジョンは、これまで知らなかった歓《よろこ》びを感じさせてくれた。自分をしっかり抱きしめてくれているこの人のこと以外、もう何も考えられなかった。

「ああ、最高だ」ジョンはかすれた声で言うと、彼女の首のくぼみに顔をうずめながらさらにしっかりとヒップを抱えこみ、おなかの底から出てくるような深いうめき声とともに、最後にもう一度、深く深く突いた。

ジョンの裸の体を闇が包んでいた。今の心境にはお似合いの闇だった。家は静まりかえっている。静かすぎるくらいだ。耳を澄ますとジョージアンヌの安定した寝息が聞こえてきそうなほどだったが、それはありえない。彼女は、俺のベッドルームで眠っているのだから。

もう夜だ。闇。そして静寂。そのふたつが彼の首筋に吐息を吹きかけながら共謀し、先ほどのことを思いださせようとしていた。

口もとにバドワイザーのボトルを運び、ひと息に四分の一ほど飲みほす。そうして広い窓の前まで歩いていき、大きな黄色い月と、先端を銀色に染めた黒い波を眺めた。ガラスに自分の姿が映っていたが、それはただ、ぼんやりとした半透明のシルエットでしかなかった。魂をなくした男のシルエット。なくした魂を見つけるための闘志さえかきたてられずにいる男。

暗闇のなかにふと、妻のリンダのイメージが浮かびあがってきた。最後に見たときのままの姿だ——血で真っ赤に染まったバスタブに横たわっている彼女。高校のときの、あの溌剌《はつらつ》とした姿とは似ても似つかないリンダ。

ジョンの心はほんの一瞬で、リンダとデートをしていたころの高校時代へと戻っていった。彼は卒業後、マイナー・リーグでホッケーをやるために何百キロも離れた土地へ向かった。ホッケーこそが彼の人生の中心だった。そうしてマイナーで頑張った結果、一九八二年のドラフトでトロント・メイプルリーフスの第一巡指名を受けた。あっという間に中心選手となった彼は、その体の大きさから〝ザ・ウォール〟というあだ名を頂戴《ちょうだい》した。テクニックの高さのせいで、新しいスターだと目されるようになったのもそのころだ。氷の上を離れても、彼はホッケー・ファンの女の子たちの注目の的だった。グルーピーの女の子たちにしてみれば、当時大人気だった水泳選手、マーク・スピッツと同じような存在だったのだろう。ジョンはトロント・メイプルリーフスで四シーズン、プレイしてから、巨額の契約金でニューヨーク・レンジャーズへ移籍し、NHLで最も高給取りの選手の仲間入りを果たした。そのあいだ、リンダのことなどずっと忘れたままだった。

再び彼女に会ったときは、すでに六年が過ぎていた。ふたりは同い年だったけれど、それまでに経験したことはまったく異なっていた。ジョンは様々な世界を見てきた。彼は若く、裕福で、ほかの男たちが夢にしか見られないことを経験してきた。だが、リンダはほとんど昔のままだった。ジョンが祖父のシェヴィに乗せていっしょにドライブを楽しんでいたころの、あのリンダ──結局はまたすぐにキスでにじんでしまう口紅を、バックミラーを使ってなおしている女の子。

リンダと再び出会ったのは、ホッケーのオフ・シーズンだった。ふたりはいっしょに町を抜けだし、ホテルに泊まった。そして三か月後、ジョンは彼女が妊娠したことを知り、結婚を決意した。息子のトビーは五か月の早産だった。それから四週間、彼は、息子が苦しげに呼吸するのをじっと見守ることしかできなかった。人生とホッケーについて、自分が学んできたことをそっくりそのまま教えてやろうと思っていた息子だった。だがトビーの死とともに、ジョンが描いていたやんちゃで元気な息子のイメージも永遠に失われてしまった。

ジョンはそんなつらい時期を黙って耐えたが、リンダの悲しみはまわりの誰の目にも明らかだった。始終泣きどおしだったし、息子が死んでまだ間もないというのに、次の子供が欲しいと言って聞かなかった。ジョンには妻が子供にこだわる理由がわかっていた。彼がリンダと結婚したのは、彼女を愛していたからではなく、妊娠したことがわかったからだ。

おそらくそのときに別れるべきだったのだろう。だがどうしてもリンダを置き去りにすることができなかった。少なくとも彼女が嘆き悲しみ、その悲しみの責任が自分にあるとわかっているあいだは。彼はそれから一年間、結婚生活を続けた。そのあいだリンダは次々と医者を変え、何度か流産も経験した。ジョンが彼女のそばにいたのは、彼自身、心のどこかで子供が欲しいと思っていたからでもあった。だがリンダは、いっこうに悲しみの淵《ふち》から立ちあがることができなかった。

結婚生活は続けていたものの、彼はよき夫ではなかった。子供を作りたいというリンダの思いは、ほとんど病的なものになりつつあった。彼女の人生の最後の数か月、ジョンは妻に触れることさえできなくなっていた。迫られれば迫られるほど、拒みたくなった。ほかの女性との浮気も目に余るようになった。無意識のうちにリンダとの結婚を解消しようとしていたわけだ。

そうして彼女は、自ら命を絶ってしまった。

ジョンはボトルを持ちあげ、ごくごくとビールを飲んだ。夫に見つけてほしいというリンダの願いは、現実のものとなった。あれから一年がたった今でも、バスタブの水を染めあげていた血の色がまざまざと頭に浮かぶ。そしてリンダの青ざめた顔と、濡れたブロンドの髪。彼女が使っていたシャンプーのにおいや、両手首から肘にまで伸びた切り傷。あのときに受けた衝撃は、今でも腹の底に残ったままだ。

ジョンは毎日、罪の意識にさいなまれながら生きていた。毎日、あの記憶と、自分がしてしまったことから逃れようとしながら。

ベッドルームへ行き、シーツにくるまって眠っている女性を眺めた。官能的な女性だった。廊下の明かりに照らされているせいで、カールしながら頭のまわりに広がった髪が黒く浮かびあがっている。ジョージアンヌは片手をおなかの上に置き、もう片方の手を横に伸ばしていた。

ヴァージルのかわりに初夜の儀式を行ってしまったのだから、悪いことをしたと思ってしかるべきなのだろう。だが、ジョンは後悔などしていなかった。彼自身、たっぷり楽しんだのだし、彼女がひと晩ここで過ごしたことを誰かが知ったら、どうせ、ふたりはベッドをともにしたのだと言われるだけだ。だったら、これでいいはずじゃないか。

彼女の体は最高だった。しかし、あれほど思わせぶりな仕草をしたり、じらしたりしたわりには、さほど経験はないようだった。どうやったら相手を気持ちよくさせ、自分でも楽しむことができるのか、示してやらなければならなかったくらいだ。彼はジョージアンヌの体を自分の舌で慈しんでから、ふっくらしたその唇の使いかたを教えた。ジョージアンヌは開放的で、官能的だった。そして、驚くほどにエロティックだった。

ジョンはベッドのかたわらまで行き、シーツをウェストのところまでさげた。彼女はまるで、大量のホイップ・クリームのなかに浮かんでいるかのようだった。股間がまたかたくなったことを感じ、ジョージアンヌの上に覆いかぶさる。そうして乳房の脇に手を滑らせ、頭をさげて胸の谷間に顔をうずめ、そこに口づけた。彼の下には、柔らかくてあたたかい肉体があった。何も考える必要はなかった。ただ、歓びを感じればいいだけだ。するとジョージアンヌが低いうめき声をもらしたのが聞こえ、彼は頭をあげて彼女を見た。眠たげな緑の瞳が、ぼんやりこちらを見かえしていた。

「起こしちゃったかい？」ジョンはたずねた。

ジョージアンヌの心は、彼の右頰に浮かんだ深いえくぼを見ただけで浮きたった。「だって、そのつもりだったんでしょ？」魂の奥の奥まで、彼のことでいっぱいだった。彼がいとおしくてたまらなかった。愛していると言われた覚えはないが、ジョンだって、少しくらいの愛情は感じているはずだ。だって、ヴァージルの怒りを買うリスクを冒してまで、わたしといっしょにいてくれたのだから。彼は自分のキャリアを危険にさらしている。そんなギャンブルをしてくれたことが、とてもロマンティックに思え、彼女は身を震わせた。

「この手を押さえつけてきみを眠らせてあげようと思ったんだけど、なかなか難しくてね」彼はむきだしの腿の外側へと手を動かしながら答えた。

「じゃあ、起きるしかないわね」ジョージアンヌはそう言って、彼のこめかみのあたりの短い毛を指先で梳《す》いた。

ジョンは体の上を滑りあがるようにして、彼女を見おろす位置まで来た。「もう一度、歓びに叫ばせてやろうか」

「うーん」彼女はどうしようかと迷っているふりをした。「気持ちを決めるまで、どれくらいの猶予がもらえるの？」

「残念ながら、もう時間切れみたいだな」

ジョンは若く、ハンサムだった。その腕に抱かれていると、守られているようで、気持ちが落ち着いた。彼は愛のテクニックにも長《た》けていたし、優しくあつかってくれた。そして今、何より重要なことは、彼と恋に落ちようとしていることだ。狂おしいほどの恋に。

ジョンが唇を重ねてきて、甘く情熱的なキスをした。わたしは今、この国でいちばん幸せな女の子かもしれない、とジョージアンヌは思った。

彼にも幸せになってほしかった。一五歳のとき男性とはじめて関係を持ってから、彼女はまるでカメレオンのように、そのときそのときのボーイフレンドが望む女性に変化してきた。この世のものとは思えないくらい髪を真っ赤に染めたこともあったし、ロデオ・マシーンでいくつも青あざを作ったこともあった。相手の男性を喜ばせるためならなんでもしてきたつもりだった。だからこそ、男たちはわたしを愛してくれた。

ジョンはまだ、わたしを愛してはいないかもしれない。でも、もうすぐ愛してくれるはずだ。

5

ジョージアンヌは痛む胸に手をあて、前身ごろに縫いつけられた白いサテンのリボンをつかんだ。胸の奥で愛と憎しみが解体用の鉄球のようにぶつかりあい、彼女の心を粉々に砕こうとしていたからだ。体を締めつけるピンクのウェディング・ドレスと華奢《きやしゃ》なハイヒールのミュールという場違いな格好のまま、こみあげてくる涙をこらえようとする。ジョンの赤いコルヴェットが道路へ戻っていくのを眺めていると敗北感しか感じられず、目の前が霞んだ。しかし涙を流してみても、慰めにはならない。

ジョンはいなくなってしまった。シアトル・タコマ国際空港の前の歩道に置き去りにされたなんて、信じられなかった。彼はわたしを見捨てた。振りかえってもくれなかった。

ビジネス・スーツや夏向きの軽装に身を包んだ人々が、足早に通りすぎていく。排気ガスが熱い空気にわだかまるなか、タクシーの運転手が荷物をおろしていた。客と冗談を言いあっているポーターや、表情のない顔で、ここに車をとめていいのは荷物を積みおろすあいだだけだぞ、と言っている男。あたりの喧騒《けんそう》が、混乱した彼女の頭のなかを映しだしているかのようだ。昨日の晩の優しかったジョンと、今朝、ブラディーマリーを手に彼女を起こしたジョンとは、まったくの別人だった。昨晩何度も愛されたとき、ジョージアンヌは、ひとりの男性をこれほどいとおしく感じたことはないと思った。おそらくジョンも同じ気持ちだったはずだ。そうでなければ、チヌークスでのキャリアを台なしにするようなリスクを冒したりはしなかっただろう。なのに今朝の彼はまるで、ふたりがひと晩じゅう愛を交わしたのではなく、再放送の深夜映画でも見て過ごしたかのようなそぶりだった。ダラスまでの飛行機を予約したと告げたときの口調もいかにも恩着せがましかったし、コルセットやピンクのウェディング・ドレスを着る手伝いをしてくれたときもその指先は冷たいままで、愛撫してくれたときの感触とはまるっきり違っていた。ジョージアンヌはすっかり混乱してしまった。ここにいさせてもらえるように説得するには、何を言えばいいのだろう。彼の望むことはなんでもするつもりだと遠回しににおわせてはみたのだが、ジョンは彼女の気持ちなど無視していた。

空港までの道のりも、彼があまりに大きなボリュームで音楽を流していたせいで、会話など不可能だった。車のなかで過ごした一時間のあいだ、ジョージアンヌは途方に暮れていた。こんなに彼の雰囲気が変わってしまうなんて、わたしはいったい何をしたんだろう。カセットデッキを切って答えを要求しなかったのは、それでもプライドが残っていたからだ。ジョンの手を借りて車からおりたときも、泣いたりはしなかった。

「飛行機が出るまでには、まだ一時間くらいある。カウンターでチケットを受けとる余裕は充分あるはずだ」ジョンは旅行かばんを手渡しながらそう言った。

パニック感が胃のあたりをわしづかみにしたみたいだった。恐怖がプライドを呑みこんでしまった。ジョージアンヌは口をあけ、あなたのビーチ・ハウスへもう一度連れてって、と言おうとした。安心できるあの家へ。しかしジョンはそれより早く、こう言いはなった。

「そのドレスを着てれば、ダラスへ着く前に二度はプロポーズされるさ。きみの将来について、あれこれ指図するつもりはない。俺の将来だって、もしかしたらめちゃくちゃになってしまったかもしれないんだからね。ただ、次に婚約するときはもう少しよく考えてからにするんだな」

ジョージアンヌは痛いほど彼のことを愛していた。なのにジョンは、彼女が誰と結婚しようとかまわないらしい。ふたりで分かちあった一夜は、彼にとってなんの意味もないものだったわけだ。

「きみと会えてうれしかったよ、ジョージー」彼は言って、背を向けた。

「ジョン！」プライドを乗りこえ、彼の名前がジョージアンヌの口をついて出た。

思っていたことが、すべて顔に出ていたのだろう。ジョンはあきらめたようにため息をついた。「きみを傷つけるつもりはなかったんだ。でも、最初にも言ったように、きみのせいでチヌークスでの俺のポジションを台なしにするつもりはない」彼は一度言葉を切ってから先を続けた。「きみがどうとかいう問題じゃないんだよ」そうして、彼はいなくなってしまった。ジョージアンヌの人生から。

手が痛くなってきたけれど、旅行かばんの取っ手をしっかり握りなおした。関節のあたりが少し白くなっている。

濃い排気ガスの煙で気分が悪くなりそうだったので、ようやく向きを変えて空港のなかへ入った。ここから逃げだしたかった。どこか遠いところへ。だが、どこへ行けばいいのだろう。神経の回路がすべてショートしてしまったような気分だ。あらゆることを心から締めだそうとしながら、デルタ航空のカウンターへ向かう。チェックインする荷物はないことを告げたあと、片手にチケットを、もう片手に旅行かばんを持ってその場を離れた。

ギフトショップやレストラン、フライト・インフォメーションの前を通りすぎると、みじめな気持ちが黒くて濃い霧のように押しよせてきた。ジョージアンヌは視線をさげ、心の痛みが表情に表れていることを自覚した。今、顔をのぞきこまれたら、わたしの気持ちはすぐにわかってしまうはずだ。

気にかけてくれる人間など、もうひとりもいない。この州にも、ほかの州にも。たったひとりの友達だったシシーにも、失礼なことをしてしまった。わたしが死んでも、誰もなんとも思わないはずだ。いや、ロリーおばさんが悲しむふりくらいはしてくれるかもしれない。そうして、葬儀用の緑色のゼリーを作り、内心ではもう姪《めい》の面倒を見てやる必要がなくなったと安堵しながら、涙をこぼしてみせるだろう。そう考えたとき、ふと、お母さんは悲しんでくれるのだろうか、という思いが頭をかすめた。だが、答えはわかりきっている。ノー、だ。もともと望んでいなかった子供が死んだからといって、悲しむわけなどない。

ジョージアンヌはあやうく自制心を失いそうになりながら、デルタ航空の待合室に入った。

広い窓に向かった席に腰をおろし、置いてあった『シアトル・タイムズ』をどけて隣のビニール製のシートに旅行かばんをのせた。滑走路を眺めていると、目の前に母の顔が浮かんでくる。母親のビリー・ジーンに会ったのは、一度きりだ。あれは、祖母の葬儀が行われた日だった。棺から目をあげると、そこに、ブラウンの髪を流行のスタイルにまとめ、緑の瞳をしたエレガントな女性がいた。それが誰だか教えてくれたのは、ロリーおばさんだ。そのとき、祖母を失った悲しみのなかに、喜びや希望、そして不安といった矛盾する感情がわきおこってきた。

母親はまだ若くて子供が欲しくなかったのだ――ジョージアンヌはそう言われて育った。そうして彼女は、母親が心がわりをしてくれるときを夢見ながら生きてきた。

なのに思春期を迎えるころには、再会の夢などあきらめてしまった。ビリー・ジーン・ハワードが、アラバマ州選出の議員、リオン・オバーショーの妻となってビリー・ジーン・オバーショーと名前を変え、ふたりの子供の母親となっていることを知ったからだ。母親がまったく別の家庭を築いていると知ったその日、ジョージアンヌは残酷な現実と向きあわなければならなかった。結局、母親は子供を望んでいた。その子供が、わたしではなかっただけの話だ。

だから今さら母親と会っても、きっとなんの感慨もわかないだろうと思っていた。だが彼女は、祖母の葬儀の日、愛情豊かな母親のイメージが心のどこかに巣くっていたことに気づいて驚くはめになった。ぽっかりあいた穴を、あたたかく埋めてくれる母親のイメージ。自分を産んだあとすぐにいなくなってしまった女性に自己紹介していると、手と膝ががくがくと震えた。息を詰め、相手の反応をじっと待った。しかしビリー・ジーンは彼女のほうをほとんど見もせずに、〝あなたが誰だかは知ってるわ〟と言っただけで、葬儀が終わるとさっさといなくなってしまった。おそらく、夫や子供のもとへ帰ったのだろう。彼女のいつもの生活へ。

搭乗の用意が完了したことを知らせるアナウンスが、ジョージアンヌを過去から引き戻した。乗客たちが待合室に集まりはじめている。彼女は旅行かばんをとって膝の上にのせた。短い白髪をカールさせ、ポリエステルの上着を着た年配の女性が、あいた席に座ろうと近づいてくる。ジョージアンヌはほとんど無意識のうちに、その女性が腰をおろせるように『シアトル・タイムズ』を脇にどけた。新聞を旅行かばんの上にのせて窓のほうに視線を戻すと、荷物を積んだトレーラーが通っていった。いつもだったらその女性に微笑みかけ、気軽におしゃべりでもしていたはずだ。しかし今はそんな気になれない。ジョージアンヌは自分の行く末を思い、どうしてわたしの愛する人はわたしを愛してくれないのだろうと考えた。

出会って二四時間もたっていなかったというのに、わたしはジョン・コワルスキーを愛してしまった。あまりにあっという間の出来事で、自分でも信じられないくらいだったけれど、それは心からの愛だった。あの青い瞳と笑ったときにできる深いえくぼが、今でも心によみがえってくる。そして、わたしを包みこみ、安心させてくれたあの強い腕。目を閉じると今でも、お尻を包みこんだ彼の手が感じられるかのようだ。彼はあの手で、軽々とわたしを持ちあげ、キャビネットの上に座らせたんだっけ。これまでにつきあったどんな男性も、わたしをこんな気持ちにしてくれたことはなかった。

〝完璧って言葉をつかわなきゃ〟ジョンはそう言って、わたしをサンアントニオのお祭りのクイーンのような気分にさせてくれた。心の底から求められている——そんなふうに思わせてくれた人は、ほかにいなかった。そして、わたしをこれほど傷つけた人も。

視界が霞んできて、また涙が出そうになった。このところ、失敗ばかりだ。最新の失敗は、祖父ほどの年齢の男性と結婚しようとしたことだった。そしてしまいには臆病風《おくびょうかぜ》に吹かれ、ぎりぎりのところで結婚式から逃げだしてしまった。しかしジョンと恋に落ちたのは、自分の意志で選択したことではない。そうなってしまっただけだ。

ジョージアンヌは、頬を伝うひと粒の涙をぬぐった。ジョンのことは忘れよう。これからの人生のことをしっかり考えよう。

でも、これからの人生って？　わたしには家もなければ、仕事もない。人に自慢できるような家族もいないし、たったひとりの友達からもたぶん嫌われてしまった。持っていた服は全部ヴァージルの車のなかに置いてきたし、そのヴァージルは二度とわたしを許してくれないだろう。心から愛した男性は、その愛に応《こた》えてくれなかった。わたしを路上に置き去りにしたまま、振りかえりもせずに行ってしまった。

頼れる人なんていない。わたしは、ひとりぼっち。

「ダラス・フォートワース行き六二四便のチケットをお持ちのお客様」女性の声が流れてき

た。「あと一五分ほどでご搭乗のご案内をさせていただきます」

　ジョージアンヌは手もとのチケットを眺め、一五分か、と思った。あと一五分でわたしは飛行機に乗ってテキサスへ帰る。でもそこには待っている人なんていないし、頼れる人もいない。これからのことを相談できる人もいない。

　ひとりぼっち。

　パニック感に胃のあたりをぎゅっとつかまれ、彼女は思わず、旅行かばんの上の『シアトル・タイムズ』に目をやった。今にも不安が爆発しそうだった。神経系統がシャットダウンしてしまうのを防ごうと、目の前にあった活字に集中する。ジョージアンヌは人材募集の広告を声に出して読みはじめた。

〈ヘロン・ケータリング〉の店先にかかった看板は、ぎごちなく右に傾いていた。木曜の夜の嵐のせいで、支えていたチェーンが切れてしまったからだ。おかげで看板に描かれた見事な鳥が、まっ逆さまになって歩道へ墜落しそうになっている。ドアの両側に植えられたシャクナゲは無事だったけれど、ひさしから吊《つ》るされたゼラニウムの鉢植えは捨ててしまうしかないだろう。

　だが小さな建物の内部は、何から何まできちんと整頓《せいとん》されていた。入ってすぐのところに作られたオフィスには、デスクと円テーブルが置いてある。壁には、同じ服を着て同じ顔をしたふたりの人間が両側から一ドル札を持っている大きな絵が飾られていた。キッチンには肉をスライスする機械や挽肉《ひきにく》を作る機械があり、ステンレスの鍋《なべ》やフライパンが光っている。冷蔵庫のなかのトレイにはメニューに書かれた料理のための材料がそろっていて、その反対側の隅には、二層式の巨大なオーブンがでんと控えていた。

そして店の女性オーナーは、輪ゴムを唇にくわえてバスルームに立っているところだった。蛍光灯の明かりがぶうんと音を立てながら明滅し、メイ・ヘロンの顔に灰色の影を作った。彼女はブラウンの瞳で鏡に映った自分の姿を確かめ、ブロンドの髪を頭の高いところでまとめてポニーテイルにした。

メイはまるで、石鹸のコマーシャルに出てきそうな女性だった。スキンケアも、高価なクリームも必要なかったし、第一、メイク自体が好きではない。ときにはちょっとだけマスカラをつけることもあったけれど、化粧に慣れていないせいで、下手なメイクにしかならなかった。弟のレイとは大違いだ。レイはドレスアップをするのがほんとうにうまかった。

彼女は向きを変えて横顔を映しながら、頭のてっぺんで髪をシニヨンにした。だが気に入らない。もう一度ほどいて最初からやりなおそうとしたとき、玄関のベルが鳴った。待っていたお客の到着だ。ミセス・キャンダス・サリヴァンは〈ヘロン・ケータリング〉のお得意様だった。自分の両親の結婚五〇周年パーティーにメイのケータリング・サービスを使ってくれるほどの上客。キャンダスの夫は心臓外科の権威であり、たっぷり金を持っていた。キャンダスは、メイとレイの夢を実現するための最後の頼みの綱だった。

メイは青いポロシャツを見おろして裾をカーキ色のショートパンツのなかに入れ、大きく息を吸った。営業は彼女の得意分野ではない。客をおだててその気にさせるのがうまいのは、レイのほうだった。メイの担当は会計だ。お金のやりくり。人づきあいは好きではなかった。前の晩から今日の朝にかけても、目が痛くなるまであれこれ数字をいじりまわしたばかりだ。なのに、どんな離れ業を使おうと、近々かなりの額の現金収入が期待できなければ、三年前にレイとふたりで始めたこのケータリング・ビジネスのドアは閉ざしてしまうしかなかった。だから、ミセス・サリヴァンが必要だった。彼女のお金が。

メイはシンクの脇に置いてあったビジネス用のマニラ封筒に手を伸ばし、バスルームを出たが、キッチンを抜けてオフィスに出ようとしたところで足をとめた。店先に立っていたのが、ミセス・サリヴァンとは似ても似つかない若い女性だったからだ。というより、まるで雑誌の『プレイボーイ』から抜けだしてきたようだった。背が高く、胸も豊かで、ふさふさした黒い髪と陽に焼けた肌をしている。何もかもわたしとは対照的。見ているだけで、こっちまで肌が黒くなってしまいそうだ。「ええっと……何かご用?」

「新聞の広告を見て来たんです」明らかに南部なまりのある口調だった。「シェフのアシスタントを募集してる、って広告だったんですけど」

メイはその女性が片手に握りしめている新聞にちらりと目をやってから、ピンクのサテン・ドレスと大きな白いリボンをまじまじと見た。レイならきっとこのドレスが気に入るだろう。着たいとさえ思うかもしれない。「ケータリングの店で働いた経験は?」

「いいえ。でも、料理は得意です」

着ているものからすると、お湯を沸かせるのかどうかさえ心もとなかった。しかし、男であれ女であれ、人間をパーティー・ドレスの色で判断してはいけないことくらい、わかっている。まわりの厳しい目——とくに家族の非難がましい目から弟を守ってきたのは、メイ自身だった。

「メイ・ヘロンです」

「会えてうれしいです、ミズ・ヘロン」その女性は新聞を玄関脇のテーブルに置き、近づいてきてメイと握手した。「わたし、ジョージアンヌ・ハワードっていいます」

「じゃあ、雇用申込書を持ってきますね」メイはそう言いながら、デスクのうしろへ回った。ミセス・サリヴァンから仕事がもらえたらシェフのアシスタントが必要になるのは火を見るより明らかだったけれど、この女性を雇おうとは思わなかった。必要なのは料理人としての経験がある人間なのだし、いくら外見で判断してはいけないといっても、こんなに派手なドレスを着てキッチンの仕事に応募してくる人間がまともな神経をしているとは考えにくい。

しかし、雇うつもりがなくても、申込書くらいは書かせたほうがいいだろう。そのあとで追いだせばいいだけだ。メイがいちばん下の引き出しに手を伸ばしたとき、再びドアのベルが鳴った。目をあげると、そこに立っていたのは裕福なお得意様だった。プラチナのヘルメットをつけたような頭——金持ちばかりのカントリー・クラブに所属し、カクテルやテニスを楽しんでいるような女性は、みんなそうだ。宝石はほんものでも、爪はにせもの。ミセス・サリヴァンは、メイがこれまで仕事でつきあってきた金持ち女の典型だった。八万ドルの車に乗っているくせに、ラズベリーの値段に文句をつけるような女だ。「いらっしゃいませ、キャンダス。お望みのものはすべて用意できてますよ」メイが指さしたテーブルの上には、三冊のフォト・アルバムがのっていた。「ちょっとそこへおかけになっていてくださいな。あとですぐお相手しますから」

ミセス・サリヴァンはピンクのドレスを着た若い女性に好奇心むきだしの視線を向けてから、メイに微笑みかけた。「木曜の嵐のせいで、お店の玄関先がひどいことになっちゃったのね」座りながら言う。

「ええ、まったく」看板をなおして新しい鉢植えを買わなければならないことはわかっていたが、今は先立つものがない。「あなたはここに座っててね」彼女はジョージアンヌに言い、デスクの上に申込書を置いた。そうしてマニラ封筒を持ったまま部屋を横切り、円テーブルについた。「お好きなものを選んでいただけるように、メニューは三種類用意させていただきました。電話でお話ししたときは、アントレーに鴨《かも》を、ってことでしたよね」メイは封筒からメニューを出してテーブルの上に広げ、一枚目を指さした。「鴨だったら、ワイルドライスや何種類かの野菜、もしくは豆類を添えたほうがいいと思うんです。それに小さなロールパンと——」

「うーん、どうかしらね」ミセス・サリヴァンがため息をつく。

そういう反応なら想定ずみだった。「冷蔵庫にサンプルが作ってありますけれど」

「けっこうよ。ランチをいただいてきたところだから」

メイはいらだちを抑えながら、指先をサイド・ディッシュのほうへ動かした。「サイドには茹《ゆ》でたアスパラガスなんかどうでしょう。それともアーティチョークとか――」

「いいえ」キャンダスがさえぎった。「鴨でなくてもいいかもしれないって気がするの」

メイは次のメニューに移った。「じゃあ、焼き汁たっぷりのプライム・リブはいかがですか？　焼きポテトと緑の豆を添えて――」

「プライム・リブの出るパーティーなんて、今年になってもう三回は出てるのよ。違うものがいいわね。もっと特別な感じの。レイだったら、すばらしいアイデアを考えてくれたはずなのに」

メイはさらにページをめくり、三つ目のメニューを披露した。彼女はもともと短気な性分だった。自分がどうしたいかもわからないくせに文句ばかり多い客の相手は、決して得意ではない。それに、そういう客にかぎって、頑張って考えたメニューに難色を示したがるものだ。「ええ、レイはすばらしい才能を持ってましたから」弟がここにいてくれたらよかったのに。半年前、自分の魂の一部も死んでしまったかのような気持ちになったときのことがよみがえってくる。

「レイは最高だったわ」ミセス・サリヴァンが続ける。「まあ、その、レイは……あれだったけれどね」

そのとおりよ、キャンダス。でも口のききかたに気をつけないと、あのドアから追いだしてやるから。レイが侮蔑の言葉に傷つくことは、もうないかもしれないけれど、このわたしはまだ怒ることだってできるんですからね。「シャトーブリアンっていう考えかたもありますけど」彼女は三つ目のアイデアを出した。

「気に入らないわ」キャンダスが答えた。つまり彼女はたった一〇分のあいだに、メイが考えておいたプランをすべて拒絶してしまったわけだ。殺してやろうかしら、とメイは思った。だが今は何よりお金が必要だ。

「わたしの両親の結婚五〇周年なのよ。もっとユニークな料理じゃなきゃ。あなたが見せてくれたものって、全然特別な感じじゃないでしょ？　レイがいてくれたらよかったのにねえ。そうしたら、きっといいアイデアを出してくれたはずなのに」

メイが見せたメニューは特別なものばかりだった。実際どれも、レイが作ったリストから抜きだしてきた料理だ。彼女は癇癪《かんしゃく》が破裂しそうになるのをこらえながら、可能なかぎり明るい口調でたずねた。「じゃあ、どんなものがいいってお考えなんです？」

「わからないわよ。ケータリングをやってるのはあなたでしょ？　あなたが考えてよ」

だがオリジナルなものを考えるのは、これまで、メイの役目ではなかった。

「特別なメニューがいいの。何か思いつかない？」

メイはフォト・アルバムを手にとってページを開いた。どんな提案をしても、キャンダスは首を縦に振らないだろう。この人は、わたしにやけ酒を飲ませようとしてここに来たのかもしれない。「ここにわたしたちが作った料理の写真があります。何か気に入るものがあればいいんですけど」

わたしにアイデアがあるんです」

「ちょっとごめんなさい」デスクのところにいたピンクのドレスの女の子が口をはさんできた。「盗み聞きするつもりはなかったんですけど、お話が聞こえてしまったもので。わたしにアイデアがあるんです」


ジョージアンヌが同じ空間にいることさえ忘れていたメイは、声のしたほうを振り向いた。

「ご両親のハネムーンはどちらでした？」ジョージアンヌはデスクの向こうから訊いた。

「イタリアですけど」キャンダスが答える。

「なるほど」ジョージアンヌはふっくらした下唇にペンの先をあてている。「まず、パッパ・コォル・ポォモドォーロから始めるってのはどうでしょう」いかにも南部人らしく母音を引きずるものだから、実に奇妙なイタリア語だった。「それから、フィレンツェ風のロースト・ポークにポテトやニンジン、分厚く切ったブルスケッタ。でも、どうしても鴨をとおっしゃるんだったら、パスタとフレッシュサラダでアレッツォ風にしてもいいですし」


キャンダスはメイを眺め、それからもう一度若い女性に視線を戻した。「うちの母はバジル・ソースのラザーニャが大好きなの」

「じゃあ、赤チコリのラザーニャをくわえれば完璧ですね。おしまいはおいしいアプリコットのアニバーサリー・ケーキで締めれば、最高だと思います」

「アプリコット・ケーキですって？」キャンダスはあまり気乗りしない口調でたずねた。

「そんなの、聞いたことないわ」

「すっごくおいしいんですよ」ジョージアンヌが息せき切って言う。

「ほんとうかしら」

「ほんとなんです」彼女は上半身を前に倒してデスクに肘をついた。「サンアントニオにハモンドさんっていう有名な一家がいるんですけど、そこのヴィヴィアン・ハモンドなんて、アプリコット・ケーキに首ったけなんですよ。〈イエロー・ローズ・クラブ〉っていう、これもまた有名なクラブのしきたりを破って、会員の女性たちにそのケーキをふるまったくらいなんですから」ジョージアンヌは目を細め、トップ・シークレットのゴシップをこっそり教えるような表情になって続けた。「彼女がしきたりを変えるまで、クラブの会合で出されるのはレモン・パウンド・ケーキ、って決まってたのにね。ほら、レモンって、イエロー・ローズと同じ色でしょ?」そう言って、今度は椅子の背に体をもたせ、小首をかしげる。

「もちろん、彼女のお母さんはすっかり恥じ入ってましたけど」

メイはいぶかしげな顔でジョージアンヌを見つめた。この子にはどこか懐かしい雰囲気がある。はっきり覚えてはいないけれど、以前どこかで会ったのかしら?

「そうなの?」キャンダスが訊く。「じゃあ、両方のケーキを出せばいいのに」

ジョージアンヌはむきだしの肩をすくめた。「ほんと、そうですよね。でも、ヴィヴィアンって、変わった人なんです」

ジョージアンヌが言葉を発すれば発するほど、メイの心のなかで懐かしさが募った。

キャンダスは腕時計を確かめてからメイを見た。「イタリアンってのはいいアイデアね。

それにアプリコット・ケーキは一〇〇人分くらいの、すごく大きなものにしてちょうだい」

ミセス・サリヴァンが店を出ていくまでに、メイは完璧なメニューを作りあげ、契約を交わし、前金まで頂戴した。彼女はお尻をテーブルの上にのせ、胸の下で腕を組んだ。

「いくつか訊きたいことがあるんだけど」メイはジョージアンヌに向かって言った。ジョージアンヌは、申込書に必要事項を書き入れているふりをしていたが、はっと目をあげた。メイは手に持ったメニューを一瞥《いちべつ》してから、再び口を開いた。「パッパ・コル・ポモドーロってなんなの？」

「トマト・スープです」

「作れる？」

「もちろん。とっても簡単ですから」

メイはメニューをお尻の右脇に置いた。「アプリコット・ケーキの話はでっちあげ？」

ジョージアンヌは一瞬、罪を悔いているような顔をしたが、すぐに唇の端に笑みを浮かべた。「その……ちょっと脚色しただけです」

どうしてこの子を見て懐かしいと思ったのか、ようやくわかった。この子はレイと同じ、筋金入りの話し上手なんだ。嘘もつけるし、機転もきく。そのことを理解した瞬間、ほんの短いあいだだったけれど、弟を失って心にぽっかりとあいた穴がふさがったような気がした。

メイはテーブルを押すようにして立ちあがると、デスクのほうへ近づいた。「料理人のアシスタントだとか、ウェイトレスをやった経験は？」雇用申込書をちらりと見おろしながらたずねる。

ジョージアンヌはあわてて書面を手で隠したが、メイは、そこに書かれた字がまったくの金釘流《かなくぎ》であることを見てとった。おまけに、〝シェフ《chef》〟ではなく〝チーフ《chief》〟と綴《つづ》られている。

「〈ルビーズ〉でウェイトレスをやってましたし、そのあとは〈ディラーズ〉でも働きました。それに料理の授業なら、ほとんどどんなものでも受けてます」

「ケータリングの店で働いたことはあるの？」

「いいえ。でも、ギリシャ料理でも四川料理でも、バクラヴァでもスシでも、なんでも作れます。それに、人づきあいもすごくうまいほうだと思います」

メイはジョージアンヌを眺めまわした。わたしの目に狂いがなければいいのだけれど、と思いながら。「質問がもうひとつ。ここで働きたい？」

6

シアトル
一九九六年六月

ジョージアンヌはキッチンの混乱から逃げだし、最後にもう一度バンケット・ルームを見てまわった。リネンのクロスをかけてきちんと並べた三七のテーブルを、厳しい目で眺めてみる。それぞれのテーブルのまんなかには、プレスガラスの器に、艶出しをしたバラやカスミソウ、シダといった草花がきれいに活《い》けられていた。

メイはジョージアンヌのことを、あまりに神経質なうえに働きすぎだと言って非難したし、艶出しのための熱いパラフィンのせいでまだ指が痛かったけれど、こうやってひとつひとつのテーブルを見ていると、痛みや面倒くささを我慢した甲斐《かい》はあったと思った。わたしは、美しくてユニークなものを作りあげている。以前は人に頼ることしか知らなかったこのわたし、ジョージアンヌ・ハワードは、今、すばらしい人生を築こうとしている。それも、自分の力で。失読症に対処する方法も覚えた。長いあいだ気にしすぎるほど気にしてきたことだったけれど、もう症状を隠そうとは思わなくなった。

二九歳の今日まで、彼女は様々な壁を乗りこえてきた。そしてケータリング・ビジネスの共同オーナーとして成功し、ベルヴューに小さな家まで持った。障害を抱えてテキサスからやってきた女の子にしては上出来だろう。痛い目を見たことはあったけれど、なんとか生きのび、そうすることで以前よりずっと強い人間になれた。あのころより用心深くなったのは確かだし、とくに男性に対しては簡単に心を開かないようになった。だからといって、不幸せだとは思わない。七年前、〈ヘロン・ケータリング〉に足を踏み入れる以前の自分に戻るのは絶対に嫌だと思っていたけれど、今の自分があるのはあのとき我が身に起きたことのおかげだ。彼女は、大好きなものに囲まれた今の生活に満足していた。

生まれ育ったのはテキサスだったが、シアトルもすぐに気に入った。山と海にはさまれた、坂の多いこの町が大好きになった。雨に慣れるまでには数年かかったが、今はこの町に住んでいる多くの人たちと同じように、あまり気にならない。パイク・プレイス・マーケットのにぎわいも心地よかったし、何より、季節によって様々な色を見せてくれるこの太平洋岸北部が好きだった。

ジョージアンヌは手をあげて黒いタキシードの袖がさがってくるのを防ぎつつ、腕時計を眺めた。古いホテルの一画では彼女のスタッフが、スライスしたキュウリにサーモンやマッシュルームをのせた前菜や、シャンパン入りのグラスを三〇〇人のゲストに配っているところだ。あと三〇分もすれば、ゲストはバンケット・ルームに入ってきて、仔牛《こうし》のスカロピーニやレモンバターをかけた新ジャガ、アンディーヴとクレソンのサラダを楽しむことになる。

彼女はワイングラスに手を伸ばし、なかに入っていたナプキンをとりだした。震える指で白いリネンをバラの形にたたみなおす。いつもよりずっと緊張しているようだ。三〇〇人のパーティーなら、これまでにもメイとふたりで準備したことがあった。目新しいことではない。お茶の子さいさいだ。しかし、ハリソン財団のパーティーを担当するのははじめてだった。財団が募金集めのために行うパーティー。参加費は五〇〇ドル。もちろん、招待客が食事だけを目当てにそんな大金を支払うのではないことはわかっていた。今夜の収益は、小児病院や医療センターへ回されることになっている。それでも、こんなにたくさんの人々がこんな大金を払って仔牛の肉を食べるのだと思うと、心臓がどきどきした。

部屋の脇のドアがあいて、メイがそっと入ってきた。「ここにいると思った」ジョージアンヌのほうへ近づきながら言う。手に持っているのはグリーンのフォルダーだ。なかには今日の進行表や材料の調達表、様々なレシピなどが入っている。

ジョージアンヌは親友でもありビジネスのパートナーでもある女性に微笑みかけ、たたんだナプキンをグラスに戻した。「キッチンのほうはどう?」

「そうね、問題なのは、新しく雇ったシェフのアシスタントが、仔牛に合わせてあなたが特注した白ワインを全部飲んじゃったことくらいかな」

ジョージアンヌは暗いところへすうっと落ちていくような気分になった。「冗談でしょ?」

「そう、冗談」

「ほんとに？」

「ほんとだってば」

「おもしろい冗談じゃないわね」ジョージアンヌがため息をつき、メイがそばに立った。

「そうかもしれないけど、あなた、もっとリラックスしなきゃ」

「ここを出るまで、リラックスなんてできないわよ」ジョージアンヌはそう言いながら、メイのタキシードの襟についたピンクのバラの位置をなおしてやった。ふたりとも同じ衣装を着ていたけれど、体つきは対照的だ。メイは、なめらかな肌をした生まれつきのブロンドだった。身長は一五〇センチちょっとしかなく、わりと痩せている。一方ジョージアンヌは、メイの新陳代謝のよさをうらやましがってばかりだ。あれだけなんでも食べて、少しも体重が増えないなんて、どういうことなんだろう。

「何もかもスケジュールどおりに進んでる。アンジェラ・エヴァレットの結婚式のときみたいに、緊張してパニックしたりしないでね」

ジョージアンヌは眉をひそめ、脇のドアに近づいた。「エヴァレットのおばあちゃんの、あの青いプードル、今でも蹴り飛ばしてやりたいくらい」

メイはジョージアンヌといっしょに歩きながら笑い声をあげた。「あの晩のことは絶対に忘れられないわ。わたしがビュッフェの用意をしてたら、キッチンからあなたの悲鳴が聞こえたんだった」そうしてちょっとだけ声を低め、ジョージアンヌのアクセントをまねして続ける。「あぁ、もう、この犬っころがあたしの玉《ボール》を食べちゃったぁ」

「ミートボール、ってちゃんと言いました」

「いいえ、言ってません。そうしてへたりこんじゃって、からっぽになったバットを一〇分は眺めてたもんね」

ジョージアンヌの記憶とはいささか食い違っていたが、今でも、突然ストレスを感じるとうまく対処できなくなることは認めなければならない——昔ほどではないにしても。「あなたって、とんでもない嘘つきよ、メイ・ヘロン」彼女はそう言って友人のタキシードの裾を引っぱり、振り向いてもう一度部屋を見わたした。陶器が光り、銀器が輝いていた。テーブルの上では、たたんだナプキンが無数の白いバラのように咲きほこっている。

彼女は大きな満足感を覚えた。


ジョン・コワルスキーはワイングラスに突っこまれたナプキンに顔を近づけながら、眉間に皺を寄せた。鳥だろうか、それともパイナップルだろうか。どちらだかわからなかった。「ああ、すごくきれい」今夜のパートナー、ジェニー・ラングがため息まじりに言った。ジョンは彼女の艶々したブロンドの髪を眺めながら、パーティーに誘ったときはもっと美人に見えたのに、と思った。ジェニーはカメラマンだった。出会ったのは二週間前、彼女が地元の雑誌の取材で、ジョンの大型ヨットの写真を撮りに来たときだ。そのときはすごくいい感じの女性だと思ったのだが、パーティーの会場に到着する前、すでにジョンは彼女に魅力を感じなくなっていた。だがそれはジェニーのせいではなく、彼自身のせいだ。

ジョンはナプキンに視線を戻してグラスからつまみあげると、膝の上に広げた。このところ、再婚したいという思いが募っている。アーニーともそのことを何度か話しあった。もしかすると今夜の慈善パーティーが、眠っていたものを揺りおこしたのかもしれない。それとも、ついこのあいだ、三五歳の誕生日を迎えてしまったからだろうか。なんにせよ、結婚して何人か子供が欲しいと思いはじめているのは事実だ。死んでしまったトビーのことも、以前より頻繁に考えるようになった。

彼は椅子の背にもたれ、チャコール色のヒューゴ・ボスのジャケットの前をくつろげると、灰色のズボンのポケットに手を突っこんだ。もう一度父親になりたかった。〝パパ〟という言葉を、自分の呼び名のリストにつけくわえたかった。アーニーがしてくれたように、息子にスケートを教えてやりたかった。世の父親と同じように、クリスマス・イヴの夜は遅くまでプレゼントの準備をし、三輪車や自転車やレースカーのセットを組みたててやりたかった。息子に吸血鬼や海賊の衣装を着せ、ハロウィーンの夜、いっしょに家々を回りたかった。だが隣にいるジェニーを眺めてみても、自分の子供の母親になれるとは思えない。ジョディー・フォスターに似た女性。ジョディー・フォスターって、どこかトカゲみたいだ――彼はずっとそう思ってきた。トカゲ似の子供たちなんて、ぞっとしない。

ワインはいかがですか、というウェイターの声が聞こえて、ジョンは現実に引き戻された。けっこうだ、と答え、テーブルの上のグラスを逆さまに伏せる。

「飲まないの？」ジェニーがたずねた。

「飲むさ」彼はポケットから出した手を、カクテルのときにもらっておいたグラスのほうへ伸ばした。「炭酸水をライムで割ったものをね」

「アルコールは？」

「やめたんだ」ジョンがグラスを手前に置いたとき、別のウェイターがサラダを運んできた。今回の禁酒は四年間続いていた。二度と酒に手を出すことはないだろう。アルコールのせいで何度も馬鹿なことをくりかえしてきた。そういうのは、もううんざりだ。

フィラデルフィア・フライヤーズのフォワードのダニー・シャナハンを殴ったときが、人生最悪の瞬間だった。〝ダーティー・ハリー〟なら殴られても当然だと考えた人は多かったが、ジョンは違った。氷の上に伸びているシャナハンを見おろしたとき、ジョンは、もはや自分をコントロールできなくなっていることに気づいた。確かに、スティックを向こうずねにぶつけられたり、脇腹に肘を入れられたりしたことなら何度もあった。ホッケーは荒っぽいスポーツなのだから、それはしかたない。しかしあの夜、彼の頭のなかで何かがぷつんと切れてしまった。自分が何をしているのかもわからないまま、いつの間にかグラブを投げ捨ててシャナハンと殴りあいを演じていた。結果、シャナハンは脳震盪《のうしんとう》を起こして病院にかつぎこまれ、ジョンは即座に退場処分となって六試合の出場停止を食らった。翌朝彼は、裸の女性がふたり眠っているホテルのベッドで、からになったジャック・ダニエルズのボトルを握りしめたまま目覚めた。そして装飾パターンが描かれた天井を眺めながら、つくづく自分が嫌になった。昨夜のことを思いだそうとしても、よく思いだせない。だが、記憶がはっきりしないほうがいいことは明らかだった。

あれ以来酒は飲んでいないし、飲みたいとも思わなかった。だから今は女性をベッドに誘って翌朝目覚めても、彼女の名前くらいは覚えていられた。というより、よく知りもしない女とは寝なくなった。注意深くなったわけだ。こうして生きていられるだけでラッキーなのだということは、よくわかっている。

「この部屋の内装、きれいよね」ジェニーが言った。

ジョンはテーブルをひととおり眺めてから、正面のステージに目をやった。無数の花や蠟《ろう》燭《そく》は、彼にしてみればいささか少女趣味だった。「ああ、そうだな」そう答えてサラダを口にする。食べおえると、からになった皿が持ち去られ、かわりに新しい料理が運ばれてきた。慈善パーティーならこれまでにいくつも参加してきた。まずい料理も、何度となく食べさせられた。だが、今夜のは悪くない。量こそ少ないが、おいしかった。去年この手のパーティーで食べた、味のしない松の実を詰めたゴムのような食感のチキンを思いだす。だがこの手のパーティーはお金集め――それも大金を集めることが目的だ。ジョンが慈善事業に熱心なことを知っている人はほとんどいなかったが、彼はそのほうがいいと思っていた。息子への供養のつもりだったからだ。公にするようなことではない。

「コロラド・アヴァランチが優勝したけど？」デザートが出されたとき、ジェニーが訊いた。

この女はただおしゃべりをしたいだけなのだろう、とジョンは思った。俺の意見に興味を持っているわけではない。だからとりあえず、適当な言葉を並べておいた。「ゴールキーパーがまずすばらしいよ。ロワだったら、プレイオフみたいな大事なゲームでもチームを救ってくれるからね」彼は肩をすくめた。「激しいボディチェックで相手をびびらせるのが得意な選手も何人かいる。だが、あのクロード・ルミューってのはどうしようもないオカマ野郎だな」彼はデザート用のスプーンに手を伸ばしながらジェニーを見た。「アヴァランチは来シーズンもファイナルに出場するよ」ジョンはそのとおりになることを望んでいた。なぜなら、ファイナルでやつらを打ち負かすのは俺だからだ。あいつらに勝って、優勝カップをこの手にしてやる。

ジョンは部屋を見まわして、ハリソン財団の会長を探した。ルース・ハリソンは真っ先に演壇にあがり、式次第を進めていくタイプの女性だ。しかし彼女はふたつ向こうのテーブルについたまま、かたわらに立った女性を見あげているところだった。その女性はジョンに背中を向けていたが、シルクのドレスばかりの人込みのなかでも、裾の長いタキシードを着た姿は目を引いた。いくら上流階級のチャリティでも、ちょっとやりすぎなのではないだろうか。うなじのあたりで引きつめにした髪を、大きな黒いリボンでまとめている。リボンの結び目からは、カールした髪が背中のまんなかあたりまでこぼれていた。女性にしては背が高い。だがその人が向きを変えて横顔を見せたとき、ジョンは思わず、シャーベットを喉に詰まらせそうになった。「なんてこった」あえぐように言う。

「だいじょうぶ？」ジェニーが言って、ジョンの肩に優しく手を置いた。

答えられなかった。スティックで額を殴られたかのように、ぽかんとその人を見つめていることしかできなかった。七年前彼女をシアトル空港まで送りとどけたときは、もう二度と会うことなどないだろうと思っていたのに。最後に彼女を見たときのことは、よく覚えている。ピンクのドレスを着た豊満なベビー・ドール。それだけでなく、ほかのこともまざまざとよみがえってきた。思わず口の端に笑みを浮かべてしまうようなこと。どうしてだかはわからないが、彼女と過ごしたあの晩、ジョンは酔っ払っていなかった。しかし、酒を飲んでいたかどうかなんて、どうでもいいことだろう。なぜならジョージアンヌ・ハワードは、男だったら忘れられるような女性ではないからだ。

「どうしたの、ジョン?」

「いや……なんでもない」彼はちらりとジェニーを眺め、結婚式から逃亡してひと騒動起こした女性に視線を戻した。あの運命の日、ヴァージル・ダフィーは外国へ逃げだし、それから八か月も帰ってこなかった。チヌークスのサマー・キャンプでは様々な憶測が流れた。花嫁は誰かに誘拐されたのではないかと言う者もいたし、単に逃げたのだと言う者もいた。ヒュー・マイナーなど、結婚に踏みきれなかったジョージアンヌがバスルームで自殺し、ヴァージルが事件を闇に葬り去ったのだという説を披露したほどだ。しかし、チヌークスの選手のなかで真実を知っているのはジョンだけだった。そして当のジョンは、絶対に口を開こうとしなかった。

「ジョン?」

ジョージアンヌはバンケット・ルームのまんなかに立っていた。あのときと変わらず美しかった。いや、以前よりきれいになったかもしれない。タキシードのせいだろうか。その服は彼女の体の線を隠すというより、むしろ浮きたたせていた。部屋の明かりを受けて輝いている黒髪と、横顔に浮かんだ豊かな唇。それらすべてが彼女の美しさを倍加させていた。見つめれば見つめるほど、好奇心がかきたてられていく。彼女はいったい、シアトルで何をしているのだろう。今はどんな生活をしているのだろう。金持ちと結婚でもしたのだろうか。

「ジョン？」

彼はジェニーに注意を戻した。

「どうかしたの？」彼女が訊いた。

「いや、なんでもない」再びジョージアンヌに目を向けると、彼女は黒いハンドバッグをテーブルの上に置き、手を伸ばしてルース・ハリソンと握手したところだった。微笑みを浮かべ、再びハンドバッグを手にとってその場を立ち去ろうとしている。

「ちょっと失礼するよ、ジェニー」ジョンはそう言って立ちあがった。「すぐ戻ってくる」テーブルのあいだを縫って遠ざかっていくジョージアンヌの姿を追った。まっすぐに張った彼女の肩から視線をそらさないようにした。「すみません」会釈をして、ふたりの年配の男性のあいだをすり抜ける。ようやく追いついたのは、彼女が脇のドアをあけようとしているときだった。

「ジョージー」ドアノブに手をかけた彼女に向かって、ジョンは言った。

ジョージアンヌは動きをとめ、肩ごしに振り向くと、ぽかんと口をあけてたっぷり五秒ほどジョンの顔を見つめた。

「きみだと思ったよ」

彼女は口を閉じた。だが緑の瞳は、まるで犯罪現場でも目撃したかのように大きく見開かれたままだ。

「覚えてないのか？」

答えはなかった。ジョージアンヌはただ彼を見ているだけだった。

「俺だよ。ジョン・コワルスキーだよ。きみが結婚式から逃げたときに会っただろう？」あんな大事件を忘れるはずがないと思いながらも、ジョンはたずねた。「きみは俺の車に乗りこんできて――」

「ええ」ジョージアンヌがさえぎるように言った。「覚えてます」だが彼女は再び口をつぐんでしまった。とんでもないおしゃべりだったはずなのに、どうしたのだろう。それとも俺の記憶回路がおかしくなったのだろうか。

「そうか、よかった」彼はふたりのあいだに広がったぎごちない沈黙をうずめるように言った。「シアトルで何をしてるんだい？」

「仕事ですけど」彼女は胸を持ちあげながら大きく息を吸って、吐きだした。「あの、忙しいので」あまりに勢いよく向きを変えたせいで、ジョージアンヌはドアにぶつかってしまった。木の枠が音を立て、ハンドバッグがこぼれ落ちて中身があたりに散らばる。「あぁ、もう」彼女は南部っぽく母音を引きずりながらあえぎ、散らばったものをかがみこんで拾おうとした。

ジョンは片膝をついて口紅とボールペンをつかみ、てのひらにのせて彼女のほうに差しだした。「ほら」

ジョージアンヌが目をあげ、ふたりの視線が絡みあった。彼女は心臓がいくつか鼓動を打つあいだじっと彼を見つめ、口紅とボールペンを受けとった。指先がてのひらをかすめる。「ありがとう」彼女はそう言うと、まるでやけどでもしたかのようにあわてて手を引き、立ちあがってドアをあけた。

「待ってくれ」ジョンは声をかけながら、花柄の小切手帳に手を伸ばした。だが彼が小切手帳をつかんで立ちあがるまでのほんの短いあいだに、彼女はもういなくなっていた。目の前で大きな音を立ててドアが閉じる。ジョンは馬鹿にされたような気持ちで立ちつくしていた。ジョージアンヌはまるで彼を恐れているみたいだった。ふたりで過ごした夜のことを何から何まで覚えていたわけではないが、彼女にひどいことをした覚えはない。どんなに酔っ払ったときでも、女性を手荒くあつかったことなどなかったはずだ。

彼はとまどいながら向きを変え、ゆっくりテーブルに戻った。どうしてジョージアンヌがあんなふうに逃げていってしまったのかはわからない。彼女との思い出は、ジョンにとってもとりたてて楽しいものではなかった。ふたりで激しいセックスをし、そうして家に帰る航空券を買ってやっただけだ。もちろん、彼女の気持ちを傷つけたかもしれないが、あのときはああするしかなかった。

ジョンは手に持った小切手帳を広げた。驚いたことに小切手には、子供が描いたようなクレヨンの絵が印刷してあった。そうして左の隅を見てさらに驚かされた。名字は以前のままだ。今でもジョージアンヌ・ハワード。住所はベルヴューだった。

頭のなかで次々と疑問がわきあがってきたが、どれも答えの見つからないものばかりだった。彼は小切手帳をジャケットのポケットに入れ、月曜日に郵送しよう、と心に決めた。

ジョージアンヌは、色鮮やかなサクラソウやパンジーの咲く歩道を足早に歩いていた。震える手で真鍮《しんちゆう》製のドアノブに鍵《かぎ》を差し入れる。玄関に植えたアジサイやコスモスは伸び放題で、今や芝生にまで侵入しようとしていた。パニックが全身を包みこんでいる。家に入ってひと息つくまで、この状態から逃れることはできないだろう。

「レキシー」ドアをあけながら声をかける。左側を見ると、どきどきしていた心臓が少しだけおさまった。六歳の娘は、カウチの上で四匹のぬいぐるみのダルメシアンに囲まれて座っていた。テレビでは『一〇一匹わんちゃん』のクルエラ・ド・ヴィルが高笑いをし、目を赤く光らせながら雪の積もった土手の道を車で走っていく。ぬいぐるみの向こう側にいたロンダが目をあげてジョージアンヌを見た。ロンダは隣の家に住んでいる一〇代の女の子だ。ノーズ・リングと濃いワイン色の髪が、部屋の明かりを受けて光っている。見た目こそ変わっているが、とてもいい子だったし、シッターとしては最高だった。

「今日はどうだった？」ロンダが立ちあがりながらたずねる。

「上々よ」ジョージアンヌはそう嘘をつき、ハンドバッグをあけて財布をとりだした。「レキシーのほうは？」

「問題なしだったよ。ふたりでしばらくお人形さんごっこをして、マカロニ・チーズを食べさせた。あなたが置いといてくれたソーセージを刻んで入れてね」

ジョージアンヌはロンダに一五ドルを渡した。「ありがとう」

「ううん、全然いいの。レキシーはいい子だもん」ロンダが手をあげた。「じゃ、ね」

「またね、ロンダ」ジョージアンヌは微笑みながらベビーシッターを見送り、娘の座っている緑の花柄のカウチに腰をおろした。大きく息を吸って、ゆっくりと吐きだす。ジョンは何も知らない。もし知っていたとしても、どうでもいいことだと思っているはずだ。

「ヘイ、かわいこちゃん」彼女は娘の腿のあたりをぽんぽんと叩きながら言った。「ただいま」

「あたし、ここんとこが好きなの」レキシーはテレビから目を離さず、母親に伝えた。「大好き。ロリーがいちばん好きよ。太ってるし」

ジョージアンヌは肩のうしろに落ちかかった娘の髪を撫でた。ぎゅっと抱きしめてやりたかった。「きちんと挨拶《あいさつ》をしてくれたら、ほっといてあげるんだけど」

レキシーはくるりと振り向き、顔をあげて真っ赤な唇を突きだした。

ジョージアンヌは娘にキスをし、両手でほっぺたをはさんだ。「ママの口紅、また使ったでしょ」

「違うよ。これ、あたしんだもん」

「こういう色のやつは持ってなかったと思うんだけどな」

「持ってたってば」

「じゃあ、どこで買ったの？」レキシーのまぶたから眉にかけて、濃いパープルのシャドウがついていた。頬にはピンクの頬紅。衣装はティンカーベルだ。

「どこかで見つけたの」

「嘘はつかないで。ママが嘘を嫌いなこと、知ってるでしょ？」

レキシーが分厚く口紅を塗った下唇を震わせた。「あたし、いろんなこと、忘れちゃうんだもん」大げさに声をあげる。「ちゃんと覚えてられるように、お医者さんに診てもらわないと！」

ジョージアンヌは顔をしかめて笑いをこらえた。メイがいつも言っているように、レキシーはドラマのヒロインばりの演技が得意だ。彼女の弟のレイもそうだったという。「お医者さんに行ったら、注射されるわよ」ジョージアンヌは警告した。

レキシーが唇を震わせるのをやめ、目を丸くした。

「だから、お医者さんに行くより、ママのものをあれこれいじるのをやめたほうがよくない？」

「わかった」レキシーはあっさり納得した。

「でないと、約束はなしですからね」ジョージアンヌが言ったのは、数か月前、娘と交わした約束のことだった。週末だけは着たいものを着て、気のすむまでお化粧をしていいけれど、平日はジョージアンヌの選んだ服を着て、お化粧もなし。今のところ、取り決めはきちんと守られている。

レキシーはお化粧が大好きだった。メイクはすればするだけいいと思っている。メイにもらった毛皮の襟巻きをして自転車を乗りまわし、近所の人から好奇の目を向けられたりすることもしょっちゅうだし、ショッピング・モールの食料品売り場に連れていって恥ずかしい思いをしたこともあった。だがそれも、週末だけのことだ。毎朝、着替えの時間に娘と口喧《くちげん》嘩《か》をするより、決めごとを作って生活したほうがずっと楽でいい。

お化粧を禁じられるかもしれないと思ったのだろうレキシーが真顔になった。「あたし、約束は守るもん」

「そうね。ママはあなたの顔が大好きよ」ジョージアンヌはそう言って、娘の額にキスした。

「あたしもママの顔が大好き」レキシーも言った。

ジョージアンヌはカウチから立ちあがった。「ベッドルームにいますからね。何かあったら呼ぶのよ」レキシーはうなずいて、テレビの画面で吠《ほ》えているダルメシアンに視線を戻した。

ジョージアンヌは小さなバスルームの前をよぎって廊下を通り、ベッドルームへ行った。タキシードをするりと肩から落とし、ピンクと白の縞の長椅子へ放る。

ジョンはレキシーのことを知らない。知っているわけがない。さっきは確かに過剰反応してしまった。頭がおかしくなったのだと思われたかもしれないが、彼との再会はそれほどのショックだった。ジョージアンヌはこれまでずっと、ジョンを避けてきた。人づきあいの輪が重ならないように気をつけてきたし、もともとホッケーなんて暴力的なスポーツだと思っていたから、チヌークスのゲームにも行ったことはなかった。〈ヘロン・ケータリング〉の仕事をスポーツ関係にまで広げなかったのは、メイがスポーツ選手を嫌っていたせいもあったけれど、ジョンとでくわすのが怖かったことが大きい。なのに、慈善パーティーで彼の顔を見るなんて。

ジョージアンヌは、ベッドにかけてあったチンツ織りのカバーに身を投げだした。ジョンのことなんて考えたくなかった。でも、すっかり忘れてしまうのも不可能だった。スーパーマーケットに行くと、ときおり、スポーツ雑誌の表紙からこちらを見つめている彼のハンサムな顔を見かけることもあった。チヌークスもジョン・〝ザ・ウォール〟・コワルスキーも、シアトルでは大人気だ。ホッケーのシーズンになると、スポーツ・ニュースでは相手の選手をボードに吹き飛ばす彼の姿が映しだされた。地元のコマーシャルにも出ていたし、ミルクを宣伝している大きな看板も含め、彼の顔はいろんなところにあった。それだけではない。特定のコロンのにおいを嗅いだり、潮騒の音を聞いたりしただけで、砂浜に押さえつけられ、青い瞳を仰ぎ見ていたときの記憶がよみがえった。もちろんそんなことを思いだしても、以前のように悲しくなったりはしなかった。突き刺すような痛みは、もう感じない。それでも彼女は、あのときの彼の姿を心から締めだそうとしてきた。いつまでもくよくよしていたくなかったからだ。

シアトルは大都会だから、偶然の再会などありえないと思っていた。こちらから近づいていったりしなければ、彼の顔を間近に見ることはないだろう、と。だが二度と会いたくないと思いながらも、心のどこかでは、再会したら彼はどんなことを言うのだろうと考えていたのも事実だ。もちろん、何を言われても無関心を装おうと思っていた。そうして一二月の朝のように冷たく、こう言ってやるつもりだった。〝ジョン？　ジョンって？　ごめんなさい、覚えてないの。あなたがどうこうってわけじゃなくてね〟

だが思ったようにはいかなかった。ジョージアンヌは、もう七年間も使っていない名前で呼ばれた。今の自分とは、ほとんど無関係になってしまった名前。彼女はそんな名前が聞こえてきたほうを振り向いた。心臓が何度か鼓動しているあいだ、目に飛びこんできたものが理解できなかった。とんでもないショックを受けたとたん防衛本能が働いてしまい、とっさにその場を逃げだした。

あの青い瞳をのぞきこみ、あの手に触れてしまった。するといきなり、指先からジョンのてのひらのあたたかさが伝わってきた。好奇心に満ちた笑みが彼の口もとに浮かぶのが見え、その唇でキスされたときのことがよみがえった。以前より少しだけ体重が増え、目尻の皺が深くなったかもしれないが、目の前にいたのは彼女が記憶していたとおりのジョンだった。見ているだけでうっとりするほどハンサムな人。ジョージアンヌはほんの一瞬、彼を憎んでいたことを忘れてしまった。

彼女は立ちあがって部屋の向こう側にある姿見の前まで行き、シャツのボタンを外しはじめた。レキシーも黒髪だったし肌の色も同じだったから、いろんな人からよく似た親子だと言われた。しかし娘はジョンにもそっくりだった。青い瞳と、長くて太いまつげ。鼻の形もそうだし、笑うとえくぼができるところもジョンそのままだ。

シャツの裾をパンツから引っぱりだし、カフスを外す。レキシーはジョージアンヌの人生にとって何より大切な存在だった。生きがい。娘を失うことなんて、絶対に耐えられない。だから、怖かった。再会してしまった以上、ジョンがレキシーのことを嗅ぎつける可能性はある。ハリソン財団の誰かにたずねたら、わたしを見つけだすのは簡単だろう。

でも、ジョンがわたしを探す理由って？　七年前、あの人はわたしを空港に置き去りにした。そのことでわたしは、心の底から傷ついた。娘のことを知ったとしても、ジョンは興味なんて持たないはずだ。彼はホッケーのスター選手。小さな娘のことなんて、気にかけたりはしない。

わたしは神経過敏になっているだけだ。

翌朝。レキシーはシリアルを食べおえ、器をシンクに置いた。家の奥からは母親がシャワーを浴びる音が聞こえている。ショッピング・モールに出かけるまで、かなり待たなければならないだろう。ママはいつだって長々とシャワーを浴びるのが好きだった。

ドアの呼び鈴が鳴った。レキシーは毛皮の襟巻きを引きずりながらリビングへ行き、レースのカーテンを少しだけ持ちあげて、大きな窓から外をのぞいた。ジーンズをはいて縞のシャツを着た男の人が、ポーチに立っていた。彼女はしばらくその人を見つめてから、カーテンをおろした。襟巻きを首に巻きつけ、部屋を横切って玄関へ向かう。知らない人が来たらドアをあけてはいけないと言われていたが、そこにいるのは知らない人ではなかった。サングラスをかけていたけれど、〝ミスター・ウォール〞ならテレビで見たことがあったし、去年なんて、チームメイトといっしょに学校までやってきてシャツやノートにサインまでしてくれた。でもレキシーは体育館のうしろのほうにいたせいで、サインをしてもらえなかった。きっとそのときのお詫《わ》びに来てくれたんだろう。彼女はそう思いながらドアをあけた。そうして上のほうを――ずっと上のほうを見た。

ジョンはサングラスをとり、ポロシャツの胸ポケットに入れた。ドアが開く。彼は下のほうを――ずっと下のほうを見た。ジョージアンヌの家に来たというのに、小さな女の子に出迎えられたことがショックだった。おまけにその子は、ピンクのスネークスキンのカウボーイ・ブーツとピンクのスカートをはき、紫の水玉のTシャツを着て、目の覚めるような緑のボアを首に巻いている。だがそんな服装も彼女の顔に比べればなんでもなかった。「ええっと……やあ」彼は、真っ青なアイシャドウや明るいピンクの頬紅、艶々した赤い口紅にたじろぎながら声をかけた。「ジョージアンヌ・ハワードさんを探してるんだけどね」

「ママならシャワーだけど、どうぞ」レキシーは背を向けてリビングへ入っていった。頭のうしろの高いところでポニーテイルにまとめた髪が、ブーツを履いた足を踏みだすたびに揺れた。

「いいのかい？」ジョンは子供のことなどほとんどわからなかったし、第一その子とは初対面だった。わかっているのは、子供が知らない人を気軽に家へ入れてはいけないということだ。「俺が家のなかに入ったってわかったら、ジョージアンヌは怒るかもしれないよ」だがジョンはそう言ってから、シャワーに入っていようといまいと、彼女は俺をこの家に入れようとしないはずだと考えた。

小さな女の子は肩ごしに振り向いた。「だいじょうぶだと思うよ。じゃあ、あたし、支度しなきゃいけないから」彼女はそう言うと、部屋の角を曲がっていなくなった。支度って、なんの支度なんだろう。

彼はジョージアンヌの小切手帳をお尻のポケットに滑りこませ、なかに入った。小切手帳はただの言い訳でしかなかった。ここまで来たのは、好奇心のせいだ。昨晩、ジョージアンヌがバンケット・ルームから姿を消して以来、ずっと彼女のことで頭がいっぱいだった。うしろ手にドアを閉めてリビングに足を踏み入れる。しかしそのとたん、自分がとてつもなく場違いなところにいることに気づいた。以前、ガールフレンドへのプレゼントを探そうと思って〈ヴィクトリアズ・シークレット〉の店内に入ったときと同じだ。

家のなかはパステル・カラーのものや、自分はゲイではないと自信を持っている男でも不安になるくらいひらひらしたものばかりだった。花柄のカウチにはレース模様の枕が置いてあったし、カーテンにも同様のレースがついている。花瓶にはデイジーやバラが活けられ、バスケットにはドライフラワーが入れてあり、記念写真が天使をかたどった銀のフレームにおさまっていた。ただ、天使のフレームは悪くなかった。ひょっとして俺にもこんな趣味があるのだろうか、とジョンは思い悩んだ。

「あたし、いいもの持ってるんだよ」女の子はプラスティックでできたオレンジ色のショッピング・カートを押しながらリビングへ戻ってきた。そうしてカウチに腰をおろし、かたわらのクッションをぽんぽんと叩く。

さらに場違いな雰囲気を感じながら、ジョンはジョージアンヌの娘のそばに座った。顔をのぞきこんで、この子はいくつなのだろうと考えてみたが、子供の年齢はどうもわからない。化粧を塗りたくっているのだからなおさらだ。

「ほら」彼女は胸のところにダルメシアンの絵が描いてあるTシャツをバスケットから出してきて、ジョンに手渡した。

「どういうことだい？」

「サインしてくれなきゃ」

「サイン？」ジョンは突然自分が大スターになったかのような気持ちになって訊いた。

彼女はうなずき、グリーンのペンを渡した。

だが、子供用のTシャツにサインするのははばかられた。「ママがかんかんになるかもしれないぞ」

「ううん。これ、土曜日の服だからだいじょうぶ」

「ほんとに？」

「うん」

「わかった」彼は肩をすくめてキャップを外した。「きみの名前は？」

彼女は深いブルーの目をすがめて彼を見つめた。まるで、ピクニックへ来たのにサンドイッチの数が足らないとでも言いたげな顔だ。「レキシー」そう言って、彼が聞きとれなかったら困ると思ったのか、もう一度ゆっくりくりかえした。「レ・キ・シー。レキシー・メイ・ハワード」

ハワード？　ジョージアンヌはこの子の父親とは結婚しなかったわけだ。いったい相手はどんな男だったんだろう。この子を見捨てたのは、どんな男だったんだろうか。彼はTシャツを裏がえした。最初からサインは背中のほうにするつもりだった。「じゃあ、レキシー・メイ・ハワード、どうしてこんなにいいTシャツを俺のサインでだめにしようと思ったんだい？」

「だってほかの子たちは書いてもらったのに、あたしは書いてもらえなかったから」

なんのことを言っているのかはわからなかった。だがどちらにせよ、Tシャツにサインをする前にジョージアンヌに確かめたほうがいいだろう。

「ブレット・トーマスなんて、いろんなものを持ってるんだから。去年、学校で見せてくれたの」レキシーは肩を落として大きなため息をついた。「猫も飼ってるんだよ。おじさん、猫は飼ってる？」

「ええっと……猫はいないな」

「メイは飼ってるわ」彼女はジョンとメイが知りあいであるかのような口ぶりで言った。「ブーツィーって名前なの。足に白いブーツを履いてるみたいだから。でも、あたしがメイの家に行くと隠れちゃうの。前は、きっと嫌われてるんだと思ってたんだけど、メイが、あの子が逃げるのは怖がりだからよ、って言ってくれてね」彼女はボアの端をつまんでジョンの目の前でひらひらと振ってみせた。「こうやると追いかけてくるから、そのとき、ぎゅってつかまえるの」

話を聞いていればいるほど、この子はやはりジョージアンヌの娘だという思いが強くなった。レキシーは猫が欲しいという話をさっさと終えたと思ったら、犬の話題に移り、そこからなぜか蚊に刺された話をしはじめた。ジョンは耳を傾けながら、彼女をしげしげと眺めた。ジョージアンヌにはあまり似ていない。きっと父親似なのだろう。口もとはちょっと母親っぽいが、ほかの部分は違っていた。

「レキシー」ジョンは彼女の話をさえぎった。ふと、ヴァージル・ダフィーの娘ではないかと思ったからだ。ヴァージルが子供を捨てるような男だとは思えないが、ときとして冷酷な一面を見せることがあるのは確かだ。「きみはいくつだ?」

「六つよ。何か月か前、お誕生日だったの。みんなが来てくれて、ケーキを食べたわ。エイミーが映画の『ベイブ』をプレゼントしてくれたから、みんなで見てね。ベイブがママのところから連れていかれたとき、あたし、泣いちゃった。すっごく悲しくて、気分悪くなりそうだったくらい。でもママが、この子は週末にはお母さんに会えるのよ、って言ってくれたからほっとしたの。あたしは豚が飼いたいんだけど、ママはダメだって。ベイブが羊に嚙みつくとこ、好きだったなあ」彼女はそう言ってくすくす笑いはじめた。

六歳。最後にジョージアンヌに会ったのは七年前だから、この子がヴァージルの娘であるはずはない。いや、ジョージアンヌが身ごもっていた九か月のことを忘れていた。それを勘定に入れたら、ヴァージルの娘である可能性は高いはずだ。さっきこの子も、数か月前が誕生日だったと言ってたじゃないか。彼はレキシーをさらに見つめた。満面の笑みを浮かべたその右頰に、深いえくぼが浮かんでいる。「あの子豚ちゃんの顔が好きなの」彼女は首を振って、再びくすくす笑った。

家の奥のほうで、シャワーがとまったのがわかった。ジョンの心臓も、今にもとまってしまいそうだった。ごくりと生唾《なまつば》を呑みこむ。「ああ、ちくしょう」

レキシーが真顔に戻り、憤慨したような口調で言った。「そういうこと、言っちゃダメなんだよ」

「悪かった」ジョンは小声で謝り、化粧ごしにその子の素顔を見すかそうとした。長いまつげがくるりと上を向いている。子供のころの俺も、よく、長いまつげをしているとからかわれたものだ。それから、深いブルーの瞳。俺と同じ色だ——まるでソケットに指を突っこんだかのように、何かがびりびりと体のなかを走っていった。昨日の晩、どうしてジョージアンヌがあんなに奇妙なそぶりを見せたのか、ようやくわかった。この子は、俺の子だ。

俺の娘だ。

「ああ、ちくしょう」

7

ジョージアンヌは頭に巻いていたタオルをとってベッドの端に放り、ドレッサーの上に置いてあったブラシをつかんだ。だが、丸い柄をしっかり握る間もなく、その手をとめた。リビングから、レキシーの子供らしいくすくす笑いといっしょに、低い声が聞こえてきたからだ。あれは間違いなく男の人の声だ。あられもない格好だが、そんなことを言っている場合ではない。彼女はあわてて緑のローブに袖を通した。レキシーには、知らない人が来ても家に入れてはいけないと言ってあったはずなのに。このあいだ家に帰ってきて、エホバの証人の勧誘員が三人もカウチに座っていたのを見つけたとき、さんざん言い聞かせたはずだったのに。

しっかりベルトを締め、狭い廊下を急ぐ。だが、娘を叱りつけようとしたそのとき、足がとまってしまった。隣に腰をおろしているのは、宗教の勧誘員などではなかった。

その人は目をあげてジョージアンヌを見た。彼女の視界に、彼の青い瞳が飛びこんできた。

悪夢だ、と彼女は思った。

口をあけたが、ショックのせいで声が出てこない。一瞬世界が静止したと思ったら、足もとがぐらぐらと揺れ、あたりの景色が回転しはじめた。

「ミスター・ウォールがサインをしに来てくれたの」レキシーが言った。

こちらを見ている青い瞳をのぞきこんでいるあいだ、時間もとまっていた。七年前と同じようにたくましくハンサムなジョン・コワルスキーが、今、自分の家のリビングに腰をおろしている。そのことがどうしても信じられなかった。それも、よりによって娘の隣に。ジョージアンヌは喉もとを押さえながら深呼吸した。早鐘のような鼓動が指先からじかに伝わってくる。彼は居心地の悪そうな表情を浮かべていた。当然だ。「アレクサンドラ・メイ」ジョージアンヌは視線を娘に移しながら、あえぐようにしてようやく言った。「知らない人を家に入れちゃいけないって、あれほど言ってあったでしょう?」

レキシーは目を丸くした。正式な名前で呼ばれたということは、これからとてつもなく深刻な事態が待っているということだ。「でも、でも」彼女は口ごもりながら勢いよく立ちあがった。「でもママ、ミスター・ウォールは知らない人なんかじゃないもん。学校に来てくれたんだけど、あたし、サインしてもらえなかったんだもん」

ジョージアンヌには娘がなんのことを言っているのか理解できなかった。だから、ジョンのほうを向いてたずねた。「ここで何をしてるわけ?」

ジョンはゆっくり立ちあがり、色の落ちたリーヴァイスのお尻のポケットを探った。「昨日の晩、きみがこれを落としていったんでね」そう答えて、小切手帳をジョージアンヌのほうに放る。

つかみそこねた小切手帳がチェストにぶつかって床に落ちた。だが、かがみこんで拾おうとは思わなかった。「わざわざ持ってきてくれる必要なんてなかったのに」かすかな安堵感が神経組織を伝わっていくのがわかった。ジョンは小切手帳を持ってきてくれただけだ。娘を探しに来たわけじゃない。

「そりゃそうだけどな」彼がそっけなく答えるだけで、女だけで暮らしている家のなかに男っぽさが充満していくようだった。ジョージアンヌはふと、ローブの下は素裸であることに気づいた。自分の体を見おろし、前がはだけていないかどうか確かめる。

「とりあえず、ありがとう」そう言いながら、玄関のほうへ歩いていく。「レキシーといっしょに出かけるところだったの。あなただって、大切な用が残ってるんでしょ?」腕を伸ばしてドアノブに手をかける。「じゃあ、さようなら、ジョン」

「いや、まだだ」彼が立ちあがって目をすがめると、眉の傷跡がさらに強調された。「帰る前に話がしたい」

「どんな話?」

「その、わからないけどさ」ジョンは体重を片方の足にのせ、首をかしげてみせた。「七年前しておくべきだった話でいいじゃないか」

ジョージアンヌは注意深く彼を見つめた。「どういう意味?」

彼はレキシーを眺めた。レキシーは母親からジョンへと、交互に好奇の目を向けている。

「俺が何を言いたいのか、きみにはわかってるはずだ」

決着をつけようとしている敵同士のように、ふたりは長いあいだ睨みあっていた。ジョージアンヌにしてみれば、ジョンとここでこうしていること自体が気に食わなかった。だがどんな話が始まろうと、レキシーに聞かせないほうがいいことは明らかだ。彼女は娘に注意を向けた。「お向かいに行って、エイミーが遊んでくれるかどうか訊いてらっしゃい」

「でもママ、あたしとエイミーでお誕生日のプレゼントのバービーの髪を切っちゃったから、一週間いっしょに遊んじゃダメだって言ったでしょ？」

「気が変わったの」

レキシーはピンクのブーツの底をピーチ色のカーペットの上で引きずりながら玄関へ向かった。「エイミー、風邪引いてると思うんだけどな」

ジョージアンヌは娘がウィルスに感染しはしないかといつも気をつかっていた。だが今、レキシーはそれを利用して家にとどまろうとしている。「今日はだいじょうぶです」

レキシーは玄関のところで振り向いて、ジョンに言った。「さよなら、ミスター・ウォール」

ジョンはしばらくのあいだじっとその子を見つめてから、口もとにかすかな笑みを浮かべた。「またな」

レキシーは母親のほうを向き、いつもどおり唇を突きだした。

娘にいってらっしゃいのキスをすると、口紅のせいでチェリーの味がした。「一時間くらいで戻ってくるのよ。わかった？」

レキシーはうなずいて玄関の階段をおりていった。緑のボアを引きずりながらぶらぶらと歩道を歩いていき、縁石のところできちんと立ちどまると、左右を確かめてから急いで通りを渡った。ジョージアンヌは娘が向かいの家へ入っていくまで見守っていた。だがそれは、ジョンとの話が始まるまでの時間稼ぎでもあった。大きく息を吸い、一歩さがってドアを閉める。

「どうしてあの子のことを教えてくれなかったんだ?」

ジョンが知っているわけがない。少なくとも詳しいことは。「あの子のことって?」

「はぐらかすのはやめてくれ、ジョージアンヌ」今にも怒りだしそうな険しい表情だ。「レキシーのことをどうしてもっと早く教えてくれなかったのか、って訊いてるんだよ」

否定することもできたし、レキシーはあなたの子供なんかじゃないと嘘をつくこともできた。その話を信じて帰ってくれるかもしれない。いや、あの頑固そうな顎のラインと燃えるような瞳の色を見るかぎり、そんな望みは捨てたほうがよさそうだ。ジョージアンヌは背後の壁にもたれかかり、腕を組んだ。「どうしてあなたに教えなきゃいけないの?」自分の気持ちを正直に話すのが怖くて、その場しのぎに言う。

ジョンは向かいの家を指さした。「あの子は、俺の子だ。違うなんて言っても無駄だぞ。DNA鑑定を受けろっていうんなら、いつでも受けてやる」

そんな検査をしたって、ジョンの言葉の正しさを証明することにしかならない。もう否定しても無駄だ、とジョージアンヌは思った。正直に答えてさっさと帰ってもらうのがいちばんだろう。そうしたら、もう二度と顔を出さなくなるかもしれない。「何が知りたいの？」

「真実だよ。きみの口から、真実が聞きたいんだ」

「わかりました」彼女は肩をすくめた。暗い表情になってはいけない。ほんとうのことを言ってもつらくなんてない——そんなふりをするのよ。「レキシーはあなたの娘です」

ジョンは目を閉じて大きく息を吸った。「なんてこった」低い声でつぶやく。「でも、どうして？」

「あたりまえのことが起きただけでしょ？」彼女はぶっきらぼうに答えた。「あなたくらい経験があったら、どうして子供ができるかなんてとっくに知ってるはずだけど」

彼はジョージアンヌを睨みつけた。「ピルを飲んでるって言ったじゃないか」

「飲んでたわ」ただ、期間が短すぎただけ。「でも、一〇〇パーセントだいじょうぶってわけじゃないもの」

「どうしてだ、ジョージアンヌ？」

「どうしてって？」

「どうして七年前に教えてくれなかった？」

彼女は再び肩をすくめた。「あなたには関係のないことだから」

「なんだって？」たった今耳にしたことが信じられないと言いたげな表情で、彼はジョージアンヌを見た。「俺には関係ない？」

「ないわ」

彼はおろした拳をぎゅっと握りしめ、彼女のほうに近づいてきた。「きみは俺の子を産んだんだぞ。なのに俺には関係ないって言うのか?」ほんの数十センチのところまでやってきて、眉をひそめながらジョージアンヌを見おろす。

彼のほうがずっと大柄だったけれど、彼女は恐れることなく目をあげた。「七年前、そうするのがいちばんだって決めたの。今でもそう思ってる。それに、今さら言ってもどうしようもないことでしょ?」

濃い色の眉が片方だけあがった。「ほう、そうか?」

「そうよ。もう遅すぎるもの。レキシーはあなたのことなんて知らない。だからこのまま、あの子には会わないでいてくれない?」

ジョンは彼女の頭のすぐそばの壁に両の手をついて体を支えた。「そんな言い草が通用すると思ってるんだったら、考えなおしたほうがいいぞ」

ジョンのことは怖くなかった。だがこれほど距離が近いと、やはりどきどきしてしまう。広い胸と太い腕がすぐそばにあるせいで、かたい筋肉や男性ホルモンに包囲されてしまったみたいだ。石鹼のにおいとアフターシェイヴ・ローションの残り香で、感覚が麻痺してしまいそうだった。「見下したような言いかたをしないで」そう言って、組んでいた腕をおろす。「七年前のわたしは何も知らない女の子だったかもしれないけど、でも、今は違うのよ。わたし、変わったんだから」

彼はわざと視線を落としてみせた。馬鹿にしたような薄笑いを浮かべている。「見るかぎり、あんまり変わっちゃいないみたいだけどな。今でも、最高に気持ちよさそうだぜ」

突き飛ばしてやりたくなったけれど、我が身を見おろすと、喉から頬のあたりまでかっと熱くなった。ぶかぶかの緑のローブはベルトのあたりまではだけ、胸もとどころか、右胸の先まですっかり見えていた。あわてて前をかきあわせる。

「そのままにしておいてくれよ」ジョンがからかった。「そのほうが、許してやろうって気になれるからな」

「許してもらう必要なんてありません」ジョージアンヌは彼の腕をかいくぐりながら応じた。「服を着てくるわ。あなたは帰って」

「いや、ここにいるよ」ジョンはそう宣言すると、急ぎ足で廊下を歩いていく彼女のうしろ姿を見送った。目を細め、左右に揺れるヒップとローブの裾から突きだした足首を眺める。ジョージアンヌを殺してやりたかった。

リビングを横切ってレースのカーテンをあけ、窓の外を見ながら思った。俺には子供がいた。これまで俺が知らなかった娘。その子も俺のことは知らない。ジョージアンヌが疑惑の正しさを裏づけてくれるまで、確信していたわけではなかった。だが今は違う。娘のことを考えただけで、胸に穴があいてしまいそうなくらいつらかった。

俺の娘。ジョンは、通りを渡ってレキシーを連れ戻したいという思いを必死に抑えた。腰を落ち着けて、娘をじっと眺めていたかった。その声を聞き、肌に触れてみたかった。だがそんなことはできない。さっきだって、あの子の隣でぎこちない思いをしたばかりじゃないか。俺はスティックから時速一五〇キロのパックを放ち、氷の上で蒸気機関車のように相手を吹っ飛ばす男なんだぞ。

俺の娘。俺には子供がいた。俺の子。ジョンはわきおこってくる怒りを抑えつけながら、冷静さを保とうとした。

向きを変えて暖炉のほうに近づいていく。マントルピースの上には何枚もの記念写真が並んでいた。最初のは、Tシャツの裾を顎にはさみ、自分のおへそを見つめている赤ん坊の写真だ。彼はそれをじっと眺めてから、いろんな時期のレキシーを写した写真を見ていった。娘のポートレイトに心を奪われ、なかの一枚を思わず手にとる。大きなブルーの瞳とピンクの頬。まだよちよち歩きのころだろう。黒い髪をまるで羽ぼうきのように逆だたせ、カメラマンにキスでもするように唇を突きだしている。

廊下の奥のドアがあいて閉まるのが聞こえた。ジョンは薄いフレームに入ったその写真をそっとポケットに忍びこませ、振り向いてジョージアンヌが姿を現すのを待った。部屋に入ってきた彼女は、髪をきゅっとポニーテイルにまとめ、白いサマー・セーターを着ていた。ふわりとした長いスカートが脚に絡みつき、足もとの白いサンダルのストラップが交差しながらふくらはぎに巻きついている。ペディキュアは濃い紫色だ。

「アイス・ティーはどう？」ジョージアンヌは部屋のまんなかに立ってたずねた。

こんな状況なのに、どうして俺に優しくするのだろう。ジョンはそういぶかりながら「いや、アイス・ティーはけっこうだ」と答えて視線を彼女の顔に合わせた。答えてもらわなければならない質問が、山ほどあった。

「座って」ジョージアンヌが白い籐《とう》椅子を手で指し示した。ひらひらしたフリルのついたクッションがのっかっている。

「立ってたほうがいい」

「でもわたしは、あなたを見あげていたくないの。座らないんだったら話はしません」

勇ましい口調だった。彼女がこんなふうに話すのははじめてだ。「わかった」ジョンは、自分の体重を支えられるかどうか心もとない籐椅子にではなく、カウチに腰をおろした。

「レキシーには俺のことをどう言ってあるんだ?」

ジョージアンヌがかわりに籐椅子に座った。「なんにも言ってないわ」これまでになく南部なまりが強くなっている。

「パパはどうしたの、ってたずねられなかったのか?」

「ああ、そのこと」ジョージアンヌは花柄のクッションに体を預け、脚を組んだ。「赤ん坊のときに死んだって言ってあるわ」

ジョンは彼女の答えにいらだちこそ覚えたものの、驚きはしなかった。「ほう? 死因はなんだ?」

「乗ってた戦闘機がイラクの上空で撃墜された、って」

「湾岸戦争のときにか?」

「ええ」ジョージアンヌは笑みを浮かべた。「あなたはとても勇敢な兵士だったたってことになってるの。腕のいい戦闘機乗りが必要になったとき、軍はまずあなたに電話した、って」

「俺はカナダ人だぞ」

「あら、アンソニーはテキサス生まれよ」

「アンソニー？　いったい誰のことだ？」

「あなたのこと。わたしが作った架空の人物なの。トニーっていう愛称がずっと前から好きだったしね」

人の生き死にや職業を都合よくでっちあげただけでなく、名前まで変えてしまったわけだ。そう思うと、怒りがむらむらとわきあがってきた。ジョンは体を前に傾け、前腕部を膝の上に置いた。「じゃあその、いもしない男の写真は？　レキシーは、見たいって言わなかったのか？」

「もちろん言ったわよ。でも、写真は全部火事で焼けたことにしてあるから」

「まったく、災難続きだな」ジョンは眉をひそめた。

ジョージアンヌの笑みが顔いっぱいに広がった。「ほんと、そうよね」

その笑みを見て、彼の怒りはさらに燃えさかった。「きみの名字がずっとハワードだったことをあの子が知ったら、どうするつもりなんだ？」

「そのころにはきっと、あの子もティーンエイジャーになってるわ。だから、トニーとは心から愛しあっていたけれど、結婚はしなかったんだって告白するつもり」

「何から何まで考えてあるわけだな」

「でも、どうしてそんなにたくさん嘘をつかなきゃならない？　嘘をついたってなんの役にも立たないって考えたことはないのか？」

　ジョージアンヌはしばらく彼の瞳を見つめてから口を開いた。「正直に言えばね、ジョン。わたし、あなたには知りたくもないことだろうと思ってたし、知っても気にかけてくれないって思ってたの。わたしはあなたをよく知らなかったし、あなたもわたしをよく知らなかった。でも少なくともあなたはあの朝、空港で振りかえりもせずにわたしを置き去りにして、自分の気持ちをはっきりと教えてくれたでしょ？」

　ジョンの記憶とはいささか食い違っていた。「俺はきみに飛行機のチケットまで買ってやったじゃないか」

「わたしがふるさとへ帰りたいかどうかも訊かずにね」

「親切でしてやったことだったんだぞ」

「あなたは自分の都合のいいように行動しただけよ」ジョージアンヌは膝もとを見つめながら、ふわりとしたスカートの生地を指のあいだにはさんだ。あれからもう長い時間が過ぎている。思いだしても傷つくことなどないだろうとたかをくっていたのだが、それは間違いだったようだ。「できるだけ早く、わたしを放りだしたかったんでしょ？　わたしたちはただ、一度セックスをしただけ。だから――」

「一度だけじゃなかったはずだ。欲望をぶつけあいながら、汗まみれになって、燃えるように熱いセックスを何度もしたじゃないか」

ジョージアンヌは指の動きをとめ、ちらりとジョンを見あげた。そのときはじめて、彼の瞳に怒りの炎が灯っていることに気づいた。だからいちいち、わたしの揚げ足をとろうとしているわけだ。しかし、そんな餌《えさ》に食いつくつもりはない。今は気持ちを落ち着けて、頭のなかをクリアにしておかなきゃ。「じゃあ、そういうことにしておきましょ」

「しておきましょ、じゃない。きみだってわかってるはずだろ？」ジョンはさらに体を傾け、今度はゆっくりと言った。「つまりきみは、あの朝俺が永遠の愛を誓わなかったから、子供が生まれたことを知らせなかったってわけだ。意趣返しもここまで来るとたいしたもんだな。そう思わないか？」

「あなたに復讐しようと思ってやったことじゃありません」ジョージアンヌは妊娠がわかった日のことを思いだしていた。ショックと恐れから立ちなおると、そのあと、しみじみとした幸せを感じた。まるで、神様から贈り物をもらったような気分だった。生まれてくる子供は、たったひとりの家族になってくれる。その家族を誰かほかの人と分かちあうつもりなどなかった。それがジョンであっても。いや、ジョンだからこそ。「レキシーはわたしのものよ」

「あの晩、きみはベッドにひとりきりでいたわけじゃないと思うんだがな、ジョージアンヌ」彼は立ちあがりながら言った。「あの子のことがわかったんだ。俺がこのまま引きさがると思ったら大間違いだぞ」

ジョージアンヌも立ちあがる。「ここから出てって。わたしたちのことは忘れてちょうだい」

「冗談だろ。双方納得できる解決策にたどりつくか、さもなきゃ、弁護士に連絡させるしかないな」

虚勢を張っているだけだ。そうに違いない。彼はホッケーのスター選手だ。「そんなこと、あなたにできるわけないでしょ？　子供がいることをマスコミに知られたらどうなると思ってるの？　あなたのイメージに大きな傷がつくことになるのよ？」

「勘違いしないでくれ。マスコミが何を言おうが、俺にはどうでもいいことなんだ」ジョンは彼女のすぐ近くまでやってきて続けた。「俺は宗教団体のポスターになるような男じゃない。小さな娘がいることが知れたって、もともと薄汚れてるイメージだ。傷なんてつきようがないさ」そう言ってうしろのポケットから財布をとりだす。「明日の午後、町を離れるが、水曜日には戻ってくる」ジョンは名刺を出した。「いちばん下に書いてある番号にかけてくれ。家にいても、俺は電話に出ない。だから留守電にメッセージを残してくれないか。そうしたらすぐこっちから連絡するから。住所も渡しておこう」彼は名刺の裏にペンを走らせると、彼女の手を握り、ペンと名刺をてのひらに押しつけた。「電話が嫌だったら、手紙でもいい。どっちにしろ、木曜までにきみから連絡がなかったら、金曜日に俺の弁護士からそっちへ連絡が行くことになるからな」

ジョージアンヌは手のなかに残された名刺を凝視した。彼の名前が活字体で大きく印刷してある。名前の下には電話番号が三つ並んでいた。そして裏には手書きの住所。「レキシーのことは忘れて。あなたとあの子を分かちあうつもりはないんだから」
「木曜までに連絡してくれよ」彼はそう警告してから、行ってしまった。

ジョンはレンジローヴァーのギアをトップに入れ、四〇五号線に入った。あけはなった窓から入ってくる髪を風になぶらせても、猛《たけ》り狂った心は静まってくれない。こわばった指をほぐそうと、ハンドルを握る力をゆるめた。

レキシー。俺の娘。厚化粧で有名な女性司会者のタミー・フェイ・ベイカーよりさらに濃いメイクアップをし、猫と犬と豚を飼いたいと思っている女の子。彼は右腰を持ちあげるとお尻のポケットに手を伸ばし、盗んできたレキシーの写真をとりだしてダッシュボードに立てかけた。突きだしたピンクの唇の上から、大きな青い瞳がこちらを見つめている。ジョンは行く手に注意を払いながら、レキシーが母親にキスをしているときの姿を思いうかべていた。

子供のことを考えるとき、これまで想像してきたのはいつも息子の姿だった。トビーを失ったからかもしれないが、ほんとうのところはわからない。だが彼がいつも頭に浮かべるのは、腕白でやんちゃな息子と、父親としての自分だった。ホッケーのジュニア・リーグの試合や、おもちゃのピストルやトラック。爪のあいだに泥を詰まらせ、ジーンズに穴をあけ、膝小僧に傷を作っている息子。

俺は女の子のことを理解できるのだろうか。女の子って、何をして遊ぶんだろう。

もう一度ちらりと写真を眺めてから、レンジローヴァーのハンドルを操って五二〇号線に入った。相手は緑のボアを首に巻き、ピンクのカウボーイ・ブーツを履いて、バービー人形の髪を切ってしまうような女の子だ。おしゃべり好きで、いつもくすくす笑っていて、母親にいってきますのキスをするとき、甘い表情を浮かべて唇を突きだす女の子。

この目にできなかった光景や体験できなかったことが、たくさんあった。生まれたばかりのレキシー。彼女の最初の言葉。最初の一歩。あの子は俺の一部であり、俺のＤＮＡを受けついだ肉親だ。俺には、あの子のことを知る権利がある。なのにジョージアンヌは勝手な判断で、あの子の存在を隠しつづけた。そのことが許せなかった。ここ数年間ではじめて、クラウン・ロイヤルが飲みたくなった。ウィスキーのなめらかさを損なう氷は入れず、ショットグラスにストレートでいい。こんなことを考えるのもジョージアンヌのせいだ。彼女の仕打ちもそうだが、俺を飲みたい気分にさせるなんて最悪じゃないか。

あの喉もとに指を巻きつけ、絞めあげてやりたい。だが同時に、手をそのまま下にさげ、乳房を包みこみたいという欲望も感じていた。胸の底から嗄《か》れた笑いがこみあげてくる。ジョージアンヌを壁際に押しつけたとき、彼女は俺の物理的な反応に気づいていなかった。抑えようとしても抑えられなかった反応。

ジョージアンヌのことになると、なぜだか体が暴走してしまう。七年前のあのときも、彼女を求めるなんてとんでもないことだと思っていた。彼女が車内に飛びこんできた瞬間、大きなトラブルを抱えこんでしまったことがわかったからだ。しかし、俺が何を求めようと、そんなことにはなんの意味もなかった。正しいのか間違っているのか、いいことなのか悪いことなのかはわからない。だが俺は、ジョージアンヌにすっかり心を奪われている。緑の瞳から放たれる、いざなうような視線。雑誌の表紙モデルのような唇と、グラビアモデルのようなボディ。どんな状況だろうと、この体が反応してしまうのは事実だ。

年をとっても変わらないものはある、というのはほんとうなのだろう。ジョンはまたしても、ジョージアンヌを求めていた。娘の存在を知らされていなかったことも、熱い気持ちを冷ましてはくれなかった。ジョージアンヌのことは好きではない。なのに彼女が欲しかった。あらゆる部分に触れたかった。ああ、俺って、なんてだらしない男なんだ。

ジョンは緑色のローブを着たジョージアンヌの姿を頭のなかから追い払い、ユニオン湖の南岸沿いに西へ進んだ。ダッシュボードに立てかけたレキシーの写真に目をやり、レンジローヴァーをいつもの駐車スペースに入れると、その写真をつかんで船着き場の先端まで行く。そこに停泊してあるのは、一九〇〇平方フィートの広さを持つ二階建てのハウスボートだ。

手に入れたのは二年前。ジョンはシアトルの設計士とインテリア・デザイナーに頼んで、建造五〇年になるおんぼろの船をすっかり改造してもらうことにした。作業が終わったとき、その船は三つのベッドルームと破風造りの屋根、広角ガラスの窓を持つ水上の家になっていた。たった二時間前までは、ジョンの生活にうってつけだった船だった。なのに今、彼は鍵をあけて重たい木のドアを押しあけながら、ここは子供が暮らすのにふさわしい環境なのだろうかと思い悩んでいた。

〝レキシーはわたしのものよ。わたしたちのことは忘れてちょうだい〟――そんなジョージアンヌの言葉が頭のなかでこだましている。腹の底に抑えこんでいた憤りや怒りが、また頭を持ちあげてきた。

玄関のフローリングを磨きあげたばかりだったせいで、ローファーの底がきゅっきゅっと鳴った。カーペットを敷いた部屋へ入り、レキシーの写真をオーク材のコーヒー・テーブルの上に置く。そのテーブルも前日、フローリングを磨いてくれたのと同じクリーニング・スタッフの手によって艶出しをしてもらったばかりだった。ダイニングのデスクに置いてあった三つの電話のうちのひとつが鳴った。呼び出し音が三度聞こえ、留守電に切りかわる。耳を澄ますと翌日のフライトの時間を確認するエージェントの声が聞こえてきた。なのにジョンの頭のなかは、ここ二時間のうちに経験した出来事へと戻っていった。並んだフランス窓のほうへ行き、船着き場をぼんやりと眺める。

〝レキシーのことは忘れて〟――だが、娘のことを知ってしまった今、忘れることなどできるはずがなかった。〝あなたとあの子を分かちあうつもりはないんだから〟ジョンは目を細めた。視線の先では、二艘《そう》のカヤックがなめらかな湖面を進んでいく。彼は突然向きを変え、ダイニングへ入った。そうしてマホガニー材のデスクの上に並んでいる電話のひとつをとって弁護士のリチャード・ゴールドマンの自宅にかけ、事情を説明した。

「きみの子だという確証はあるのか？」顧問弁護士がたずねた。

「ああ」ジョンはコーヒー・テーブルの上にあるレキシーの写真をちらりと見て答えた。ジョージアンヌには木曜日までに連絡してくれと言っておいたが、そこまで待って何かいいことがあるのだろうか。「絶対に俺の子だと思う」

「大変なショックだよ」

自分にどんな法的権限があるのか、しっかり頭に入れておかなければならない。「ショックを受けたのは俺のほうさ」

「で、向こうはきみとその子をもう会わせたくないと思ってるわけだね？」

「そうだ。はっきり言われたよ」ジョンは石のペーパーウェイトをつかむと宙に放りあげ、てのひらで受けとめた。「母親と娘を引き離したいわけじゃないんだ。レキシーの気持ちは傷つけたくないからね。でも、あの子には会いたい。あの子のことを知りたいし、あの子にも俺のことを知ってほしいんだ」

リチャードは長いあいだ黙りこくってから言った。「わたしの専門は契約関係なんだよ、ジョン。できるのは、家族関係を専門にあつかってる弁護士を紹介することくらいだな」

「だからきみに電話したんだ。腕のいいのを紹介してくれ」

「じゃあ、カーク・シュワルツがいいだろう。親権問題を専門にしてる。腕もいい。ものすごく、ね」

「ママ、エイミーはあたしとおんなじピザ・ハットのスキッパー人形を持ってるの。で、あたしとエイミーのスキッパーがピザ・ハットで働いてるごっこをしてたの。でも、ふたりはトッドちゃんのことで喧嘩しちゃうのね」

「ふーん」ジョージアンヌはフランシスＩ世の飾りがついたフォークを回して、スパゲティを絡めとろうとしながら生返事をした。テーブルのまんなかの小さなバスケットに入ったフランスパンを眺め、くるくると何度もフォークを回す。死地から生還した兵士のように疲れきっていた。なのに気持ちは少しも落ち着かない。

「それからふたりで、ティッシュを使ってスキッパー人形の服を作ったの。あたしのスキッパーは王女様だから、からになったティッシュの箱を車みたいにしたんだよ。だけど、トッドには運転させないの。だってトッドったら、すぐに違反のキップを切られちゃうし、わたしのスキッパーよりエイミーのスキッパーのほうが好きだから」

「ふーん」ジョージアンヌは頭のなかで今朝の出来事をくりかえし再生し、ジョンが言ったこととその口調を何から何まで思いだそうとしていた。そしてもちろん、自分の反応も。しかし、すべてをきちんと思いだすことはできなかった。疲れていたし、混乱していたし、何より不安だった。

「バービーがママで、ケンがパパで、みんなでファン・フォーレストに行って、大きな泉のあるところでピクニックしたの。それにあたし、魔法の靴を持ってたから、大きな建物より高く飛べたの。だから屋根まで飛んでったんだけど――」

七年前の決断は正しかったはずだ。絶対に。

「――なのにケンったら酔っ払っちゃって、バービーが車で家まで連れて帰らなきゃいけなくなったんだよ」

ジョージアンヌが目をあげると、娘はソースの絡んだスパゲティをつるつると吸いこんだところだった。顔の化粧はすっかり落ちている。興奮しながらおしゃべりしているせいで、ブルーの瞳がきらきらと輝いていた。「え？　なんの話だっけ？」ジョージアンヌはたずねた。

レキシーは口の端を舐め、食べ物を呑みこんだ。「エイミーのパパって、シーホークスの試合を見に行くとビールを飲むから、帰りはママが運転しなきゃいけないんだって。そういうのって、交通違反でチケットを切ったほうがいいと思うんだけどな」レキシーはそう宣告してから、新たなスパゲティをフォークに巻きつけた。「それにエイミーのパパったら、下着だけで歩きまわってお尻をぼりぼりかくんだって」

ジョージアンヌは眉をひそめた。「それはあなたも同じでしょ？」と諭すように言う。

「そうだけど、エイミーのパパは大人で、あたしはまだ子供だもん」レキシーは肩をすくめて口のなかにスパゲティを詰めこんだ。こぼれ落ちそうになった一本を、唇と頬をすぼめて吸いこむ。

「あなた最近、エイミーにお父さんのことばかりたずねてるの？」ジョージアンヌは注意深く質問した。レキシーはたまに、ほかの家族の父親や娘のことを訊きたがる。そういうときはできるだけていねいに答えているつもりだったが、ジョージアンヌ自身もおばあちゃん子だったから、ちゃんとした答えになっているかどうかは心もとなかった。

「ううん」レキシーは口のまわりを汚しながら言った。「ただ、エイミーがいろいろ教えてくれるだけ」

「口のなかをいっぱいにしたままおしゃべりしちゃいけません」

レキシーは目を細め、グラスを口もとに運んだ。ミルクを飲み、グラスをテーブルに戻してから言う。「じゃあ、食べてるときにいろいろ訊かないで」

「あら、ごめんなさい」ジョージアンヌは皿の脇にフォークを置き、ベージュのリネンのテーブルクロスに触れた。頭のなかはジョンのほうへと戻っていく。レキシーが生まれたことを隠していた理由については、嘘などつかなかった。この子のことを知られたくないと思ったし、知られたところで気にかけてもらえないと思ったのは真実だ。だがそれがいちばん大きな理由ではない。ほんとうの理由はもっと個人的なものだった。七年前、彼女はひとりぼっちにされた。だがレキシーが生まれ、孤独から逃れることができた。レキシーはジョージアンヌの心にあいた穴を埋めてくれた。彼女は娘を無条件に愛した。そしてその愛を自分だけのものにしておきたかった。わがままで欲深いことなのかもしれないが、それでもかまわない。わたしが母親と父親の二役をやればいいだけ。それで充分でしょ？「ピンクのお茶、しばらく飲んでなかったわよね？　明日はママ、家で仕事をするつもりよ。お茶、飲む？」

上唇にミルクの鼻ひげをつけたレキシーが微笑んで、勢いよく頭を上下させた。ポニーテイルが揺れる。

ジョージアンヌも娘に笑みを返し、テーブルに落ちたパンくずを小指で払った。七年前、華奢なミュールで未来へと足を踏みだして以来、ほとんど振りかえったことなどない。レキシーと自分のために一所懸命働いてきたつもりだ。おかげでビジネスの共同オーナーとして成功し、家のローンも払えるようになった。先月なんて新車を買ったくらいだ。レキシーも健康だし、幸せそうだ。だから、父親なんていらない。ジョンなんて、いらない。

「ご飯を食べおわったら、ピンクのシフォンドレスがまだ着られるかどうか、確かめてらっしゃい」ジョージアンヌは自分の皿を手にとってシンクへ運びながら言った。彼女は父親の顔など知らずにここまで生きてきた。父の膝の上で丸くなったり、耳の下から響いてくる父の鼓動の音を聞いたりしているのがどんな気分なのか、知らずに育った。父のたくましい腕に抱かれたこともなければ、深くて低い声を聞いて安心したこともなかった。それでも、ここまでやってきたじゃない？

シンクの上の窓から、裏庭をじっと見つめる。確かにわたしは父親を知らずに生きてきた。だが、父親の姿を何度も夢想したのも事実だ。

隣の住人がバーベキューをしているところを、フェンスごしにのぞいたこともあった。肉を焼いているのは、いつも父親だった。銀色のシートをつけた自転車にまたがって、タイヤを替えてもらいにジャック・レナードのガソリンスタンドまで行ったこともあった。汚れた灰色のオーバーオールを着たジャックが、お尻のポケットからさげた黒ずんだタオルで手の油をぬぐっているところを見ると、胸がどきどきした。黒髪をポニーテイルにし、赤いカウボーイ・ブーツを履いておばあちゃんの古びたポーチに腰をおろし、好奇の目であたりを眺めていたときのことも覚えている。そういうとき彼女は、仕事から戻ってくる近所の男たちを見ながら、わたしにもパパがいてくれたらいいのにと思った。帰ってくる男たちを待ちながら、ほかの家のお父さんたちは、ただいまと言ったあとどんなことをするんだろうと考えた。だが彼女にはわからなかった。

リノリウムの床の上でレキシーのブーツが鳴り、ジョージアンヌは過去から引き戻された。

「全部食べた?」彼女は汚れた皿と空《から》のグラスを受けとりながらたずねた。

「うん。明日はあたしがプチフールをテーブルに出してもいい?」

「いいわよ」ジョージアンヌは皿とグラスをシンクに置いて答えた。「ピンクのお茶も自分でいれてみる?」

「やった!」レキシーは興奮して手を叩き、細い腕をジョージアンヌの腿に巻きつけた。

「ママ、大好き!」

「ママもあなたが大好きよ」ジョージアンヌは娘の頭のてっぺんを見おろし、背中に手を添えてやりながら思った。おばあちゃんはわたしを心から愛してくれた。だがそれだけでは、心にあいた穴は埋まらなかった。レキシーが生まれるまで、誰もその穴を埋めることはできなかった。

ジョージアンヌはレキシーの背中をさすった。自分のなしとげてきたことには、誇りを感じていた。失読症もあえて人の目から隠そうとしなくなったし、症状とうまくつきあうこともできるようになった。わたしはひとりで懸命に頑張ってきた。よりよいものを手にし、よりより人間になろうと努力してきた。だから、今のままで幸せだ。

それでも、娘にはもっと幸せになってほしかった。自分よりも、ずっと。

8

筋肉と骨と瞬時の決断がぶつかりあい、スティックが氷を打ち、熱狂した数千人のファンが叫ぶ――そんな音がジョンのリビングに充満していた。テレビの大画面では、〝ロシアン・ロケット〟と異名をとるパヴェル・ブレが、危険なほどスティックを高く掲げたニューヨーク・レンジャーズの大柄なディフェンダー、ジェイ・ウェルズと正面からやりあい、氷上に叩き伏せたところだった。

「ウェルズとやりあうなんて、ブレってやつはさすがだな」ジョンは賞賛の笑みを口もとに浮かべながら、ちらりと三人の客のほうを見た。ヒュー・〝ザ・ケイヴマン〟・マイナー、ドミトリ・〝トゥリー〟・ウラノフ、そしてクロード・〝ジ・アンダーテイカー〟・デュプレ。

チームメイトがハウスボートにやってきたもともとの目的は、大画面でロサンジェルス・ドジャーズとアトランタ・ブレーヴズの野球の試合を見ることだった。だが試合が二イニングも進まないうち、彼らは一様に頭を振り、〝こんなことで俺たちより高い給料をもらいやがって〟と愚痴をこぼしはじめた。だから、九四年のスタンリー・カップ・ファイナルのビデオをかけたところだった。

「ブレの耳って見たことあるだろ?」ヒューが言う。「とんでもなくデカいんだぜ」

ウェルズの折れた鼻から血が噴きだし、暴力的行為で退場処分を宣告されたブレは、肩を落としてリンクを滑っていった。

「あの女みたいにカールした髪が嫌なんだよ」クロードがフランス系カナダ人のなまりが残る口調で批判する。「でもヤーガーほどひどくないけどな。あいつはオカマだ」クロードは、ピッツバーグ・ペンギンズのスター選手が気に食わないらしい。

ドミトリがテレビから目を離した。画面では同国人のパヴェル・ブレがスタッフに付き添われてロッカールームにさがるところだった。「ヤロミル・ヤーガーが、オカマだ?」

ヒューはにやにや笑いながら首を振り、一瞬動きをとめてからジョンを見た。「あんたはどう思う、ウォール?」

「いや、ヤーガーはオカマにしてはチェックが激しいよ」ジョンは肩をすくめて答えた。

「意気地なしじゃないな」

「そりゃそうだけどさ、金のチェーンかなんか、首からさげたりしてるだろ?」ヒューが反論する。彼は試合中でも罵詈雑言《ばりぞうごん》を吐いて相手を挑発するのが好きな男だった。「あいつはきっと、ミスター・Tのファンだぜ」

英語のあまりうまくないドミトリが怒りもあらわに、自分の首にかけた金の鎖を指さした。

「チェーンのネックレス、オカマか?」

「ミスター・Tって、誰だい？」クロードが知りたがった。

「テレビの『特攻野郎Aチーム』ってドラマ、見たことないのか？　ミスター・Tってのは、それに出てる黒人のデカい筋肉野郎だよ。頭はモヒカンで、金のチェーンをじゃらじゃらさげた男さ」ヒューが解説する。「ジョージってやつと組んで、政府のエージェントかなんかやっててな。なんでも爆破したがるんだ」

「チェーンしてると、オカマか？」ドミトリが食いさがる。

「そうじゃないけどさ」ヒューが譲歩した。「チェーンの数が多いほど、あそこのサイズに問題があるんだぜ」

「デタラメだ」ドミトリがあきれたように言った。

ジョンはくすくす笑いながら、ベージュの革のソファの背に腕を伸ばした。「どうしてそんなことがわかるんだよ、ヒュー？　おまえ、のぞき屋か？」

ヒューが立ちあがって、からになったコーラの缶をジョンのほうへ突きだした。目を細め、唇をゆがめて笑っている。ジョンはその顔をよく知っていた。ゴールに近づきすぎた相手選手を威嚇し、言葉で挑発しようとしているときのザ・ケイヴマンの表情だ。「俺はガキのころから男たちといっしょにシャワーを浴びてきた。のぞく必要なんて、ないんだよ。金なんか身につけてるやつは、絶対アソコにコンプレックスを持ってるんだ」

クロードが笑い、ドミトリが首を振った。「嘘、言うな」

「ほんとなんだぞ、トゥリー」ヒューがキッチンへ行きながら言い張る。「ロシアじゃ金をじゃらじゃらさせてるのが男らしいと思われてるかもしれないが、ここはアメリカだ。自分のアソコが小さいことを宣伝して歩くのは、やめとけ。恥ずかしい目にあいたくなきゃ、この国の流儀を覚えたほうがいいぜ」

「アメリカの女とデートしたいんだったらな」ジョンがつけくわえる。

ヒューが玄関の前を通りすぎたとき、ドアのベルが鳴った。「出ようか？」彼がたずねた。

「頼むよ。きっとハイズラーだ」ジョンはチヌークスにやってきたばかりのフォワードの顔を思い浮かべながら言った。「来るかもしれないって言ってたから」

「ジョン」ドミトリはそう言ってジョンの注意を引くと、革のソファの端に急いでやってきた。「ほんとか？　アメリカの女、チェーン見ると、アソコ小さいって思うか？」

ジョンはこみあげてくる笑いを抑えなければならなかった。「ああ、トゥリー。ほんとだよ。おまえ、ガールフレンドができなくて困ってたんじゃないか？」

ドミトリはすっかり混乱したような表情になり、あわてて自分の椅子に戻った。

ついにこらえきれなくなり、ジョンは大笑いした。クロードのほうをちらりと見ると、彼もドミトリの表情に腹を抱えて笑っていた。

「あのさ、ウォール。ハイズラーじゃないみたいだぜ」ヒューの声がした。

ジョンが肩ごしに振りかえると、リビングの入り口に立っているのはジョージアンヌだった。その瞬間、彼の顔から笑みが消えた。

「お邪魔なんだったら、このまま帰りますけど」彼女はひとりの男からもうひとりの男へと視線を移していき、数歩さがって玄関に近づいた。

「いや」ジョンは彼女が突然姿を現したことに驚きつつ、急いで立ちあがった。コーヒー・テーブルの上のリモコンをつかみ、テレビのスイッチを切る。「いいんだ。いてくれ」リモコンをソファに放りながら言った。

「でも、おとりこみ中みたいだから。あらかじめ連絡しておくべきだったわ」ジョージアンヌは隣に立っているヒューをちらりと見てから、ジョンに視線を戻した。「だけど、電話はしたのよ。ただ誰も出なかったから、わたし、電話がかかってきても出ないってあなたが言ってたのを思いだして、それで、とにかくここまで来てみようと思って……つまり、何が言いたいかっていうと……」彼女は手をひらひら動かしてから深呼吸した。「招かれてもいないのに人の家に来るなんて、失礼だってことはわかってるの。でも、ちょっと時間をさいてもらえないかしら」

突然四人の大きなホッケー選手の注目を浴びて、ジョージアンヌがどぎまぎしているのは明らかだった。かわいそうな状況ではある。しかしジョンには、彼女がしたことを忘れることなどできなかった。「かまわないさ」ソファのうしろを回って近づく。「上のロフトで話をしてもいいし、デッキに出てもいい」

ジョージアンヌはもう一度ほかの男たちに目をやった。「デッキがいいかな」

「わかった」ジョンは部屋の反対側にある両開きのフレンチ・ドアを指し示した。「お先にどうぞ」そう言ってジョージアンヌを行かせながら、ゆっくりとそのボディに視線を這わせる。袖なしの赤いドレスのボタンは喉もとでとめられ、逆に、なめらかな肩がむきだしになっていた。胸はしっかり包みこまれている。膝のあたりまである裾は、とくに慎《つつ》ましいわけでも、思わせぶりなわけでもなかった。それでも彼女はあらゆる誘惑をひとまとめにして、彼を罪のほうへといざなっていた。ジョージアンヌの外見なんて気にしちゃいけない。ジョンはそう自分を戒め、カールしながらゆったりと肩へ落ちかかっている彼女の髪から、ヒューへと視線を移した。チヌークスのゴールキーパーは、以前見かけた女なんだがどこで会ったんだっけ、とでも言いたげな表情を浮かべていた。ヒューはときとして間抜けのふりをすることもあったけれど、ほんとうは頭のいい男だ。ジョージアンヌがヴァージル・ダフィーのところから逃げだした花嫁であることを思いだすのに、さほど時間はかからなかったようだった。クロードやドミトリは七年前、まだチヌークスのメンバーではなかったから、当然結婚式には参加していない。だが、話くらいは聞いたことがあるはずだ。

ジョンはドアに近づき、ジョージアンヌが外に出られるよう、片側をあけてやった。彼女がデッキに出ると、振り向いてみんなに声をかける。「おまえたちは好きにやってくれ」

クロードが唇の端にゆがんだ笑いを浮かべ、ジョージアンヌのうしろ姿を目で追いながら言った。「ごゆっくり」

ドミトリは何も言わなかった。言う必要などなかった。とまどいがちな表情より、首のチエーンをとってしまったという行為そのものが、若いロシア人の気持ちを雄弁に物語っていたからだ。

「そんなに時間はかからない」ジョンは眉をひそめて言い、外に出るとうしろ手にドアを閉めた。バルコニーの後部からぶらさがった青と緑のバナーが風にゆらゆらと揺れ、さざなみが船につないだモーターボートの腹を叩いている。夕方の太陽が、のんびり進んでいくセイルボートの引き波を輝かせていた。ボートに乗った人々が声をかけてきたので、ジョンは反射的に手を振った。しかしその視線は、目の前の女性に注がれたままだった。彼女はデッキの端に立ち、片手を目の上にかざして沖のほうを眺めている。

「あれって、ガス・ワークス・パーク？」反対側の岸を指さしながら彼女がたずねた。

ジョージアンヌは美しく魅力的な女であり、そして悪い女だ。このままデッキから突き落としてやりたい、とジョンは思った。「湖見物をしにここまで来たのか？」

彼女は手をおろして振り向いた。「違います」ジョンを真っ向から睨みつけながら答える。

「レキシーのことを話しに来たの」

「座ってくれ」彼はアディロンダック・チェアを指さし、彼女が座ると自分も正面に腰をおろした。大きく脚を開き、腕を肘掛けに置いてジョージアンヌが話しはじめるのを待つ。

「ほんとうに連絡しようとしたのよ」彼女はジョンの顔を盗み見てから、視線を胸もとに落とした。「でも、出たのは留守電だった。メッセージなんか残したくなかったの。留守電ですませられるような用事じゃなかったしね。それに遠征に出ちゃうって言ってたから、その前に会っておこうと思って、ここまで来たの」再びちらりと彼を見てから、左肩のほうに目をそらした。「大切な用があったんだったら、ごめんなさい」

ジョージアンヌがこれからしようとしている話より大切な用など、思いつかなかった。俺が彼女の話を気に入ろうと入るまいと、これからの生活が大きく変わってしまうことは明らかだ。「大切な用なんて、何もないよ」

「よかった」彼女はようやくジョンを見つめ、かすかな笑みを浮かべた。「あなたには、わたしとレキシーをそっとしておいてくれるつもりなんて、ないのよね?」

「そのとおりだ」彼はぶっきらぼうに答えた。

「だろうと思った」

「じゃあ、どうしてここへ来たんだ?」

「娘にとって何がいちばんいいのか、考えようと思ったから」

「それは俺も同じだよ。ただ、俺たちの意見が一致するとは限らないけどな」

ジョージアンヌは膝もとに目を落として大きく息を吸った。ドーベルマンに睨まれた子猫のようにびくびくしている自分がいた。怯えていることを気づかれなければいいのだけど。精神的な意味でも物理的な意味でも、主導権を握っておくのは大切なことだ。ジョンと彼の弁護士にこれからの自分の生活とレキシーの将来を好き勝手に決められるなんて、絶対に嫌だった。自分たちのことを決めるのは、このわたしだ。ジョンじゃない。「今朝、弁護士に連絡するって言ってたわよね?」そう言ってまた目をあげる。ジョンは灰色のナイキのTシャツを着ていた。顎のあたりにはすでに無精ひげが生えはじめ、瞳はどこまでも青い。「弁護士になんて相談しないで、わたしたちふたりで解決策が見つけられるんじゃないかと思うの。裁判になったらレキシーが傷つくでしょ？　そんなことはしたくない。だから弁護士を巻きこみたくないの」

「じゃあ、ほかのやりかたを教えてくれ」

「いいわ」ジョージアンヌはゆっくりと言った。「レキシーには、あなたのことを友人だって紹介しようと思ってます」

ジョンが片方の眉をあげた。「で？」

「で、あなたはあの子に会うことができるでしょ？」

ジョンは長いあいだジョージアンヌを睨みつけてから口を開いた。「それだけか？　それがきみの言う解決策なのか？」

ジョージアンヌだって、そんなことは言いたくなかった。ただ、ジョンに鼻面を引きまわされるのが嫌なだけだ。「レキシーがあなたになじんで仲よくなったら、時機を見て〝ほんとうはあなたのお父さんなのよ〟って教えてあげるつもり」だが、そうなったら娘はずっと嘘をつかれていたことを知り、わたしを憎むはずだ。

ジョンは軽く首を傾けた。提案が気に入らないらしい。「つまり、きみがいいと言うまで素性は明かすな、ってことだな？」

「ええ」

「どうしてそんなに待たなきゃいけないのか、教えてくれないか、ジョージー」

「もう誰もわたしをジョージーなんて呼ばないのよ」今では欲しいものを手に入れるために、

手練手管やお色気を使ったりはしていない。今のわたしは、ジョージー・ハワードじゃない。

「ジョージアンヌって呼んでくれない？」

「きみがどう呼ばれたいかなんて、俺には関係ないけどね」ジョンは広い胸の前で腕を組んだ。「じゃあ、訊こう。どうしてそんなに待たなきゃいけないのか、教えてくれないか、ジョージアンヌ」

「今すぐだと、あの子がショックを受けるから。できるかぎり優しく教えてあげることが必要だと思うから。わたしの娘はまだ六歳なの。親権を争ったりしたら、きっと混乱するし、傷つくわ。わたしの娘が法廷で悲しい思いをするなんて――」

「まず言っとくが」ジョンがさえぎった。「きみが〝わたしの娘〟って呼んでるその子は、俺の娘でもあるんだぞ。それに、俺ばかり悪者にしないでくれ。レキシーに二度と会わせないなんて言われなきゃ、俺だって弁護士のことを持ちだしたりしなかったんだからな」

ジョージアンヌはわきおこる怒りを抑えようと、大きく息を吸いこんだ。「気が変わったの」彼と喧嘩をしても得なことは何もない。少なくとも、決裂する前になんらかの譲歩をさせなければ。

ジョンは椅子へ深く体を預け、両方の親指をジーンズのポケットに突っこんだ。目をすがめて不信の表情を浮かべている。

「わたしの言ってることが信じられない？」

「正直に言えば、そうだ」

ここまで来る途中ジョージアンヌは、ジョンとの会話を頭のなかでシミュレーションしておいた。だがさすがに、ここまで相手が強硬だとは思っていなかった。「信じてくれないの？」

彼は、頭がおかしくなったのかとでも言いたげな目で彼女を見た。「少しもね」

じゃあ、おあいこね。わたしだってあなたのことを信じない。「わかりました。わたしたち、お互いのことを少しも信用してないってわけね」

「俺だってあの子を傷つけたくないさ。だが将来のことになると、俺たちの意見はまったく食い違ってる。俺が明日死んだりしたら、きっときみはせいせいするんだろうが、俺はレキシーのことが知りたいし、レキシーにも俺のことを知ってほしいと思ってる。でもまあ、父親であることを明かすまである程度時間が欲しいって言うんだったら、待ってもいいよ。あの子のことは、きみのほうがよくわかってるんだからな」

「真実はわたしの口から言わせてほしいの、ジョン」激しい罵りあいが始まるだろうと思っていたのに、ジョンが譲歩してくれたせいで、彼女は逆にとまどっていた。

「かまわないぜ」

「このことについて、絶対に気持ちを変えたりしないって約束してくれる？」ジョージアンヌは食いさがった。数か月たってジョンが急に、父親になるなんて自分には似合わないと言いださないともかぎらない。ほんとうの父親と出会ったあとで見捨てられたら、レキシーの心には大きな傷が残るはずだ。捨てられるくらいだったら、最初から親の存在なんて知らないほうがいい。それはジョージアンヌが自分の経験からわかっていることだった。「ほんとうのことを言うのは、わたしの役目にしておいて」

「お互い、信用なんてしてないいんじゃなかったっけ？　俺の口約束にどんな意味があるんだ？」

確かにそのとおりだ。ジョージアンヌは考えをめぐらせたが、ほかにいいアイデアは浮かばなかった。「約束してくれたら、信用します」

「約束するのはかまわないが、あんまり長いこと待たせないでくれよな。思わせぶりは、なしだ」ジョンが警告した。「それから、この町へ戻ってきたらあの子に会いたい」

「それも、わたしがここに来た理由のひとつなの」ジョージアンヌは椅子から立ちあがりつつ言った。「今度の日曜、わたしとレキシーとでマリモーア・パークへピクニックに行くことにしてるんだけど、もし時間があったら、あなたもどうかなと思って」

「何時だ？」

「お昼」

「何を持っていけばいい？」

「必要なものはレキシーとふたりで全部持っていくわ。でもアルコールは別。もしビールが飲みたかったら、自分で持ってきてね。もちろん、持ってこないほうがありがたいけど」

「飲まずにいるくらい、簡単なことさ」彼も続いて立ちあがりながら言った。

ジョージアンヌはジョンを見あげた。彼の背の高さと肩幅の広さには、今でも驚かされてしまう。「わたしの友達も来るから、あなたも友達を誘えば？」そうして優しい笑みを浮かべながらつけくわえる。「でも、できたらホッケーのグルーピーはやめてね」

ジョンは少し体を傾け、怒ったような表情を浮かべた。「それも簡単なことだ」

「よかった」ジョージアンヌは背中を向けようとして足をとめ、彼のほうを振りかえった。

「そうだ。わたしたち、仲のいい友達のふりをしないとね」

ジョンは目を細めて彼女を睨み、口を真一文字に引き結んだ。「それはちょっと」とそっけなく言う。「難しいかもしれないな」


ジョージアンヌは花柄のキルトの上掛けで肩を覆ってやりながら、眠たそうな娘の瞳をのぞきこんだ。黒い髪が扇形に広がり、疲れのせいで顔色が少し青ざめている。レキシーが赤ん坊だったころ、ジョージアンヌは娘を目にするたびにゼンマイ仕掛けのお人形を思い浮かべたものだった。さっきまではいはいをしていたと思ったら、次の瞬間にはキッチンの床のまんなかですやすやと眠っていたりした。今でも、とくに疲れているときなど、すぐに寝入ってくれる。ジョージアンヌにはありがたいことだ。「明日は『ジェネラル・ホスピタル』を見てからお茶にしましょうね」忙しかったせいで、前にふたりの大好きなソープ・オペラをいっしょに見てから、もう一週間以上たっている。

「うん」レキシーがあくびをした。

「じゃ、おやすみのキスをして」ジョージアンヌが言うと、レキシーが唇を突きだす。ジョージアンヌはかがみこんで娘に口づけをし、「あなたのかわいい顔が大好きよ」と言って立ちあがった。

「あたしもママの顔が大好き。メイは明日お茶に来る?」レキシーは体をくねらせて脇を下にすると、子供のころからのお気に入りであるマペットの毛布に顔をこすりつけた。

「訊いてみるわ」ジョージアンヌはバービーのキャンピング・セットや、服をはぎとられた人形をまたぎながらドアのほうへ向かったが、端にひらひらした紫の飾りがついたバトンにつまずいてしまった。「ああ、もう、この部屋、ごみためみたい」だが、肩ごしに振りかえると、すでに娘のまぶたは閉じられていた。ドアの脇のスイッチに手を伸ばし、明かりを消して部屋を出た。

リビングに入る前から、メイがいらいらしながら待っているのが感じられた。ジョンとのあいだに問題が起きたことは、先ほど伝えてあった。メイは友人にしてビジネス・パートナーだ。今日もジョージアンヌが家を出ているあいだ、シッターの役を買って出てくれたし、娘のベッドの時間になるまでおしゃべりをしていたときもジョンのことを訊きたくてうずうずしている様子だった。

「眠った?」メイは、ジョージアンヌが部屋に入るやいなや、ほとんどささやくようにしてたずねた。

ジョージアンヌはうなずいて、メイが座っているカウチの反対側に腰をおろした。花と自分の頭文字が刺繡されたクッションに手を伸ばし、膝の上に置く。

「ずっと考えてたんだけど」メイがジョージアンヌのほうへ向きなおって話しはじめた。「今になって納得できたことがたくさんあるの」

「どういうこと?」ジョージアンヌは訊いた。メイは髪をショートにしたばかりだった。メグ・ライアンにそっくりだ。

「わたしたちがどうしてアスリート・タイプの男を嫌うのか、とかね。わたしが体育会系を嫌うのは、弟をいじめるのがそういう男たちだったから。それは知ってるわよね? でも、あなたの理由は、そのオッパイのせいだと思ってたの」メイは胸の前に手を持ってきて、まるでメロンでも抱えているような仕草をしてみせた。「フットボール・チームの男の子たちにからかわれたりして嫌な思いをしたから、そのことを話したがらないんだろうと思ってた」彼女はジーンズのショートパンツをはいた脚のあたりに手をおろした。「レキシーのお父さんがほんとうのプロ・スポーツ選手だなんて、知らなかったな。でも、今になって納得がいったわ。あの子、あなたよりずっと運動神経がいいでしょ?」

「そうね」ジョージアンヌはうなずいた。「でも、そんなのよくあることじゃない?」

「あの子が四歳のころ、ふたりで自転車の補助輪を外しちゃったの、覚えてる?」

「わたしはそんなこと、してません。あなたがやったんじゃないの」ジョージアンヌは友人のブラウンの瞳をのぞきこみながら応じた。「転ぶと危ないから、わたしはつけたままにしておきたかったのに」

「わかってる。でもあの補助輪、ふたつとも上向きに曲がってて、最初から地面になんてついてなかったのよ? だからもともと、なんの役にも立ってなかったわけ」メイは片手を振って、ジョージアンヌの反論をかわした。「あのときわたし、レキシーの運動神経のよさは父親譲りなんだろうな、って思ったの。だって、あなたのDNAだとは思えなかったから」「ちょっと、それ、ひどくない?」ジョージアンヌは口をとがらせたが、怒ったりはしなかった。ほんとうのことなのだから、しかたない。

「でもまさか、ジョン・コワルスキーが父親だったとはね。ジョージアンヌ、あの人、ホッケーの選手なのよ!」メイは最後の部分を、まるで連続殺人犯か車のセールスマンのことを口にしているかのように、嫌悪感たっぷりの口調で言った。

「わかってる」

「実際に試合を見たことはあるの?」

「ううん」彼女は膝の上に視線を落とし、クッションの角にしみがついていることに気づいて眉をひそめた。「夜のニュースのスポーツ・コーナーで、ゲームのダイジェストくらいなら見たことがあるけど」

「わたしは実際に見たの! ドン・ロジャースのこと、覚えてるでしょ?」

「もちろん」ジョージアンヌはリネンのクッションの汚れを指でつまみながら答えた。「去年あなたが何か月かつきあってた男の人でしょ? 飼い犬のラブラドールにあれだけの愛情を注ぐのはどう考えてもおかしいって言って、あなたがふっちゃった人」そこで言葉を切って、再びメイの顔を見る。「あなた、今夜レキシーにここで食事をさせたでしょ。クッションについてるの、これ、チョコレートだわ」

「クッションなんてどうでもいいから」メイがため息をついて、短いブロンドの髪をかきあげた。「ドンって、狂の字がつくくらいのチヌークス・ファンだった。だからわたしも試合に連れていかれたの。あの人たちのぶつかりあいの激しさっていったら、信じられないくらいなのよ。そんななかでも、いちばんすごかったのがジョン・コワルスキー。相手の選手が宙で一回転するくらいの勢いで吹っ飛ばしといて、ちょっと肩をすくめただけでそのまま滑っていっちゃうんだから」

ジョージアンヌには、メイが何を言いたいのかよくわからなかった。「それとわたしと、なんの関係があるの?」

「あなた、そんな人と寝たのよ! 信じられない。スポーツ選手ってだけじゃなくて、最悪の男じゃないの!」

ジョージアンヌは心のなかでひそかに同意した。しかし、メイの言いかたが気にさわったのも事実だった。「昔のことだもん。それにあなただって前科がないわけじゃないんだから、あんまり人を責めないほうがいいんじゃない?」

「前科って、どういう意味?」

「ブルース・ネルソンみたいな男と寝る女は、他人にあれこれ言えない、ってこと」

メイは腕を組んでぐったりカウチにもたれかかった。「彼はそこまでひどくなかったわ」不満げにつぶやく。

「そう？　あなたがあの人とデートしたのは、とんでもないマザコンで、女の言うことならなんでもハイハイって聞く男だったからでしょ？　あなたのつきあう男って、みんなそのタイプ」

「でも、少なくともセックスはノーマルよ」

ふたりで何度も交わした会話だった。メイはジョージアンヌが男性とつきあわないことを不健康だと思っていたし、ジョージアンヌは逆に、メイもたまには〝ノー〟と言うべきだと思っていた。

「あのね、ジョージアンヌ。禁欲生活って、自然なことじゃないの。あなたいつか、爆発しちゃうわよ」メイが予言した。「それに、ブルースはなよなよした男じゃありませんでした。どっちかっていうと、キュートって感じね」

「キュート？　三八になってもまだお母さんといっしょに暮らしてるような男が？　あの人を見たとき、わたし、サンアントニオにいる遠いいとこのビリー・アールを思いだしちゃった。ビリーって、お母さんが死ぬまでいっしょに住んでたのよ。それに、すっごく変なやつ。将来困るかもしれないからって、老眼鏡を盗んできたりしてね。おばあちゃんがよく、ビリーが虫歯にならないように祈りましょう、って言ってた。そんなことになったら、まわりの人が歯を盗まれちゃうかもしれないから、って」

メイが笑った。「大げさね」

ジョージアンヌは右手をあげた。「ほんとなんだったら。ビリー・アールって、頭がおかしかったんだから」彼女は再び膝のクッションに目を落とし、白く刺繡された花を指でなぞった。「でもとにかく、あなたはブルースのことを愛してた。じゃなきゃ、寝たりしないもんね。蓼食《たで》う虫も、ってよく言ったもんだわ」

「ちょっと」メイはカウチの背を叩いてジョージアンヌの注意を引いた。「わたしはブルースのことなんて愛してませんでした。ただ、かわいそうになっただけよ。それに、しばらくそういうこともしてなかったしね。だけど今考えると、それだけの理由で寝たなんて、最悪だったな。あなたには勧めないわ。さっきあなたのことを責めてるように聞こえたんだったら、ごめんね。そういう意味じゃなかったの。ほんとに」

「わかってる」ジョージアンヌは明るく言った。

「よかった。じゃあ、教えて。どうやってジョン・コワルスキーと出会ったわけ？」

「全部知りたい？」

「当然」

「わかった。わたしたちが最初に会ったときのこと、覚えてるでしょ？　わたしが小さなピンクのドレスを着てたとき」

「ええ。そのドレスでヴァージル・ダフィーと結婚するつもりだったのよね？」

「そう」ヴァージルとの結婚式から逃げだしたことはもう何年も前に話してあったけれど、ジョンについては何も言っていなかった。ジョージアンヌはようやく、彼とのあいだに起きたことをメイに伝えた。もちろん、恥ずかしい部分は除いて。彼女はセックスのことをあけすけに話せるような人間ではなかった。おばあちゃんはその手のことを決して口にしようとしなかったし、ジョージアンヌ自身もそういった知識はすべて保健の授業で学んだ。おまけにつきあった男の子たちはみんな、女性に歓びをあたえるすべなど知らない未熟な子ばかりだった。

だがそんな彼女が、ジョンと出会ってしまった。彼はあの夜、とうてい不可能だと思っていたことまで教えてくれた。彼の手に触れられ、その唇にむさぼられて、ジョージアンヌの体は燃えあがった。それは、女性同士の内緒話でしか耳にしたことのなかった快感だった。ジョンが欲しくてたまらなくなり、彼の命令にすべて従った。

でも今は、あの夜のことなんて考えたくない。今のわたしは自分の体と愛をすぐ投げあたえてしまうような若い女じゃない。そんな女はもう消えてしまった。だから、あえてその手のことを話す必要なんてないはずだ。

ジョージアンヌはプライヴェートな部分を省きながら昔のことを話しおえ、それから、今朝ジョンが訪ねてきたときのことと、ハウスボートで決めたことを教えた。「具体的にどうなるのかはよくわからないけど、ただ、レキシーが傷つかないようにしたいの」すべてを打ち明けてしまうと、急に疲れが襲ってきた。

「チャールズには教えるの？」メイがたずねる。

「わからない」彼女はそう答えると、クッションを胸に抱きしめ、頭をカウチの背にもたせて天井を見あげた。「まだ二回デートしただけだもん」

「また会うつもりなんでしょ？」

ジョージアンヌは一か月前に知りあったその男性のことを考えた。チャールズと出会ったのは、彼が娘の一〇歳の誕生パーティーを〈ヘロン・ケータリング〉に依頼しに来たときだ。彼はその翌日電話をかけてきて、ジョージアンヌをフォー・シーズンズでのディナーに誘った。

彼女はメイに向かって微笑みながら答えた。「そのつもりだけど」

「じゃあ、言わなきゃ」

チャールズ・モンローは離婚を経験した男性で、ジョージアンヌがこれまで知りあったなかでも最高に優しい人だった。地元のケーブル・テレビ局のオーナー。お金持ちで、灰色の瞳をきらめかせながらすばらしい笑みを浮かべる人。高価な服をひけらかしたりもしなかったし、『GQ』から抜けだしてきたようなファッションも好まない。それに彼にキスをされると、ジョージアンヌの瞳には炎が灯った。レキシーにも一度会わせたことがあるが、娘も彼のことが気に入ったようだった。「わかった。話してみる」

「きっと嫌な顔をされると思うけどね」

ジョージアンヌは友人のほうに顔を向けた。「どうしてわかるの？」

「暴力的な男なんて大嫌いだけど、ジョン・コワルスキーはわたしの目から見てもハンサムでたくましい人だもの。きっとチャールズは嫉妬するわね。今でもあなたとジョンがつきあってるんじゃないかって、気を回すかも」

ずっと嘘をついてきたのかと気分を害することはあるかもしれない。だが、チャールズが嫉妬するとは思えなかった。「彼のことは心配ないわ」ジョージアンヌはきっぱりと言った。確信に満ちた口調だった――二度とジョンに恋をすることはないという確信。「それにわたしがどう思おうが、ジョンはわたしを嫌ってるんだし。こっちを見ようともしないんだから」彼と再び関係を持つなんて、考える必要もないくらいありえないことだ。「木曜日、いっしょにランチを食べることになってるから、チャールズにはそのとき話すわ」

だがその四日後、マディソン・ストリートのビストロでチャールズと昼食をとったとき、ジョージアンヌは何も伝えることができなかった。ジョンとのことを説明しようとした瞬間、チャールズが思いもかけないことを言いだしたからだ。

「生番組のメイン・キャストをやってみないか？」彼はパストラミとコールスローのサンドイッチを食べながらたずねた。「『マーサ・スチュワート・ショウ』みたいな生活情報番組なんだけどね。土曜日の昼、一二時半から一時の枠に、きみがぴったりなんじゃないかと思うんだ。『マージーズ・ガレージ』と午後のスポーツ・ニュースのあいだの時間帯だよ。きっときみのやりたいようにやれると思う。あるときは料理を紹介して、またあるときは、ドライフラワーのアレンジメントやキッチン用のタイルなんかをとりあげてね」

「キッチンのタイルなんて、わたしにはわからないわ」ベージュのパンプスを履いたつま先までショックが走るのを感じながら、彼女は小声で答えた。

「まだ企画の段階なんだ。でもきみのことは信用してる。生まれついての才能があるし、それに、テレビ映えもすると思うんだよ」

ジョージアンヌは胸に手を置いた。「わたしが?」思ったより声がうわずってしまった。

「そう、きみだ。担当の女性プロデューサーとも話をしたんだが、彼女も乗り気だしね」チャールズは励ますような笑みを浮かべている。ジョージアンヌはあやうく、もしかしたらわたしだってカメラの前に立ち、テレビ番組の司会がやれるのではないかと考えた。チャールズはわたしのクリエイティヴな才能を認めてくれている。しかしそのとき、現実がささやきかけてきた。わたしは失読症だ。なんとか頑張って人並みの生活は送れるようになったけれど、それでも気を抜くとまだ言葉を読み間違えることがある。あわてているときなど、一度冷静になって、どっちが右でどっちが左だか考えなければならないくらいだ。もうひとつ、問題なのは体重だった。テレビに映ると、たいていの人は二キロくらい太って見える。つまりわたしは、台本に書かれてもいない単語を読みあげるだけでなく、デブだと思われるかもしれないということだ。それにレキシーのことも考えなければならなかった。今でさえ娘は、わたしが不安になるほど長いあいだ、シッターとふたりだけで時間を過ごしている。

彼女はチャールズの灰色の目を見ながら言った。「ありがたいけど、お断りします」

「考えなおしてくれる可能性はないのかい?」

「なさそうね」フォークをとってパンの上にコールスローを広げながら答える。もう考えたくないことだった。いや、ほんとうに考えたくないのは、たった今自分がどれだけの可能性とチャンスを捨ててしまったのかということだ。

「かなりの収入にもなると思うんだけどな」

「いいの」どうせ収入の半分は政府に持っていかれてしまう。ギャラの半分の値段で太った馬鹿な女に見られるなんて、まっぴらだった。

「でも、もうちょっと考えてみてくれないか？」

チャールズがあまりにがっかりした顔をしているので、彼女はとりあえず「わかりました」と答えた。だがわかっていたのは、絶対に決心を変えたりはしないということだった。

ランチのあと駐車場へ戻り、えび茶色のヒュンダイのそばまで来ると、チャールズが彼女の手からキーをとってドアをあけてくれた。

「次はいつ会えるかな」

「今週末は無理なの」ジョージアンヌは、結局ジョンのことを打ち明けられなかったせいで罪の意識を感じながら言った。「来週の火曜日、アンバーを連れてうちへディナーを食べに来るっていうのはどう？ レキシーといっしょに待ってるから」

チャールズが彼女の手首をとってキーを返した。「いいね」そう言って、手を腕からうなじのほうへと滑らせていく。「でもほんとうは、きみとふたりだけで会いたいんだけどな」

彼は軽く唇を重ねた。忙しい一日のなかで、ふとした安らぎをあたえてくれるようなキス。まるで温水プールに足をつけたときみたいにリラックスできるキス。狂おしい気分にさせてくれないキスだからって、それがなんだっていうの？ ジョージアンヌはそう思った。自分を見失ってしまうような恋は、もうしたくない。男性に触れられて色情狂みたいになってしまうのは、嫌だ。以前そんなふうになってしまったせいで、つらい目にあったのだから。

舌を差し入れると、チャールズがはっと息を呑むのがわかった。わたしはこの人と恋をしようとしているのかもしれない。最後に恋をしてから、何年もたっている。体を離し、チャールズのきまじめそうな瞳をのぞきこみながら、もうそろそろそんな状況も変えなければいけないのだろうかと思った。わたしは再び男性を愛してみるべきなのだろうか。

9

「ねえ、見て！」

メイがていねいに折りたたまれたナプキンから目をあげると、レキシーがバービーのピンク色の爪を引きずりながら走っていった。前に大きなヒマワリのついたデニムの帽子がレキシーの頭から飛び、芝の上に落ちた。

「うまいうまい」メイは声をあげ、ナプキンを脇に置くと、立ちあがって仔細にピクニック・テーブルを眺めた。青と白の縞模様のクロスの端が風になびき、テーブルの中央に伏せられたボウルの上にはレキシーのチア・ペットが飾ってある。ガラスでできたその豚の置物は、厚紙を切って作ったサングラスをかけ、目の覚めるようなピンクのスカーフを首に巻いていた。「これ、どういうつもり？」彼女はたずねた。

「別に、どういうつもりでもないけど」ジョージアンヌが答えた。トレイの上には、アスパラガスのサーモン巻きやスモークしたムツのパテなどがのり、テーブルの端にはトーストが何枚も重ねられている。そしてなぜだかトレイのまんなかには、足を舐めている陶器の猫がいた。頭にはフェルトのとんがり帽子までかぶっている。メイは思った。ジョージアンヌのことだから、このピクニックには何か隠されたテーマがあるに違いない。それがなんなのか、まだわからないけれど、絶対に突きとめてやろう。

彼女は猫から食べ物へと視線を移した。前の週、仕事で用意した料理を組みあわせたものだ。チーズパンと伝統的なチャラー・ブレッドは、ユダヤ教にのっとったミッチェル・ワイズマンの一三歳のお祝いで出したんだっけ。クラブ・ケーキと格子縞のカナッペは、毎年恒例のミセス・ブロディのガーデン・パーティーで供されたものだ。ロースト・チキンとプラム・ソースをかけた仔牛のリブは、つい昨日の晩ケータリングしたバーベキュー・パーティーのメニューだった。「わたしは料理がうまいんです、ってアピールしたがってるように見えるんだけど」

「仕事場の冷凍庫をからにしたかったの。それだけよ」ジョージアンヌは言った。

いや、それだけじゃない。アートと言ってもいいくらい見事に積みあげられたフルーツのタワーは、仕事で出したメニューにはなかったものだ。リンゴと梨《なし》とバナナが完璧なバランスで塔を作り、桃やチェリーが細心の注意をもって配置され、てっぺんに置かれた緑と紫の艶々したブドウの上からは、ペイズリーのケープをまとった青い鳥があたりを睥睨《へいげい》していた。

「ジョージアンヌ、仕事もできるいいお母さんであることをひけらかす必要なんてないのよ。そんなこと、わたしにはわかってるし、自分だってわかってるでしょ？　おまけに、ここにいる大人はわたしとあなただけ。もうひとり、あとからやってくるホッケー選手は、あなたがいくら頑張ったって、心を動かしたりしてくれないわよ」

ジョージアンヌはカナッペの脇にクリスタルのアヒルを飾って、目をあげた。「ジョンにも友達を連れてきてって言っておいたから、たぶんひとりじゃないと思う。それにわたし、彼に感心してほしいわけじゃないから。あの人がどう思おうが、関係ないもの」

メイは反論するかわりに、積みかさなった透明なプラスティックのコップを手にし、アイス・ティーの隣に置いた。意図的であろうとなかろうと、ジョージアンヌが七年前に自分を空港に置き去りにした男を感心させようとしているのは明らかだった。人生の勝ち組であることを見せつけたいわけだ。それにしても、犬の形に焼かれたチョコレートケーキは、ちょっとやりすぎなのではないだろうか。

おまけにジョージアンヌの出《い》で立ちも、公園で一日を過ごすだけにしては完璧すぎた。黒髪を頭の両側できれいにまとめ、それぞれ金の櫛でとめてある。イヤリングはきらきらと輝いていたし、お化粧もばっちりだった。エメラルド・グリーンのホルター・トップは瞳の色とよく合っているし、爪の色は足も手もピンク色だ。すでにサンダルを脱いだ足の中指には金のリングがはめてあり、太陽の光を受けてきらめいている。

娘の父親を感心させようとしているのでなければ、あまりに決めすぎだろう。

ジョージアンヌを雇ったばかりのころ、メイは彼女のそばにいると自分がくすんでしまう気がした。あたかも、血統書つきのプードルの横に並んでしまった雑種みたいな気分。だがそのうち、自意識過剰になってもしかたがないことがわかってきた。メイがTシャツやジーンズだとほっとするように、ジョージアンヌは何を着たってグラマラスな女王様だ。今日みたいにカットオフのショートパンツをはき、ホルター・トップを着ていても、それは変わらない。

「今、何時？」ジョージアンヌがコップにアイス・ティーを注ぎながらたずねた。

メイは大きなミッキー・マウスの腕時計を確かめた。「一一時四〇分」

「じゃ、あと二〇分ね。運がよかったら、彼、来ないかも」

「レキシーにはどう言ってあるの？」メイはコップに氷を入れながら訊いた。

「ただ、ジョンもピクニックに来るかもしれない、って」ジョージアンヌは手を額にかざし、凧を持って走りまわっているレキシーを眺めた。

メイはピッチャーに手を伸ばしてお茶を注いだ。「来る〝かもしれない〟？」

ジョージアンヌは肩をすくめた。「希望は残しておいたほうがいいでしょ？　それにわたし、ジョンが永遠にレキシーの父親でいたがってるとは、どうしても思えないの。いつかきっと、父親であることに飽きちゃうんじゃないかな。でももしそうなるんだったら、早いほうがいい。だってジョンのことを大好きになったあと見捨てられたら、あの子、すごく傷つくもの。あなたも知ってるとおり、レキシーのことになると、わたし、過保護って言ってもいいくらいでしょ？　そういうことが起きたら、たぶん怒り狂うだけじゃすまないでしょうね。きっとあの人に復讐しようと思うはずだわ」

メイにとってジョージアンヌはこの世で最も優しい人間のひとりだった。ただし、怒ったときは例外だ。「たとえばどんな復讐？」

「ハウスボートにシロアリを放すってのはどうかしら」

メイは頭を振った。ジョージアンヌとレキシーの親子は家族も同然だ。「生ぬるいわね」

「轢《ひ》き殺す？」

「ちょっとマシになったかも」

「車ですれ違いざま、射殺？」

メイは微笑んだが、レキシーが戻ってきたので会話を打ちきった。レキシーは爪を引きずって母親のそばまで行き、足もとにへたりこんだ。デニムのサンドレスがめくれあがって、ポカホンタスが描かれた下着が丸見えになっている。

「もう走れない」レキシーは荒い息をついていた。今日は珍しく化粧をしていない。

「すごく速かったわよ」ジョージアンヌが褒めてやった。「ジュース、飲む？」

「いらない。ねえ、いっしょに走って、爪をあげるの手伝ってくれる？」

「前に話をしたでしょ？　ママは走れないの」

「わかってるけど」レキシーはため息をついた。「走るとオッパイが痛くなるなんて、変なの」帽子をかぶりなおし、今度はメイを見あげる。「メイは手伝ってくれる？」

「手伝ってあげたいけど、今日はブラをしてないの」

「どうして？」レキシーが知りたがった。「ママはしてるのに」

「ママはブラが必要だけど、メイおばさんはそうじゃないのよ」メイは小さな娘を観察してからたずねた。「いつも顔に塗ってるべたべたしたものは、今日はどうしたの？」

レキシーがあきれたように視線を上にあげた。「べたべたしたものなんかじゃないもん。メイクアップよ。でもママが、今日はお化粧をしなかったら猫のぬいぐるみを買ってくれる、って言ったの」

「あら、二度とお化粧しないって約束してくれたら、ほんものの子猫を買ってあげるのに。マックスファクターの奴隷になるには、あなたはまだ若すぎるんだから」

「ママは、猫も犬も飼っちゃダメだ、って」

「そのとおりよ」ジョージアンヌがメイを軽く睨みながら口をはさんだ。「レキシーはまだペットを飼うほどの責任を負えないし、わたしも重荷は欲しくないの。この子がおねだりを始める前に、この話はやめましょ」そして一瞬言葉を切り、声を低めて先を続ける。「それにようやく最近、ほら、あのことを持ちださなくなったところなんだから」

メイにはわかっていた。レキシーに思いださせないほうがいいことがある。ここ六か月ほど彼女は、弟か妹が欲しいと言って聞かなかったからだ。みんなそのせいで困りはてていた。メイも、赤ん坊のことを耳にしなくなってほっとしていたくらいだ。レキシーはもうずっと長いことペットを飼いたいと思っていたし、生まれつき興奮しやすい子だった。もちろんそれは、ジョージアンヌのせいだ。ちょっとでもうまくいかないことがあると大騒ぎする彼女の血を引いたのだからしかたがない。

メイは口もとまで持っていったコップをテーブルに戻した。ふたりの大柄な男たちが近づいてきた。ふたりとも、見るからにスポーツ選手タイプだ。襟のない白いシャツをジーンズのなかにたくしこんでいるのは、ジョン・コワルスキー。しかしもうひとりの、ジョンより少しだけ背が低くてほっそりしている男は、見たことがなかった。

大きくて強そうな男を前にすると、メイはいつも怖じ気《おけ》づいてしまった。彼女は身長一五〇センチちょっと、体重五〇キロたらずだったけれど、理由はもちろんそれだけではない。屈強な男たちのそばにいるだけで胃のあたりが引きつれるような感じがした。わたしがこんなに緊張しているのだから、ジョージアンヌの精神状態は推して知るべしだろう。友人のほうを盗み見ると、やはり目つきが不安そうだった。

「レキシー、立って服についた草を払いなさい」ジョージアンヌがゆっくりと言った。娘を立たせようと伸ばした手の先が震えている。

緊張しているジョージアンヌなら何度も見たことがあるけれど、ここまでひどいのは久しぶりだ。「あなた、だいじょうぶ?」メイはそう声をかけた。

ジョージアンヌはうなずいて笑みを浮かべた。頭のなかのスイッチをピクニックのホスト役に切りかえたようだ。「こんにちは、ジョン」彼女は近づいてくるふたりの男たちに言った。「ここまで来るのに迷わなかった?」

「いや」彼はそう答えて、すぐ目の前で足をとめた。「問題なかったよ」瞳は高価そうなサングラスで覆われ、唇は真一文字に結ばれている。ふたりはぎごちない面持ちで数秒のあいだ睨みあっていた。するとジョージアンヌが突然、もうひとりの男に注意を向けた。身長は一八〇センチを超えたくらいだろうか。「あなたはジョンのお友達ね?」

「ヒュー・マイナーです」微笑んで手を差しのべる。

ジョージアンヌが両手で握手をしているあいだ、メイはその男を観察した。ひと目見ただけで、額面どおりの笑みではないことがわかった。ハシバミ色の瞳が強烈な光をたたえている。体は大きすぎるし、顔はハンサムすぎるし、首も太すぎ。まったく、気に入らない男だ。

「来てくれてうれしいわ」ジョージアンヌはそう言うとヒューの手を放し、ふたりの男たちをメイに紹介した。

ジョンとヒューが同時に挨拶した。ジョージアンヌほど思っていることを隠すのがうまくないメイは、苦労しながら笑みを浮かべた。いや、笑みというより唇がぴくぴくと震えた程度だった。

「こちらはミスター・マイナー。ミスター・コワルスキーは覚えてるわよね、レキシー?」ジョージアンヌが今度はふたりを娘に紹介しながら質問した。

「うん。こんにちは」

「やあ、レキシー。調子はどうだい?」ジョンがたずねる。

「まあまあ」レキシーはまず、大げさにため息をついてみせた。「昨日は足のつま先を思いきり玄関のポーチにぶつけたし、肘もテーブルにぶつけたけど、もうよくなったの」

ジョンはジーンズのポケットに突っこんだ手を握りしめ、レキシーを見おろしながら、父親としてはつま先と肘をぶつけた娘にどう声をかけたらいいのだろうと思い悩んだ。「よくなって、よかったね」残念ながらそんな言葉しか出てこない。だからかわりに、心ゆくまでレキシーの姿を見つめた。この子が自分の娘だということがわかって以来、ずっとやりたかったことだ。口紅やアイシャドウを塗りたくっていない顔は、はじめてだった。彼は娘の素顔を穴のあくほど見つづけた。小さくてまっすぐな鼻には、茶色いそばかすがかすかに浮かんでいる。肌はクリームのようになめらかで、まるまるした頰がピンク色に上気していた。きっとさっきまで走りまわっていたのだろう。唇はジョージアンヌの血を引いてふっくらしていたが、瞳はジョンそっくりだ。彼が母親から受けついだ、真っ青な瞳と長いまつげ。

「あたし、凧を持ってるんだよ」レキシーがジョンに言った。

ヒマワリが縫いつけられたデニムの帽子から、カールした黒い髪がこぼれている。「ほう？　そりゃ、いいね」彼はそうつぶやいたあと、いったい俺はどうしてしまったんだと思った。少年たちにせがまれてトレーディング・カードにサインしたことなら数えきれないほどあったし、チームメイトが練習に子供を連れてくることもあった。そんなとき、言葉に詰まったことなどなかったはずじゃないか。だが自分の娘には、なんと言ったらいいのかさっぱりわからない。

「まさにピクニック日和ね」ジョージアンヌが言うと、レキシーは母親のほうを向いてしまった。「わたしたち、ランチを作ったの。おふたりとも、おなかはすいてる？」

「ぺこぺこだよ」ヒューが正直に言う。

「あなたは、ジョン？」

ジョンは母親のほうへ歩いていくレキシーを見て、デニムのサンドレスのうしろに草のしみがついていることに気づいた。「俺がどうかしたかい?」目をあげてたずねる。

ジョージアンヌがテーブルの反対側へ回り、ジョンの表情を確かめた。「おなかはすいてる?」

「いや」

「じゃあアイス・ティーは?」

「いや、いい」

「そう」ジョージアンヌは少しだけ表情をこわばらせた。「レキシー、ママがアイス・ティーを注いでるあいだ、メイとヒューにお皿を渡してくれないかな」

ジョージアンヌにしてみれば俺の答えかたが気に入らなかったのだろうが、それはたいした問題ではない。問題は、試合前のように緊張していることだ。どうしてだかわからないが、レキシーを目の前にしていると怖くてたまらなくなってしまう。

これまで俺は、NHLというリーグで泣く子も黙る猛者を何人も相手にしてきた。手首と足首は一度ずつ折ったし、鎖骨は二度も、小枝のようにぽきりと折れた。左の眉には五針、頭の右側には六針、口のなかには一四針の傷跡がある。思いだせない怪我《けが》は、ほかにいくつもあった。だがいくら怪我をしても、俺はまたスティックをつかんで氷の上へ躍りでてきたはずじゃなかったのか。

「ミスター・ウォール、ジュースはいかが?」レキシーがベンチにあがりながらたずねた。

その子の膝の裏側とふくらはぎを目にしただけで、土手っ腹に肘打ちを入れられたような衝撃が走った。「どんなジュースがあるんだい?」

「ブルーベリーか、ストロベリー」

「じゃ、ブルーベリーを頼むよ」彼がそう答えると、レキシーはベンチから飛びおりてテーブルの向こう側にあるアイスボックスのところまで駆けていった。

「よう、ウォール、このサーモンとアスパラガスの料理、食ったほうがいいぜ」ヒューがそうアドヴァイスしてきた。彼はテーブルの向こう側、ジョージアンヌの隣に立っている。

「気に入ってもらえてよかったわ」ジョージアンヌがヒューに微笑みかけた。先ほどジョンに見せたような、うわべだけの笑みではなかった。「サーモンが薄く切れたかなって、心配だったんだけど。そうだ、仔牛のリブもぜひ食べてね。プラム・ソースとの相性がばっちりなんだから」彼女は逆側に立っている友人に顔を向けた。「あなたもそう思うでしょ、メイ?」

メイが肩をすくめた。この背の低いブロンド女は、さっきからどうもつんけんしている。

「ええ、まあね」

ジョージアンヌは驚いて友人を睨んだが、すぐにヒューのほうへ向きなおった。

「このパテも食べてみて。チキンも切りわけましょうね」彼女は答えも待たずにナイフを握りしめた。「わたしが切りわけてるあいだ、みんな、テーブルをよく見てね。ピクニックにぴったりの服を着た小さな動物があちこちにいるはずだから」

ジョンは腕を組んだまま、サングラスとスカーフをした豚を眺めた。脳みその奥のほうがむずがゆくなってくる。

「レキシーとふたりで話しあったの。今日は動物のモデルを使って、夏の新作をお披露目しよう、って」

「なるほど、そういうことね」メイはクラブ・ケーキに手を伸ばしながらつぶやいた。

「動物のモデル?」ヒューが不可解そうな表情を浮かべた。ジョンも同じ気持ちだった。

「そう。レキシーは、家に置いてあるガラスや陶磁器の動物の服を作るのが大好きなの。ちょっと変わった趣味ではあるけど」ジョージアンヌは肉を切りながら続けた。「でも、それもわたしの血筋なのね。この子のひいおばあちゃんにあたるチャンドラーって女性は、わたしのおじいちゃんのお母さんなんだけど、パレットに着せる服をデザインしてたらしいの。北部の人はわからないかもしれないけど、パレットってのは若鶏《わかどり》のことね。若鶏ってのはつまり、あんまり大きくなる前に、その……」彼女はそこで言いよどみ、ナイフを持った手を喉から一〇センチくらいのところにあげ、断末魔のような声を出してみせた。「わかるでしょ?」そう言って再びナイフをおろす。「それも雌の若鶏でないとだめなの。雄鶏《おんどり》は気性が激しいから服なんて作ってあげても、ただの時間の無駄にしかならないの。とにかくひいおばあちゃんは、家で飼ってるパレットのために小さなケープと、それに合ったフードを作ってたってわけ。レキシーは、そういうひいおばあちゃんのファッションに対する鑑識眼を受けついだの。まさに我が家の血筋なわけよ」

「マジで言ってるのか?」ヒューは、チキンをとりわけてくれたジョージアンヌにたずねた。

彼女は右手をあげた。「あたりまえでしょ」

ジョンの脳みその奥でむずむずしていたものが、一挙に噴きだしてきて体全体を包みこんだ。「ああ、もう」

ジョージアンヌがテーブルの向こうからちらりと視線を送ってきた。彼女は七年前のままだった。ゼリーと足を洗うバプティストのことを延々としゃべっていた若くて美しい女性が、今でもそこにいた。人をとりこにする緑の瞳と、セクシーな口もと。男をその気にさせる肉体をジョンの黒いシルクのローブに包みこんでいたジョージアンヌ。彼女は思わせぶりなまなざしと蜜《みつ》を塗りこめたような声で、ジョンを狂おしい気持ちにさせた。認めるのは嫌だったが、そんな彼女の魔力は今でも衰えていない。

「ミスター・ウォール」

ジーンズのベルトが引っぱられるのを感じて下を見ると、レキシーがいた。

「ジュースを持ってきてあげたよ、ミスター・ウォール」

「ありがとう」彼は言って、小さな紫色のパックをもらった。

「ストローも差しといたから」

「そうだね」彼はパックを口もとに運び、ストローで紫色のジュースを吸った。

「おいしいでしょ？」

「うーん」しかめっ面にならないよう気をつけながら答える。

「これも持ってきたの」

いきなりペーパー・ナプキンを押しつけられたので、あいているほうの手で受けとった。何かの形に折られているようだが、よくわからない。

「ウサギさんなんだよ」

「うん、すぐにわかった」彼は嘘をついた。

「あたし、凧を持ってるの」

「うん？」

「でも、飛ばないの。ママはおっきなブラをしてるんだけど、それでも走れないんだって」レキシーは悲しげに首を振った。「それにメイも走れないの。でも、どうしてかっていうと、メイはブラなんてしてないから」

最後の審判がおりたかのように、ピクニック・テーブルのまわりが凍りついた。女性たちがテーブルの向こう側から睨みつけているのがわかった。ふたりとも、まるでフリーズドライされたみたいに立ちつくしている。メイは口もとにブラック・オリーヴを持ちあげたまま、そしてジョージアンヌは先にチキンの切れ端を刺したナイフを宙にかざしたまま、じっと動かない。その目は大きく見開かれ、頬は真っ赤に染まっていた。

ジョンはこみあげてくる笑いを抑えようと、ウサギのナプキンで口もとを押さえた。誰も何も言わなかった。

沈黙を破ったのはヒューだった。体を前に傾け、ジョージアンヌの向こう側にいた背の低い女性に声をかける。「ほんとなのかい、スイートハート？」彼はにやにや笑いを満面に浮かべていた。

　ふたりの女性が同時に手をおろした。ジョージアンヌはあわててチキンを切りわける作業に戻り、メイはヒューに向かって眉をひそめた。

　ヒューはおそらく、相手が気分を害していることに気づかなかったのだろう。いや、気づかないふりをしていたのかもしれない。ヒューのことだから、おそらく後者だ。「俺は昔から、女性解放に賛成なんだよ。実際、全米女性機構《NOW》のメンバーになろうと思ってるくらいでさ」

「NOWに男性は入れません」メイがぶっきらぼうにはねつける。

「ところがそれは迷信なんだな。司会者のフィル・ドナヒューだってメンバーなんだぜ」

「嘘でしょ？」。

「もしメンバーじゃなくたって、メンバーにならなきゃ。あいつ、俺が会ったどんな女性よりフェミニストなんだからね」

「フェミニストからこっぴどくやっつけられても、どうして非難されてるのか、あなたにはわからないんじゃない？」

ザ・ケイヴマンが微笑んだ。「フェミニストだろうがなんだろうが、女性からこっぴどくやっつけられたことなんてないけどね。でも、きみが相手だったら、ぜひやっつけられてみたいな」

　メイは腕を組んで言いはなった。「礼儀知らずな口のききかたと、首のサイズと、額からただ続いてるみたいなその顔を見るかぎり、あなた、ホッケー選手ね？」

ヒューはちらりとジョンを見て笑った。確かに口は悪いが、相手が怒ってもそれを正面から受けとめ、決して逃げないのがヒューのいいところだ。「額からただ続いてるみたいな、か」ヒューはくすくす笑って、メイに視線を戻した。「うまい言いかただな」

「ホッケー選手なんでしょ？」

「ああ。チヌークスのゴーリーだよ。で、きみは何をやってるんだ？　ブルドッグ相手のレスラーか？」

「ピクルスはいかが？」ジョージアンヌがレリッシュのプレートに手を伸ばして、ヒューの前に突きだした。「自家製よ」

ジョンのベルトが再び引っぱられた。「ミスター・ウォール、凧の飛ばしかた、知ってる？」

彼は見あげているレキシーを見おろした。娘は陽差しに目を細めている。「やってみようか」

レキシーは笑みを浮かべ、右の頬にえくぼを作った。「ママ！」勢いよく向きを変えて、テーブルの向こうにいる母親のところへ走っていく。「ミスター・ウォールが凧を飛ばすの、手伝ってくれるって！」

ジョージアンヌはジョンのほうを振り向いた。「そんなことまで、してもらわなくていいのに、ジョン」

「やりたいんだよ」彼はジュースのパックをテーブルに置いた。ジョージアンヌもレリッシュのプレートを置いて言った。「じゃ、わたしもいっしょに行こうかな」

「いいよ」ジョンは娘とふたりだけの時間が欲しかった。「レキシーとふたりでいい」

「でも、だいじょうぶ？」

「だいじょうぶに決まってるだろ」

振りかえると、レキシーは地面にひざまずいて絡まった凧の糸をほどいているところだった。ジョージアンヌはジョンのところまでやってくると、彼の腕をとった。ふたりで少しだけテーブルから遠ざかる。「いいわ。でもあんまり遠くに行かないでね」彼女はそう言ってつま先立ちになり、彼の肩ごしにテーブルのほうをのぞいた。

ジョージアンヌが注意事項をあれこれ並べたてていたが、ジョンはほとんど聞いていなかった。香水のにおいに包まれながらふと下を見ると、彼女の指先が二頭筋にあてられていた。豊かな乳房と彼の胸のあいだには、ほんのわずかな空間しかない。「どうしてほしいんだって？」ジョンはなめらかな腕から、柔らかそうな喉のくぼみへと視線を移していった。この女は相変わらず思わせぶりだ。

「今言ったばかりでしょ？」ジョージアンヌは手をおろし、つま先立ちをやめた。

「もう一度言ってくれ。でも今度は、オッパイをそんなに突きだすのはやめてくれないか」

彼女は眉のあいだに皺を寄せた。「なんですって？　なんのこと？」

心底とまどっているような表情だ。ほんとうにわかっていないのだろうか。いや、だまされてはいけない。「俺と話をしたいんだったら、体を使うようなまねはやめてくれってことだよ。もちろん、その覚悟があるんだったら話は別だけどな」

ジョージアンヌは嫌悪感もあらわに頭を振った。「あなたって、そういうことしか考えられないのね、ジョン・コワルスキー。わたしの胸ばかり見るのはやめて、汚いことが詰まってるその頭のなかをからっぽにしてくれないかしら。いやらしい想像なんかより、話しあわなきゃいけない大切なことがあるんですからね」

ジョンは一歩さがって彼女を見おろした。俺はそんなことしか考えられないような人間じゃない。少なくとも、自分ではそのつもりだ。男友達の何人かに比べたら、俺のほうがずっとマシじゃないか。

ジョージアンヌがちょっとだけ頭を傾けた。「約束は覚えておいてよ」

「約束って？」

「あなたの口からは、自分が父親だって言わないこと。言うのはわたしなんですからね」

「わかった」ジョンはサングラスをとって、柄だけをジーンズの前ポケットに突っこみ、そこからぶらさげるような形にした。「だが俺にも言っておきたいことがある。レキシーと俺は、これからお互いを理解しようと思ってるんだ。ふたりきりでね。だから、せめて一〇分間は俺たちに近づかないでくれ」

彼女はしばらく考えをめぐらせてから答えた。「レキシーは引っこみ思案なの。だからわたしがそばにいてあげないと」

あの子に引っこみ思案なところが骨一本分でもあるとは思えなかった。「いいかげんなことを言わないでくれ、ジョージー」ジョンは言った。

ジョージアンヌが緑の目を細めた。「でも、わたしの見えるところにいてよね」

「俺が何をすると思ってるんだ？　誘拐か？」

「そんなこと、思ってないけど」だが、ジョンにはよくわかっていた。俺は少しも信用されていない。しかし俺だってこの女を信用していないのだから、おあいこだ。

「遠くまでは行かないさ」ジョンはそう言って、みんなのほうを見た。ヒューにはジョージアンヌとレキシーのことを教えてあったが、あいつは実は口のかたい男だ。「準備はできたかい、レキシー？」

「うん」レキシーがピンクの凧を手にして立ちあがった。ジョンは娘を連れ、フリスビーをしている人々から遠ざかるようにして、きれいな芝が広がっているほうへ歩いていった。しっぽが何度もレキシーの脚に絡まるので、凧を持ってやった。娘の頭のてっぺんは、まだ彼のウェストのあたりにも達していない。ジョンは突然自分が大きな存在になったような気がして胸を張った。どんな言葉をかけたらいいのかはいまだにわからない。だからほとんど話はしなかった。しかし、話なんてしなくても通じるものはあるはずだ。

「去年はね、あたし、まだ小さかったから幼稚園だったの」娘はそんな話を始めたと思ったら、同じ組にいた子供たちの名前をひとりずつあげていき、それぞれ、ペットを持っているかどうか、持っているんだったらどんなペットなのかを説明していった。

「で、その子、犬を三匹も飼ってるんだよ」レキシーは指を三本立てた。「フェアじゃないよね」

ジョンは振り向いて数十メートルは歩いてきたことを確かめると、足をとめた。「ここでいいんじゃないかな」

「ミスター・ウォールは犬を飼ってる？」

「いや。犬はいない」彼は棒に巻きつけた糸を手渡した。

レキシーは悲しそうに頭を振った。「あたしも。でも、ダルメシアンが欲しいんだ」そう言って、棒の両端をつかむ。「いっぱい黒いぶちのある、大きい子がいいな」

「糸はぴんと張っておくんだよ」ジョンは凧を頭の上に持ちあげた。風が優しく凧を押しているのがわかった。

「走らなくていいの？」

「うん、今日はよさそうだな」凧を少しだけ左に動かすと、風の圧力が強まった。「ゆっくりうしろに歩くんだ。でも、俺がいいって言うまで、糸は出しちゃいけないよ」

レキシーがあまりに真剣な表情でうなずいたせいで、ジョンは思わず吹きだしそうになった。

一〇回ほど試したあと、凧はようやく五、六メートルほどあがった。「手伝って」レキシーは空を見あげてパニックしている。「また落ちちゃう」

「今度はだいじょうぶさ」ジョンは娘を勇気づけるように言うと、隣に立った。「落ちても、またあげればいいんだから」

レキシーが激しく首を振ったせいで、デニムの帽子が地面に転がった。「落ちちゃうよ。絶対落ちちゃう。これ、持って!」彼女は糸巻きをジョンに押しつけようとした。

ジョンは娘のかたわらにひざまずいた。「だいじょうぶだ」そう言うと、レキシーが胸のなかに寄りかかってきて、心臓がとまりそうになった。「糸をゆっくり出すんだよ」彼はレキシーの顔をじっと見つめた。凧はゆっくりと空に舞いあがっていく。それまで暗かった娘の表情に、みるみる歓喜の色がわきおこってきた。

「あがった!」つぶやくように言って、肩ごしに彼のほうを振り向く。

ジョンの頬に柔らかい娘の吐息がかかった。その吐息は、魂の奥底にまで吹きこんできた。さっきまでとまりそうだった心臓が、今度は激しくふくれあがろうとしている。胸骨の下へ差しこまれた手術用のバルーンがものすごい勢いで膨張していくみたいだ。彼は思わず、娘の顔から目をそむけた。まわりには、ほかにも凧を飛ばしている人たちがいた。父親や母親や子供たち。家族。俺は再び、父親になることができた。でもそれだって、いつまで続くんだ? 心のなかに潜む皮肉屋の自分が、そう問いかけていた。

「あたし、凧が飛ばせたよ、ミスター・ウォール」相変わらずささやくような口調だった。まるで、大声を出したら凧が落ちてしまうとでもいうかのように。

彼は娘に視線を戻した。「俺の名前はジョンっていうんだよ」

「爪が飛ばせたよ、ジョン」

「そうだね。うまかったよ」

レキシーが微笑んだ。「あたし、ジョンのこと、好き」

「俺もきみのことが好きだよ、レキシー」

彼女は爪を見あげてたずねた。「ジョンは子供、いるの？」

唐突すぎる質問だった。彼はしばらく黙りこんでから答えた。「ああ」嘘をつくつもりはなかった。しかしレキシーを真実と向きあわせるのは時期尚早だったし、ジョージアンヌとの約束もある。「男の子がいたんだけどね。まだ赤ん坊のときに死んでしまったんだ」

「どうして？」

ジョンは爪を見あげた。「もう少し糸を出したほうがいいな」レキシーが言われたとおりにすると、彼は先を続けた。「早く生まれすぎちゃったんだよ」

「ふうん。何時に？」

「え？」

「その子は何時に生まれたの？」

「朝の四時くらいだったかな」

それで謎《なぞ》が解けたとでもいうように、彼女は大きくうなずいた。「それじゃ、早すぎるよね。お医者さん、まだみんな寝てるもん。あたしは遅くに生まれたの」

ジョンは娘の論法に感心しながら微笑んだ。かなり頭のいい子だ。

「名前はなんていったの？」

「トビーだ」おまえのお兄さんだったんだよ、とジョンは思った。

「ヘンな名前」

「俺は気に入ってたんだけどな」ジョンはこの公園にやってきて以来はじめて、自分が少しリラックスしていることに気づいた。

レキシーが肩をすくめた。「あたしも子供が欲しいんだけど、ママがダメだって」

ジョンは娘の体をそっと引きよせ、さらに深く寄りかからせた。すべてがあるべきところにおさまった感じだった。糸巻きを握っているレキシーの手に自分の手を添えると、さらに気持ちがほぐれていった。顎の先を娘のこめかみにあてながら言う。「そうか、そりゃよかった。だってきみは、子供を産むにはまだ小さすぎるからね」

レキシーはくすくす笑って首を振った。「あたしじゃないってば！　ママよ。ママに子供を産んでほしいの」

「でもだめだって言われたんだね？」

「そう。夫がいないとダメなんだって。でも、頑張ったらすぐに見つかるのに」

「夫が？」

「うん。そうしたら赤ん坊ができるのにね。ママは、赤ん坊は畑からもらってくるんだって言ってた。生えてくるのを抜くんだって。でも、そんなの嘘よね？　赤ちゃんは畑に生えたりしないもん」

「じゃあ、赤ん坊はどうやって生まれてくるんだい?」

レキシーは彼の顎に頭をぶつけながら目をあげた。「知らないの?」

そんなことは、ずっとずっと昔から知っている。「うん。教えてくれよ」

娘は肩をすくめ、視線を爪に戻しながら言った。「あのね、男の人と女の人が結婚するでしょ? それで、家に帰っていっしょにベッドに寝るの。それから目をぎゅっとぎゅっとつぶって、いっしょうけんめい、いっしょうけんめいお願いするの。そうしたら、ママのおなかのなかに赤ん坊ができるのよ」

ジョンはこらえきれずに笑った。「なるほど、テレパシーで子供ができるってわけか。ママはきみがそんなふうに考えてること、知ってるのかい?」

「え? テレパシーって何?」

「いや、いいんだ」以前どこかで、親は早い段階から子供にセックスのことを教えておいたほうがいいという文章を読んだことがあった。「赤ちゃんは畑からとれないんだよ、ってママに教えてあげたほうがいいんじゃないかな」

レキシーはしばらく考えてから口を開いた。「ううん。ママって、夜眠る前にときどき、そういう話をしてくれるの。でもあたし、もう大きいから、おとぎばなしなんて信じないんだ。イースター・バニーが復活祭に色つきの卵を持ってくるっていう話だって、おんなじ」

ジョンはわざと驚いた顔をしてみせた。「イースター・バニーを信じないのかい?」

「信じない」

「どうして?」

彼女は馬鹿にしたような表情でジョンを見かえした。「だって、ウサギのあの手じゃ、卵に色なんてつけられるわけがないでしょ?」

「なるほど……そりゃそうだ」彼は再び、六歳の論理に感心させられてしまった。「じゃあ、サンタさんもいない、って思ってるんだね?」

レキシーは急に憤慨した表情になって言った。「サンタさんは、いるの!」

ウサギに卵の色つけができないのならば、同様の論理で、トナカイが空を飛ぶわけがなかったし、太った男が煙突から入ってくることもないはずだし、年に三六四日間おもちゃを作りつづけている陽気なエルフもいるわけなどなかった。「もう少し糸を出したほうがいいな」そう言いながら、彼は自分がすっかりリラックスしていることに気づいた。延々と続くおしゃべりに耳を傾けているだけで、レキシーのことがいろいろわかってくる。髪の毛はちょっとのそよ風にもなびくほど柔らかく、笑うときには少しだけ背中を丸めて口に指をあてる癖がある。レキシーは実によく笑う子だった。お気に入りの話題は、当然ながら、動物と赤ん坊。身ぶりは大げさだし、間違いなく興奮しやすい子だ。

「膝もすりむいちゃったの」彼女はここ数日間で負った怪我を長いリストにして並べたてると、そう締めくくった。ドレスのスカートをめくって細い腿を見せ、片足を上にあげてネオン・グリーンのバンドエイドに触れてみせる。「それから、つま先も、ほら」彼女が指さしたビニール・サンダルの下には、ピンクのバンドエイドが貼《は》られていた。「エイミーのところでぶつけちゃったの。ジョンは最近、痛いことあった？」

「痛いこと？　そうだな……」しばらく考えて、思いだした。「今朝、ひげを剃《そ》ってて顎を切っちゃったよ」

　レキシーは瞳をまんなかに寄せるようにしながらジョンの顎を見つめた。「ママがバンドエイドを持ってるよ。かばんのなかにたくさん持ってるの。あとでもらってあげるね」

　ジョンはネオン・ピンクのバンドエイドを貼った自分の顔を想像した。「いや、いいんだ。ありがとう」ていねいに断ってから、さらにレキシーの特徴を探しはじめる。そうやって娘の姿に目を凝らしていると、公園には自分たちしかいないような気がした。だがもちろん、現実は残酷だった。さほど時間もたたないうちに、ふたりの少年が近づいてきた。どちらも一三歳くらいだろうか。ぶかぶかの黒いショートパンツをはき、大きなTシャツを着て、野球帽をうしろ向きにかぶっている。

「あんた、ジョン・コワルスキーだよね？」

「そうだよ」ジョンは返事をしながら立ちあがった。いつもなら、人に声をかけられても気にしたりはしなかった。相手がホッケー好きの少年だったらなおさらだ。しかし今日だけは放っておいてほしかった。もちろん、覚悟はしておくべきだったのだろう。昨シーズンの成績がよかったせいで、チヌークスの人気はこれまでにないほど高まっている。ジョンは今やワシントン州で、ケン・グリフィーとビル・ゲイツの次に顔の売れている男だった。おまけに、乳製品協会が彼をモデルにして大きな看板をいくつも作っている。

チームメイトたちは、ミルクのひげをつけたジョンの写真を見て、さんざん彼をからかった。そのたびに反論はしたものの、ジョン自身、そういった看板のそばを通りすぎるたびに忸怩《じくじ》たる思いに駆られていたことは事実だった。アスリートの人気なんて、一時的なものでしかない。そのことはとっくの昔、肝に銘じておいたはずだ。

「ブラックホークスとの試合は、調子よかったよねぇ」スノウボード選手のTシャツを着た少年が言った。「リンクのまんなかで、あんたがチェリオスを吹っ飛ばしたときは最高だったなぁ。ドッカーン、ってさ」

そのゲームのことなら覚えていた。マイナー・ペナルティを受け、尻にメロンほどの大きさの青あざを作った試合だ。とんでもない痛みだったが、それもゲームの一部であり、彼の仕事の一部だった。

「楽しんでくれたみたいで、俺もうれしいよ」ジョンはそう言って少年たちの瞳をのぞきこんだ。いつもと同じ、ヒーローをあがめる目だ。そんな目で見られると、決まって居心地が悪くなる。「きみらもホッケーをやるのか?」

「ストリート・ホッケーだけどね」もうひとりの少年が答えた。

「どこで?」ジョンはレキシーがひとりぼっちにならないよう、そっと手を握ってやった。

「うちの近くの小学校で。みんなで集まって試合をやるんだよ」

少年たちからストリート・ホッケーの話を聞いていると、若い女性がまっすぐ近づいてくるのが見えた。ジーンズは痛そうに見えるほどタイトで、タンクトップは短く、へそが丸出しになっている。ジョンは五〇歩離れていても、セックスを求めて群がってくるホッケー・グルーピーを嗅ぎわけることができた。彼女たちはどこにでもいた。ホテルのロビーにも、通用口を出たところにも、チームで使うバスのそばにも。有名人を狙っている女性は、人込みのなかでも目立ってしまうものだ。普通の人とは歩きかたも髪の毛のかきあげかたも違うし、瞳は欲望の炎に燃えあがっている。

ジョンはその女性が通りすぎてくれることを願った。

だが彼女は立ちどまった。

「デイヴィッド、お母さんが呼んでるよ」彼女はふたりの少年の脇までやってくると、そう言った。

「ちょっと待ってて、って言ってきてよ」

「今すぐだって」

「ちぇっ！」

「会えて楽しかったよ」ジョンは握手をしようと手を伸ばした。「今度試合を見に来たときは、通用口の外で待っててくれ。チームメイトに紹介するからな」

「ほんと？」

「やったぁ！」

少年たちは行ってしまったが、若い女はあとに残った。ジョンはレキシーの手を放し、娘の頭のてっぺんを見おろした。「さあ、じゃあ爪をおろそうか。ママが心配してるぞ」

「あなた、ジョン・コワルスキー？」

彼は目をあげた。「そうだが」おまえには興味などない――そんな思いがはっきり伝わる口調で言ったつもりだった。そこそこきれいな女だが、痩せすぎだし、日焼けしすぎだ。おまけに髪はブロンドに染めてあるらしい。ライト・ブルーの瞳が欲望に燃えていた。どんなにあけすけな手を使って俺を誘ってくるんだろう、とジョンは思った。

「ねえ、ジョン」彼女はそう言い、いざなうように唇の端を曲げてゆっくり微笑んだ。「あたし、コニーっていうの」頭の先から足の先まで舐めまわすようにジョンを見ている。「そのジーンズ、よく似合うじゃん」

前にも聞いたせりふだと思ったが、あまりに昔のことなので、それがいつだったかは思いだせなかった。この女は俺とレキシーの大切な時間を邪魔しているだけでなく、言うことも月並みだ。

「でも、あたしのほうがよく似合うと思うんだけど。ちょっとそれ、脱いでみてよ。試しにはいてみたいから」

思いだした。最初にそのせりふを聞いたのは、まだ二〇歳で、トロントと契約したばかりのころだ。もしかしたら当時はそんなせりふに引っかかってしまうくらい、あさはかだったかもしれない。「いや、俺たちふたりとも、ジーンズは脱がずにいたほうがいいと思うな」ジョンはそう言いながら、ナンパのせりふが陳腐だとなじられるのは、どうして男ばかりなのだろうと考えていた。女の誘いの言葉だって同じくらいひどいものだし、ほとんどの場合、男より下品だと言ってもいい。

「いいわ。あたしがそのジーンズのなかに潜りこめばいいだけだもん」コニーは赤く塗った長い爪をジョンのベルトに沿って滑らせた。

その爪がベルトからジッパーへおりはじめたとき、ジョンは彼女の手をつかもうとした。だが、問題を解決してくれたのはレキシーだった。娘はコニーの手を勢いよく振り払い、ふたりのあいだに立ちはだかった。

「そういうとこ、触っちゃダメなんだよ」レキシーは顔をあげてコニーを睨みつけた。「あとですっごく困ったことになるんだから」

女は顔をこわばらせながらレキシーを見おろした。「あなたの子?」

ジョンは娘のあまりの形相に、思わずくすりと笑ってしまった。女の子に守ってもらうなんてはじめてのことだ。それも、身長一二〇センチの女の子に。「俺の友達の娘だ」

コニーは髪をうしろに払ってジョンを見た。「じゃあ、この子をママのところまで送ってって、いっしょにドライブしようよ。あたしの車の後部座席、広いんだから」

ビュイックの後部座席であわただしく事をすますなんて、好奇心さえかきたてられない。

「興味ないね」

「あたし、ほかの女が絶対にできないようなこと、できるのに」

そんなことが可能だとは思えなかった。ジョンはその手のことなら、なんだって一度は試してきた男だ。いや、たいていの場合、念のためを思って二度は試してきた。彼はレキシーの肩に手を置き、コニーを追い払うためのせりふを何通りか考えた。娘の手前、言葉づかいには気をつけなければならない。

彼を窮地から救ったのは、近づいてきたジョージアンヌだった。「お邪魔じゃないといいんだけど」彼女はいつものごとく、蜜を塗ったような声で言った。

ジョンはジョージアンヌを引きよせ、ウェストに腕を回した。あっけにとられている彼女をよそに、ヒップに手を置き、じっと顔を見つめて微笑む。「俺から離れていられないんだな？」

「ジョン？」彼女は困惑しながら言った。

ジョージアンヌの疑念に解答をあたえてやるかわり、彼はレキシーから手を離し、ブロンドの女を指し示した。「ジョージー、この人はコニーっていうんだ」

ジョージアンヌはうわべだけの作り笑いを浮かべた。「こんにちは、コニー」

コニーはジョージアンヌをじろじろと眺めまわし、肩をすくめた。「あたしと来ればいい思いができたのに」彼女は捨てゼリフを残して背中を向けた。

コニーがいなくなってしまうと、ジョージアンヌは唇を真一文字に引き結んだ。思いきり肘鉄を食らわせたがっている顔だ。

「あなた、おかしくなっちゃったの？」

ジョンはにやりと笑って耳もとでささやいた。「俺たち、仲のいい友達なんだろ？　俺は俺の役目を演じたまでさ」

「友達って、こんなにべたべたしないでしょ?」

ジョンは声をあげて笑った。ジョージアンヌのことも、この状況も、笑い飛ばしてしまいたかった。だが、何より笑い飛ばしたかったのは自分自身だ。「俺の場合、緑の目と色っぽい口もとをしたきれいな友達とは、するんだよ。覚えといてくれ」

10

ピクニックのあと、夜になっても、ジョージアンヌの気持ちはささくれだったままだった。神経が最後の一本まですり減ってしまった感じだったし、メイも少しも助けにはなってくれなかった。彼女はピクニックのあいだじゅうヒュー・マイナーを侮辱していたし、ヒューはヒューで馬鹿にされるのをおもしろがり、旺盛《おうせい》な食欲を見せながら寛容な笑顔を浮かべて、身の安全が保証できなくなるのではないかと心配になるほどメイをからかった。

今はただ熱いお風呂に浸かり、キュウリの化粧水で顔の手入れをし、ヘチマで体をこすりたかった。だが、チャールズにことの次第を打ち明けるまでお風呂はお預けだ。これからも彼とつきあいたいのなら、ジョンのことを伝えておかなければならない。ずっと嘘をついていたのだと言わなければならない。楽しい会話にはならないだろうけれど、今夜じゅうにすませてしまいたかった。

玄関のベルが鳴った。ドアをあけると、チャールズが立っていた。彼はリビングを見わたしながら「レキシーはどこだい？」とたずねた。チノパンと白いポロシャツを着て、すっかりリラックスした姿だ。こめかみのあたりの白髪がハンサムな顔に年相応の落ち着きをあたえている。

「もう寝かせたわ」

チャールズは微笑み、ジョージアンヌの頬に手を添えて長く優しいキスをしてくれた。熱い情熱以上のものが伝わってくるキス。長い将来を約束してくれるキス。

唇を離すと、彼はジョージアンヌの瞳をのぞきこんだ。「電話ではなんだか心配事があるような雰囲気だったけど」

「ええ、ちょっとね」彼女は正直に言い、チャールズの手をとってカウチに座らせ、自分も隣に腰をおろした。「レキシーの父親は死んでしまったって言ったの、覚えてるでしょ?」

「もちろん。湾岸戦争で戦闘機が撃墜されたんだろう?」

「実はわたし、ちょっとごまかしていたかもしれないの。ううん、ほんとはちょっとじゃなくて、かなり」ジョージアンヌは深呼吸してからジョンのことを打ち明けた。七年前に出会ったときから、今日の午後のピクニックまで。話が終わったとき、チャールズは楽しそうな顔などしていなかった。怒らせてしまったんだろうか、と彼女は怯えた。

「最初からほんとうのことを言ってくれればよかったのに」

「そうかもしれない。だけど、あんまり長いこと作り話をしてきたせいで、いつの間にか真実が真実だって思えなくなってたの。それに確かにジョンとは再会したけど、彼は父親の役なんてすぐ飽きるだろうって気がしたし、だったら、レキシーにも誰にもほんとうのことを打ち明ける必要なんてないと思って」

「で、彼はレキシーに飽きそうなのか？」

「ううん。今日も公園であの子の面倒をとってもよく見てくれたし、来週、パシフィック・サイエンス・センターに連れていく約束までしてた」ジョージアンヌは首を振った。「彼が消えてくれるとは思えない」

「そのことがきみの精神状態に影響しそうなのかい？」

「わたしの精神状態？」

「ジョンはきみの人生に再び現れたわけだ。これからもたびたび顔を見なきゃいけないんだろう？」

「ええ。だけど、あなたの前の奥さんだってそうでしょ？」

「それとは話が違うよ」

「どこが？」

チャールズはかすかな笑みを浮かべた。「だってぼくは、マーガレットになんの魅力も感じちゃいないからね」

彼は怒ってはいなかった。嫉妬しているだけだ。メイが予言したとおり。

「ジョン・コワルスキーは」と彼は続けた。「ハンサムじゃないか」

「あなただってそうよ」

チャールズが彼女の手をとった。「ホッケー選手がぼくの恋敵になるんだったら、前もってそう言ってくれよ」

「そんなの、ありえない」ジョージアンヌは彼の心配を笑い飛ばした。「ジョンとわたしは憎みあってるんだから。一〇点満点の採点方法で言ったら、彼はマイナス三〇点ってとこね。歯周病と同じくらいぞっとする人だもの」

彼は微笑んでジョージアンヌを引きよせた。「まったく、ユニークな言いまわしをする子だね。そういうきみが大好きだよ」

ジョージアンヌは頭を彼の肩にのせ、安堵のため息をついた。「わたしたちの友情が壊れちゃうんじゃないかって、怖かった」

「友情？　ぼくはただの友達なのか？」

彼女はチャールズを見あげた。「違うけど」

「よかった。友達でなんていたくないからね」そう言って、ジョージアンヌの額に唇をかすめさせる。「きみと恋に落ちそうだよ」

ジョージアンヌはにっこり笑って、彼の胸から首にてのひらを這わせた。「あなたとだったら、恋に落ちてもいいかな」そう言ってキスをする。チャールズこそ、今の自分に必要な男性だった。頼れる男性。まともな男性。仕事のことであれこれ忙しかったせいで、彼とふたりきりの時間をゆっくり過ごしたことはない。ジョージアンヌは週末も働いていたし、暇な夜はレキシーとの時間を優先していた。一方チャールズは週末が休みだったし、あいている時間といえば夜だ。結果、ふたりのスケジュールはすれ違いばかりで、会うといってもいっしょにランチを食べるくらいがせいぜいだった。だがそろそろ、彼と朝食をとる機会があってもいいのかもしれない。ヒルトン・ホテルのスイート・ルームで。ふたりきり。

ジョージアンヌはオフィスのドアを閉め、ミキサーの音やスタッフのおしゃべりを締めだした。メイと共同で使っているオフィスは、自宅と同じようにたくさんの花やレースで飾られ、写真もあちこちに置いてある。ほとんどはレキシーの写真だったが、いろんな場所でケータリングをしたとき記念に撮ったメイとジョージアンヌの写真もあった。そして、レイ・ヘロンのポートレイトも。フレームに入った二枚の写真には、メイの亡くなった双子の弟がまばゆいばかりの女装姿で写っている。三枚目は、ジーンズと赤紫のセーターを身につけた、比較的普通の格好だった。メイは今でも毎日、弟の死を悼んでいるけれど、以前ほど悲しんではいないはずだとジョージアンヌは思っていた。わたしとレキシーで、レイの死がもたらした心の穴を埋めたのだから。メイは今やわたしの姉であり、レキシーの叔母だ。わたしたち三人は、家族だ。

ジョージアンヌは窓辺へ行ってブラインドをあげ、太陽の光を入れた。三ページにわたる契約書をアンティークのデスクに置いて、椅子に座る。メイはまだしばらく戻ってこないはずだ。ランチを兼ねたチャールズとのデートまでにも、一時間ほど余裕があった。彼女はリストに並んだ食料を眺めながら、大切なものを書きもらしていないかどうか確かめた。だが最後の行に目をやったとき、驚きのあまり目を見開き、指を紙の端で切ってしまった。もしミセス・フラーが九月の誕生日パーティーを中世っぽくしたいのだったら、予算は膨大なものになる。ジョージアンヌは指先の傷を無意識のうちに唇で吸いつつ、手に入りにくい食材のコストをもう一度眺めた。中世協会のメンバーを雇ってパフォーマンスをさせ、裏庭で中世風のバザールを開くのであれば、かなりの労力と現金が必要になるだろう。

大きくため息をつきながら、スペシャル・メニューを睨みつける。いつもだったら、難しい仕事には勇んで挑戦したはずだ。めったに食べられないメニューを考えたり、すばらしいイベントを制作したりするのは楽しい作業だった。必要なものをすべて箱に詰め、ヴァンに積みこむと、最高の達成感を覚えた。だが、今回は違う。彼女は疲れていた。一〇〇人分の食事を用意してディナーを楽しんでもらうことが重荷にしか感じられない。九月になればもう少しやる気が出てくるのだろうか。いろんなことが落ち着くのだろうか。しかし、ジョンが再び現れてからの二週間、ずっとローラーコースターに乗っているみたいな感じが続いていた。公園でピクニックをしたあとも、レキシーと三人でシアトル水族館や、娘の大好きなレストラン、〈アイアン・ホース〉へ行ったりした。どちらのときもぴりぴりした雰囲気だったが、少なくとも水族館の暗い穴蔵のなかではサメやラッコ以上に精神的な負担のかかることは考えずにすんだ。だが、〈アイアン・ホース〉ではそううまくいかなかった。模型の列車が走っている店内でテーブルにつき、注文したバーガーが運ばれてくるのを待っているあいだ形ばかりのかしこまった会話を交わすのは、苦痛以外の何ものでもなかった。ずっと息をひそめていなければならないような気がしたし、いつか大変なことが起きるのではないかとびくびくしどおしだった。思いきり呼吸できたのは、ホッケー・ファンが近づいてきてジョンにサインをねだったときだけだ。

しかし、ジョージアンヌとジョンの関係がどれだけ緊張していたとしても、レキシーは何も気づいていなかった。娘はすぐジョンになついたが、それは驚くべきことではない。レキシーは人なつこくて社交的な子だ。いつもにこにこしてよく笑うし、みんなが自分のことを好いてくれると信じきっている子だった。もちろん、ジョンも例外ではない。彼は娘が何度もくりかえす犬や猫の話にじっと聞き入っていたし、ちっともおもしろくない象のジョークが披露されるたびに声をあげて笑った。

ジョージアンヌは契約書を脇にやり、電気工事の請求書を手にとった。二日間にわたってキッチンの換気システムを修理してもらったときのものだ。ジョンとのことを仕事の妨げにしてはいけない。レキシーはジョンにもチャールズにも同じ態度で接している。なのに、わたしは違った。ジョンといるときだけ、とてつもない緊張感を覚えてしまう。原因はもちろん、彼がレキシーの父親だからだ。レキシーとジョンのあいだに父と娘だけにしか共有できない関係が生まれてしまったらどうしよう。わたしには入りこめない関係。わたしには知ることも理解することもできない関係。そんなふたりを眺めていることしかできなくなったら、どうすればいいんだろう。ジョンは娘をわたしから遠ざけてしまうかもしれない。

ノックの音が聞こえると同時に、ドアが少しだけ開いた。目をあげると、調理担当が部屋をのぞきこんでいる。サラは大学生でもあり、腕のいいパティシエでもあった。「男の人がお見えになってますけど」

ジョージアンヌはサラの瞳が好奇心に輝いていることに気づいた。ここ二週間のあいだ、まわりの女性たちが見せてきたのと同じ表情だ。彼女たちは好奇心をあらわにしたかと思うと、それからくすくす笑いはじめ、つまらないおべんちゃらを言って最後にサインをねだった。ドアが大きくあけはなたれると、サラの向こうには女性たちにそんな反応を起こさせてしまう元凶が立っていた。タキシード姿なのに、なぜかリラックスしている様子だ。

「こんにちは、ジョン」ジョージアンヌは挨拶して立ちあがった。彼がオフィスに入ってきた。フェミニンな部屋に、男らしいジョンの存在感が充満した。プリーツの入った白いシャツを着て、黒いシルクのタイをだらりとさげている。いちばん上の飾りボタンはとめられていなかった。「何かご用?」

「近くまで来たんで寄ってみようと思ってね」ジョンはそう言って、するりとジャケットを脱いだ。

「何か飲み物でも持ってきましょうか?」サラが声をかけてきた。

ジョージアンヌはドアのほうへ近づいた。「どうぞ、座って、ジョン」肩ごしに言ってから、キッチンにいる何人かのスタッフに目をやった。彼らは好奇心を隠そうともしていない。「いいえ、だいじょうぶ」そう言って、何が起きるのかと見守っているいくつかの顔の前でドアをぴしゃりと閉めた。ジョージアンヌは振りかえり、ジョンに視線を移して値踏みするように眺めた。彼は二本の指を曲げ、ジャケットを肩にかけていた。広い胸を包むシャツの上にはサスペンダーが走り、背後でY字を作っていた。寸分の隙もない出で立ちだ。

「これ、誰だい？」彼は陶磁器でできたフレームを手にしながら訊いた。内巻きのカツラをつけ赤いキモノを着たレイ・ヘロンがじっとこちらを見ている、とりわけ魅力的な写真だ。ジョージアンヌは結局レイに会えなかったけれど、アイラインの使いかたとドラマティックなメイクの色使いは賞賛に値すると思っていた。赤をあんなふうに使ってきれいに見える人なんて、男だろうが女だろうが、そうざらにはいない。

「メイの双子の弟なの」彼女は答え、デスクの向こう側に戻った。ジョンはきっと、軽蔑の気持ちをあらわにしながら残酷なコメントを口にするのだろう。そう思って待っていたのだが、彼は何も言わなかった。ただ片方の眉をあげ、デスクに写真を戻しただけだ。

それにしてもジョンは、場違いだった。このオフィスにはちっともそぐわない。大きすぎるし、男性的すぎるし、あまりにハンサムすぎる。「結婚でもするの？」ジョージアンヌはからかいながら腰をおろした。

ジョンはあたりを見まわしてから、ジャケットをアームチェアの背に放った。「そんなわけがないだろ。第一、俺の服じゃないよ」椅子を引きずりだして座る。「パイオニア・スクエアでインタヴューを受けてたんだ」ざっくばらんな口調で言って、ウールのズボンのポケットに両手を突っこんだ。

パイオニア・スクエアはこのオフィスから八キロほど離れている。近所とは言えない。

「いいタキシードね。誰の？」

「わからない。雑誌の編集者がどこかから借りてきたんだろ」

「どの雑誌？」

「『ＧＱ』さ。滝のそばで写真撮影がしたいって言ってきてね」その答えかたのあまりの素っ気なさに、ジョージアンヌは、彼がわざとさりげなくふるまっているのだろうかと思った。

「ちょっと休憩したいと思ったんで、抜けだしてきたんだ。時間、あるかい？」

「少しなら」彼女はそう答えて、デスクの端に置いた時計をちらりと見た。「三時にはパーティーのケータリングがあるの」

ジョンが頭を横に傾けた。「週にいくつのパーティーを担当してるんだ？」

なぜそんなことを訊くのだろう？「それはその週によるけど」彼女は答えをはぐらかした。「どうして？」

ジョンはオフィスを眺めわたした。「仕事はうまくいってるようだな」

彼のことは一瞬たりとも信用できなかった。何かたくらんでいるに違いない。「驚いた？」

ジョンは彼女に視線を戻した。「さあ、どうかな。ただ、きみがビジネス向きの女性だとは思ってなかったんでね。あのままテキサスへ帰って、金持ちの旦那《だんな》を見つけるんだと思ってたからさ」

あけすけな言いかたにいらだちを覚えたが、まったく的外れな言葉でもなかった。「でもあなたも知ってるとおり、わたしはテキサスに帰らなかったの。ここに残って、このオフィスを手伝うことにしたってわけ」やはり最後には自慢せずにいられなかった。「ええ、仕事はうまくいってます」

「そうらしいね」

ジョージアンヌは目の前の男性をしげしげと見つめた。確かにジョンだ。微笑みも同じだし、眉を走る傷跡も同じだった。しかし、どこかいつもの彼らしくない。今は、ほとんど優しい雰囲気さえ漂わせていた。顔をしかめてわたしを挑発してくるジョンは、いったいどこへ行ってしまったんだろう。「仕事がうまくいってることを褒めてくれるために、わざわざここまで来たの？」

「いいや。訊きたいことがあってさ」

「何？」

「きみも休暇くらいはとるんだろう？」

「もちろん」なんの話をしようというのだろう。わたしがレキシーを連れて旅行などしないとでも思っているのだろうか。昨年の夏はいっしょにテキサスへ帰って、ロリーおばさんに会ってきたというのに。「七月はケータリング・ビジネスが暇な時期だから、何週間かオフィスを閉めることにしてるわ」

「どの週だ？」

「まんなかの二週間」

ジョンは再び首をかしげ、じっと彼女の瞳を見つめた。「何日か、レキシーをキャノン・ビーチに連れていきたいんだけどな」

「キャノン・ビーチって、オレゴンの？」

「ああ。あっちに家があるんでね」

「だめよ」ジョージアンヌは即座に答えた。「そんなの、許せないわ」

「どうして？」

「あの子はまだ、そこまであなたのことを知らないもの」

彼は眉をひそめた。「もちろん、きみも招待されてるんだぜ」

ジョージアンヌは彼の言葉が信じられなかった。テーブルの上に手をつき、身を乗りだす。

「あなたの家に泊まれって言ってるの？　このわたしに？」

「そのとおり」

ありえないことだった。「頭がおかしくなったんじゃない？」

ジョンが肩をすくめた。「そうかもしれないな」

「わたし、仕事があるのよ」

「来月は二週間休むって、たった今言ったばかりじゃないか」

「それはそうだけど」

「じゃあ、イエスと言ってくれ」

「絶対に、嫌」

「なぜ？」

「なぜですって？」ジョージアンヌはくりかえした。別の場所だとはいえ、ビーチ・ハウスにわたしを招待するなんてどういうつもりなんだろう。「ジョン、あなた、わたしのことなんて好きじゃないでしょ？」

「好きじゃないと言った覚えはないけどな」

「言う必要なんてないわ。わたしを見る目だけで充分だもの」

ジョンが眉根を寄せた。「俺がどんな目できみを見てるっていうんだ？」

彼女は再び腰をおろした。「わたしがみんなの前で下品なことでもしてるみたいに、顔をしかめたり眉をひそめたりしてるじゃないの」

彼は笑みを浮かべた。「そんなにひどいかい？」

「ええ」

「じゃあ、二度ときみに向かって顔をしかめたりしないって約束したら？」

「そんな約束、守れるはずがありません。あなたって、すごく気分屋なんだもの」

ジョンが片手をポケットから出し、きれいにプリーツされたシャツの上に置いた。「俺って、つきあいやすい男なんだけどね」

ジョージアンヌはあきれて天井を見あげた。「だったらエルヴィス・プレスリーは今でも生きてて、ネブラスカの片田舎でミンクの繁殖でもやってるんだわ」

ジョンはくすくす笑った。「わかった。普通だったら俺はつきあいやすい男なんだけど、きみとのあいだにある関係は普通じゃないからな」

「そのとおり」わたしがこの人を繊細で優しい男だなんて思うわけがない。そう考えながらジョージアンヌは相づちを打った。

ジョンは膝に肘をついて体を前に傾けた。ネクタイの先が腿の上にぶらさがったけれど、サスペンダーはぴったり胸に張りついたままだ。「大切なことなんだ、ジョージー。トレーニング・キャンプに行くまで、もうあんまり時間がない。人目につかないところで、レキシーとゆっくり過ごしたいんだよ」

「オレゴンだったら人目につかないっていうわけ？」

「ここよりはね。俺の顔を知ってる人がいたって、ワシントン州のホッケー選手を追いまわしたりはしないはずさ。誰にも邪魔されずに、レキシーだけを見ていたいんだ。でも、ここじゃそんなこともできない。俺が外でどんな目にあうか、きみもよく知ってるだろ？」

彼は自慢をしていたわけではなかった。事実を述べているだけだ。「確かに、どこに行ってもサインをねだられるんだから、いらいらするでしょうね」

ジョンが一方の肩をすくめた。「いつもだったらかまわないんだけどね。便器の前に立って両手がふさがってるときじゃなきゃ」

ジョージアンヌは思わず笑いそうになった。「トイレでもつきまとわれるんだから、やっぱりあなたって人気者なのね」

「でも、そういう人たちは俺のことを知らない。ただ、自分の頭に描いてるイメージを追いまわしてるだけでね。俺はトラクターを運転するかわりにホッケーをやってるだけの、ごく普通の男だよ」自嘲《じちょう》気味の笑みが唇の端に浮かんだ。「みんな、ほんとうの俺を知ったら、きみと同じくらいに俺のことが嫌いになるんじゃないかな」

〝好きじゃないと言った覚えはないけどな〟——その言葉がふたりのあいだにわだかまっていた。ジョージアンヌにしても、彼に向かって好きだと言うのは簡単なことだった。お愛想を言うのは、昔から下手なほうではない。しかしコバルト・ブルーの彼の瞳を見つめていると、自分の言葉のどこからどこまでがお愛想なのか、わからなくなってしまう。どんな女性の心も溶かしてしまうほどハンサムなジョンに目の前で微笑まれると、ほんとうに彼のことが嫌いなのかどうか自信が持てなくなってしまう。どうやら、好き嫌いの得点表で言うと、彼の点数はほんの一時間のあいだで、マイナス三〇からマイナス一〇くらいに急上昇したらしい。「あなたって、この切り傷よりはマシかも」人差し指を見せながら、ジョージアンヌは言った。「でも、あなたと過ごすくらいなら、髪の毛がまとまらなくて一日じゅういらいらしてたほうがいいわ」

ジョンは長いこと、ただじっと彼女を見つめていた。「つまり……俺は切り傷と髪がまとまらない一日のあいだにランクしてるってわけだな？」

「正解」

「まあまあじゃないか」

ジョンは珍しく反論してこなかった。どう対処していいのかわからなくなったジョージアンヌを、電話のベルが救ってくれた。「ちょっとごめんなさい」そう言って受話器をとる。

「〈ヘロン・ケータリング〉のジョージアンヌです」電話の向こうから、躊躇《ちゅうちょ》することなく用件を述べる男性の声がした。

「いいえ」彼女は男性の質問に答えた。「うちでは女性のおなかにケーキをのせて出したりするサービスはやってません」

ジョンはくっくっと小声で笑いながら立ちあがった。部屋を見まわして、窓の下にある本箱の前まで行く。そうして金のカフスを太陽の明かりに光らせながら、生いしげったシダの奥に腕を突っこみ、ジョージアンヌがいちばん嫌いな写真を手にとった。彼女が妊娠八か月だったとき、メイが撮った写真だ。

「おそらく」と彼女は受話器に向かって言った。「どこか違う会社とお間違えなんじゃないでしょうか」だがその男はあくまで、〈ヘロン・ケータリング〉こそ自分の友人の独身最後のパーティーにうってつけなのだとまくしたてた。相手があまりにしつこいので、ジョージアンヌは声を低めて言いはなった。「うちではトップレスのウェイトレスなんて雇ったことはありませんし、あなたの言うお尻《ブーティー》ガールっていうのも、なんのことだかわかりません」ちらりとジョンの横顔を確かめたが、彼は明らかに話など聞いてはいなかった。ピンクと白の水玉のマタニティを着た、まるでサーカスのテントのような姿のジョージアンヌにじっと目を凝らしている。

ジョージアンヌは電話を切ると立ちあがり、デスクを回った。「それ、ひどい写真でしょ？」彼のそばまで来て言う。

「大きかったんだね」

「ありがと」彼女は写真をひったくろうとしたが、ジョンはその手をかわした。

ってことだよ」

「太ってるって意味じゃない」そう言ってもう一度写真を見つめる。「おなかが大きかった、ってことだよ」

「妊娠してたんだから、あたりまえよ」再び写真をとりかえそうとしたが、またしても失敗だった。「返して」

「何が食べたかった？」

「どういう意味？」

「妊娠中の女性って、ピクルスだとかアイスクリームが食べたくなるって言うじゃないか」

「わたしはスシだった」

彼は顔をしかめて横目で彼女を見た。「スシが好きなのか？」

「今はそうでもないけどね。でもあのころあんまり食べすぎちゃったんで、しばらくはお魚のにおいも嗅ぎたくなくなったくらい。それから、キスね。毎晩九時半くらいになると、キスが欲しくてたまらなくなるの」

ジョンが彼女の口もとに視線を落とした。「キスって、誰と？」

ジョージアンヌは胃のあたりがよじれるのを感じた。危険なサインだ。「そのキスじゃなくて、キスチョコのキス」

「生魚とチョコレートか、うーん」彼はさらに数秒のあいだ彼女の口もとを見つめ、もう一度写真に目を戻した。「レキシーは生まれたとき、どれくらいの体重だった？」

「四二〇〇グラム」

彼は目を丸くし、まるで自分が褒められたかのように誇らしげな笑みを浮かべた。「そりゃすごい」

「少なくともメイは、そう言ってたわ」三度目の試みで、ようやく写真を奪いかえすことができた。

彼はジョージアンヌのほうに向きなおって手を伸ばした。「まだ見ていたんだけどな」

彼女は写真を背中に回した。「もういいでしょ?」

ジョンが腕を脇におろす。「俺にボディチェックなんてさせないほうがいいぞ」

「させるつもりなんてありませんけど」

「さあ、どうかな」彼は低くつぶやいた。シルクのような声だ。「他人をつかまえたり押し倒したりするのが、俺の仕事なんだぜ」

ジョージアンヌが最後に思わせぶりな態度をとったり、男の人とじゃれあったりしたのは、もうずいぶん前のことだ。最近はそんな機会などなかった。彼女は数歩うしろにさがった。

「ボディチェックって、空港でやるような、あのボディチェックのことじゃないの?」

「違うんだな、これが」彼は首をかしげ、半ば目を閉じるようにしながらジョージアンヌを睨んだ。「ホッケーでは、相手を押し倒したり突き飛ばしたりすることをボディチェックって言うんだよ。もちろん、きみを押し倒すんだったら違うルールを適用したほうがいいだろうけどね」

お尻がデスクにあたった。これ以上はうしろにさがれない。部屋が急に小さくなってしまったような感じだった。ジョンに見つめられ、心臓がどきどきしてきた。

「さあ、あきらめて俺の言うことを聞くんだ」

どうしてだかはわからないが、七年かかって積みあげてきたものがきれいさっぱり姿を消してしまった。口を開くと、溶けたバターのように言葉がもれだしてきた。「そんなふうに言われたの、高校のとき以来よ」

ジョンがにやりと笑った。「効果はあったようだな」

ジョージアンヌも微笑んだが、首を振った。

「じゃあ、荒っぽい手段を選んでもかまわないっていうのか？」

「それでも、だめなものはだめなの」

深く豊かな笑い声がオフィスを満たし、ジョンが瞳をきらめかせた。目の前に立っている男性はどこまでも悩ましく、磁石のような魅力を放っていた。七年前、ジョージアンヌに着ているものをすべて脱がせ、そのあとまるで有害物質のように放りだしたジョンが、そこにいた。『GQ』のスタッフが待ってるんじゃない？」

ジョンは彼女から目をそらさず、カフスを外して袖をまくりあげた。手首の内側に向けた金の腕時計をちらりと確かめる。「俺を追いだそうっていうんだな？」

「当然でしょ」

彼は袖をおろし、タキシードを手にとった。「オレゴンのことは、考えといてくれ」

「考える必要なんてありません」娘は行かせない。それだけのことだ。

そのとき、ドアが勢いよく開いてチャールズが入ってきた。会話がとぎれ、ジョンの表情が変わった。チャールズは眉をあげ、ジョージアンヌからジョンへ、そしてまたジョージアンヌへと視線を移した。「やあ」

ジョージアンヌは背筋を伸ばした。「約束は正午だと思ったけど」デスクに写真を置きながら言う。

「打ちあわせが早く終わったもんだから、迎えに来たんだよ」チャールズがジョンを見た。ふたりの視線が絡み、男にしかわからない無言の会話が交わされた。原始的で本能的な会話。ジョージアンヌは重たい沈黙を破って、ふたりを紹介した。

「ジョージアンヌの話だと、きみはレキシーの父親だそうだね」緊張感にあふれた数秒が過ぎたあと、チャールズが口を開いた。

「そうだが」ジョンはチャールズより一〇歳も若かった。おまけに体の大きなアスリートだ。美しい肉体を持ったハンサムな男。しかし頭のなかは、カールしたポテトフライと同じくらいねじ曲がっている。

チャールズはジョージアンヌより二、三センチほど背が高かったが、体型はほっそりしていた。風采《ふうさい》も、どこかの議員のように品がいい。それになにより、頭のなかがまともだった。

「レキシーはすごくいい子だ」

「ああ。そのとおりだな」

チャールズは、まるで自分のものであるかのようにジョージアンヌのウェストに手を回して引きよせた。「ジョージアンヌは最高の母親だし、すばらしい女性でもある」彼は腕に力を入れた。「おまけに才能ある料理人だ」

「ああ。それくらい俺だって知ってるさ」

チャールズが視線をさげた。「彼女に助けは必要ない」

「誰の助けだ？」

「きみのだよ」

ジョンはチャールズを見て、それからジョージアンヌを見た。白い歯を見せ、嫌味な表情を浮かべてにやりと笑う。「きみはいまだに、夜になるとキスが欲しくなるのかい、ベビー・ドール？」

ジョージアンヌはジョンを殴りつけたくなった。彼はわざとチャールズを挑発しようとしている。そしてチャールズは……いったいどうしてしまったんだろう。「今はそんなことなんてありません」彼女は言った。

「相手が悪いからなんじゃないのか？」ジョンはタキシードに袖を通し、カフスをした。

「いいえ。わたしが今の自分に満足してるからよ」

ジョンは疑うようなまなざしでちらりとチャールズを見てから、ジョージアンヌに視線を戻した。「じゃ、またな」そう言って部屋を出ていく。

ジョージアンヌは彼の背中を見送ってから、チャールズのほうに向きなおった。「いったいなんのつもり？　あなたたちふたりとも、どうしちゃったの？」

チャールズはしばらく黙っていたが、灰色の瞳を伏せたまま答えた。「昔ながらの、男同士のションベンの飛ばしあいってやつさ」

チャールズが汚い言葉をつかうのを聞いたのは、それがはじめてだった。ジョージアンヌは大きなショックを受けた。チャールズには、ジョンと競いあってほしくなかった。ふたりはまったく違う世界に生きている。ジョンは野蛮で、下品で、汚い言葉を母国語のようにつかう男であり、どんなことをしても勝とうとするダーティーなファイターだ。一方チャールズは、洗練された紳士だった。喧嘩などしても、勝てるわけがない。

チャールズは首を振った。「はしたない言いかたをしてすまなかった」

「いいの。ジョンといると、そうなっちゃうものね」

「あいつ、いったいなんの用で来たんだ?」

「レキシーのことを相談しに」

「ほかには?」

「それだけよ」

「じゃあどうして、きみがキスをしたがってるなんて言いだしたんだ?」

「わたしを挑発してただけ。あの人、そういうことが上手なの。だから気にしないで」ジョージアンヌはチャールズの首に腕を巻きつけ、彼と、そして自分自身に言い聞かせた。「ジョンのことなんて、話したくない。わたしたちのことが話したいの。今度の日曜日、みんなでいっしょにサンホアンへホエール・ウォッチングをしに行かない? いかにも観光客って感じだけど、わたし、一度行ってみたかったの。どう?」

彼はジョージアンヌにキスして言った。「きみはほんとうにきれいだ。こんなにきれいな人の言うことなんだから、なんでも従うよ」

「なんでも?」

「ああ」

「じゃあ、ランチに連れてって。おなか、ぺこぺこなの」ジョージアンヌは彼の手をとり、部屋を出ようとした。そのとき、サーカスのテントみたいだった自分の写真がなくなっていることに気づいた。

11

この七年間ではじめてメイは、双子の弟が死んだことをうれしく思った。レイの友達はこのところワシントン州から引っ越したり、さもなければ永遠にいなくなったりしている。弟が生きていたら、絶対に耐えられなかっただろう。姿を消した人たちに選択の余地などなかったにしても。

メイはサングラスをかけ、病院のロビーを歩いて出口に向かった。レイがこの世にいたら、よき友であり恋人でもあったスタンがエイズに関連した癌《がん》で息絶えようとしていることに耐えられなかったはずだ。感情の渦に翻弄され、悲しみを隠すことさえできなかったかもしれない。だが、メイは違った。彼女は双子の弟より強い人間だった。

頭を低くしながら、重たいガラスのドアを押しあけた。メイは何から何まで自分でコントロールしないと気のすまない女性だった。そうでなければ、スタンに最後のお別れを言いに病院へ来ることなどできはしなかった。自分をコントロールしようとする強い意志がなければ、感情を抑えられなくなり、弟が死んでからも励ましつづけてくれた人の前で、すっかりとりみだしてしまっただろう。スタンは上品なジョークと、早朝のゴルフと、ゲイのエンターテイナーだったリベラーチにまつわるものを集めるのが大好きな人だった。そんな人が、今や骸骨《がいこつ》のように痩せ細り、死を待つばかりの状態になっていた。だが彼は、単なるエイズの犠牲者などではなかった。メイが心から愛していた友人だ。

メイは外に出ると、涼しい朝の風を吸いこみ、殺菌された病院の空気を肺のなかから吐きだした。一五丁目を歩いて、飼い猫のブーツィーが待っている我が家へ向かう。

「やあ、メイじゃないか」

足をとめて肩ごしに振りかえると、そこにはにやにや笑いを浮かべているヒュー・マイナーがいた。目深にかぶった青い野球帽の脇から、カールしたライト・ブラウンの髪が釣り針のように突きだしている。彼は三本のホッケー・スティックを手に持ち、曲がった先端を広い肩にかけていた。家の近くでヒューに会うなんて、驚きだった。メイが住んでいるのはシアトルのダウンタウンの東側にあるキャピタル・ヒル――ゲイやレズビアンの人たちが多く暮らしていることで知られる地区だ。ゲイの男たちの近くで長年生活してきたメイは、出会った人の性的嗜好《しこう》が理解できるようになっていた。ヒューに会ったのはたった一度きりだけれど、彼の顔を見た瞬間、一〇〇パーセント異性愛者であることはわかった。「ここで何してるの？」メイはたずねた。

「病院にスティックを届けに行くところなんだ」

「どうして？」

「オークションがあるからね」

彼女は体の向きを完全に変え、ヒューに正対した。「あなたの使い古しのスティックにお金を払う人が、ほんとうにいるのね？」

「そりゃそうさ」彼は満面の笑みを浮かべ、かかとに軽く体重をかけた。「俺は最高のゴーリーなんだぜ」

メイは首を振った。「まったく、すごい自信だこと」

「まるで、自信を持ってるのが悪いことみたいに言うんだな。俺のそういうとこを好きになる女だってたくさんいるってのに」

ハンサムで自信家の男になど、メイはなんの興味もなかった。「必死になってる女もいる、ってだけじゃないの」

ヒューがくすくす笑った。「冗談を言うほかに、今日は何をしてるんだい？」

「家に帰るところ」

彼の顔から微笑みが消えた。「このあたりに住んでるのか？」

「そう」

「きみって、レズビアン？」

ジョージアンヌならそんな質問をされても、すぐさま笑い飛ばしたはずだ。「あなたになんの関係があるの？」

ヒューが肩をすくめた。「もしそうだったら、なんとも残念なことだって思ったまでさ。ま、どうしてそんなにつんけんしてるのか、それで説明はつくけどね」

メイはたいていの場合、男性につんけんしたりしなかった。男の人は大好きだ。ただ、体育会系がだめなだけ。「あなたに冷たくするからって、それだけでレズビアンだってことにはならないはずよ」

「じゃあ、違うのか？」

彼女は一瞬ためらった。「違います」

「よかった」彼は再び笑みを浮かべ、片足に体重をかけた。「どこかでコーヒーかビールでも、どうだい？」

メイは冷たく笑った。「冗談でしょ」ぴしゃりとそう言うと縁石に足をかけ、道路の左右を確かめて車が行きすぎるのを待つ。

「つまらないことを言って悪かった」ヒューが背後から声をかけてきた。「でも俺って、そんなに変態でもないんだぜ」

メイは彼を見ながら、とまっていた車と車のあいだに体を入れた。ヒューはスティックの先端をこちらに突きつけ、うしろ向きに病院の入り口のほうへ歩いていく。「まあ、きみがいい子にしていて、もっと色っぽい服でも着てくれれば、一丁目にあるポルノ映画館にでも連れてってやるんだけどな。ちょうど、〝フレンチ・オージー〟ってのをやってるんだよ。きみみたいなタイプは、外国映画がお好みだろうからね」

「あなたって、病気ね」メイはそう吐き捨てて一五丁目を渡り、ヒューのことを頭のなかから消去した。太い首をしたスポーツ選手より、考えなければならない大切なことがあったからだ。彼女のまわりからは、知りあいが次々といなくなりつつあった。先週も、長年の友達で近所に住んでいたアルマンド・〝マンディ〟・ルイースにさよならを言わなければならなかったばかりだ。彼がシェヴィに荷物を積んでいるのを見るまで、引っ越そうとしているなんて知らなかった。移住先はロサンジェルス——ショウ・ビジネス界で、ル・ポールに続く次の女装スターを目指すのだという。スタンがいなくなってしまうのも寂しかったが、マンディがいなくなるのも寂しかった。

それでも、彼女には家族がいた。ジョージアンヌとレキシー。ふたりだけでも充分だ。メイは今のところ、自分の生活に満足していた。

ジョンは入り口のドアをあけ、一瞥でジョージアンヌの姿を確認した。朝の一〇時だというのにさっぱりした顔をしているし、服装も完璧だ。黒髪を頭のうしろでシニヨンにまとめ、両方の耳たぶにはダイヤモンドのピアスをつけている。だが残念ながら着ているのは、胸の谷間もきれいな膝も隠してしまうビジネス・スーツというやつだ。「持ってきたかい?」彼はジョージアンヌをハウスボートに入れながら訊き、彼女が見ていない隙に腕をあげて脇のにおいを嗅いだ。嫌なにおいはしないが、やっぱりジョギングのあとシャワーを浴びておくべきだったかもしれない。少なくとも、ジョギング用のショートパンツと着古した灰色のTシャツは着替えておくべきだった。

「ええ、いくつか持ってきたわ」ジョージアンヌがリビングに足を踏み入れ、ジョンはドアを閉めた。「でも、あなたも取り決めを守ってね」

「話はブツを確かめてからだ」彼は、ベージュのブリーフケースをまさぐっているジョージアンヌの体を上から下まで眺めまわした。髪を引っつめにして青と白のストライプのスーツを着ているせいで、セクシーな感じはしない。だがその瞳はあまりに深いグリーンだったし、唇はふっくらと盛りあがり、頬紅もいささか赤すぎた。そして服は……どんな服だろうと、彼女の胸のふくらみは隠せない。見ているだけで、いけないことをしてしまいそうだ。

「どうぞ」ジョージアンヌはフレームに入った写真を彼に押しつけた。

ジョンはレキシーのポートレイトを受けとり、革のソファに座った。幼稚園で撮った記念写真だ。カメラに向かって安っぽい笑みを浮かべている。「成績はどうなんだ?」

「幼稚園じゃ、成績なんてつけないのよ」

彼は脚を開いて前かがみになった。「じゃあ、必要なことを学んでるかどうか、どうやってわかるんだい?」

「だいじょうぶ。幼稚園に二年通って、簡単な言葉は読み書きできるようになったから。もしかしたら苦労するんじゃないかって心配だったけど、問題なかったみたい」

ジョンは、かたわらに腰をおろしたジョージアンヌを見た。「どうしてそんな心配を?」

ジョージアンヌが口の端をあげ、ゆがんだ笑みを見せた。「別に理由なんてないけど」

嘘だ、とジョンは思った。だが今は彼女と口喧嘩を始めるときではない。「そういうの、俺は嫌だな」

「そういうのって？」

「笑いたくもないときに、きみが笑うことさ」

「お気の毒様。わたしだって、あなたの嫌いなとこ、いっぱいあるんですからね」

「たとえば？」

「たとえば、わたしのオフィスから写真を盗んでいって、それを盾にいろんな要求をしてくるところ。脅迫されるのは嫌いなの」

　脅迫するつもりはなかった。写真を持っていったのは、単に気に入ったからだ。ほかに理由などない。ただ、彼女の美しい顔を眺め、自分の子供を宿している大きなおなかを眺めていたかったからだった。その写真を見ているだけで、彼の胸は、一時代前の男たちが父親になったときに感じたような誇らしい気持ちでいっぱいになった。「ジョージー、いいかげんにしてくれよ」と彼は言った。「昨日の晩の電話で、もう俺をさんざん責めたはずじゃないか。そのときも言ったけど、俺はただ、写真を〝借りてきた〟だけなんだぜ」返すつもりがないのだから、それは嘘だった。ただ、ジョージアンヌが電話の向こうであまりにしつこく非難するので、それなら彼女の怒りを利用してやろうと思ったわけだ。

「さあ、盗んでいった写真を返してちょうだい」

　ジョンは首を振った。「同等以上の価値があるものを置いていくんじゃなきゃ、だめだ。こいつは安っぽすぎる」そう言って、幼稚園の記念写真をコーヒー・テーブルの上に置く。

「ほかには？」

ジョージアンヌは、ショッピング・モールの高級フォト・スタジオで撮影してもらった別のポートレイトを差しだした。ジョンは、分厚いメイクをして長いラインストーンのイヤリングをつけ、ふわふわした紫のボアを首に巻いた娘を眺めた。眉をひそめ、同じように写真をテーブルへ放りだす。「気に入らないな」

「あの子のお気に入りなのに」

「じゃあ、考えてみてもいい。ほかは?」

ジョージアンヌはむっとしながら、ブリーフケースのさらに奥のほうを引っかきまわした。スカートのスリットが深く割れ、裾があがって腿のあたりまであらわになり、褐色のストッキングの上の素肌と青いレースのガーターが見えた。ああ、なんて光景だ。「そんな服装で、これからどこへ行くつもりなんだ?」

彼女が背筋を伸ばした。スリットが閉じ、ショウ・タイムが終わりを告げた。「マーサー・ストリートのクライアントのお宅へ行くの」

だがジョンは、次に渡された写真を見ようともしなかった。「ボーイフレンドに会いに行くんだろう?」

「チャールズのこと?」

「あいつ以外にもボーイフレンドがいるのかい?」

「いいえ。ひとりだけです。それに、彼に会いに行くんじゃありません」

ジョンは彼女の言葉を信じていなかった。誰かに見せるつもりがなければ、女はあんな下着など身につけない。「コーヒーはどう?」柔らかそうな腿と青いレースが頭のなかで渦を巻きはじめる前に、立ちあがってたずねた。

「いただくわ」ジョージアンヌはあとについてキッチンに入ってきた。ヒールでフローリングを踏みしめる音が部屋のなかに響きわたった。

「チャールズは俺のことが気に入らないみたいだな」ジョンはネイビー・ブルーのふたつのマグにコーヒーを注ぎながら言った。

「そうね。でもあなただって、彼のことが気に入ったようには見えなかったけど」

「ああ、そのとおりだ」だがジョンの感情は、必ずしもチャールズ個人に向けられたものではなかった。確かにあいつは意気地なしだが、嫌いなのはそれが原因ではない。レキシーのそばに自分以外の男がいることに耐えられなかっただけだ。「で、きみはどれくらい真剣にあいつとつきあってる?」

「あなたには関係ないでしょ?」

そうかもしれない。だがそれでも、訊きたくてたまらなかった。彼はマグを手渡した。

「砂糖かミルクは?」

「低カロリーの甘味料はある?」

「了解」彼は戸棚を探して、小さな青いパックとスプーンを渡した。「きみのボーイフレンドが娘とどれくらいの時間を過ごしているかってのは、俺にも関係のあることなんだがな」

ジョージアンヌは長い指を使って甘味料をコーヒーに入れ、ゆっくりとスプーンでかきまぜた。細長い爪がきれいな深紅に塗られている。窓辺から台所に入ってきた太陽の光が、彼女の髪とイヤリングをきらめかせた。「レキシーはチャールズと二度会ってるわ。彼のことが気に入ってるみたいね。彼にも一〇歳の娘がいて、レキシーとは気が合うようだし」彼女はシンクにスプーンを置き、ジョンのほうを見た。「あなたが知らなきゃいけないのは、それくらいでしょ？」

「二度しか会ってないってことは、レキシーはまだあいつのことをよく知らないんだな」

「そうね。そういうことかも」ジョージアンヌは軽く唇を突きだして、コーヒーを吹いている。ジョンは白いタイルのカウンターにお尻をのせ、飲み物をすする彼女を眺めた。まだチャールズとは寝ていないはずだ。だからこそあいつは、俺に敵愾心《てきがいしん》をむきだしにしてきたのだろう。「きみとレキシーがキャノン・ビーチに泊まりに来るって言ったら、あいつ、どんな反応を見せるんだろうな」

「なんの反応も見せないわ。だってわたしたち、泊まりには行かないんだから」

ジョンは前の晩、どうやったらふたりといっしょに休暇を過ごせるだろうかと、さんざん考えたばかりだった。その結果、ジョージアンヌの気持ちを変えるにはやはり情に訴えるのがいちばんだという結論に達した。彼女が感じていることは何から何まで、その緑の瞳に表れている。うつろな笑みを浮かべて動揺を隠そうとしても無駄だ。ジョンはこれまで、タフで冷静な男たちと何度も戦ってきた。感情をコントロールし、正確無比で強烈なシュートを放ってくる男たち。だから、ジョージアンヌの心のなかを読むくらいたやすいことだ。

「レキシーといっしょに時間を過ごさせてほしいんだ。親子の関係を築きあげたいんだよ。俺は女の子のことなんて、何もわからない」ジョンは正直に言って、肩をすくめた。「だから、女性の医者が書いた本を買ったよ。父親と娘との関係は、その子が将来つきあう男性との関係に多大な影響を及ぼすと書いてあった。つまり、父親のいない環境で育ったり、父親がどうしようもない男だったりした場合、その子はクソみたいな――いや、その、恋愛関係で苦労するかもしれない、ってわけさ」

ジョージアンヌはしばらくのあいだ注意深く彼を眺めてから、マグをカウンターに置いた。彼が正しいことは、個人的な体験からよくわかっていた。男性関係では自分も苦労してきたからだ。しかし言っていることが正しいからといって、いっしょに休暇を過ごさなければならないわけではない。「レキシーとはここにいても知りあえるわ。わたしたち三人だけでどこかへ行っても、問題が持ちあがるだけよ」

「三人で行くから問題が起きるわけじゃないだろ？」ジョンは自分を指さし、そして彼女を指さした。「きみと俺がいるから、問題が起きるんだ」

「わたしたち、仲が悪いものね」

ジョンは広い胸の前で腕を組んだ。灰色のTシャツの襟ぐりが落ち、鎖骨と喉もとがあらわになる。「いや、仲が悪いんじゃない。きみは、仲がよくなりすぎるのを恐れてるだけだ。俺とベッドに潜りこみたくてたまらなくなるのをね」

ジョージアンヌは声をあげて笑った。ジョンは裕福だし、ハンサムだ。有名なスポーツ選手だし、戦士のようにたくましい体をしている。けれど、彼とベッドに潜りこみたいなんて思うわけがない。彼が地球で最後の男になり、わたしの頭に銃を突きつけてきたとしても。

「うぬぼれるのもいいかげんにして」

「俺の言うとおりだと思うんだがな」

「違います」ジョージアンヌは首を振ってキッチンを出た。「何もかも、あなたの幻想よ」

「じゃあ、心配することなんてないじゃないか」ジョンはぴったりあとに従いながら、食いさがった。「俺のほうはきみといてもだいじょうぶだぜ」

ジョージアンヌはブリーフケースに手を伸ばし、カウチの上に置いた。

「きみはとってもきれいだし、神父でさえよだれを垂らすような体をしてるけど、でも、俺はその気になったりしないから」

その言葉は思った以上にジョージアンヌの自尊心を傷つけた。心のなかで彼女は、ジョンが自分を見るたびに悶々《もんもん》とすればいいのに、と考えていた。それが、あんなふうにわたしを捨てたことの報いだ。彼女は、彼の言っていることなど少しも信じていないといった表情で眉をあげ、コーヒー・テーブルを指さした。「どの写真が欲しいの？」

「全部置いてってくれないかな」

「いいわ」家にはネガがある。「じゃ、オフィスから盗んでいった写真を返して」

「ちょっと待ってくれ」ジョンは彼女の手をつかんで瞳をのぞきこんだ。「俺の家にいても、きみは絶対に安全だ。服を脱いでお尻を丸出しにしたままそのへんを歩いてたって、俺はそんなもの、見やしない」

　ジョージアンヌの心のなかで、自尊心が鎌首《かまくび》をもたげはじめた。セクシーな魅力で男性を操ることしかできなかった自分が再び戻ってきたかのようだった。「ハニー、もしわたしが服を脱いでしまったら、あなたの眼球は充血して、心臓は破裂寸前になっちゃうわよ。そうしたら、マウス・トゥ・マウスで人工呼吸をしてあげなきゃいけないかも」

「それは大間違いだな、ジョージー。きみのプライドを傷つけるつもりはないが、どんなことをされても、俺には耐える自信があるからね」ジョンはさらに彼女を挑発しながら手を放した。「頭をわしづかみにされてディープ・キスをされても、反応なんかしないよ」

「それ、わたしに警告してるつもり？　それとも自分に言い聞かせてるの？」

　彼はジョージアンヌを上から下まで眺めまわした。「事実を言ってるまでさ」

「じゃあ、わたしも事実を言ってあげる」彼女はたった今自分がされたように、ジョンを頭のてっぺんからつま先までじろじろと見た。張りつめたふくらはぎから、たくましい太腿、そして広い胸や肩、最後にハンサムな顔。「あなたにキスするくらいだったら、死んだ魚にキスしたほうがマシね」

「ジョージー、あんなボーイフレンドにキスしてるんだったら、すでに死んだ魚とキスしてるようなもんだぜ」

「あなたみたいな運動バカよりずっといいわ」

　ジョンが目をすがめた。「本気で言ってるのか？」

ジョージアンヌは満足そうな笑みを浮かべた。ついにジョンを挑発することに成功したらしい。「あたりまえでしょ」

抵抗する間もなく、彼女はウェストのあたりをつかまれ、引きよせられていた。彼の指が頭のうしろのシニヨンをわしづかみにする。ジョンは「ほら、口をあけるんだ」と言うなり、激しいキスをした。ジョージアンヌは驚きのあまり、あえぎ声をもらすのがせいいっぱいで、腕をあげて抵抗することもできなかった。彼の青い瞳がじっとこちらを見つめている。すると、キスが柔らかいものになった。彼の舌が優しく上唇をかすめ、口の端を舐めてから軽く吸った。あたたかい震えが背筋を走っていき、頭のなかがちりちりした。彼の唇は熱く濡れていた。何を考える余裕もなく、ジョージアンヌはキスを返していた。自分の舌を彼の舌に押しつけ、ふたりのあいだの温度をさらにあげていく。だが彼は、最初と同じように突然、彼女を突きはなした。

「ほら」彼は言って大きく息を吸い、ゆっくりと吐きだした。「俺はなんの反応もしないだろ?」

ジョージアンヌは目をしばたたかせ、一二月の気温のように冷ややかな面持ちで立っている彼を見あげた。唇にはまだキスのぬくもりが残っている。ジョンは彼女にキスをし、彼女はキスを返してしまった。

「俺たちが同じ家で一週間暮らしたって、問題が起きるとは思えない」彼は親指で下唇に赤くついた口紅の跡をぬぐった。「もちろん、きみが今のキスで何かを感じたんなら、話は別だけどね」

「いいえ、何も感じてはいません」ジョージアンヌは彼を納得させようと、唇を結んだ。しかし、それは嘘だった。確かに、感じてしまった。今でも感じている。何かあたたかいもの。おなかの底からふうっと宙に浮きあがるような感触。どうしてあんなキスを許してしまったんだろう。自分でもわからなかった。ジョージアンヌはあわててブリーフケースをつかむと、ボートの外に出た。そうでもしなければ、泣きわめいて失態を演じてしまいそうだった。だが、もう手遅れかもしれない。ジョンのキスに反応してしまうなんて、わたしはなんて馬鹿だったんだろう。

車のところまで戻ったとき、あまりにあわてて出てきたせいで、肝心の写真をとりかえすのを忘れてきたことに気づいた。しかし、今さらあのボートに戻るつもりなどなかった。それに、オレゴンにも行かない。絶対。何があっても。そんなことは、起きるはずがない。

ジョンはボートの後部デッキからユニオン湖を眺めていた。ジョージアンヌにキスをしてしまった。彼女に触れてしまった。そのことが悔やまれてならなかった。なんの反応もしないなどと強がったが、それは嘘だった。彼女があのとき手を伸ばしさえすれば、嘘はすぐにばれていたはずだ。

どうしてキスなどしたのか、自分でも理解できなかった。ただ、オレゴンの家にいてもだいじょうぶだと安心させたかっただけなのに。それとも〝死んだ魚にキスしたほうがマシね〟と言われたせいだろうか。いや、そうじゃない。ジョージアンヌがあまりに美しく、セクシーだったせいだ。青いレースのガーターのせいだ。彼女の唇が味わいたくてたまらなかった。一度でいいから、自分の興味を満足させたかった。それだけだ。なのにどうしたことだろう。今でも体のなかで欲望が渦を巻き、股間がうずいている。この痛みを慰めるすべなど、何ひとつ見つからない。

ジョンは熱くなった体を冷まそうと、靴を脱いで湖に飛びこんだ。もう同じあやまちはしない。キスもしない。彼女に触れることもない。そして、裸のジョージアンヌを思い浮かべることも。

12

　ジョージアンヌは、ジョンの休暇プランに同意するつもりなどなかった。キャノン・ビーチへ行くなんて、何があっても断ろうと思っていた。そんな決意が揺らいだのはレキシーのせいだ。娘は、架空の父親であるアンソニーに多大な興味を抱いてしまった。

　質問攻めが始まったのは、サンホアン諸島へ遊びに行ったあとだった。チャールズとアンバーの姿を目にして、好奇心をかきたてられたのかもしれない。それまでだって周期的にアンソニーのことをたずねたがることはあったけれど、ジョージアンヌが答えに窮したのはそれがはじめてだった。だから彼女はジョンに連絡して、オレゴンへ行くことにしたと伝えた。娘がジョンといい関係を築くためには、ジョンが父親であることを知る前に、ある程度の時間、彼といっしょに過ごしておく必要があるはずだ。そして今、キャノン・ビーチへと車を走らせながら、ジョージアンヌは自分がひどい間違いをしていないことを祈っていた。ジョンはおとなしくすると言っていたが、そんな言葉など信じられない。

「せいぜい行儀よくするからさ」彼はそう約束した。

　そうね。そうでしょうとも。だったら、象だって木にのぼるわ。

彼女は助手席でシートベルトに守られている娘を見た。スマイル・マークのついた黒い野球帽を目深にかぶり、子供らしい青い瞳をサングラスで隠しながら、マペットの塗り絵に没頭している。今日は土曜日だから、口紅は目の覚めるような赤だった。だが少なくとも今は、その赤い唇をしっかり閉じている。ヒュンダイのなかを静寂が満たしていた。

出かけてからしばらくは快適だった。なのにタコマあたりに差しかかったとき、レキシーが歌を歌いはじめ、いっこうにやめようとしなくなった。歌っていたのは、《パフ・ザ・マジック・ドラゴン》の知っているところと、《ホエア・イズ・サムキン》全部。とくに〝テキサス州のどまんなかで〟という部分に来ると、ことさらに声を張りあげ、誇り高きテキサス人よろしく、喜び勇んでぱちぱちと拍手した。不幸なことに、そんな儀式は海岸沿いのアストリアという町へ出るまで続いた。

レキシーを大学に追いやるまであとどれくらい時間がかかるんだろうと計算していると、ようやく歌がやんだ。ジョージアンヌは、娘を追いだしたくなるなんてわたしはひどい母親だと自分を責めた。

すると、また質問攻めが始まった。〝まだ着かないの？〟〝あとどれくらい？〟〝毛布は忘れずに持ってきた？〟アストリアを過ぎてシーサイドまで来ると、今度は、これからどんな部屋で眠るのか、ジョンの家にトイレはいくつあるのかという心配だった。それから、付け爪を荷物に入れたかどうか覚えていないと言いだし、五日間ずっと遊んでいられるだけバービー人形を持ってきただろうかと不安がった。そういえば、ビーチで遊ぶときの道具は？

もし雨が降りどおしだったらどうするの？　近所に子供たちは住んでる？　だったら、何人いて、何歳くらいの子？

ようやく目的地のキャノン・ビーチに入ると、ジョージアンヌはこの近くの海岸沿いにアーティストのコミュニティが点在していることを思いだした。メインストリートには、スタジオやカフェ、ギフトショップが並んでいる。店先は落ち着いた感じの青や灰色や緑色に塗られ、あちこちにクジラやヒトデの絵が描いてあった。歩道には旅行客があふれ、心地よいそよ風に色とりどりの旗がなびいている。

彼女はダッシュボードのデジタル時計をちらりと確かめた。厳しく育てられたおかげで、約束の時間にはめったに遅れない。今日も予定より三〇分ほど早く着いてしまった。ずっとアクセルを踏んできたせいで、タコマとギアハートのあいだあたりで足が疲れてしまったくらいだ。レキシーの《ホエア・イズ・サムキン》と〝まだ着かないの？〟の狭間では、時速一二〇キロ以上は出ていた気がする。警察に見つかってスピード違反のチケットを切られることなど、気にならなかった。成人した人間と会話が交わせるなら、それくらいかまわないと思った。

ジョージアンヌはジョンが描いてくれた地図を眺め、ビーチサイドの二軒のリゾート・ホテルにはさまれたおんぼろの家を過ぎた。車の速度をゆるめながら殴り書きの大文字を確かめ、角を曲がって、木の生いしげる通りをまっすぐ進んでいく。すると、あっさり目的の家が見えてきた。彼女はドライブウェイにとめてあったジョンのダーク・グリーンのレンジローヴァーの隣に車を入れた。家は平屋で、傾斜の深い木の屋根がついている。ねじ曲がったマツやアカシアが影を作り、ポーチを薄い灰色に染めていた。荷物は積んだままで車をおり、レキシーの手をとって玄関に近づいていく。ポーチの階段をひとつあがるたびに、心臓がどきどきするのがわかった。一歩足を踏みだすごとに、わたしは大きな間違いをしでかそうとしているのではないかという心配がふくらんでくる。

ドアのベルを鳴らし、何度かノックした。しかし返事はない。ジョージアンヌはもう一度注意深く地図を確かめた。自分で描いた地図ならとんでもない思い違いがあっても当然だけれど、これはジョンが描いたものだ。それでも、番地を読み違えている可能性はある。

「お昼寝してるのかもしれないよ」レキシーが勘を働かせた。「なかに入って、起こしたほうがいいんじゃない？」

「そうかもね」ジョージアンヌは玄関の脇についている番地を再び確かめ、壁に打ちつけられている郵便受けまで行ってふたをあけた。近所の人も、仕事をさぼっている郵便配達人も見ていませんようにと願いながら、なかをのぞきこむ。しかし出てきたのは、ジョンにあてた仕事の手紙だけだった。

「忘れちゃったのかな」レキシーが訊いた。

「そうでないことを願うけど」ジョージアンヌが答えてノブを回すと、ドアが開いた。ほんとうに忘れてしまったんだろうか？　いや、なかで寝ているのかもしれないし、シャワーでも浴びているのかもしれない――女の人といっしょに？　予定より早く着いてしまったのは事実だ。もし彼が、どこかの浮ついた女性とベッドで眠っているとしたら？

「ジョン？」声をかけながら玄関に足を踏み入れた。シャンパン色のカーペットがふわりと体重を受けとめてくれた。レキシーをあとに従え、リビングに入る。そのとたん彼女は、家が平屋建てではないことに気づいた。外から見たときとは違い、実際には階段がふたつあり、左側のは階下へ、右側のはダイニングの上のロフトへ続いている。家が立っているのは、海を見おろす斜面の上だった。うしろの壁一面は、脱色したカシ材に囲まれた巨大な一枚ガラスでできていた。リビングの天井にも、明かりとりの窓が三つ並んでいる。

「わあ」レキシーが感嘆の声をもらして、くるりと一回転した。「ジョンって、お金持ちなの？」

「そう見えるわよね」家具も、脱色した木と鉄で作ったモダンなものばかりだ。組みあわせ式の高価そうなソファからは、海の眺めと左側の壁にある暖炉が見えた。マントルピースの上に飾られた写真のなかでは、ジョンの祖父が、フロリダで観光客が釣ってくるような大きな魚の隣に立っている。アーニーを見るのは久しぶりだったが、すぐに彼だとわかった。

「どこかで転んじゃったのかな」外へ続くスライド式のガラスのドアが三つあった。レキシーが、そのひとつへ近づきながら言う。「脚を折っちゃって、怪我してるかも」

ふたりはドアから顔を出し、海岸へとおりていくデッキを見わたした。デッキの向こうでは、ヘイスタック・ロックという名の巨岩が青く澄んだ空へ突きだしている。岩の上半分に生えている緑のさらにまた上で海鳥が旋回し、間断のないその声が潮騒とまじりあっていた。

「ジョン！」レキシーが声を張りあげた。「どこにいるの？」

ジョージアンヌはスライド式のドアをあけはなち、そよ風を室内に入れた。海の香りと潮騒の音が漂ってくる。デッキに出て大きく息を吸い、ふうっと吐きだした。こんなにきれいな景色のなかで過ごす一週間が、つらいものになるとは思えなかった。ジョンの魅力にほだされて、好き嫌いの採点を急激にあげたりしなければ、だいじょうぶかもしれない。彼が口を閉じていてくれれば、旅行を決断したことも大きな間違いにはならないだろう。

そのとき、履いていたエスパドリーユの底から、どすん、どすんという重たい振動が伝わってきた。誰かが大きな足音を立てて階段をのぼってくるらしい。ジョージアンヌは、おなかのあたりが緊張するのを感じた。するとジョンの顔が少しずつ見えてきた。髪を汗に濡らし、頭には黄色いヘッドフォンをつけ、顔の下半分は無精ひげに覆われている。次に見えてきたのは、広い肩と力強そうな胸だ。タンクトップの裾は、植木ばさみで無造作に切ったかのようにほつれている。あんなものを着るんなら、何も着ないほうがましなのに、とジョージアンヌは思った。おなかの筋肉は引きしまり、おへそのあたりに生えた黒い毛は渦を巻きながら矢のような形になってネイビー・ブルーのランニング・パンツのなかへと消えていた。腿は分厚い筋肉に包まれ、長い脚はよく日焼けしている。

「早かったんだな」息を整えようとしながら彼が言うのが聞こえた。ジョージアンヌが目をあげると、彼はヘッドフォンを首のあたりにさげ、内向きに手首にはめたスポーツ・ウォッチを確かめていた。「わかってたら、家にいるようにしたのに」

「ごめんなさい」ジョージアンヌはそう言いながら、顔を赤らめてはいけない、と思った。わたしは大人だ。汗をかいて顔を上気させた半裸の男性の前でも、どぎまぎしたりはしない。ジョン・コワルスキーくらい、全然平気よ。髪の毛がうまくまとまらない一日と同じだと思えばいいの。自分の思うとおりにならなくて、いらいらさせられる——それだけのことでしょ？　「アクセルを踏みつづけて、足が疲れちゃった」

「どれくらい前に着いたんだ？」ジョンは手すりにかけてあった白いタオルに手を伸ばした。シャワーを浴びたあとのように顔や髪の毛をぬぐっているせいで、頭全体が分厚いコットンのなかに隠れてしまった。

「ほんの数分前かな」

「えっとね、あたしたち、ジョンがどこかで転んで怪我をしちゃったんじゃないかと思ったの」レキシーはそう言ったが、その目は彼のおなかに吸いよせられていた。娘はこれまで、半裸の男性のそばになどいたことがない。彼女はもじゃもじゃと生えた毛に視線を凝らしていたと思ったら、もっとよく見ようとさらに一歩近づいた。「脚を折ったか、どこかを切ったんじゃないかと思ってたんだよ」

彼がタオルの下から顔を突きだし、レキシーを見て微笑んだ。「もしものときのために、バンドエイドを用意しておいてくれたかい？」そうたずねて首にタオルを巻き、両端を握る。

レキシーは首を振った。「ジョンのおなかって、もじゃもじゃだね。すっごくもじゃもじゃ」だが言いおえると、手すりのほうを向いてしまった。早くも、ビーチで遊んでいる人たちに気をとられたらしい。

ジョンはうつむいて下腹のあたりに手を置いた。「そんなにひどくはないと思うんだけどな」そう言っておなかをさする。「もっともじゃもじゃのやつらはたくさんいるんだよ。少なくとも俺の場合、背中には生えてないし」

ジョージアンヌは彼の長い指が短い毛を撫でていくのを見守った。それだけで、ずっと前の夜のことが蜃気楼《しんきろう》のようによみがえってきた。彼に触れた夜のこと。わたしの手の下で、ジョンはとてもあたたかく、そしてたくましかった。

「何を見てるんだ、ジョージアンヌ?」

彼女はジョンの胸から顔へと視線をあげた。見ているところを、見られてしまった。あとは罪を告白するか、それとも嘘をつくしかない。「あなたの靴を見てたの」

ジョンが静かに笑った。「いいや、俺の持ち物を見てたんだろ?」

とりあえず、言いつくろっておこう。「長いドライブで疲れちゃったのよ」そう言って肩をすくめる。「荷物を車からおろしてくるわ」

ジョンが前に立ちはだかった。「俺がやるよ」

「ありがとう」

スライド・ドアが開いた。「どういたしまして」彼は傲慢《ごうまん》な笑みを浮かべると、リビングを抜けて玄関のほうへ行った。

「ねえ、ジョン!」レキシーが大声をあげて母親の脇を駆け抜けた。ジョージアンヌもあわてあとを追う。「ローラースケートを持ってきたんだよ。それから、ほかのものも」

「何を持ってきたんだい?」

「ママが買ってくれた、バービーの膝当て」

ジョンが玄関のドアをあけた。「そりゃよかったね」

「ほかにもあるの」

「どんなものだ?」

「新しいサングラス」レキシーは鼻にかけていた青い眼鏡をとると、宙に差しだしてみせた。

「ね?」

ジョンが向きを変えて娘に近づいた。「ほう、いいサングラスだな」そう言って立ちどまり、じっとレキシーを見つめる。「ここにいるあいだ、その紫のやつはずっとつけてるつもりかい?」彼が言っているのは、目の上にべったりついているアイシャドウのことだ。

レキシーがうなずく。「土曜日と日曜日にはつけてもいいことになってるの」

ジョンはヒュンダイのほうへ歩いていきながら言った。「遊びに来てるときは、メイクなんてしなくてもいいんじゃないのかな?」

「ダメ。好きなんだから。あたし、メイクがいちばん好きなんだよ」

「いちばん好きなのは犬と猫だと思ってたのに」

「だけど、犬も猫も飼っちゃダメだって言われてるもん」

彼はあきらめたように重たいため息をつき、車の後部座席からふたつのスーツケースとおもちゃの入ったダッフルバッグをおろした。「これで全部かい?」

ジョージアンヌが微笑んでトランクの鍵をあけた。

「ちくしょう」ジョンが吐き捨てるように言う。そこにはスーツケースがさらに三つと、黄色いレインコートが二枚、大きな雨傘が一本、そしてバービーのパーマ屋さんセットが一式、入っていた。「おいおい、引っ越しかよ」

「これでも最初に持っていこうとしてた荷物からかなり減らしたつもりなんだけど」彼女はそう答えると、レインコートと雨傘に手を伸ばした。「それから、レキシーの前で汚い言葉はつかわないでね」

「つかったか?」ジョンはきょとんとした顔でたずねた。

ジョージアンヌはうなずいた。

レキシーがくすくす笑ってバービーのパーマ屋さんセットを手にした。

ジョンは先に立って家へ戻り、階下へおりた。ベージュとグリーンに塗られたゲストルームをふたりに見せ、自分はもう一度荷物をとりに上へあがる。荷物を運びおえてから、下の階を案内した。ゲストルームとメインのベッドルームのあいだには、ダンベルや運動器械が置かれたエクササイズ用の部屋があった。

「俺はシャワーを浴びてくる」レキシーが三つのバスルームのチェックを終え、みんなで廊下に出たところでジョンは言った。「シャワーから出たら、三人で潮だまりの探検に行くってのはどうだい?」

「じゃあ、先にビーチにおりてるわ」ジョージアンヌはそう提案した。天気が崩れないうちに太陽の光をたっぷり楽しみたかったからだ。

「いいね。ビーチ・タオルはいるかい？」

ガール・スカウトの経験などないジョージアンヌだったが、準備は抜かりなくしたつもりだった。もちろん、自分たちのタオルも持参している。ジョンがシャワーを浴びに行くと、ジョージアンヌは娘といっしょに着替えをした。レキシーはピンクと紫の格子のセパレート水着に身を包み、〝テキサスをバカにするな〟と書かれたTシャツを頭からかぶった。ジョージアンヌはオレンジと黄色の絞り染めのショートパンツをはき、同系色のホルター・トップを着た。だが、おなかがむきだしだ。露出しすぎだろうかと思い、薄いコットンのブラウスを羽織る。黄色い裾はしっかりお尻を隠していた。ふたりでサンダルに足を突っこみ、ビーチ・タオルと日焼けどめをつかんで外に出た。

ジョンがビーチへおりてくるまでに、レキシーは早くもウニのかけらと貝殻と小さなカニの爪を見つけていた。獲物をピンクのバケツに入れ、母親といっしょにしゃがみこんで、引き潮のせいで露出した岩陰のイソギンチャクを観察しているところだ。

「触ってみれば？」ジョージアンヌは言った。「ぬるぬるしてるから」

「ぬるぬるしてることくらい、知ってるもん。触りたくない」

「噛んだりしないぞ」ジョンがふたりの上に影を落としながら声をかけてきた。

ジョージアンヌは目をあげ、ゆっくりと立ちあがった。ジョンはすっかりひげを剃り、べージュのショートパンツとオリーヴ色のTシャツに着替えていた。清潔でカジュアルな姿だったけれど、そんな格好をしていても、どこか荒っぽくて官能的なにおいをさせている。

「指に吸いついて離れなくなるんじゃないかって、怖がってるのよ」彼女は言った。

「そんなこと、ないもん」レキシーは反論して首を振ると、あわてたように立ちあがり、三〇メートルほど向こうにあるヘイスタック・ロックを指さした。「あっちに行きたい」

三人は足もとを確かめながら、巨岩へ近づいていった。ジョンはレキシーに手を貸して、岩から岩へとジャンプさせている。子供の足では渡れないようなところに来ると、軽々と抱きあげて肩車をした。

レキシーはジョンの頭の横をつかんでいる。振りまわしたバケツが彼の右頰にぶつかった。

「ママ、すっごく高いよ!」娘は甲高い声をあげた。

ジョンとジョージアンヌは顔を見あわせて笑った。「母親にはそんなこと、してあげられないもんね」彼女は言った。

三人の笑い声が潮騒に呑みこまれていった。ジョンも笑みを浮かべたままだ。「きみはドレスとかスカートしか身につけないのかと思ってたよ」そうジョージアンヌに言って、娘の足首を両手で包みこむ。

そういうことにまで目を配っていたのかと思ったけれど、とりたてて驚きはしなかった。ジョンはそういう人だ。「あんまりショートパンツとかパンツははかないの」

「どうして?」

ジョージアンヌにとっては、答えたくない質問だった。だがレキシーは、個人情報を開示しても問題ないと思ったようだ。「お尻がおっきいからよ」

ジョンがレキシーを見あげ、太陽の光に目を細めた。「そうなのかい？」

レキシーがうなずいた。「うん。だってママ、いつもそう言ってるもん」

ジョージアンヌは顔を赤らめた。「こんな話、やめましょ」

ジョンはジョージアンヌの黄色いブラウスの裾に手を伸ばしてめくりあげ、もっとよく見ようと首を横に傾けた。「そんなに大きくないけどな」まるで天気の話でもしているように、さりげなく言う。「俺にはちょうどいいくらいだよ」

おなかの底のほうからうれしい気持ちがこみあげてきて、ジョージアンヌは少し恥ずかしくなった。ジョンの手を払って、ブラウスの裾をなおす。「いいえ、大きすぎます」そう言ってジョンの前を回り、ふたりの先に立った。ジョージアンヌは七年前のことを思いだしていた。ジョンに優しい言葉をかけられて振り向いたときのこと。南部の女の子はみんなビューティー・クイーンになりたいと思ってる。そんな女の子を、ジョンはなんの苦もなくミス・テキサスになったような気分にしてくれた。だからわたしは、喜んで彼のベッドに飛びこんでしまった。中くらいのサイズの岩を回りながら、ジョージアンヌは思った。どんなに魅力的に見えても、ほんとうのジョンは氷のように冷たい人だ。そのことは覚えておかなければ。

巨岩の下まで来ると、三人であたりを探検した。ジョンはレキシーを下におろし、ふたりで海の生物を見てまわっている。空はまだ、雲ひとつなく澄みわたっていた。

ジョージアンヌは潮だまりの上にかがみこんだふたつの頭を眺めながら、不安を抑えつけようとした。レキシーはオレンジと紫のヒトデや、貝殻や、さっきよりもっとぬるぬるしたイソギンチャクを発見したようだ。

「いなくなっちゃった」ジョージアンヌがそばにしゃがむと、娘が言った。

「何がいなくなったの？」彼女はたずねた。

レキシーは澄んだ冷たい水のなかで泳いでいる茶色と黒の魚を指さした。「この子、赤ちゃんなのに、お母さんがいなくなっちゃったの」

「赤ちゃんじゃないと思うよ」とジョンが言った。「ただの小さな魚さ」

レキシーは首を振った。「違うったら。この子、赤ちゃんなの」

「じゃあ、潮が満ちてきたら、お母さんも帰ってくるんじゃないかしら」ジョージアンヌは慰めるように言った。娘が興奮してしまう前に、なだめておかなければならない。レキシーは孤児のことになると、すぐ感情的になる子だった。

「違う」彼女は再び首を振り、顎を震わせながら訴えた。「この子のお母さんも迷子になっちゃったの」

両親のいない家庭で育ったせいで、ジョージアンヌは娘にビデオや映画を見せる際、登場するどんな子供や動物にも父親か母親がいる設定のものを選んできたつもりだった。なのに前の誕生日、せがまれて『ベイブ』を見せてしまうという大きな間違いを犯してしまった。

レキシーはその映画を見てから、一週間も泣きどおしだった。「お母さんはいなくなったりしてないわ。潮が満ちてきたら、またおうちに帰ってくるのよ」

「そんなことない。お母さんは赤ちゃんを置いて出てったりしないもん。この子、もうおうちに帰れないんだわ」レキシーは膝に顔を埋めた。「お母さんもいないところで死んじゃうんだ」ぎゅっと閉じた瞳から、涙が鼻のほうへこぼれはじめる。

ジョージアンヌはうなだれている娘からジョンへと視線を移した。彼も青い瞳に深い憂いの色を浮かべて見つめかえした。「きっと近くにお父さんがいて、この子を探して泳ぎまわってると思うんだけどな」

だがレキシーは納得しなかった。「お父さんなんて、子供の面倒、見ないもん」

「そんなことないさ」ジョンが言う。「もし俺が魚のお父さんだったら、きっと赤ちゃんを探してるよ」

レキシーは振り向いて、しばらくのあいだじっとジョンを見つめた。彼の言葉の意味を理解しようとしているらしい。「ジョンだったら、見つかるまで探す?」

「もちろんだよ」彼はちらりとジョージアンヌの表情を確かめてから、レキシーに目を戻した。「俺に子供がいたら、いつまでだって探しつづけるさ」

レキシーは洟《はな》をすすり、澄んだ水を眺めた。「でも、もし、潮が満ちてくる前にこの子が死んじゃったら?」

「そうだなぁ」ジョンは娘のバケツをつかむと中身を砂の上にあけ、小さな魚を海水ごとすくいあげた。

「何をするの？」レキシーがたずね、三人は立ちあがった。

「赤ちゃんの魚をお父さんのところに返してあげるのさ」ジョンはそう言って、海のほうへ歩きはじめた。「ママといっしょに、ここで待ってるんだよ」

ジョージアンヌとレキシーは平らな岩の上に立ったまま、海へわけ入っていくジョンを見守った。優しい波が彼の腿を濡らした。ショートパンツの裾が水に浸ったとき、ジョンがそっと息を呑むのがわかった。彼はあたりを確かめてから、バケツをゆっくりと海水のなかにおろしていった。

「お父さんの魚、見つかるかな」レキシーが不安そうにたずねた。

小さなピンクのバケツを持った大柄な男性が答えた。「ああ、もちろん見つかるよ」

ジョンがふたりのほうへ戻ってきた。顔に笑みを浮かべて。大きな悪役ホッケー選手のジョン・〝ザ・ウォール〟・コワルスキーが、小さな女の子のヒーローになり、小さな魚の守護神になってくれたわけだ。ジョージアンヌの心のなかで、好き嫌い採点表における彼の順位が跳ねあがり、髪の毛のまとまらない一日を抜き去った。

「お父さんの魚、いた？」レキシーが岩から飛びおりた。膝のあたりまで水に浸かっている。

「ああ。赤ちゃんに会えて、ほんとうにうれしそうだったよ」

「自分の子供だって、どうやってわかったの？」

ジョンはバケツをレキシーに返し、小さな手をしっかりと握った。「だって、そっくりだったからね」

「あ、そうか」娘がうなずく。「赤ちゃんに会えたとき、お父さん、どんなことしたの?」

ジョンが岩の手前で足をとめた。ジョージアンヌは立ってふたりを見おろしていた。「ぴょんぴょん跳びはねてから、赤ん坊が怪我をしてないかどうか、まわりをくるくる泳ぎまわって確かめてたよ」

「それ、わたしにも見えた」

ジョンが笑い声をあげると、目尻に細かい皺が浮かんだ。「ほんとかい? こんなとこから?」

「うん。あたし、寒くなっちゃったから、タオルをとってくる」レキシーはそう言って、さっさとビーチのほうへ引きあげてしまった。

ジョージアンヌは彼の顔をじっと見つめ、同じように笑みを浮かべた。「ヒーローになるって、どんな気持ち?」

ジョンはジョージアンヌのウェストに手を伸ばし、楽々と引きよせて抱きあげた。ジョージアンヌは思わず彼の肩にしがみついた。つま先が冷たい水に浸かり、波が渦を巻きながらふくらはぎを舐め、風が髪を乱していく。「俺はきみのヒーローになれたのかい?」ジョンが低く絹のような声で訊いた。危険なサインだ。

「いいえ」ジョージアンヌは彼の肩から手をおろし、一歩身を引いた。普段は乱暴な仕事をしている彼が、レキシーには優しく接してくれた。このままだとつらい過去を忘れてしまいそうだった。だがジョンは、海にもれだした重油のように厄介な人だ。「わたし、あなたのことが好きじゃないのよ。覚えてない？」

「いいや」その笑みは、彼女の言葉など少しも信じていないことを物語っていた。「コパリス・ビーチでいっしょに過ごしたときのこと、覚えてないのか？」

目をやると、レキシーがビーチでタオルにくるまっていた。「それがどうしたの？」

「きみはあのときも、俺のことが大嫌いだって言ってたよな」ふたりで波打ち際を歩いていくと、彼が横目でジョージアンヌを見た。

「わたしを見たってどうせなんの反応もしないんだから、そんなこと、もうどうだっていいでしょ？」

ジョンは彼女の胸もとをちらりと見てから、視線を海岸へと移した。「ああ、どうだっていいことだな」

家に戻ると、ジョンがランチを作ると言って聞かなかった。三人はダイニングルームのテーブルにつき、彼のお手製のシュリンプ・カクテルとカニサラダをはさんだピタ・ブレッド、そしてフルーツを食べた。レキシーといっしょにあと片づけを手伝っているあいだ、ジョージアンヌは、留守電のそばの隅にまとめられた食料品袋の中身を確かめた。

午前中ずっとレキシーを隣に乗せ、不安に駆られながらドライブをしてきたせいで疲れきっていたジョージアンヌはデッキに置いてあった柔らかい長椅子の上で丸くなった。レキシーは彼女の膝の上にのり、ジョンも椅子を出してきて隣に腰をおろし、三人で海を眺めた。

安らかな時間だった。どこかに行く必要もなければ、やらなければならない仕事もない。ジョージアンヌはひとときの静けさを慈しんだ。確かにジョンとのあいだには痛みに満ちた過去があった。だが彼がこうして隣にいると、なぜか心が落ち着いてくる。今、海岸を見ながら座っているジョンと、ジョージアンヌをさんざん挑発しようとしたジョンとは、まるで別人だった。

穏やかな潮騒の音とそよ風のせいで、うとうとしてしまったようだ。目覚めると、まわりには誰もいなかった。貝殻模様の手織りの毛布が膝にかけられている。彼女はその毛布を脇にどけ、立ちあがって、骨を鳴らしながら背伸びをした。海岸のほうから風に乗って声が聞こえてくる。手すりに近づいて身を乗りだしたが、ジョンもレキシーも波打ち際にはいない。急いで手を引っこめようとしたとき、中指の先の柔らかい部分に木のささくれが刺さってしまった。ひどく痛んだが、今はそれよりふたりを探すことのほうが先だ。

ジョンがひとことの相談もなしにレキシーをどこかへ連れていくとは思えなかった。しかし彼は、いちいちジョージアンヌの許可を得て行動を起こすような人ではない。もし娘をさらっていったのなら、探しだして殺してやるから。ジョージアンヌはそう思った。だが結局、殺人を犯す必要などなかった。レキシーもジョンも、階下のエクササイズ・ルームにいたからだ。

ジョンは隅に置かれた高価そうなエクササイズ・バイクにまたがり、一定のペースでペダルをこぎながら目を足もとに向けていた。その視線の先にいるのはレキシーだった。頭のうしろで手を組んで寝ころび、曲げた膝の上に汚れた足の裏をのせている。

「どうしてそんなに急いでこがなきゃいけないの？」レキシーがジョンに訊いた。

「こうするとスタミナがつくんだよ」彼は、ぶうんと音を立てている前輪の上から答えた。先ほどと同じオリーヴ色のTシャツを着ている。ジョージアンヌはほんの一瞬だけ、彼のたくましい腿やふくらはぎに視線を泳がせた。

「スタミナ、ってなあに？」

「何かを続けられる力のことさ。疲れたりしないで、若いやつらのケツを蹴りあげて、氷の上に吹っ飛ばしてやるのに必要なんだよ」

レキシーが息を呑んだ。「またやっちゃったね、ジョン」

「何が？」

「汚い言葉、使ったよ」

「そうかい？」

「うん」

「ごめん。これからは気をつける」

「さっきもそう言ったのに」レキシーは寝ころがったまま文句を言った。

ジョンが微笑んだ。「次は絶対頑張りますから、監督」

レキシーはしばらく黙りこんでから言った。「ねえ、知ってる？」

「何を？」

「ママもそういうバイクを持ってるの」彼女はジョンのバイクを指さした。「でも、使ってないと思うんだ」

ジョージアンヌのエクササイズ・バイクは、ジョンの使っているものとは違っていた。こんなに高価ではないし、レキシーの言うとおり、もう乗ってはいない。いや、正直に言えば、一度も乗ったことなどなかった。「あのね」とジョージアンヌは、部屋に足を踏み入れながら言った。「バイクならいつも使ってます。シャツをかけておくのにもってこいなんだから」

レキシーが振り向いて微笑んだ。「あたしたち、ワークアウトしてるの。最初はわたしがこいで、今はジョンの番」

ジョンが目をあげた。ペダルをこぐ足はとまったが、前輪はまだ回りつづけている。

「そんなの、ママだってわかるわ」ジョージアンヌはそう言ってから、ここへおりてくる前に髪をブラッシングしてくればよかったと思った。きっと恐ろしい姿をしているはずだ。

だがジョンの考えていることは正反対だった。さっきまで寝ていたせいで、頬は上気しているし、いつもより声も低い。「よく眠ってたね」

「疲れてることさえ気づいてなかったくらい」ジョージアンヌは指で髪を梳いて頭を振った。

「細かいことが気にかかってると、疲れるもんだよな」彼女はわざと髪を整えようとしているのだろうか、と思いながらジョンは言った。

「ほんと」ジョージアンヌはレキシーのそばまで行くと、手を差しのべて立たせた。「ジョンの邪魔をしちゃだめでしょ」

「もう終わりだよ」ジョンはバイクからおりた。学生みたいに彼女の胸もとばかり凝視しないよう、視線をしっかりあげておく。ジョージアンヌの体に見とれていることがばれてしまったら、きっと変態だと思われてしまう。彼女はレキシーの母親なんだし、激しい言葉でなじられたわけではなかったが、俺の人間性を高く評価していないことは明らかだ。もしかしたら俺は、ほんとうにどうしようもない男なのだろうか。「今日はバイクのエクササイズなんてするつもりはなかったんだよ。ただ、きみが起きるのを待ってるあいだに退屈しちゃってね。バイクに乗るか、それともバービーのパーマ屋さんごっこをするか、そのふたつの選択しかなかったもんだから」

「バービー人形で遊んでるあなたなんて、想像もつかないわ」

「俺も同意見だ」みだらなことは考えまいとしたのだが、大きな障壁が立ちふさがっていた。ジョージアンヌの着ているホルター・トップが、意志の力を吸いとっていく。これではまるで、クリプトナイトを前にしたスーパーマンだ。「さっきレキシーと、ディナーはカキにしようかって言ってたんだけど」

「カキ?」ジョージアンヌは娘に注意を向けた。「あなた、カキなんて食べたことないんだし、きっと好きじゃないわよ」

「そんなことないもん。ジョンがきっと気に入るって言ったもん」

ジョージアンヌは反論しなかった。しかし一時間後、シーフード・レストランのテーブルについてメニューを広げると、レキシーはカキの写真を目にして鼻先に皺を寄せ、「なんだか気持ち悪い」と言った。結局ウェイトレスがやってきたとき娘が注文したのは、焼きたてのパンをさらにトーストしたチーズ・サンドイッチと、別の皿に盛ったポテトフライ、そしてハインツのケチャップだった。

ウェイトレスがジョージアンヌのほうを向いた。ジョンは椅子に背をもたせ、彼女がまばゆいばかりの笑みを浮かべて南部人独特の魅力を振りまくのを見守った。

「お忙しいのはわかってるし、わたしも自分の経験から、あなたの仕事がとんでもなく面倒くさいことばかりで、なのに誰からもあんまり感謝されないってことはよくわかってるのよ。でも、あなたって優しそうな人だからお願いしたいことがあるの。ちょっとだけ料理をアレンジしてもらえないかしら?」ジョージアンヌは、〝感謝されない〟仕事をしている女性への同情をたっぷりにじませながら言い、最後にはメニューにも載っていない〝レモンとチャイブとブラウンバター・ソースのサーモン〟を注文していた。サイドメニューはライスではなく新ジャガ。それも〝バターじゃなくて、塩とチャイブをひとつまみずつ振ったもの〟だった。メロンは別の皿に盛ってもらえることになった。なぜなら〝メロンって絶対にあたたかい状態で出しちゃだめ〟だからだ。ジョンは、ウェイトレスがいつジョージアンヌに向かって〝出てって〟と怒鳴るだろうかと待っていたが、そんな事態にはならなかった。彼女は黙ってジョージアンヌの要求を受け入れ、メニューを変えてくれた。

ふたりの女性に比べれば、ジョンのオーダーはいたってシンプルだった。殻にのせたカキ。ソースはいつもどおり。サイドオーダーはなし。ウェイトレスがいなくなると、彼はすぐに、テーブルを共有している女性たちを眺めた。ふたりとも薄手のサンドレスを着ている。ジョージアンヌの服は、緑の瞳とよくマッチしていた。しかし娘に目をやると、あまりの化粧の濃さに思わず顔をしかめそうになってしまった。店内の薄暗さがありがたかった。

「それ、ほんとに食べるの？」料理が出てくると、レキシーが身を乗りだしてたずねた。ジョンの前に置かれたものに、興味と嫌悪の両方を感じているらしい。

「もちろん」彼はカキに手を伸ばし、唇のところまで持ちあげた。「うーん」と満足そうな声を出してつるりとカキを吸いこみ、呑みこんでみせる。

レキシーが金切り声をあげた。あわててレモンとチャイブとブラウンバター・ソースのサーモンに視線を落としたところを見ると、おそらくジョージアンヌも同じ気持ちだったのだろう。

食事はその後、たいした問題もなく進んだ。会話もそれまでのようにぎごちないものではなかった。しかしウェイトレスが勘定書を持ってきて彼の隣に置いたとき、安らかな一夜は終わりを告げた。ジョンはジョージアンヌが伸ばしてきた手を押さえつけた。ふたりの視線がテーブルの上でぶつかりあう。彼女はまるで、手袋を投げて決闘でも申しこみそうな勢いでこちらを睨んでいた。

「わたしが払います」ジョージアンヌが言った。

「俺に荒っぽいことをさせないでくれ」ジョンはそう警告し、彼女の手をきつく握った。一騎打ちに臆したわけではなかった。ただ、うってつけの会場だとは思わなかっただけだ。

ジョージアンヌは言いかえすこともなく、好きにさせてくれた。だがその瞳は、あとでふたりきりになったときに決着をつけましょう、と言っていた。

レストランから帰りついたころには、レキシーはレンジローヴァーの後部座席でぐっすり眠っていた。娘を抱きかかえると、あたたかい寝息が首にかかった。このままずっと抱いていたいと思ったが、それは無理な相談だ。ジョージアンヌがレキシーをベッドに寝かせてやるのを見守っていたかったけれど、なぜか居心地の悪さを感じ、部屋を出てしまった。

ジョージアンヌはジョンが部屋を出ていくのを確かめてから、レキシーの靴を脱がせた。パジャマに着替えさせてやり、ベッドに寝かせる。そうして、ジョンを探しに行った。指に刺さったささくれを抜くためのとげ抜きが借りたかったし、何より、さっきの支払いのことを話しあいたかった。ジョンはレキシーとわたしのためにお金をつかうつもりらしいが、それはやめてもらわなければならない。自分たちの代金は自分で払いたかった。

ジョンは窓辺に立って海を見おろしていた。両手をジーンズのポケットに突っこみ、デニムのシャツの袖は肘のあたりまでまくられている。沈む夕日が炎のような光を投げかけているせいで、いつもよりずっと大柄に見えた。ジョージアンヌが部屋に足を踏み入れると、彼が振り向いた。

「話があるんだけど」彼女はジョンに近づきながら言った。口論に備えて、気持ちを引きしめる。

「きみの言いたいことはわかってるよ。そのしかめっ面をやめてくれるんだったら、次のときはきみが払ってもかまわない」

「あら」ジョージアンヌは彼のすぐそばで立ちどまった。口論が始まる前に勝ってしまったようで、なんだか拍子抜けしてしまった。「どうしてその話だってわかったの?」

「ウェイトレスが勘定書を俺の皿の隣に置いたときから、ずっとしかめっ面だったじゃないか。テーブルごしに飛びかかってきて、俺とレスリングを始めるのかと思ったよ」

ほんの数秒だったが、そんな考えが頭をかすめたのは事実だった。「人前でレスリングなんてしません」

「そう言ってくれてうれしいよ」忍びよってくる夜の影のなか、ジョンが唇の端をかすかにあげた。「どうせ俺の勝ちに決まってるんだしな」

「そうかもしれないけど」ジョージアンヌは答えをぼかした。「そういえば、とげ抜きは持ってる?」

「どうするんだい?　まつげでも抜くのか?」

「いいえ。とげが刺さっちゃったの」

ジョンはダイニングへ行って、テーブルの上の明かりをつけた。「見せてごらん」

ジョージアンヌはその言葉に従わなかった。「たいしたことないから」

「見せてごらん、ってば」彼はくりかえした。

ため息をついてあきらめると、彼女もダイニングに入った。手を伸ばし、中指を見せる。

「そんなにひどくはないいな」ジョンが言った。

ジョージアンヌが顔を近づけると、もう少しで額と額が触れそうになった。「でも、けっこう大きなとげなのよ」

ジョンが表情を引きしめた。「すぐ戻ってくる」そう言って部屋を出ると、とげ抜きを持って戻ってきた。「座ってくれ」

「自分でやれます」

「それはわかってるよ」彼は椅子を回して逆向きにまたがった。「でも、両手が使えるんだから、俺がやったほうが簡単だ」両腕を椅子の背にのせ、もうひとつの椅子を指し示す。

「痛くしないって約束するから」

ジョージアンヌはおそるおそる椅子に腰をおろし、手を彼のほうへ突きだした。指先が目の前に来るようわざと距離をとったのだが、ジョンはそれを無視して椅子を引きよせた。膝がジョンの椅子の背に触れそうになった。だが脚を開くと、今度は彼の腿の内側をかすめそうだった。彼女はできるかぎり背中を反らしてジョンから遠ざかろうとした。だが彼はかまわずジョージアンヌの手をつかみ、中指をぐいとはさみつけた。

「痛い」手を振りほどこうとしたが、さらにきつくつかまれただけだった。

彼がちらりと目をあげた。「こんなの痛くないだろ、ジョージー」

「痛いわよ！」

彼は言いかえしもせず、手を放しもしなかった。視線を落とし、とげ抜きで皮膚をつつきはじめる。

「痛い」

ジョンが再び目をあげ、ふたりの手の向こうから彼女を見た。「赤ちゃんだな」

「意地悪」

彼は笑って首を振った。「きみがそんなに女の子女の子してなかったら、こういうのも悪くはないんだが」

「女の子女の子してる？　どういうこと？」

「鏡を見てみろよ」

なんのことだかわからなかった。彼女はもう一度、手を振りほどこうとした。

「落ち着いて」ジョンがそう言って、再びとげを抜きはじめる。「今にも椅子から跳びあがりそうなくらい、びくびくしてるじゃないか。俺が何をすると思ってるんだ？　このとげ抜きで刺すとでも思ってるのか？」

「思ってません」

「じゃあ、リラックスしてくれ。もうすぐ抜けるから」

リラックス？　ジョンは視界のすべてを占領するくらい、すぐ近くにいる。見えているのは彼の姿と、彼女の手を包みこんでいるたくましい手と、うつむいているブラウンの頭だけだ。ジーンズやキーウィ色のサンドレスを通して、彼の体温が伝わってきそうな距離だった。ジョンの存在感があまりに強くて、リラックスなどしていられない。だからジョージアンヌは彼の頭の脇から目をそらし、リビングのほうに視線を泳がせた。青くて大きな魚を持ったアーニーが、じっとこちらを見ている。彼女の記憶のなかのアーニーは優しいおじいさんだった。今はどうしているのだろう。レキシーのことをどう思っているのだろうか。ジョンにたずねてみた。

彼は目をあげもせずに肩をすくめた。「おじいちゃんにも母親にも、まだなんにも言ってないんだ」

ジョージアンヌは驚いた。七年前、ジョンとアーニーは仲がよさそうだったのに。「どうして？」

「ふたりとも、再婚して家庭を持てってうるさいんだよ。レキシーのことがわかったら、一瞬でシアトルまで飛んでくるだろうな。でも俺は、その前に自分の娘をよく知っておきたい。家族にあれこれ言われる前にね。第一、レキシーに真実を告げるのはあとまわしにしようってことになってただろう？　俺の母親やアーニーがやってきて、じろじろ見られたら、レキシーだって居心地の悪い思いをするだろうからね」

再婚？　その言葉を聞いたとたん、ジョージアンヌの耳には彼の話が入ってこなくなった。

「あなた、結婚してたの？」

「ああ」

「いつのこと？」

ジョンは彼女の手を放し、とげ抜きをテーブルに置いた。「きみと会う前だよ」

指先を見ると、とげはなくなっていた。わたしと会う前って、最初に出会ったときのことなのだろうか、それとも再会したときのことなのだろうか。「最初に出会ったとき?」

「どっちもだ」彼は椅子の背のてっぺんをつかんで体を反らし、すこしだけ表情を暗くした。

ジョージアンヌはすっかり混乱してしまった。「どっちも、って?」

「まあ、二度目の結婚はほとんど数に入らないけどね」

彼女は思わず眉をあげ、あんぐり口をあけた。「二度も結婚してたの?」そう言って指を二本立てる。「二度も?」

ジョンは視線をさげ、口を真一文字に結んだ。「驚くような回数じゃないだろ」

まだ結婚もしたことのないジョージアンヌにとって、二回は驚くべき回数だった。

「さっきも言ったように、二度目のはほとんど勘定に入らないんだしさ。結婚してすぐ離婚した。それだけだったんだから」

「あなたが結婚してたなんて、知らなかった」ジョージアンヌはふたりの女性のことを想像してみた。ジョンは娘の父親であり、わたしを深く傷つけた男だ。彼女は好奇心を抑えられずにたずねた。「ふたりの女性は、今、どこにいるの?」

「最初の妻のリンダは死んだよ」

「ごめんなさい」ジョージアンヌは小声で言った。「どうして?」

ジョンはしばらくのあいだ、じっと彼女を睨んでいた。「ただ死んだんだよ」それ以上、何も言いたくないらしい。「それから、ディー・ディー・ディライトがどこにいるのかはわからない。結婚したとき、俺はぐでんぐでんだったんだ。それに離婚したときも同じ状態だったからね」

ディー・ディー・ディライト？　ジョージアンヌはわけがわからなくなって、彼を見た。ディー・ディー・ディライトって、いったいどんな名前なの？　たずねたくてたまらない。

「その人……エンターテイナーだったの？」

「ストリッパーさ」ジョンがこともなげに言う。

おそらくそうではないかと思ってはいたものの、改めてジョンの口からストリッパーと結婚したなどと言われるとショックだった。「ほんとに？　きれいだった？」

「覚えてないよ」

「ふうん」ジョージアンヌは好奇心を満足させられないままつぶやいた。「結婚した相手のことくらいは覚えてるもんなんじゃない？　ほんとうにぐでんぐでんだったのね」

「そう言ったろ？」ジョンはいかにも不快そうに答えた。「でも、レキシーがまわりにいるときには飲んだりしないから、安心していい。第一、もう酒はやめたんだ」

「あなた、アル中だったの？」考える前に質問が口をついて出てしまった。「ごめんなさい。こんなに個人的なことまで答える必要はないわね」

「いいんだ。きっと、そうだったんだろうな」それは、ジョージアンヌが思ったよりあっさりした答えかただった。「専門の病院に入ったりしたことはないが、かなりの量を飲んでたし、そのせいで記憶をなくすこともしょっちゅうだった。自分をコントロールできなくなってたんだよ」

「やめるの、大変だった？」

彼は肩をすくめた。「楽じゃなかったけどね。でも、物理的にも精神的にも健康な人間でいるためには、やめなきゃいけないものがいくつかあったってわけさ」

「お酒のほかにも？」

ジョンがにやりと笑った。「ほかには、女と、そしてナイトクラブだな」体を前に倒し、手首の椅子の背にのせる。「俺も個人的な秘密を打ち明けたんだから、今度はきみが答える番だ」

「なあに？」

「七年前、飛行機のチケットを買ってやったとき、きみは一文なしだったんだろ？　その後どうやって生活したんだ？　おまけにビジネスまで始めてさ」

「運がよかったのよ」ジョージアンヌはしばらく黙りこんでから続けた。「新聞広告を頼りに、〈ヘロン・ケータリング〉を訪ねたの」ジョンが正直に答えてくれたのだから――ストリッパーと結婚するような大胆な行動はとらなかったけれど――彼女も、メイしか知らない秘密を打ち明けた。「それに、つけてたダイヤモンドの指輪を一万ドルで売ったから」

彼はまばたきさえしなかった。「ヴァージルの？」

「ヴァージルがくれた指輪よ。だからわたしのでしょ？」

ジョンの口の端にゆっくりと笑みが浮かんだ。だがその意味はわからない。「返せって言われなかったのか？」

ジョージアンヌは胸の下で腕を組み、首をかしげた。「言われたし、返すつもりだったんだけど、彼、わたしの服を救世軍に寄付しちゃったから」

「そうだった。服もあいつのところに置いてきたんだったな」

「ええ。結婚式から逃げてきたとき、持ってるものは化粧道具だけだった。そして着られるものも、あの馬鹿みたいなピンクのドレスだけ」

「ああ、あのドレスのことはよく覚えてるよ」

「持ち物を返してもらおうと思って連絡したんだけど、彼、話もしてくれなかった。指輪をオフィスまで持ってきて秘書に渡してくれって、あの家のメイドに言われたのよ。それもものすごく嫌味な言いかたでね。ヴァージルがわたしの持ち物をどうしたかを教えてくれたのも、そのメイドだった」指輪を売るなんて褒められた行為ではないと思ったけれど、ヴァージルにも責任はあったはずだ。「着るものをとりかえすのにそれなりのお金がかかっちゃって、お金もすっかりなくなったところだったしね」

「だから指輪を売ったんだな」

「宝石屋が市価の半額で喜んで引きとってくれたわ。メイと出会ったとき、ケータリングのビジネスはあんまりうまくいってなかったの。一万ドルの大部分は、彼女が作った借金を返すためになくなっちゃった。残りのお金が少しは役に立ってくれたけれど、わたし、ほんとうに頑張ってここまでやってきたんだから」

「きみを責めてるわけじゃないよ、ジョージー」

彼女は自分を弁護するような口調になっていることにも気づいていなかった。「でも、ほんとうのことを知ったら、わたしを責める人もいるんじゃない?」

ジョンが目の端に楽しげな表情を浮かべた。「俺にそんな権利なんてあるわけがないじゃないか。ディー・ディー・ディライトと結婚した男なんだぜ」

「そのとおりね」ジョージアンヌは明るい声で笑った。「ヴァージルはレキシーのことを知ってるのかしら」

「いや、まだだろうな」

「もし彼が知ったら、どうすると思う?」

「ヴァージルは抜け目のないビジネスマンだ。それに俺は彼のチームにとって大切なプレイヤーだからね。何もしないと思うよ。七年前のことなんだし、今さら掘りかえしたってどうなるわけでもない。レキシーのことを教えたら、もちろんいい顔はしないだろう。だけど、俺と彼とはいい関係にあるんだ。第一、ヴァージルはもう違う女性と結婚して、幸せにやってるよ」

もちろん、ヴァージルが結婚したことは知っていた。シアトル美術館のディレクターであるキャロライン・フォスター=ダフィーとの結婚は、地元の新聞で大々的に報じられた。ジョージアンヌは、ジョンの言うとおりヴァージルが幸せであることを願った。わたしももう、彼には恨みなど抱いていないのだから。

「まだ訊きたいことがあるんだけどな」

「だめ。わたしが答えたんだから、今度はまたあなたの番よ」

ジョンは首を振った。「ディー・ディーのことも酒のことも言ったじゃないか。それで秘密がふたつだ。だからきみにはもうひとつ、借りがあるはずだぞ」

「わかりました。じゃあ、何？」

「レキシーの写真をハウスボートへ持ってきてくれたとき、レキシーが学校で苦労せずにすんでよかった、みたいなことを言ってたよな？　あれ、どういう意味だったんだ？」

失読症のことをジョン・コワルスキーには話したくなかった。

「俺が脳みその足りない運動選手だと思ってるのか？」彼は椅子の背をつかんで体を反らせた。

その質問がジョージアンヌを驚かせた。ジョンは、彼女がどう答えようとかまわないと言った風情で平然としているけれど、内心はほんとうのことを知りたがっているはずだ。しかし、シェールやトム・クルーズやアインシュタインといった有名な人たちが同じく失読症で苦しんでいたとはいえ、自分の宿痾《しゅくあ》をジョンのような人に打ち明けるのは、たやすいことではなかった。「レキシーのことで心配していた理由は、あなたとはなんの関係もないの。ほんとうの理由は、わたし自身が学校に通っていたころ苦労したから——ほかの子たちみたいに読み書きができなかったからなの」

ジョンは眉間にかすかな皺を寄せただけで、何も言わなかった。

「でも、バレエや家庭科はとっても得意だったのよ」つとめて明るい口調で言い、なんとかジョンを微笑ませようとする。「確かにバレエのジャンプはあんまりうまくなかったかもしれないけど、家庭科はほんとうにすごかったんだから。事実、家政科の学校をトップで卒業したくらいなんだもん」

彼は首を振った。眉のあいだの皺が消えた。「疑ったりはしないよ」

ジョージアンヌは笑って、少しだけガードをさげた。「ほかの子たちが計算で苦労しているあいだに、わたしはテーブルのセットのしかたを覚えたってわけ。だからシュリンプ用のフォークからフィンガー・ボウルまで、どこに何を置いたらいいか、全部頭に入ってるわ。ほかの子たちが難しい本を読んでるあいだに、銀器の使いかたを覚えたの。だから、ランチ用の銀器とディナー用の銀器の違いくらい、すぐにわかる。〝how〟と〝who〟とか〝was〟と〝saw〟の見わけは、なかなかつかなかったけどね」

ジョンが少しだけ目を細めた。「きみは失読症なのか?」

彼女は背筋を伸ばした。「ええ」恥じてはいけないことはわかっていたが、つけくわえずにはいられなかった。「でも、なんとか病気とつきあっていくすべは学びました。失読症の人間は文字が読めないって思ってる人は多いみたいだけど、それは真実じゃないの。ただ、読み書きを学ぶときのやりかたがほかの人とは違ってるだけ。数字は今でもちょっと苦手だけれど、読んだり書いたりは人並み程度にできるようになったわ。症状も、もうほとんど気にならなくなったしね」

彼はジョージアンヌをじっと見つめてから言った。「でも、子供のころは気にしてたんだね？」

「もちろん」

「テストを受けさせられたのか？」

「ええ。四年生のとき、どこかのお医者さんにね。でもよく覚えてないの」彼女は髪の毛をかきあげて立ちあがった。後悔の念がわきあがってくる。心の奥に隠しておいたことを打ち明けさせたジョンが、憎らしかった。そして、彼女の人生をすっかり狂わせてしまった、あの医者のことも。「お医者さんはおばあちゃんに、わたしの脳に障害があるって言ったわ。まったくの誤診だし、ひどい言いかたよね。でもあのころ、失読症の子供は脳に障害があるんだって思われてたの」ジョージアンヌはそんなことなどなんでもなかったというように肩をすくめ、無理に笑い声をもらした。「お医者さんは、この子は頭のいい女性にはならないだろうって言った。だからわたしは子供のころずっと、自分は頭が悪いんだって思いこんで育ったの」

ジョンが立ちあがり、椅子をどけた。目がすっかり細くなっている。「誰かその医者に〝おまえみたいなクソッタレは消えちまえ〟って言ってやったのか？」

「ええと、その——」ジョージアンヌは口ごもった。彼が怒っているのが意外だった。「おばあちゃんはそんな言葉づかいをしなかったと思うんだけど。バプティストだったから」

「ほかの医者に連れてってくれたりとか、家庭教師を見つけたりとかは？」

「ううん」そのかわり、おばあちゃんはわたしをチャーム・スクールへ入れてくれたけど。

「なおす方法なんてない、って思ってたからよ。七〇年代の半ばには、今ほど情報がなかったの。でも、九〇年代になった今だって、誤診されてる子供たちはたくさんいるわ」

「そういうことは、あっちゃいけないんだ」ジョンは視線をさまよわせてから、再び彼女の顔を見た。

「どうしてだ?」

まだ怒っている表情だった。どうして彼がこんなことを気にするのか、ジョージアンヌにはさっぱりわからなかった。これまでに見たことのなかった一面だ。思いやりにあふれたジョン。でもそれは、今、彼女の目の前に立っている男性にはそぐわない一面でもあった。

「もう寝なきゃ」彼女はつぶやいた。

彼は口を開いて何か言いかけたが、途中でやめてしまった。「じゃ、いい夢を」そう言って、一歩うしろにさがる。

だが結局ジョージアンヌは、いい夢など見なかった。長いこと夢など見ていなかったし、第一その夜は、ベッドのなかでレキシーの立てる安らかな寝息を聞きながら天井を眺めて過ごしたからだ。怒りに満ちたジョンの表情を思いだすと、すっかり頭が混乱してなかなか眠れなかった。

ふたりの奥さんのことを考えた。とくにリンダのこと。もうかなり以前のことのはずなのに、ジョンはいまだに彼女の死を思いだしたくない様子だった。それほど愛された女性って、どんな人だったのだろう。リンダの死がジョンの心にあけた穴を埋められる女性はいるのだろうか。

考えれば考えるほど、そんな女性など現れなければいいのに、と思っている自分に気づかされた。意地悪な考えだが、事実なのだからしかたがない。どこかの痩せた女の人とジョンが幸せになるなんて、絶対に嫌だった。彼には、わたしを空港で見捨てたときのことをずっと悔やんでいてほしい。死ぬまでずっと。もちろん、彼と再びベッドをともにするなんてありえないし、考えたこともない。それでもジョンにはつらい思いを味わってほしかった。さんざん苦しんで苦しんで苦しみ抜いたあとだったら、ひどい仕打ちをしてわたしを傷つけたことを許してやってもいい。

かもしれない。

13

砂地で自転車競走をするか、ゴーカートに乗るか、それともシーサイドのプロムナードでインライン・スケートをするか。ジョージアンヌにあたえられた選択肢はその三つだった。だがどれも、気乗りがしなかった。正直に言えば、絶対にやりたくないことばかりだ。結局、レキシーが乗りたがったゴーカートだけは避けたかったので、インライン・スケートを選ぶはめになってしまった。ほかのふたつに比べて、とくに得意だったわけではない。前に試したときはあまりにひどく尻餅《しりもち》をついたせいで、涙をこらえなければならなかったほどだ。照明がまぶしく明滅するなか、なんとか頑張ってずきずき痛むお尻を人前でさするのをこらえ、その脇を子供たちがものすごいスピードで滑っていった。

インライン・スケートで転んだときの記憶は、あまりに鮮明だった。だが、むち打ちになるのを覚悟してゴーカートを選ぼうかと思ったとき、彼女の目にプロムナードの様子が飛びこんできた。プロムナードは、海岸に沿った歩道の外側に作られた遊技場だった。波打ち際とのあいだには六、七〇センチくらいの石の壁が築かれ、そこにベンチが置かれていた。そのベンチを見たとき、ジョージアンヌの心は決まった。

そして今、彼女はポニーテイルの端を海からの風になぶらせながら、幸せなため息をついていた。石のベンチと平行に片腕を伸ばし、脚を組んでいる。左足のローラーブレードの先は、一〇〇メートルほど先の波打ち際に押しよせる波のようにゆらゆら揺れていた。身につけているのは、前にレースのついた袖なしの白いシルクのブラウスと、ふわりとした紫のスカート、そしてレンタルのローラーブレードだったから、人が見たら奇妙に思ったかもしれない。だが、転んでお尻をぶつけるくらいだったら、変人だと思われたほうがましだ。

こうやって腰をおろし、ジョンがレキシーにインライン・スケートを教えているのを見ているだけで充分だった。家のまわりではバービーのローラースケートを履いて走りまわっているレキシーだが、一直線に並んだゴムの車輪の上でバランスをとるのは、やはり難しいらしい。それに、滑りかたを教えるのはジョージアンヌより運動神経の発達した人のほうがいいはずだ。だが彼女にとって意外だったのは、自分がほっとした気持ちでいることだった。ジョージアンヌは、つらい義務から解放されたときのようにのびのびした気分でいた。

最初、レキシーは足首をぐらぐらさせていた。それを見たジョンは娘を目の前に立たせて腕をとり、彼女のローラーブレードを自分のローラーブレードではさみこむようにした。そうして地面を蹴り、ふたりで滑りはじめる。何を言われているのかはわからなかったけれど、レキシーはしきりにうなずき、ジョンとペースを合わせて脚を動かしていた。

ローラーブレードを履いたジョンは、いつもよりずっと大きく見えた。〝バッド・ドッグ〟と書かれたTシャツの裾をデニムのショートパンツのなかに入れている。娘の頭は、そのシヨートパンツのベルトのあたりにようやく届くくらいだ。自転車用のネオン・ピンクのショートパンツをはき、同じピンクのキティのシャツを着たレキシーはほんとうに小さく、父親のたくましい脚のあいだで、いつもよりずっと華奢に見えた。

ジョージアンヌは遠ざかっていくふたりのうしろ姿を見送ってから、プロムナードをうろついている旅行客に視線を移した。若いカップルが双子用の乳母車を押しながら歩いていった。彼女はいつものように、夫とふたりでありふれた家庭を築くのってどんな気持ちなんだろうと想像した。自分ひとりの力でここまでやってきたけれど、支えてくれる人がいたら何もかも違ったはずだ。

彼女はチャールズのことを思いだし、罪の意識にとらわれた。レキシーとキャノン・ビーチで休暇を過ごすことは伝えてあったけれど、大事なことは教えていなかった。ジョンのことだ。チャールズは、ジョージアンヌが出かける前の晩にも電話をかけてきて、気をつけて行っておいでと言ってくれた。そのときほんとうのことを打ち明けるべきだったのだが、つい、言いだせずに終わってしまった。言ったとしても、当然、彼の機嫌を損ねるだけだっただろう。

カモメの群れが頭の上で鳴きかわしていた。ジョージアンヌはチャールズのことをいったん頭から追いだし、プロムナードの壁から海に向かってパンくずを投げている子供たちに目をやった。そうやって海と人を眺めていると、そのうちにジョンとレキシーが戻ってきた。ジョンがうしろ向きにスケートしながら近づいてくる。ジョージアンヌはそのたくましいふくらはぎや膝の裏、筋肉に守られた腿に視線を滑らせた。財布がお尻のポケットをふくらませている。すると彼は一瞬のあいだに脚を交差させて前方へ向きを変え、レキシーの脇をすり抜けていった。ジョージアンヌは娘を見て、くすくす笑った。レキシーは眉をしかめて下を見つめ、集中した表情でジョンの言葉に聞き入っている。彼は娘といっしょにゆっくり回転しながら、ふと目をあげてジョージアンヌのほうを見た。しかし、ふたりの視線がぶつかったことに気づいたとたん、彼は顔をそむけてしまった。そのときジョージアンヌは、ジョンとレキシーがあまりにそっくりであることに気づいた。これまでもレキシーは自分より父親似だと思ってはいたけれど、こうやって真剣な表情を浮かべていると、ほとんど瓜《うり》ふたつだ。

「きみもいっしょに練習する約束だったと思うんだけどな」思いださせるように、ジョンが言った。

確かにそれが約束だった。彼はわたしの言うことを信じていたわけだ。「そうだったわね」と言って、とりあえず矛先をかわす。

「じゃあ、おりてこいよ」ジョンが顎を振ってうながした。

「もうちょっと休んでたいの。ふたりで楽しんで」

足もとを見つめていたレキシーが目をあげた。「見て、ママ、あたし、うまくなったんだよ」

「そうね。ほんとにうまくなったね」ふたりが滑っていってしまうと、ジョージアンヌは再び人間観察に戻った。ジョンとレキシーが次に戻ってきたときには、ローラーブレードに飽きていてほしかった。そうすれば三人で、ブロードウェイに並んだギフトショップで買い物ができるのに。

だがそんな願いも、レキシーが目の前をすごいスピードで滑っていったせいでかき消されてしまった。まるでローラーブレードを履いて生まれてきたかのような勢いだった。

「あんまり遠くに行っちゃだめだぞ」ジョンはうしろから声をかけると、リンクからあがってジョージアンヌの隣に腰をおろした。「あのくらいの年の子にしては、すごく上手だよ」そう言って笑みを浮かべる。きっと誇らしい気持ちなのだろう。

「覚えるのが早いの。九か月になる前に、もう歩いてたんだから」

彼は足もとを見つめた。「俺もそうだったはずだ」

「ほんと？　わたし、こんなに早くから歩きはじめたら、がに股になっちゃうんじゃないかって心配してたんだけど、縛りあげでもしないと歩くのをやめてくれなくて。それにメイも、早くから歩く子はがに股になるなんて迷信だって言ってくれたから」

ふたりはしばらく黙ったまま娘を見つめた。レキシーは転んで尻餅をついても、何事もなかったかのように立ちあがり、また滑っていく。

「あんなの、はじめてだわ」ジョージアンヌは、娘が涙を浮かべながら近づいてこないことに驚いていた。

「何が？」

「あんなふうに転んだら、必ずわんわん泣きながら、バンドエイドをちょうだい、って言ってきたのに」

「今日は大人らしくふるまうんだってさ」

「ふうん」ジョージアンヌは目を細めて娘を眺めた。たぶん、メイの言っていたことは正しかったのだろう。レキシーはジョージアンヌが思っていたより、ずっと芝居がかった子だったわけだ。

ジョンが、ジョージアンヌのむきだしの腕を肘でつついた。「じゃあ、行こうか?」

「行くって?」彼女はそう応じたが、彼が何を考えているかはうすうすわかっていた。嫌な予感がする。

「スケートをしに行くんだよ」

彼女は組んでいた脚をほどき、ジョンのほうに向きなおった。スカートの薄い生地ごしに、膝と膝が触れあう。「ジョン、正直に言うけど、わたし、スケートが大嫌いなの」

「じゃあ、どうして選んだんだ?」

「このベンチがあったから。ここに座って見ていればいいと思ったのよ」

だが彼は立ちあがって手を差しのべた。「さあ」

彼女は、開いたてのひらから腕へと視線を移していった。彼の顔をのぞきこんで首を振る。

彼は、鶏が鳴くような音を唇で立てた。臆病者め、というわけだ。

「子供みたいなことしないで」ジョージアンヌはあきれたように空を睨んだ。「秘密のハーブやスパイスをバケツいっぱいにしてくれたって、滑りませんからね」

ジョンが目尻に皺を浮かべて笑った。「行儀よくするって言ったから控えておくけど、いつもの俺だったらどんな行動に出ただろうな」

「ありがと」

「さあ、ジョージー。助けてあげるから」

「あなたの助けなんかじゃ、足りないわ」

「五分でいい。五分できみをプロのスケーターにしてやるよ」

「いいえ、けっこうです」

「ここに座ってばかりじゃだめだ」

「どうして？」

「退屈しちゃうじゃないか」ジョンは肩をすくめた。「それに、レキシーもきみのことを心配するだろ？」

「レキシーは心配なんかしません」

「するさ。ママがひとりでいるのは嫌だって言ってたぜ」

それは嘘だ。六歳の子供ならみんながそうであるように、レキシーは自己中心的だったし、母親はいつも必ずそばにいてくれるものだと思っていた。

「五分間だけよ。それが終わったらまたベンチに座らせてくれるって、約束する？」

「するよ。それに、絶対にきみが転ばないようにする」

ジョージアンヌはあきらめのため息をつき、片手を彼にゆだね、もう片方の手を壁についた。「わたし、運動神経がいいほうじゃないの」注意して立ちあがりながら、彼に警告する。

「きみにはほかの才能がたっぷりあるじゃないか」

どういう意味なのかたずねようと思ったが、そのときジョンがすでにうしろに回り、たくましい手をお尻に添えていた。

「いいスケートを履くこと以外に大切なのは」と彼女の左耳に口もとを近づける。「バランスをとることだ」

ジョージアンヌは彼の吐息が首にかかるのを感じた。肌がちりちりし、頬が上気してくる。

「手はどうすればいいの？」

あまりに長いあいだジョンが黙っていたので、答えてくれないのかと思った。もう一度たずねようと口を開きかけたとき、ようやく彼は言った。「好きなようにすればいいんだ」

彼女は拳を握りしめ、腕をまっすぐにおろした。

「リラックスしなきゃ」ゆっくり進みながらジョンが言う。「それじゃ、スケートを履いたトーテムポールみたいだぜ」

「しかたないの」背中がジョンの胸にぶつかる。お尻を支える手に力がくわえられた。

「そんなことはないさ。まず、膝をちょっと曲げてごらん。そうして、足の裏で体のバランスをとるようにしながら、右の脚を前に動かすんだよ」

「まだ五分たたない？」

「まだだな」

「転んじゃう」

「転ばせやしないさ」


プロムナードをさっと見わたすと、すぐそばにレキシーがいた。ジョージアンヌは思わず

足もとに目を落とした。「ほんとにだいじょうぶ？」もう一度念を押す。

「もちろん。俺はスケートのプロなんだぜ。覚えてるだろ？」

「わかりました」ジョージアンヌは気をつけながら膝を曲げた。

「いいぞ。じゃ、ちょっと押す感じで前に進むんだ」

ジョージアンヌは言われたとおりにしたつもりだったのだが、脚が奇妙な方向に滑ってしまった。するとジョンがウエストに腕を回し、もう片方の手で彼女の前面をつかみながら、転ばないように支えてくれた。体全体がすっぽり彼の胸に包みこまれている。息が詰まりそうだ。今何をつかんでいるのか、彼は気づいているのだろうか。

ジョンは気づいていた。今、自分がつかんでいるのは、ジョージアンヌの大きくて柔らかい乳房だ。間違えようなどあるわけがない。その瞬間、もともとぐらついていた自制心が、あっさり崩壊してしまった。ここまでは、反応を見せずにうまくやってきたつもりだった。だが昨日の朝、彼女が家のデッキに立っていたとき以来はじめて、理性がすっかり失われてしまった。

「だいじょうぶかい？」彼はなんとか言い、彼女の胸からそっと手を離した。

「ええ」

ジョージアンヌがそばにいても、何も問題は起きない。そう自分に言い聞かせてきたはずだった。たった五日間いっしょに生活するくらい、なんでもない。だがそれは間違いだった。少なくともあのまま、ベンチに座らせておくべきだった。「そんなつもりじゃなかったんだ。その、きみの……ええっと……」彼女のお尻が股間に押しつけられている。そのことに気づいたとたん、彼の心の隙を突いて、火の玉のように欲望が噴きあがってきた。思わず、彼女の頭の脇に顔を伏せる。ちくしょう。ジョージアンヌのうなじを舐めたら、きっといい味がするはずだ。ジョンは目を閉じ、彼女の髪の香りを吸いこみながら幻想におぼれた。

「もう五分たったと思うんだけど」

ジョンははっと我に返り、ウエストに手を置いて体を数センチだけ離した。腹の奥でわだかまっている欲望を抑えつけ、ジョージアンヌとそういう関係になるのはいい考えじゃないぞと自分に言い聞かせる。だが残念ながら、体のほうはいっこうに耳を貸そうとしない。

昨日の朝、小さなホルター・トップとショートパンツを身につけただけのジョージアンヌを目にして以来、彼は、彼女の長い脚や胸の谷間をつとめて見ないようにしてきた。ジョージアンヌはあくまでレキシーの母親なのだと、何度も自分に念を押してきた。なのに、今ではそんなことなど、もうどうでもよくなってしまったみたいだ。

昨日の晩、彼は、美しい顔とモデルのような肢体の奥にひそんでいたものを発見し、彼女が微笑みの陰に隠してきた痛みを理解した。テーブルのセットのしかたや銀器の見わけかたを学びながら、自分には知的障害があるのだと思いこみ、途方に暮れていたジョージアンヌ。彼女自身はなんでもなかったかのように話していたが、そんなことはない。それは大事なことだった。彼女にとっても、そしてジョンにとっても。

きれいな瞳や大きな胸の向こう側には、敬意に値する女性がいた。確かに彼女はレキシーの母親だ。しかし同時に、彼の頭のなかにある放埒《ほうらつ》な幻想やエロティックな夢の世界では、主演女優でもあった。

「ベンチまで連れてってあげるよ」ジョンはそう言って、石の壁へ近づいた。親友の妹のような気持ちでジョージアンヌとつきあえ。そう自分に言い聞かせたものの、無理であることはわかっていた。じゃあ、俺自身の妹ならどうだ？　しかし数時間後、三人でギフトショップやアーケードをめぐっていると、そんな考えかたもうまくいかないことが明らかになった。これじゃ、八方ふさがりだ。

だからかわりにジョンは、娘に気持ちを集中した。際限ないおしゃべりが、まるでバケツいっぱいの冷たい水のように彼を現実に立ち戻らせてくれた。レキシーが次から次へと質問をくりだしてくれるおかげで、ベッドに寝ているしどけないジョージアンヌの姿を思い浮かべずにすんだ。

彼はレキシーの目を見た。興奮にきらきらと輝いている、純粋な瞳。自分がこんなに完璧な存在の父親だと思うと、それだけで驚きだ。抱きあげて肩車をしてやっても、単に手をつないでいても、胸がどきどきする。笑い声を聞けるなら、どんな犠牲だって惜しくなかった。

この子といっしょにいられるのだから、母親への欲望を抑えつけておく苦しみなど、なんでもないはずだ。

帰りのドライブのあいだも、声高に歌を歌っているレキシーのおかげで気持ちを紛らわすことができた。二週間前に聞いたつまらないジョークを何度くりかえされてもかまわなかった。だが家に着くと、レキシーはすぐお風呂に飛びこんでバスルームに歌声や笑い声を響かせはじめてしまった。バスタブいっぱいのお湯とお風呂用のおもちゃに心の支えを奪われたジョンは、またそわそわしはじめた。

『ホッケー・ニュース』を手にとってダイニング・テーブルに座ったが、字面を追っているだけで少しも内容に集中できなかった。ジョージアンヌはキッチンに立ち、野菜を切っているところだ。髪をおろし、裸足《はだし》だった。ジョンは三ページにわたるマリオ・ルミューの記事に目を移した。マリオは好きなプレイヤーだ。尊敬もしている。だが今は、ジョージアンヌのコトコトという包丁の音以外、何も頭に入ってこない。

ついにあきらめ、ルミューの写真から目をあげた。「何をしてるんだい?」ジョージアンヌにたずねる。

彼女はちらりと肩ごしに振りかえると包丁を置き、ジョンのほうに向きなおった。「ロブスターと合うおいしいサラダを作ろうと思って」

彼は雑誌を閉じて立ちあがった。「おいしいサラダなんか欲しくないな」

「あら、じゃあ、どういうものが食べたいの?」

　彼はジョージアンヌの目もとから口もとへと視線を移した。食べたいのは、身も心も燃えあがるようなものだ。彼女は唇にピンクのグロスをつけ、濃い色で輪郭をなぞっていた。ジョンは彼女の喉から胸、そして足もとに目を落とした。女性の足をセクシーだと感じたことはないし、これまであまり考えたこともなかった。しかしジョージアンヌの足の中指にはめられた金のリングを見たとき、どきりとした。まるでハーレムの女のようだ。

「ジョン？」

　彼はジョージアンヌに近づいていき、顔をのぞきこんだ。魅力的なグリーンの瞳とふっくらした唇を持つハーレムの女が、彼に、いったいどうしたの、とたずねている。ハウスボートでは思わずキスをしてしまったけれど、今はそんなことをしてはいけない。

「どうしたの？」

　ああ、もうどうでもいい。ジョンはそう思いながら彼女のまん前で立ちどまった。もう一度だけ。もう一度だけキスがしたい。レキシーがバスルームのなか、おもちゃで遊んでいるのだから、ここで彼女にキスをしたってそれ以上の事態にはならないはずだ。ジョージアンヌは親友の妹でも、俺の妹でもない。

　彼女の顎に拳を滑らせる。「何が欲しいのか、教えてあげるよ」そう言って、大きく見開かれた彼女の瞳を見つめながらゆっくり頭をさげた。唇を彼女の唇にかすめさせ、顔をそむけられるだけの時間をジョージアンヌにあたえる。「俺が欲しいのは、これさ」

　深いため息とともに唇が開かれ、震えながらまぶたが閉じられた。ジョージアンヌは柔らかく、優しく、その唇はチェリーの味がした。彼女が欲しくて、体が燃えあがりそうだった。こめかみあたりの髪のなかに指を滑りこませ、上を向かせると、ジョンは心ゆくまでジョージアンヌの唇をむさぼりはじめた。野性的で大胆なキスだった。ふたりの欲望が口もとでぶつかりあう。彼女はジョンの肩から首、そして後頭部へと手を動かしていた。そうやって頭を支えながら、舌先を軽く吸っている。ジョンは、体の奥のほうから熱いものがつきあげてくるのを感じた。さらに彼女が欲しくなって、ブラウスを閉じているリボンをまさぐって引っぱり、前をすっかりくつろげると、いったん体を引いて彼女の唇から離れた。ジョージアンヌの美しい瞳は情熱でとろんとし、唇はキスのせいでふっくらとして濡れている。ジョンは喉もとから胸へと視線を落とした。ブラウスの前ははだけ、深い谷間を白いレースが交差しながら覆っている。ここから先に進んでしまったら、もうあと戻りなどできないことはわかっていた。踏みとどまるなら今だ。崖《がけ》から転がり落ちるまで、あとほんの少しだけ、考える余裕があった。

彼は乳房を包みこむと、谷間へと顔をさげた。ジョージアンヌの皮膚はあたたかく、いいにおいがした。サテンのブラの端に口をつけると、彼女がはっと息を呑むのがわかった。彼も肺にたっぷり空気を吸いこんで目を閉じ、彼女にしてやりたいあらゆることを思い浮かべる。汗まみれの熱い行為。以前にも一度、してやったこと。ジョンは柔らかい胸に舌先を滑らせた。そうして息をつくために顔をあげ、ここまでだ、と思った。

「ジョン、今はだめよ」彼女はあえぐように言ったが、離れようともしなかったし、ジョンの頭から手を離そうともしなかった。

だが、ジョージアンヌの言うとおりだ。バスルームに俺たちの娘がいなかったとしても、これ以上先に進むのはあまりに愚かだった。これまでも何度かあやまちを犯してきたけれど、愚かだったことは一度もない。少なくとも、ここ数年は。

ジョンは彼女の右の乳房の斜面にキスをした。彼の体は、今この場でジョージアンヌを床に押し倒し、奥深くまで入っていきたいと叫んでいた。彼女の表情をのぞきこんだときは、あやうく欲望に身を任せそうになった。ジョージアンヌは驚いてはいたものの、残りの一日を裸のままベッドで過ごしたいと思っている女性の顔をしていた。だが彼は思いとどまった。

「ああ、もう、どうしよう」彼女は小声で言うと、ブラウスの前をかきあわせた。

昼からこぼれだしたテキサスなまりの甘い声が、ジョンに七年前のことを思いださせた。あのときのジョージアンヌはまるでラップにくるまれたようだった。「どうやら俺のランクは、髪の毛のまとまらない一日より上になったみたいだな」

彼女はうつむいてリボンを結んだ。「レキシーの様子を見てこなきゃ」そう言って、逃げだすようにキッチンから出ていく。

ジョンは彼女のうしろ姿を見送った。釘を刺されてもはねかえせるくらいに、体が張りつめている。欲求不満ではらわたがよじれそうだった。選択肢は三つあった。彼女のあとを追って無理やり服を脱がせるか、自分で処理するか、それとも、エクササイズ・ルームでエネルギーを放出するか。彼が選んだのは三つ目――いちばん健康的な選択肢だった。

三〇分ほどバイクをこぐと、ようやくジョージアンヌの姿や、肌の味や、てのひらに残った乳房の感触を消すことができた。それでもさらに三〇分ペダルを踏み、それから筋力トレーニングに移った。

もう彼も三五歳だった。現役を引退するまで、あと二、三年だろう。残された時間、せいいっぱいプレイしたかった。そのためには、さらに体を鍛えなければならない。

ホッケー選手の標準からすれば、彼はかなりのベテランだ。つまりそれは、これまでよりいいプレイをしなければならないということを意味していた。でなければ、衰えたとかスピードがなくなったなどと言われるだけだ。スポーツライターもチームのフロントも、ベテランには疑いの目を向けるのが常だった。グレツキーやメシエやハルといった名選手も例外ではなかった。もちろん、ジョン・コワルスキーも。調子の出ない夜があったり、当たりが弱かったり、ショットが外れたりすると、スポーツライターどもがすぐに、コワルスキーはこれだけの契約に値するのかと書きたてる。二〇代のときにはなんでもなかったことが、今では問題視されてしまうわけだ。

彼らの言い分にもいくらかの真実は含まれているのだろう。確かにスピードは少しばかりなくなったかもしれない。だがそれは、純粋な体の強さで補っているつもりだった。もう何年も前からジョンは、長く現役を続けたければ状況に対応しなければならないということに気づいていた。だからプレイの力強さはそのままに、頭を使った動きや様々なテクニックを加味してきたつもりだった。

前のシーズンは軽い怪我だけで終えることができた。そしてトレーニング・キャンプを数週間後に控えた今、体調はこれまでで最高だった。万全の状態でリンクに出ていき、大暴れしたかった。

それに何より、優勝チームにあたえられるスタンリー・カップが欲しかった。

ジョンは筋肉が熱くなるまで脚を鍛え、それから腹筋を二五〇回やった。そうしてシャワーを浴び、ジーンズと白いTシャツに着替えて上にあがった。

デッキに出ると、ジョージアンヌとレキシーが並んで長椅子に座り、海を眺めていた。ジョンもジョージアンヌも言葉は交わさないまま、グリルに火が入れられた。ふたりとも、レキシーにぎごちない静寂を埋めてほしいと思っていた。ディナーのあいだ、ジョージアンヌは彼のほうを見ようともしなかったし、食事が終わるとあわてて立ちあがって皿を洗いはじめた。できるかぎり離れていようとしているらしい。ジョンはとりあえず、好きにさせておいた。

「ジョン、ゲームって持ってる?」レキシーが両手で顎を支えながら訊いてきた。髪の毛を三つ編みにして背中に垂らし、小さな紫のナイトガウンを着ている。「キャンディ・ランドとかは?」

「いいや」

「じゃ、トランプは?」

「それだったらあるかもしれないな」

「スラップジャック、したい？」

スラップジャックならいい気晴らしになってくれるかもしれない。「もちろんさ」彼は立ちあがってトランプを探しに行ったが、どこにも見あたらなかった。「トランプはないみたいだな」彼が言うと、レキシーはがっかりした表情になった。

「ふうん。じゃあ、バービーでお人形さんごっこしようか」

そんなことをするくらいなら、左の玉を切りとられたほうがましだった。

「レキシー」ジョージアンヌがキッチンの戸口に立って、タオルで手をぬぐいながら言った。「ジョンがお人形さんごっこをしたがってるとは思えないけど」

「お願い」レキシーが懇願した。「いちばんいい服を使わせてあげるから」

彼は娘の顔をのぞきこんだ。大きな青い瞳とピンクの頬。すると、こんなことを言っている自分の声が聞こえた。「わかった。でも、俺はケンだよ」

レキシーは椅子から飛びおりると、部屋から駆けていった。「ケンは持ってきてないの。脚を折っちゃったから」彼女は肩ごしにそう言った。

ジョージアンヌのほうを見ると、彼女は哀れみのこもった目で首を振っていた。少なくとも今は、ジョンを避けようとはしていない。

「きみもいっしょに遊ばないか？」ジョンはたずねた。ジョージアンヌがいっしょにいてくれれば、あとで自分だけ抜けられるかもしれない。

彼女は黙って笑みを浮かべ、カウチのほうへ歩いてきた。「嫌よ。いちばんいい服はあなたのものなんでしょ？」

「きみが先に選んでいいからさ」彼はそう請けあった。

「ごめんなさい、ビッグ・ボーイ」ジョージアンヌは雑誌を手にとって腰をおろした。「ひとりであの子と遊んであげて」

レキシーが両腕におもちゃをいっぱい抱えてリビングに戻ってきた。残念ながら、しばらくのあいだは娘につきあってやらなければならないようだ。

「ジョンはジュエル・ヘア・バービーをやってね」レキシーはそう言って、ジョンのほうに裸の人形を放った。その拍子に腕のあいだから、パステル・カラーのプラスティックの家具が床に落ちた。

彼はあぐらをかいて座り、人形を拾いあげてひねくりまわした。子供のころだったら喜んで裸のバービーと遊んだだろうが、残念ながら当時はお人形さんごっこをする機会などなかった。というわけで今になってはじめて、まじまじとバービーを拝顔する恩恵に浴したのだが、よく見るとお尻は骨ばっていたし、膝は動かすたびにぽきぽきと妙な音を立てた。

運命を甘受することにして、床に散らばった服を物色した。選んだのはヒョウ柄のレオタードとそれにマッチしたレギンスだった。「同じ柄のハンドバッグはあるかい？」ジョンは夢中になってヘアサロンを建設しているレキシーにたずねた。

「ううん。ブーツならあるけど」彼女は服の山からブーツを探しだしてジョンに手渡した。

「趣味のいい女性には、まさに欠かせないものだよな。売春婦が履くようなブーツなんて」

「売春婦って？」

「そんなことは知らなくていいの」ジョージアンヌが腰をおろしたまま、雑誌の向こうから言った。

お人形さんごっこは、姉妹もなく同世代の女の子もいない状況で育ったジョンにとって、まったく新しい体験だった。アクション・フィギュアで遊んだことはあったが、やはりいちばんはホッケーだった。彼はバービーのかたいプラスティックの胸をレオタードで覆い、レギンスに手を伸ばした。そうやって人形に服を着せていると、気づいたことがいくつかあった。まず、ゴム製の脚にレギンスをはかせるのはとんでもなく大変な作業であること。そして、たとえバービーが生身の女性だったとしても、彼が服を着せたり脱がせたりしたくなるようなタイプではないこと。痩せすぎだし、かたすぎだし、足もとがっている。そして、もうひとつ。「ええっと、ジョージアンヌ？」

「なあに？」

ジョンは振り向いて彼女を見た。「まさか誰にも言わないよな？」

ジョージアンヌはちょっとだけ雑誌をさげ、その上から緑の瞳で彼の顔をのぞきこんだ。

「なんのことを？」

「これだよ」ジョンはヘアサロンを指さしながら言った。「こういうことがマスコミに知れたら、俺の評判はがた落ちになっちまう。だって俺は、氷上のクソッタレなんだからね――おっと、ごめんよ」彼はどちらかの女性から注意される前に訂正した。「とにかく、これがばれたら、俺の生活はめちゃくちゃになっちまうんだ」

ジョンに道を誤らせた娘は、ジョージアンヌと彼のあいだに陣どっている。ジョンは思わず笑ってしまった。この俺が悪戦苦闘しながらバービー人形にブーツを履かせているとは、なんて絵柄だろうか。すると、いっしょになって笑っていたジョージアンヌが急に静かになり、テーブルの端に雑誌を放った。「シャワーを浴びてくるわ」そう言って立ちあがる。

「パーマは今かけたい？」レキシーがたずねる。

ジョンはお尻を振りながら部屋を出ていくジョージアンヌのうしろ姿を見送った。「パーマはかけなきゃいけないのかい？」注意を娘に戻しながら訊く。

「うん」

売春婦のようなブーツを履いたバービーを、ヘアサロンのピンクの椅子に飛び乗らせる。彼自身はヘアサロンのことなど何も知らなかったが、そこで長い時間を過ごし、彼の財産をつかったガールフレンドならひとりかふたりいた。「ついでに爪の手入れもしてもらえますか？」同時にビキニ用の毛の手入れとアプリコットのフェイシャルも頼んだ。

レキシーが笑い声をあげ、ジョンっておかしい、と言ってくれた。そのとたん、バービーごっこもそんなに悪くないように思えた。

レキシーは一〇時になるまで遊ぶとすっかり疲れきってしまい、ベッドまで抱っこして、彼はとジョンにせがんだ。バービーのパーマ屋さんごっこに最後までつきあったおかげで、彼はどうやら貴重な得点をあげたようだった。

ほかのときだったら、レキシーの背信に傷ついたかもしれないが、今夜のジョージアンヌには考えるべきことがあった。大きなトラブル。さっきキスをされて以来、好き嫌い採点表でのジョンの順位は、髪の毛のまとまらない一日を抜かしただけでなく、眉のむだ毛抜きの上に立ってしまった。それだけではない。彼は床に座りこみ、六歳の娘とお人形さんごっこまでやってくれた。最初はおかしな姿だと思った。大きな手と大きな体をしたむくつけき男が、ハンドバッグとブーツをどう合わせようかと苦心し、こんなことが人に知れたらチーム内で幅がきかなくなってしまうと心配していた。だが突然、そんな彼を見ていても笑えなくなった。ジョンは床に這いつくばるようにして、バービーにレギンスをはかせていた。それはまさに父親の姿だった。そしてわたしは母親。三人は家族だった。だがほんとうの家族ではありえない。ジョンと目を見交わして笑いあったとき、ジョージアンヌは突然、心の痛みを感じた。

笑えるところなどどこにもなかった。そう思いながらデッキに出る。波はもうほとんど見えなかったけれど、潮騒は聞こえた。気温がすっかりさがっている。ワッフル編みのセーターとデニムのスカートに着替えてきてよかった。つま先がちょっと冷たいから、靴は履いてくるべきだったかも。ジョージアンヌは両腕で自分を抱きしめ、夜の空を見あげた。天文学には詳しくなかったけれど、星を見あげるのは大好きだ。

うしろでドアが開いて閉まるのが聞こえたと思ったら、肩に毛布がかけられた。「ありがとう」そうつぶやいて、手織りの毛布をさらにきつく巻きつける。

「どういたしまして。レキシーはベッドに寝かせる前にもうぐっすりだったよ」ジョンは言って、手すりの前で彼女と並んだ。

「たいていそうなの。寝つきがよくって、とっても助かってる。もちろんレキシーのことは愛してるけど、寝ているときのあの子が大好きなの」ジョージアンヌは頭を振った。「ひどい言いかたよね」

ジョンがくすりと笑った。「そんなことはないさ。あの子といると疲れちまうことだってあるだろうからね。親の大変さがわかったよ」

ジョージアンヌは、海を見つめている彼の横顔に目をやった。家のなかの明かりが木のデッキを長方形に照らし、彼の顔に影を投げかけていた。ジョンは青いゴアテックスのジャンパーを着て、立てた緑の襟を潮風になぶらせている。

「あなたはどんな子供だったの？」彼女は好奇心に駆られてたずねた。みんなが思っているとおり、自分とレキシーとはあまり似ていない。

「かなりハイパーだったよ。おじいちゃんは一〇年くらい寿命が縮まったんじゃないかな」

彼女はジョンのほうを向いた。「アーニーとお母さんの話はよく聞くけど、お父さんはどうしたの？」

彼は肩をすくめた。「覚えてないんだ。俺が五歳のとき、交通事故で死んだからね。おふくろはふたつの仕事をかけもちしてたんで、俺はおじいちゃんとおばあちゃんに育てられたってわけさ。ドロシーおばあちゃんは、俺が二三歳のときに亡くなったよ」

「じゃあ、わたしたちにも共通点があるのね。おばあちゃんっ子だ、っていう」

ジョンがこちらを向くと、家の明かりでその顔が照らしだされた。「きみのお母さんはどうしたんだ？」

何年も前は、耳なじみのいい話を適当にでっちあげてしまった。だが彼は、覚えていないのだろう。それに今は、自分に自信が持てたおかげで嘘をつく必要など感じない。「母はわたしと暮らしたがらなかったの」

「きみと暮らしたがらなかった？」ジョンが眉をひそめた。「どうして？」

ジョージアンヌは肩をすくめて正面を向き、黒い夜のなか、さらに黒くそびえているヘイスタック・ロックのシルエットを眺めた。「未婚の母だったたし、たぶん……」彼女は言いよどんでから話を続けた。「ほんとうのところは、よくわからない。昨年おばさんから聞いたんだけど、母はどうやらわたしを堕《お》ろそうとしてたらしいの。でも、それをおばあちゃんがとめてくれたんだって。わたしが生まれたとき、家に連れて帰ってくれたのはおばあちゃんだった。たぶん母は、わたしの顔を見もせずに町から出てったんじゃないかしら」

「ほんとなのか？」彼は憤慨している様子だった。

「もちろん」ジョージアンヌは体に巻きつけた両腕に力をこめた。「いつかはきっと母が帰ってくるんだと思ってたし、そのときのためにせいいっぱいいい子でいようと思ってた。母に愛してもらえるようにね。でも帰ってこなかったの。電話もかけてくれなかったし」彼女は再び肩をすくめて両腕をこすった。「でも、お母さん役はおばあちゃんがやってくれたから。クラリッサ・ジューンっていう名前だったんだけど、わたしを心から愛してくれたし、ほんとに優しくしてくれたの。おばあちゃんが考えていたのは、わたしをいい妻にすることだったんだけどね。自分が死ぬまでにわたしに結婚してほしいって思ってたから、亡くなる前には、早く夫を見つけてくれって何度も言ってたわ。あんまりうるさく言うもんだから、もうおばあちゃんとは買い物にも行きたくなかったくらい」ジョージアンヌは当時のことを思いだして微笑んだ。「わたしにいろんな男の人を紹介してくれてね。なかでもご執心だったのは、肉屋のクリータス・J・クレブズじゃなかったかな。クラリッサおばあちゃんは養豚場で育ったから、おいしい豚肉には弱かったのよ。だけど、クリータスが結婚してるってわかって、すごくがっかりしてた」大笑いしてくれるとは思っていなかったが、ジョンはくすりともしなかった。

「お父さんは?」

「誰かもわからない」

「誰も教えてくれなかったのか?」

「知ってるのは母だけだもの。それに母は絶対に教えてくれないだろうし。わたし、子供のころときどき考えてた……」ジョージアンヌはそこで言葉を切ると、恥ずかしそうに頭を振った。「ううん、いいの」そう言って鼻先を毛布に埋める。

「何を考えたんだい?」彼がたずねた。

彼女はジョンを見あげた。彼の口調には優しさがあふれていた。「馬鹿なことだけど、お父さんに会えたら、きっと愛してくれる、って。だって、ずっといい子でいたから」

「馬鹿なことなんかじゃないよ。もしお父さんがきみのことを知ったら、心から愛してくれたさ」

「そうは思わないけど」経験から言って、愛してほしいと思う人はこれまで決して彼女を愛してくれなかった。ジョンがそのいい例だ。彼女は海を見つめた。「父にはどうでもいいことだったんじゃないかしら。あなたがそう言ってくれるのはうれしいけど」

「そんなことはない。絶対に愛してくれたよ」

ジョンのように確信することはできなかったけれど、もうどうでもいいことだ。夢を見るのは、もう何年も前にやめてしまった。

そよ風がジョージアンヌの髪をもてあそび、ふたりは沈黙をわだかまらせたまま、黒と銀の波を見ていた。すると、風のなかからかすかに聞こえてくるような声で、ジョンが言った。

「さぞつらかっただろうね」両手をジャンパーのポケットに突っこみ、彼女のほうに向きなおる。「さっきのキッチンでのこと、話しあいたいんだけどな」

ジョージアンヌは、彼がそんな告白をしたことに驚いていた。しかし、さっきのキスのことは話したくなかった。どうしてキスをされたのかも、どうしてキスに応えてしまったのかもわからなかったからだ。あれはまるで、彼女の意志を吸いとってしまうかのようなキスだった。足の先が冷たかった。そろそろ家のなかに戻って、頭のなかを整理したほうがいい。

「わかってるだろうけど、俺はきみに惹《ひ》かれてる」

いや、もう少しここにいて、彼の告白が終わるまで待ったほうがいいかもしれない。

「前に、きみがどんなことをしたって反応なんてしない、って言ったよな。あれは嘘なんだ。きみはきれいだし、柔らかいし、もし状況が違ったら、どんな代償を支払ってもきみと愛を交わしたいって思ったはずさ。でも、これが今の状況なんだ。だから、もし俺がきみに飛びかからんばかりの目つきをしてたとしても、信じてほしい。絶対にそんなことはしないから。もう三五歳なんだから、自分をコントロールするくらいはできるつもりだ。また変なまねをするんじゃないかって、きみに心配してほしくないんだよ」

こんなことを言ってくれた人など、これまでひとりもいなかった。

「ただ、もうきみにキスしたり、触れたり、飛びかかろうとしたりしないってわかってほしくてね。俺たちふたりがセックスなんかするのは、どう考えても間違いだろう?」

確かにジョンの言うことは正しかった。しかしジョージアンヌは、彼が自分をコントロールしようとしているのを知って、ほんの少しだけがっかりした。「あなたの言うとおりね」

「せっかくうまくつきあえそうなのに、それをぶち壊しにする必要はないんだから」

「ええ」

ジョンは彼女のほうを向いた。「そういうことを考えないようにすれば、きっと何事もなく過ぎていくさ」彼はちらりと髪に視線を走らせ、それから顔に目を戻した。

「ほんとうにそう思う?」

ジョンは表情を曇らせると、ゆっくり首を振った。「いや、俺の言ってることには、なんの意味もないよな」そう言ってポケットから両手を出し、彼女の頰を包んだ。親指で冷たくなった肌を撫で、そっと額を寄せる。「俺はわがままな男なんだ。きみが欲しい」低い声だった。「きみにキスして、きみに触れたい。そうして——」彼はそこでいったん唇を閉じ、瞳に笑みを浮かべた。「きれいなきみに飛びかかってやりたい。確かに俺はもう三五かもしれないが、きみといっしょにいたら、自分をコントロールすることなんて不可能だよ。きみが欲しいっていう気持ちがすべてに勝ってしまって、いつもきみと愛を交わすことばかり考えちまう。わかってたかい?」

彼はジョージアンヌを包囲し、息ができないほど抱きしめ、抵抗の意志をはぎとってしまった。彼女は何も言えず、ただ首を振った。

「昨日、きみの夢を見たよ。すごい夢だった。口にはできないようなことをふたりでやってたんだ。とてもきみには言えないようなことをね」

わたしの夢を見た? ジョージアンヌはしゃれた言葉で矛先をかわそうとしたが、何も浮かんでこなかった。きれいなきみに飛びかかってやりたい、と言われたとき、論理的な思考などすでに吹き飛んでいた。

「だから、きみには理性的でいてほしい。ノーと言ってほしいんだ」ジョンは彼女の唇に自分の唇を触れさせてから続けた。「ノーと言ってくれ。そうしたら、きみをひとりにしてあげるから」

ジョンはあまりに近くにいて、あまりにハンサムだった。彼が欲しくてたまらない。理性的でなど、いられるわけがなかった。彼の皮膚の下に潜りこんでしまいたかった。ノーなんて、言えるわけがなかった。ジョージアンヌは毛布から手を離した。毛布は肩から滑り落ち、足もとにわだかまった。ジャンパーの襟をつかみ、彼にしがみつく。そうして彼の唇の割れ目をそっと舐めた。すると彼の唇が開いた。さっきのキスはゆっくりと始まりながら、すぐに沸点に達した。そのときの感触がまだ残っている。ふたりは口を開き、軽く舌を絡ませた。夜は長い。時間はたっぷりあった。

ずっと以前、彼女は男の歓ばせかたを知っていた。持って生まれた素質を磨いて、アートの領域まで高めたわけだ。しかし今では、どうやって男性をじらしたらいいのか、どうやって相手を狂わせたらいいのか、自信がなかった。ジョージアンヌは彼のウェストのあたりをまさぐり、ジャンパーの下に手を入れてあたたかいおなかから胸のほうへとさすりあげた。手の下で筋肉がかたくなり、唇がさらに強く押しつけられて、柔らかく湿った音を立てた。舌で誘うと、彼の胸が大きく高鳴るのがわかった。ジョンは片方の手で彼女のお尻を包みこみ、ぐいと引きよせた。

おなかのあたりにあたっている彼の股間が大きくなった。長く、そしてかたく。情熱と女性としての満足感が彼女のなかを突き抜けていき、腿のあいだにわだかまる。体を軽く彼にこすりつけただけで、熱い思いが渦巻いた。彼はジョージアンヌのお尻をさらにきつく引きよせ、唇を離した。

「七年前、きみはすごくうまかったよな」夜の風にこめかみの短い毛をなぶらせながら、ジョンが言った。「今はもっとうまくなったんじゃないか？」

だとしてもそれは練習を積んだせいなんかじゃない、と言いたかった。実際にはあまりにも練習から遠ざかりすぎていて、まともな反応ができなかったほどだ。彼の官能的な口や頭のなかで渦巻くみだらな言葉の響きに気を散らされるまでもなく、冷たい風がセーターを吹き抜けたせいで、ジョージアンヌは身を震わせた。

「なかに入ろう」ジョンが言って、彼女の手をとった。自分の脇に引きよせて肩を抱き、家のなかに入ってドアを閉める。そしてすぐにキスをしながら、肩を揺すってジャケットを脱いだ。「まだ寒いかい？」ジャケットをカウチに放り投げながらたずねる。

腕の産毛がぞわぞわと逆立つのが、ジョージアンヌにはわかった。ただし、寒いからではない。「ううん、だいじょうぶ」彼女はセーターのなかで腕をこすりながら言った。

「せっかくだから火をおこそう」

そんなに長くキスを待つのは気が進まなかったが、愛に飢えているように思われるのも嫌だった。「あんまり手間じゃなかったら」

ジョンがゆったりした笑みを浮かべる。「ああ、それくらいは簡単さ」そう言うと、青と白のタイル張りのマントルピースに近づいていって、ぱちっとスイッチを入れた。そのとたんオレンジ色のガスの炎がつき、擬木の薪《まき》が赤く燃えあがる。

ジョージアンヌも微笑んだ。「まあ、ずるしたわね」

「ボーイ・スカウトの経験があるやつならそうかもしれないけど、俺は違うからね」

「それくらい、予想できたはずなのに」彼女は大きな窓から外を眺めようとしたが、自分の姿がそこに映っているせいで向こうはよく見えなかった。一瞬、パニックが襲ってくる。今、身につけているのはサテンの下着だっただろうか、それとも普通の白いコットンの下着にはきかえてしまっただろうか。

「何が予想できたんだ?」ジョンがそうたずねながら、そばまでやってきて、横に立った。

「俺がボーイ・スカウトに入っていなかったってことか?」彼女の手をとって、再び腕のなかへと引きよせる。「それとも、この暖炉が偽物だったってことかい?」

ジョージアンヌは窓を眺めた。彼の影がガラスに映って揺らめいている。うっとりするほどすてきな顔を見つめているうちに、下着がヘインズのものだったか、〈ヴィクトリアズ・シークレット〉で買ったものだったかなんて、どうでもよくなってきた。彼女はわずかに背筋を反らし、彼の股間に腰を押しつけた。「あなたのなかで燃えている炎も偽物?」

ジョンは息を吸い、少し緊張ぎみの声で笑った。「きみがいい子にしてたら、あとで見せてやるよ」彼女の頭のてっぺんにキスをし、セーターの裾をつかむ。「でも、まずはきみのほうが見せてくれ」そして頭からセーターを引き抜き、脇に放り投げた。ジョージアンヌはとっさに、腕で胸もとを隠したくなった。でも、そうするかわりに腕を脇におろしたまま、デニムのスカートとブルーのストレッチ・サテンのブラだけをつけた姿を彼の目の前にさらした。ジョンの指がおなかのあたりを軽く撫で、重みのあるふくよかな胸をたくましいてのひらで包みこむ。

「なんてきれいなんだ」彼はそうささやき、サテンの布地の上から乳首を親指で軽くこすった。「あんまりきれいすぎて、息もできないくらいだよ」

その感覚はジョージアンヌにもよくわかった。ジョンの手が乳房をそっと持ちあげるのを見ているだけで、肺のなかの空気がなくなってしまう気がする。ブラのホックを外され、ストラップをゆっくり肩からおろされるあいだじゅう、彼の手の動きから目が離せなかった。ブルーのサテンが胸を滑り、乳首をかすめて腕の先から床へと落ちていく。突然、恥ずかしさがこみあげてきて、ジョージアンヌは彼の胸板に体を押しつけたくなった。そうすれば彼の視線にさらされずにすむ。だが、ジョンの両手が彼女のウエストをしっかりつかんで押さえているせいで、動けなかった。

「外からのぞかれてしまうかもしれない」ジョージアンヌは言った。

「どうせ誰もいやしないさ」豊かな胸の頂に、ジョンが指先でそっと触れる。

呼吸が浅くなった。「いるかもしれないでしょ?」

「ビーチからは見えないよ。ここは高台なんだから」親指と人差し指で乳首を軽くつままれると、何もかも、どうでもよくなってしまった。たとえ、バスで乗りつけてきた観光客がデッキに鈴なりになって家のなかをのぞいていようと、もう気にならない。ジョージアンヌは背中を反らして両腕をあげ、彼の頭を抱えこむようにして自分からキスを求めた。彼の口のなかに舌を差し入れ、情熱のこもったキスをする。ジョンは胸の奥から深いうめきをもらしつつ、彼女の胸をまさぐっていた。下から手をあてがって軽く乳房を握ったかと思うと、てのひらをおへそのほうへ滑らせていく。デニムのスカートとブルーのサテン地の下着がヒップから腿へと引きずりおろされ、足もとにすとんと落ちた。それを足で蹴って脇に押しやり、生まれたままの姿になったジョージアンヌは、彼のジーンズに裸の腰を押しつけた。ジョンはまだきちんと服を着ていて、自分だけが裸。そんな状態のせいか、はき古されたデニムの感触がひどくなまめかしく感じられる。ジョンは熱いキスを首筋にいくつも植えつけながら、かたくなった股間をぐっと押しつけかえしてきた。彼女の肩をそっと噛み、肌に吸いついてくる。

ジョージアンヌは窓のほうに目をやり、ガラスにぼんやりと映ったジョンの大きな両手が自分の体を撫でまわすさまを見ていた。彼の愛撫は胸からおなかへ、そしてヒップへと移っていく。やがてジョンは彼女の腿をそっと開かせ、手で優しく慈しみはじめた。彼の指になぞられたところから甘い蜜があふれだし、体の芯《しん》がとろけていく。彼の手と、口と、熱い視線に触れられて。窓ガラスに映る自分に目を向けると、見覚えのない顔をした女性が見つめかえしていた。うっとりした表情を浮かべた女。ふと気がつくと口からあえぎ声がもれていた。このまま彼が手をとめてくれなかったら、ひとりで先にのぼりつめてしまいそうだ。でも、それは嫌だった。クライマックスを迎えるのは彼といっしょじゃなきゃ。

ジョンの手がもたらしてくれるすばらしい歓びをもう少しだけ堪能《たんのう》すると、ジョージアンヌは彼の首に腕を巻きつけた。彼の腿の外側を裸の膝でこすりあげながら、むさぼるようにキスを奪う。彼の指が感じやすい背中を這いおりていき、ヒップをわしづかみにして彼女を抱えあげた。ジョンが腰を回しながら、ぐいぐいと股間を押しつけてくる。ジョージアンヌは彼の口から喉のほうへ唇を動かしていき、その肌を味わった。ジョンの口からうめき声がもれてくると、体を離して彼の前に立つ。てのひらをおなかの下のほうへ滑らせていってTシャツの縁をつかみ、伸縮性のあるコットンをジーンズから引きだした。

ジョンは片腕をあげて背中に手を回し、Tシャツの襟首をつかんだ。そして一気に頭から脱いで、脇に放った。ジョージアンヌは情熱に満ちたブルーの瞳から、短くカールした毛に覆われた筋肉質の広い胸に目を移した。乳房の先端が、彼の平らなブラウンの乳首の数センチ下に触れる。彼の胸毛は細い筋となって、彼女のふくよかな胸のあいだから彼のウエストへと流れるようにつながっていた。

「ほら、見てごらんよ」ジョンが、かろうじて聞きとれるくらいにささやく。その声は欲望でかすれていた。「きみは最高のプレゼントだ。これまでにもらったクリスマスのプレゼントを全部ひとつにまとめたくらい最高だよ」

ジョージアンヌは彼のジーンズのボタンを外して、ジッパーをおろした。「あなたはいい子にしてた?」そうたずねながら、ジーンズのなかへ手を滑りこませる。

彼がはっと息を呑んだ。「ああ、もちろん」

下着のゴムのなかに手を潜りこませ、平らなおなかのさらに下へと指を這わせた。「それなら……」長くて太いものに指を絡ませながら、甘くささやく。「あなたはどっちの役がやりたい？　悪い子？　それとも、いい子？」

ジョンは肺からふうっと息を吐きだし、ランニング・シューズを蹴って脱いだ。「いい子の役なんて、どうやればいいのかわからないな。ペナルティー・ボックスに閉じこめられるような悪さばっかりしてきたから」

「じゃあ、悪い子役ね」ジョージアンヌは彼のジーンズと下着を引きおろし、むきだしになった腿を撫ではじめた。そっと触れると、てのひらの下で筋肉がきゅっと引きしまる。その反応が楽しかった。

「ああ、そうだな」ジョンがこわばった声で言いつつ、服を脱ぐ。ジーンズのポケットから財布を引き抜き、カウチの横のテーブルにぽんと置いた。そして完全に一糸まとわぬ姿になって彼女の目の前に立ち、長年のトレーニングで完璧に鍛えあげられた、大柄でがっしりしたアスリートの肉体を惜しげもなくさらした。柔らかさは微塵《みじん》も感じられない。いかにもプロのスポーツ選手らしい、隆々とした体つきだ。

ジョージアンヌが近づいていくと、熱くそそり立ったペニスの先端がおへそのあたりに触れた。てのひらでジョンのおなかを撫であげ、少しとろんとした彼の目を見あげたとき、自分が男性を歓ばせる方法を忘れていないことに気づいた。というより、ジョンを歓ばせる方法だ。七年も前に彼自身から教わったことを、ジョージアンヌはいまだに覚えていた。彼女は少し前かがみになって、舌の先で彼の平らな乳首を舐めた。すると乳首はたちまちきゅっと縮こまり、かたくなった。ジョンは両手で彼女の頭を支えつつ、指を握りしめて髪をつかんだ。

「ああ、もうたまらないよ。死にそうだ」

ジョージアンヌはつま先立ちになって、ジョンの胸板に、ふっくらとした胸の頂を触れさせた。「どうかお慈悲をって、神様にお祈りしたら？」ささやきながら彼の耳たぶにそっと吸いつき、あたたかい体に肌をこすりつける。首筋や肩にも優しく嚙みつき、小さなキスを注ぎながら、みぞおちから下腹部へと頭をさげていった。そしてジョンの前にひざまずき、彼の呼吸が荒く激しくなるまで、手と口でゆっくりと愛撫を重ねた。

「タイム・アウトだ」ジョンがあえぎながら、手を伸ばしてくる。腕をつかんで彼女を引っぱりあげ、足で立たせた。

「タイム・アウトなんてないでしょ」ジョージアンヌはてのひらを彼の胸にあてて、ぐっと押した。彼が一歩さがると、すぐさま一歩前に出る。「これはホッケーの試合じゃないんだから」彼のかかとがカウチにつくまで、ぐいぐい押していった。「第一、わたしは男じゃないんですからね」ジョンがカウチにどすんと腰をおろすと、彼女は彼の腿を割ってあいだに立った。

「ジョージー、ハニー、きみを男と間違うやつなんて、いるもんか」片手でヒップをまさぐりながら、ジョンが彼女を引きよせた。熱い口で片方の乳首に吸いついてくると同時に、もう一方の手の指で炎のような愛撫をくわえてくる。乳房にキスをする彼を見つめていると、生々しい感情が血管を駆けめぐった。これこそがジョンだ、わたしは美しいんだと思わせてくれる人。わたしは求められているんだと感じさせてくれる人。その人は、わたしの心を盗み、九か月後にやっと返してくれた。ジョージアンヌは目を閉じ、彼を強く抱きしめた。抱きしめながら、もう充分だと思えるところまで、手や口による愛撫を受けた。あと少しで限界を超えてしまいそうな気がしたとき、彼女は一歩身を引いた。

するとジョンは無言のまま、カウチの横のテーブルから財布をとり、コンドームの薄い包みをひとつ出した。歯でちぎって袋をあけたが、彼が自分でつける前に、ジョージアンヌはコンドームを彼の手からとりあげた。「これは女の仕事よ」そう言って、薄いラテックスを伸ばしながら長いペニスにかぶせる。手のなかで、彼がびくびくと動いた。解放の瞬間を待ちわびているかのように。彼女は上にまたがって、ジョンの青い瞳をのぞきこんだ。そしてゆっくりと腰を沈めていった。

彼はとても大きくてかたく、何度か腰を動かしてやっと、完全にジョージアンヌを満たした。しばらくじっとしていると、自分の体から力が抜けていくのがわかった。彼自身を奥深くまですっぽりと包みこむ。ジョンの熱さが伝わってきて満足感を覚えながらも、なぜか落ち着かない気分になってしまった。彼の首筋の筋肉が盛りあがり、肩も鋼のようにかたく張りつめている。彼女はその肩をつかんで指を食いこませた。ジョンは瞳を熱く潤ませ、奥歯を嚙みしめている。ジョージアンヌはキスをしてから、体を動かしはじめた。興奮しているせいか、あるいは経験が足りないせいか、彼女の動きはぎごちなかった。両膝をカウチに沈め、彼が下から突きあげてくると、腰を浮かせた。

「リラックスして」ジョンがそう言って、両手を彼女のヒップにあてがった。「好きなだけ時間をかけていいんだから」

ジョージアンヌは彼の口に唇を押しつけ、欲求不満を吐きだすようにうめいた。リラックスなんてできないし、もうこれ以上時間をかけたくもない。

ジョンは唇を引きはがすと、片腕でジョージアンヌの体を優しく抱いて、カウチに仰向けに寝そべらせた。体はまだしっかりとつながったまま。片膝をカウチにつき、もう一方の足は床におろす。「じゃあ、ここからは男の仕事だ」そう言うと、いったん腰を引き抜いた。彼女が狂おしく悩ましげな声をもらすと、再びぐっと深く腰を沈めてくる。ジョージアンヌは彼にしがみつき、何度も何度も奥まで迎え入れながら、高みへと押しあげられていった。そしてとうとう崖の縁までのぼりつめると、支離滅裂な言葉が口からこぼれでた。あとで思いかえせばきっと恥ずかしくなりそうな言葉だったけれど、どうしても自分を抑えられなかった。そんなことなど、気にしてはいられなかった。

「そうだよ、ハニー」ジョンが奥深くまで彼女を貫いてささやいた。「どうしてほしいのか言ってごらん」

ジョージアンヌは自分の望みを口にした。細かく、具体的に。ジョンは両手で彼女の顔を包み、きみはなんてきれいなんだと褒めたたえ、どんなに気持ちいいかを言葉で伝えた。ひと突きされるたびに彼女はさらに燃えあがり、ついにクライマックスに達すると、彼の名前を叫んだ。そして彼のすべてを絞りつくすように体を痙攣させせると、いったん波がすうっと引いていき、また新たな波が押しよせてきた。

いつしかジョンも目を閉じて、食いしばった歯の隙間から鋭い息をつきはじめた。彼女が歓びの叫びをあげると同時に、満足のうめきでそれに応える。そして最後にもう一度なかまで深く入ってきて、全身の筋肉を石のようにこわばらせると、いかにもホッケー選手らしい罵りの言葉を吐きながら果てた。

14

ジョンはベッドの端に腰をおろし、シルバーとブルーのトレーニング・シューズに足を突っこんだ。部屋はまるで戦場のようだ。シーツはマットのまんなかでくしゃくしゃになり、ダウンの上掛けや枕は床に落ちている。ドレッサーの上には食べかけのハム・サンドイッチがのった皿が置かれ、地元のアーティストから買って壁に立てかけておいた油絵のフレームは壊れていた。

シューズの紐を結んで、立ちあがった。部屋には彼と彼女のにおいが充満していた――セックスのにおい。湿ったタオルをまたいで、ドレッサーの上のウォークマンをつかむ。ヘッドフォンをかけ、本体をショートパンツのウェストバンドに引っかけた。

ワイルド。昨晩のことを思いだすと、そんな言葉しか浮かんでこない。美しくワイルドな女性との、ワイルドなセックス。最高じゃないか。

だがもちろん、問題はあった。ジョージアンヌはただの美しくてワイルドな女性ではない。お気軽なデートの相手でもなければ、ガールフレンドでもないし、もちろんホッケー選手と寝たがっているたぐいの女でもなかった。彼女は、レキシーの母親だ。そのせいで事態はすつかり複雑になっていた。

廊下に出て、ゲスト用のベッドルームの前で足をとめ、半分あいたドアから部屋をのぞく。カーテンの向こうから忍びこんでくる夜明けの光のなか、ジョージアンヌは安らかに眠っていた。白いナイトガウンに着替え、ボタンを喉もとまでとめている。まるで『大草原の小さな家』みたいな姿だ。だがほんの四時間前は、同じ女性がジョンの主寝室のジャグジーのなかで、素っ裸のままロデオ・クイーンのまねをしていた。おまけにほんのちょっと経験を積んだだけで、すっかりロデオがうまくなってしまったようだった。彼女は自分の腰を彼の腰に押しつけ、あのセクシーな南部なまりで彼の名前を呼びつづけていた。今思いだしてもぞくぞくする。

ジョージアンヌのうしろでレキシーが身じろぎした。横向きになり、シーツをほとんどひとりじめしている。ジョンは一歩うしろにさがり、階段をのぼった。

昨晩ジョージアンヌは、秘められた部分をさらけだし、混乱して傷ついた少女だったころに光をあててくれた。そのせいでジョンは、彼女の別の一面を知ることができた。自分に対するジョンの評価を高めようとしていたわけではなかったはずだ。だが結果的に、ジョージアンヌを見る彼の目はすっかり変わってしまった。

ジョンはキッチンに入って冷蔵庫をあけ、高プロテイン、高炭水化物のヨーグルト・ドリンクを手にとった。足でドアを閉め、エネルギー・ドリンクのふたをとり、留守電の再生ボタンを押してボリュームをあげる。そうしてお尻をカウンターにのせ、朝食を口もとへ運んだ。最初のメッセージはアーニーからのものだった。いつもどおり、メッセージを残さなければならないことをぶつぶつ言っている祖父をよそに、ジョージアンヌのことを考えた。彼女はさりげない口調で母親のことを語り、彼女を肉屋と結婚させたがっていたおばあちゃんのことを話してくれた。父親に愛してもらいたかったと言っていたときの声は、どこか恥ずかしげでさえあった。まるで、それは高望みだったとでもいうかのように。

留守電がピーと鳴って次のメッセージが始まった。ホッケー・シューズを作っている〈バウアー社〉との打ちあわせの時間を知らせる、エージェントのダグ・ヘネシーの声がキッチンを満たした。ジョンの専用シューズを作っている人々に、どうして昨シーズン、突然足に違和感を覚えはじめたのか訊いてみなければならなかった。これまで彼が履いてきたのは〈バウアー社〉のシューズだったし、これからもそれは変わらないだろう。ほかのプレイヤーのように縁起を担いでいるわけではない。契約先を変えるより、話しあって問題を改善したほうがいいだけの話だ。

残りのヨーグルトを飲みほすと、容器をぎゅっと握りつぶしてごみ箱に捨てた。メッセージの再生が終わったので、キッチンから外に出る。デッキや下の海岸には靄《もや》が絡みついていた。かすかな朝の太陽がそのなかから差しこんで、リビングの窓に細長い光を投げかけている。

昨晩ジョンは、あの窓に映っているジョージアンヌの姿を見た。美しい肢体から服が滑り落ち、唇が情熱にほどけ、瞳がけだるく輝くのを見た。自分の手が彼女のなめらかな肌を這いまわり、てのひらが柔らかな乳房を包みこむのを見、彼女がむきだしのお尻を股間に押しつけ、彼のジッパーをおろすのを見た。そのときは下着をはいたままで爆発してしまいそうだった。

ジョンは静かに室内からデッキへと滑りでた。できるだけ足音を忍ばせながら階段をおり、ビーチに出る。ジョージアンヌを起こしたくなかったからだ。昨日の今日なのだから、少しは睡眠が必要だろう。

彼にも考える時間が必要だった。昨晩起きたことをもう一度整理し、これからどうするのか考えなければならない。もうジョージアンヌを避けることなどできなかったし、避けたくもなかった。ジョンは彼女が好きだった。これだけのことをひとりでやってきたなんて、尊敬に値する。彼女のことが少しだけよくわかった今は、とくにそう思えた。七年前、どうしてレキシーのことを教えてくれなかったのかも、今なら理解できる。もちろんあのとき教えてくれたらよかったとは思うが、もう以前のように腹が立ったりはしない。

腹を立てることと愛することには雲泥の差がある、とジョンは思った。俺はジョージアンヌのことが〝好き〟だ。これ以上深い関係を迫られなければいいのだが。そんな関係には耐えられそうもない。だって俺は二度結婚し、その相手をどちらも愛せずに終わってしまったのだから。

セックスと愛を混同しているやつらもいるが、俺は違う。そのふたつはまったく別物だ。俺はおじいちゃんを愛しているし、母親も愛している。最初の子供のトビーに以前感じていた愛や、現在レキシーに感じている愛は、俺を骨の髄まで溶かしてしまいそうだ。だが女性を愛したことは一度もないし、我を忘れて狂わんばかりになったこともない。ジョージアンヌには、セックスと愛を別物だと考えてほしかった。それが無理ならば、彼女とつきあっていくのがかなり厄介な作業になる。

昨日はじっとしているべきだった。さっぱりわからなくなってしまう。だがジョージアンヌのことになると、何をすべきでないのか、さっぱりわからなくなってしまう。昨晩のセックスはしかたのないことだったのかもしれないが、これからは彼女に手など出してはいけない。しかしこれまでの経験からしても、行儀よくしていられるかどうかは心もとなかった。おまけに相手はジョージアンヌだ。最高の体をした女性。彼女とのセックスは久しぶりに、すばらしいものだった。

ジョンは右足で濡れた砂地を踏みしめ、左足をうしろへ振りあげた。足首をつかみ、太腿の筋肉を伸ばす。

ふたりはもともと、太い絆《きずな》で結ばれていたわけではなかった。だからこれ以上、面倒事は起こさないほうが賢明だろう。ジョージアンヌは娘の母親。それだけにとどめておいたほうがいい。柔らかい唇にキスをしたり、奥深くに潜りこむことを考えたりするなんて、もってのほかだ。自分をコントロールしろ。俺は訓練されたアスリートだ。そのくらいなんでもない。

だがもしそれができなかったら……。

ジョンは左足をおろし、今度は右足を伸ばした。いや、失敗したりはしない。そんなこと、考えたりするな。週に何度も彼女の家まで行って、甘言を弄し、服を脱がせるなんて、そんなことをしたら絶対にだめだ。


ジョージアンヌは大きなあくびを隠しながら、シリアルを入れたボウルにミルクを注いだ。片耳にかかった髪をかきあげ、キッチンの向こう側まで行ってボウルをテーブルに置く。

「ジョンはどこに行ったの?」スプーンをつかみながらレキシーが訊いた。

「さあ、どこでしょうね」ジョージアンヌは娘と向かいあわせに座り、ローブの前をかきあわせた。テーブルに肘をつき、顎を支える。体はくたくたで、筋肉があちこち痛んだ。昨年三日間だけエアロビクス教室に通ったとき以来の痛みだ。

「またジョギングだよね」レキシーがスプーンいっぱいにシリアルをすくいあげ、口に突っこんだ。昨晩三つ編みにしておいた髪はほどけ、すっかりくしゃくしゃになっている。まるで小さなアフロみたいだ。レキシーは『アラジン』のプリンセス・ジャスミンをあしらったパジャマの上に落ちたOの形のシリアルを拾って、ぽいとボウルに戻した。

「たぶんね」ジョージアンヌはそう答えたが、内心、昨晩あれだけ運動したのにどうして彼はジョギングなんてしなければならないのだろうと考えていた。ふたりは場所を変えながら愛を交わしつづけ、最後はジャグジーでグランド・フィナーレを飾った。彼女はジョンを泡まみれにし、水で流してはそこに口づけた。彼もお返しに、彼女の肌についた水滴を口で吸ってくれた。ふたりとも、ワークアウトならさんざんしたはずだ。ジョージアンヌは目を閉じ、力強い腕と彫刻のような胸を思いだした。つるつるした背中や筋肉の盛りあがったお尻にぴったりと体をへばりつかせながら、かたくなった彼の下腹部を手で愛撫してあげたりもしたんだっけ。そんなことを思いだしただけで、おなかの底のほうが妙な感じになってしまう。

「すぐに帰ってくるよね」レキシーがボウルにかがみこみながら言った。

ジョージアンヌは目を開いた。ジョンのイメージが瞬時に消え、かわりに、色とりどりのOで口のなかをいっぱいにした娘の姿が飛びこんできた。「食べるときは口を閉じなさい」ほとんど自動的にそう注意する。だが娘の姿を目にしながら、彼女は自分を恥じていた。こんなに純真な子供の前でみだらな想像をするなんて、わたしはどうしてしまったんだろう。それに朝のコーヒーも飲まないうちから裸の男の人を思い浮かべるのは、人間としての倫理に反しているのではないだろうか。

キッチンに戻り、戸棚に手を伸ばして〈スターバックス〉のコーヒーが入った袋と紙のフィルターをおろした。ジョンは彼女を〝生きている〟という気分にさせてくれた。そんな気分になったことなど、久しぶりだった。彼は青い瞳を欲望に燃えたたせながら彼女を見つめ、そして求めてくれた。繊細なシルクでできているかのように、そっと彼女に触れ、いつもより美しくなったような気分にさせてくれた。ジョンとのセックスはすばらしかった。その腕に抱かれていると、ジョージアンヌは、自分のセクシーさに充足している女性になることができた。思春期を迎えて以来はじめて、自分の体が恥ずかしくなくなり、生まれてはじめて、男性を歓ばせるテクニックに自信が持てた。

しかし、どれだけすばらしい体験だろうと、ジョンとセックスをしたのは間違いだった。ゲスト用のベッドルームのドアのところでおやすみのキスをしたときも、心のなかの空虚さがそれを物語っていた。ジョンはわたしを愛していない。そんなこと、とっくにわかっていたはずだ。なのにどうして、こんなに心が痛むのだろう。

愛されていないことは、最初から気づいていた。ジョンは愛の告白などしてくれなかったし、彼の仕草から感じられたのは純粋な欲望だけだった。しかし、彼を責めようとは思わない。心が痛むのは自分のせいだ。だから、ひとりで耐えるしかない。

コーヒーメーカーに水を入れ、ボタンを押した。カウンターの上にお尻の片方をのせ、胸の下で腕を組む。体で彼を愛するのはかまわないけれど、心で愛してはいけない。先ほど頭に浮かんでいた幻影はすでに、朝の光のなかへと消えつつあった。彼女はずっと以前からジョンを愛していた。だが今は、そんな感情をどう処理していいのかわからなくなってしまった。これからは彼と定期的に顔を合わせることになるだろう。なのに、ただの友達のようなふりをするなんて、そんなことが可能なんだろうか。いや、どうやったらいいのかはわからないけれど、それしか方法はない。

突然電話が鳴り、ジョージアンヌを驚かせた。留守電が二度ピーと音を立て、録音が始まった。「やあ、ジョン」男性の声が聞こえてくる。「カーク・シュワルツだ。連絡が遅くなってすまなかった。休暇で二週間ほど州外に出てたもんでね。ところで、そちらから調べてくれと頼まれた件だが、きみの娘さんの出生証明書は手に入れた。母親はちゃんと記載されているが、父親の名前はないようだな」

　ジョージアンヌのなかで、すべてが凍りついた。彼女はゆっくりと回っているテープを穴のあくほど見つめた。「母親のほうが協力的であれば、という条件つきだが、記載内容を変えることはできると思う。娘さんと会う回数や親権については、きみが町へ戻ってきたときに話しあおう。前回話をしたときの結論では、法的な手続きをとるまで母親の気持ちを害さないようにしておく、ってことだったと思ったが……きみがつい最近まで娘さんの存在を知らなかったことや、娘さんの生活を支えるだけの収入があることを考えれば、かなり有利に進められるんじゃないかという気がしてる。母親と離婚をしたような形にして親権を獲得できる可能性は、充分にあるだろうな。ともかく、帰ってきたらゆっくり話をしよう。じゃ、そのときに」テープがとまり、ジョージアンヌは目をしばたたかせた。レキシーのほうを見ると、娘はスプーンの柄についたシリアルを口で吸いとっているところだった。

　胸の奥で始まった震えが、外へと這いだしてきた。震える指先で唇を押さえつける。ジョンは弁護士を雇っていた。あれだけ約束したのに、嘘をついていたわけだ。わたしは軽率にも、あの人に娘を奪い去るチャンスをあたえてしまった。あれだけ危惧《きぐ》していたのに、レキシーといっしょに時間を過ごす自由を許してしまった。内心感じていた恐れを無視したのは、娘のためを思ってのことだったのに。

「さっさとシリアルを食べてしまいなさい」ジョージアンヌはキッチンから出ながら言った。ここを出なければならない。この家からも、ジョンからも離れてしまわなければ。一〇分もたたないうちに着替えをすませ、歯を磨いて髪を整え、持ってきたものをすべてスーツケースに詰めこんだ。〝母親の気持ちを害さないように〟……気持ちを害するどころか、昨日の夜は彼にあんなことまでしてあげたなんて。考えただけで吐き気がしてくる。

それからの五分間で、荷物をすべて車に積みこんだ。「さあ、レキシー」家に戻りながら娘に声をかける。ジョンが戻ってくる前に出ていきたかった。彼の顔は見たくない。なぜなら、自分に自信がなかったからだ。これまではできるだけいい人間でいようとしてきた。フェアであろうとしてきた。だがそれももう終わりだ。血管のなかでは、炎を吹きつけられたガソリンのように怒りが燃えあがっていた。しかし、冷静になるつもりなどなかった。魂がしびれるような痛みや屈辱を感じているより、怒りに身を任せたほうがずっといい。

レキシーがキッチンから出てきた。まだ紫色のパジャマを着たままだ。「どっかに行くの?」

「家に帰るのよ」

「どうして?」

「もう帰る時間だから」

「ジョンも来る?」

「来ません」

「あたし、まだ帰りたくない」

ジョージアンヌは玄関のドアをあけた。「それは残念ね」

レキシーは眉をひそめ、足音も荒く玄関を出た。「まだ土曜じゃないのに」唇をとがらせながら歩道のほうへ歩いていく。

「予定が変わったの。だから早く家に帰るのよ」ジョージアンヌはレキシーを助手席に座らせてシートベルトをかけ、その膝の上にシャツとショートパンツとヘアブラシを置いた。

「ママは土曜までここにいるって言ってたのに」

「ハイウェイに出たら、着替えなさい」そう言って運転席に乗りこみ、ギアをリバースに入れる。

「お風呂にお人形を忘れてきちゃった」

ジョージアンヌはブレーキを踏み、ふくれっ面をしているレキシーを見た。人形をとってこなければ、娘はきっと、シアトルに帰りつくまでずっと文句を言いつづけるだろう。「どのお人形？」

「メイがお誕生日にくれたスキッパーのお人形」

「どのお風呂？」

「キッチンの横の」

ジョージアンヌはギアをパーキングに戻し、車をおりた。「エンジンはかかったままですからね。絶対に何にも触っちゃダメよ」

レキシーはどっちつかずに肩をすくめた。

大人になってはじめて、ジョージアンヌは真剣に走った。家に駆け戻り、バスルームに入る。娘のスキッパー人形は、壁の石鹸置きに座っていた。その足をつかんで振り向いたとき、あやうくジョンと衝突しそうになった。彼はドアの枠をしっかりつかみ、戸口に立っていた。

「どうしたんだ、ジョージアンヌ?」

心臓がよじれそうだった。彼が憎かった。そして、自分が憎かった。一度ならず二度までも、この人に利用されるなんて。一度ならず二度までも、息さえできないくらい傷つけられるなんて。「どいて、ジョン」

「レキシーはどこだ?」

「車のなかよ。わたしたち、帰るの」

彼が目をすがめた。「どうして?」

「あなたのせいでしょ」ジョージアンヌは彼の胸に手を置き、突き飛ばした。

ジョンがよろめいた隙にバスルームを出たが、玄関にたどりつく前に腕をつかまれてしまった。「男と寝たあと、きみはいつもこういうふうに態度を変えるのか? それとも、相手が俺だから冷たくなったのか?」

ジョージアンヌは振り向くと、手にしていた唯一の武器、娘の人形で殴りかかった。彼の肩にぶつかったスキッパーの頭がとれ、リビングのほうへ飛んでいった。怒りがふつふつとわきあがってくる。自分の頭も、人形の頭のように吹き飛んでしまいそうだ。

ジョンは頭のなくなったスキッパーに目をやり、それから彼女を見て眉をあげた。「いったい何があった？」

持って生まれた南部人の優雅さも、チャーム・スクールでの作法の勉強も、慎ましく礼儀正しかった祖母からの影響も、怒りの炎に呑みこまれて灰になった。「そのいやらしい手を離してよ！　あなたって、最低のクソッタレね！」

だが彼はさらにきつくジョージアンヌの腕を握りしめ、じっと瞳を見つめた。「だが昨日の晩は、俺のことを〝いやらしい〟なんて言わなかったよな。確かに俺はクソッタレかもしれないが、昨日の晩は違ったはずだぞ。濡れまくってたきみと、いきりたってた俺とで、いい気持ちになっただけじゃないか。もちろん、賢い選択じゃなかったんだろう。だが、そうなってしまったんだからどうしようもないだろ？　だからきみも、大人として起きたことに対処したらどうだ？」

ジョージアンヌは彼の手を振りほどくと、一歩あとずさった。ジョンを殴り飛ばせるくらいの体格と力があったらよかったのに。彼の心を切りきざむような鋭い言葉を投げかけられるくらい、頭の回転が速ければよかったのに。「昨日は、わたしの気持ちを害さないようにしただけなんでしょ？」

ジョンは目をしばたたかせた。「気持ちを害さない？　まあ、そういうふうに言ってもかまわないが、俺としては、気持ちを満足させる、くらいのほうがしっくりくるんだがな。まあ、でも、きみがそう言いたいんだったら、それでもかまわないよ。俺も気持ちは害さなかったし、きみも気持ちは害さなかった。っていうより、俺たちふたりとも、かなり幸せだったんじゃないか？」

ジョージアンヌは頭のない人形を彼に突きつけた。「あなたって、ほんとに最低ね。わたしを利用したりして」

「なんのことだ？　きみが俺の喉の奥まで舌を差しこんで、ジーンズのなかに手を入れてきたときのことか？　利用した、って言うんだったら、それはお互い様だと思うんだがな」

彼女は頭のなかの赤い靄の向こうからジョンを睨みつけた。彼にはまだ、わたしが何を言っているのかわかっていないらしい。「わたしに嘘をついたでしょ？」

「どんな嘘だ？」

嘘を嘘で塗りかためられる前に、彼女はキッチンに踏みこんで留守電を再生した。静かな部屋に弁護士の声が流れだすのを聞きながら、ジョンの顔を確かめる。だがそこには、なんの表情も浮かんでいなかった。

「大げさに考えすぎだよ」テープが終わると、すぐにジョンが言った。「きみが思ってるようなことじゃない」

「これ、弁護士よね？」

「そうだ」

「じゃ、これからわたしたちが話をするときは、すべて弁護士を通しましょう」ジョージアンヌはそう言ってから、できるかぎり冷たい口調でつけくわえた。「レキシーにはもう近づかないで」

「それは無理だな」ジョンが彼女の目の前に立ちはだかった。思うがままに生きてきた大きくて屈強な男が。

しかし彼女はひるまなかった。「わたしたちの生活に関わらないでちょうだい」

「俺はレキシーの父親だ。アンソニーなんていう馬の骨じゃなくて、この俺が父親なんだ。それにもう、あの子にほんとうのことを教えてもいいはずだぞ。俺たちのあいだにどんな問題が持ちあがろうと、レキシーが俺の娘だっていう事実は変えようがないんだしな」

「あの子にはあなたなんて必要ありません」

「そんなこと、あるもんか」

「わたしが近づかせないもの」

「俺をとめることなんて、できないぞ」

きっとそのとおりなのだろう、とジョージアンヌは思った。だが娘を失わずにすむのだったら、どんなことでもするつもりだった。「わたしたちの前に姿を見せないで」彼女はもう一度警告した。だが背を向けて家を出ようとしたとき、足がとまった。

レキシーがキッチンのドアのところに立っていた。まだパジャマ姿で、髪の毛はあちこちに突きだしている。娘ははじめて会ったかのように、じっとジョンに視線を定めていた。どのくらいそこにいたのだろう。話を聞かれてしまっただろうか。ジョージアンヌはレキシーの腕をつかむと、家から引きずりだそうとした。

「考えなおしてくれ、ジョージアンヌ」ジョンがうしろから声をかけてきた。「話しあおう」

だが彼女は振りかえらなかった。譲歩ならすでにさんざんしてきたはずだ。求められるがまま、心も、魂も、信頼も彼に捧げてしまった。けれど、人生でいちばん大切なものだけは渡さないつもりだ。自分の心なんて、なくなってもかまわないが、レキシーなしでは生きていけない。

メイはジョージアンヌの家のポーチから新聞を拾いあげ、なかに入った。レキシーはラズベリー・アンド・クリームチーズのマフィンを手にしてカウチに座り、テレビからは『愉快なブレイディー一家』の主題歌が大音量で流れている。ラズベリー・アンド・クリームチーズのマフィンは、レキシーの大好物だった。おそらくジョージアンヌは、甘いものをあたえて娘のご機嫌をとろうとしたのだろう。しかし昨日の晩、電話で話を聞いたことを総合してみても、べたべたしたマフィンひとつで解決する問題だとは思えなかった。

「ママはどこ？」メイは新聞を椅子に放りながらたずねた。

「お外」レキシーが画面を見つめたまま答えた。

今のところ、この子にはかまわないほうがいい。メイはそう考え、キッチンに入ってエスプレッソを作ると、外に出た。ジョージアンヌは煉瓦のポーチの脇で、しおれた花を手押し車に捨てながら、バラの手入れをしているところだった。ここ三年ほど彼女は熱心に、裏口をとりかこむようにして作られた棚でバラを育ててきた。足もとから壁づたいに広がる花壇では、ピンクのジギタリスやラベンダー色のデルフィニウムが咲きみだれている。花びらについた朝露が、ジョージアンヌのローブの裾を濡らしていた。オレンジのシルクの下は皺くちゃのTシャツと白いコットンの下着だけらしい。ポニーテイルの髪はあちこちでほつれ、右手の爪の深紅のマニキュアはさんざんいじったかのようにはげていた。レキシーとのあいだに起きたトラブルは、思ったより深刻なようだ。

「ちゃんと寝た？」メイは階段のいちばん下に立ったまままたずねた。

ジョージアンヌは首を振り、しおれたバラの花に手を伸ばした。「レキシーが口をきいてくれないの。昨日、家に帰る途中も、今日になってもね。寝ついたのも、真夜中の二時を過ぎたころだったし」ちぎった花を手押し車に放る。「あの子、どうしてた？」

「『愉快なブレイディー一家』を見てたわよ」メイは答えながら、裏庭のパティオに近づいた。錬鉄のテーブルにエスプレッソを置き、椅子に腰をおろす。「昨日の晩の電話では、レキシーが寝つけないほどむずかってるなんて言ってなかったじゃない？　そんなの、あの子らしくないわね」

ジョージアンヌが手をおろし、肩ごしに振りかえった。「でも、口をきいてくれないことは伝えたはずよ。それも全然あの子らしくないわ」彼女はメイのほうへ近づいてくると、植木ばさみをテーブルに置いた。「どうしていいのか、わからないの。話をしようとしても無視されるだけだし。最初は、楽しかったビーチから無理やり連れ戻しちゃったせいで怒ってるんだと思ってた。でもそれは都合のいい解釈だったみたい。きっと、わたしとジョンが言いあいをしてるのを聞いちゃったんだわ」ジョージアンヌはメイの隣の椅子にぐったりと座りこんだ。すっかりしょげかえっている。「父親のことで嘘をついてきたのが、あの子にわかっちゃったのよ」

「どうするつもり？」

「まず、弁護士のアポイントメントをとらないと」ジョージアンヌはあくびをして、拳の上に顎をのせた。「誰に頼んだらいいのかもわからないし、どうやって裁判の費用を作ったらいいのかもわからないけど」

「もしかしたらジョンだって、裁判沙汰《ざた》にはしたくないと思ってるかもよ。ちゃんと話しあってみたら――」

「あの人とは話したくないの」ジョージアンヌは突然語気を荒くして、メイの言葉をさえぎった。背筋を伸ばし、目をすがめている。「あの人は嘘つきよ。それに、わたしの弱みを突いてくるようなろくでなし。あなたの言うことを聞いて、普段からセックスをしておけばよかった。だったら、あんなにのぼせあがることもなかっただろうし。欲求不満で頭が爆発しそうになるまでセックスしないでいるのって、やっぱりよくないことなのね」

メイはあんぐりと口をあけた。「あなた、あの人とセックスしたの？」

「したなんてもんじゃないわ」

「あのホッケー選手と？」

ジョージアンヌはうなずいた。

「また？」

「最初のときに何も学ばなかったの、って言いたいんでしょ？」

メイはなんと言っていいのかわからなかった。ジョージアンヌは彼女の知りあいのなかで、最も性的に抑圧された女性だ。「どうしてそんなことになったわけ？」

「わかんない。ふたりでいて、いい感じだなって思ったら、そういうふうになってたの」

メイは禁欲的なほうではなかった。ノーと言うべきところで言わないこともあった。だがメイに言わせれば、ジョージアンヌはいつも〝ノー〟の女だ。

「わたしをだましたのよ。レキシーにも優しいふりをして、自分がどんな人間だか、思いださせないようにしたの。もちろんわたしだって、あいつがどれだけひどい男かわかってなかったわけじゃない。だけどつい、昔のことなんて水に流そう、って思っちゃって」

メイにしてみれば、水に流すなんてありえない行為だった。彼女は旧約聖書の〝目には目を〟という言葉を信じている女性だった。だが、ジョンのような男が優しくふるまえば、女の態度を軟化させることくらい簡単だろう。ひと晩楽しんだあと空港に捨てられようが、一〇〇キロの筋肉のかたまりを見せられれば、すべてを許してしまう女だっているはずだ。だが、わたしは違う、とメイは思った。

「きっと、彼の要求を受け入れすぎたのね」とジョージアンヌが言った。「レキシーに会いたいって言われるたびに、時間を合わせたりして」瞳が怒りの涙に潤んでいる。「でも、わざわざ寝てくれなくてもよかったのに。わたし、そこまでかわいそうな女じゃないもの」

どんなに髪の毛がまとまらない日でも、目の下に隈《くま》を作って爪の先が欠けていたとしても、ジョージアンヌを見てかわいそうな女だと思う男などいるわけがない。「ジョンは、あなたをかわいそうだと思ったから寝てくれたって、本気で考えてるの？」

ジョージアンヌは肩をすくめた。「そこまでじゃないかもしれないけど、でも、レキシーの親権をどうするか決まるまでわたしの機嫌を損ねないようにしようって、弁護士と話をしてたのは確かよ」そう言って、てのひらで頰を包みこむ。「ほんとに屈辱的」

「わたし、何をすればいい？」メイは身を乗りだし、ジョージアンヌの肩に手を置いた。愛する人のためなら世界を敵に回してもいいと思ったし、実際にそんな目にあったこともあった。レイがまだ生きていたとき――とくに高校のころ、体の大きな体育会系の男子生徒たちがおもしろがって弟を濡れタオルで叩いたときなどは、喧嘩を買って出たほどだ。レイは体育の時間が大嫌いだったけれど、メイがほんとうに憎んでいたのは体育の授業のあいだ我もの顔でのさばっていたアスリートたちだった。「わたしに何をしてほしい？　レキシーに話をするとか？」

ジョージアンヌは首を振った。「あの子には頭のなかを整理する時間をあげたいの」

「じゃあ、ジョンに話をしようか？　あなたの気持ちを伝えて――」

「それはだめ」彼女は手の甲で頰をぬぐった。「二度もあの人に傷つけられたなんて、知られたくないから」

「人を雇って、あいつの膝を折ってやってもいいんだけどね」

ジョージアンヌは一瞬沈黙してから言った。「プロのヒットマンを雇うお金なんて、どこにあるの？　現金がたんまりないと、腕の立つ人なんて見つからないのよ。トーニャ・ハーディングがどうなったか、あなただって知ってるでしょ？　だけど、そこまで言ってくれてありがとう」

「だって……友達だもの」

「ジョンにつらい思いをさせられたのは、もうこれで二度目。もちろん最初のときはレキシーの問題なんてなかったけどね。でも、この前も立ちなおったんだから、今度だってだいじょうぶ。チャールズのことも含めて、なんとかしてみせる。どうしたらいいのかは、まだわからないけど。そうだ、チャールズにはなんて言ったらいいんだろう？」

メイはエスプレッソに手を伸ばした。「何も言わないほうがいいかも」

「嘘をついてごまかすのもやめたほうがいい？」

「ええ。黙ってるのがいちばんね」

「もし彼がいろいろ訊いてきたら？」

彼女はコーヒーカップをテーブルに戻した。「それは、あなたが彼のことをどれくらい愛してるかによるわ」

「チャールズのことは大好きよ。そう見えないかもしれないけど、それがほんとの気持ち」

「じゃあ、とりあえず適当なことを言ってごまかすのね」

ジョージアンヌが肩を沈ませ、ため息をついた。「罪の意識を感じちゃうわ。ジョンといっしょにベッドに飛びこんじゃったなんて、自分でも信じられない。チャールズのことなんて、考えもしなかったの。ほら、よく雑誌に載ってるじゃない？　すぐに男の人と寝てしまう女は、結局自分のことを愛してないんだ、って。わたし、そういう女なのかもね。結局は愛を返してくれない男の人を愛しちゃう女なのかもしれない」

「くだらない雑誌なんて、読むのやめたら？」

ジョージアンヌは首を振った。「何もかも、わたしのせいなんだわ。いったいどうしたらいいと思う？」

「きっとなんとかなるわよ。あなたって、わたしが知ってるなかでもいちばん強い女性だもの」メイはぽんぽんとジョージアンヌの肩を叩いた。ジョージアンヌが強い女性であることは、メイが最もよくわかっていた。だが問題は、ジョージアンヌがそんな自分を客観視できないことだ。「ねえ、あなたがオレゴンに行ってるあいだ、あのゴールキーパーのヒューってやつが電話してきたって、言ったっけ？」

「ジョンの友達の？　なんの用で？」

「わたしとデートしたいんだって」

ジョージアンヌはしばらくのあいだ、疑惑のまなざしで友人を見つめた。「病院の外ででくわしたとき、あなたの気持ちははっきり伝えたんじゃなかった？」

「伝えたわ。それでもデートしたいらしいの」

「ほんと？　大変な人に見こまれたのね」

「まったくよ」

「たぶん、優しく断ったほうがいいと思う」

「そうしたわ」

「どうやって断ったの？」

「絶対に嫌、って」

いつものジョージアンヌだったら、それはあんまりよ、と咎《とが》めたことだろう。だが彼女はただ肩をすくめてみせただけだった。「まあ、でも、そのほうが何度も電話がかかってこなくていいかも」

「電話なら何度もかかってきてる。だけど、たぶん嫌がらせの一種よ。この前なんて、まだブルドッグとレスリングしてるのかい、なんて言ってたし」

「なんて答えたの？」

「なんにも言わずに、電話を切ってやった。それからは、まだ一度しかかけてこないけど」

「とにかく、ホッケー選手なんて人種とはできるだけ近づかないほうがいいわ。わたしたちふたりとも」

「わたしには、別に難しいことじゃないしね」新しいボーイフレンドができたことを打ち明けようかと思った。しかし、やめておいたほうがいいだろう。彼には妻がいたし、ジョージアンヌはどちらかというと古い道徳観を持った女性だ。一方メイは、子供がいなければという条件つきだったが、ほかの女性の夫とベッドをともにしても良心の呵責《かしゃく》を感じたりはしなかった。結婚したいとは思っていない。毎晩ディナーのとき、同じ男の顔を見なければいけないなんてぞっとするし、夫の服を洗濯したり、子供を産んだりするのもまっぴらだった。わたしはただ、セックスがしたいだけ。だったら結婚してる男ほど完璧な存在はいない。いつ、どこで、どれだけ頻繁に会うのか。相手に奥さんがいれば、そういったことをすべてこちらでコントロールできる。

これまで何度既婚男性とつきあってきたのか、親友には教えていなかった。相手がジョン・コワルスキーとなるとすぐ肉欲に負けてしまうくせに、ジョージアンヌはときとして古いモラルを押しつけてくることがあったからだ。

15

厳しい練習を数時間くりかえしたあと、チヌークスのコーチや選手全員が氷の上に集まって、パックをふたつ使ったミニ・ゲームを始めようとしていた。トレーニング・キャンプももう三日目だ。少しはお楽しみがあってもいい。チームに在籍しているふたりのゴーリーがリンクの両端に置かれたゴールの前で身構え、ビスケット型の硬化ゴムが頭めがけて飛んでくるのを待った。

ジョンは頭のなかを汚い言葉の応酬と、スケートのエッジが氷を削っていくシュウシュウという音で満たしながらジグザグに滑っていった。立ちはだかる男たちを交わすたびに、練習用のジャージの袖がはためく。彼は頭をあげたまま、パックをスティックの先でコントロールした。第三ラインに属する新人のディフェンス・プレイヤーが、すぐうしろまで迫っているのがわかった。彼は客席の奥まで吹き飛ばされる前にシュートを打った。放たれたパックは、ヒュー・マイナーの頭をかすめるようにしてゴールに突き刺さった。

「これでも食らえ、田舎の小僧め」そう言いながら、ゴールの前でエッジに体重をかけて急にとまった。削られた氷の粒が、フル装備のヒュー・マイナーに降りかかる。

「やりやがったな、この年寄りが」ヒューは低い声で吐き捨てると、うしろに手を伸ばしてパックを拾いあげ、リンクの反対側に放り投げた。そうしてもう一度低い体勢をとり、チームメイトたちから目をそらさず、ゴールの赤い枠にがんがんとスティックをぶつけた。そうやって自らを鼓舞しているわけだ。

ジョンは笑い声をあげ、ぶつかりあっている選手たちの集団のなかへと戻っていった。

練習が終わるころには、すっかりくたくただった。しかし、戦場に戻ってこられたことが心地よかった。ロッカールームに戻って、翌日の練習に備えてエッジを研いでもらうためにスケートをトレーナーに渡し、シャワーを浴びた。

「おい、コワルスキー」ロッカールームの入り口から、アシスタント・コーチが声をかけてきた。「ミスター・ダフィーがお呼びだぞ。着替えが終わったら、行ってこい。ナイストロム監督の部屋だ」

「ありがとうよ、ケニー」ジョンはシャワーから出ると、チヌークスのロゴが入った緑のTシャツをかぶり、その裾を青いナイロンのスエットパンツのなかへたくしこんだ。半裸のチームメイトたちが何人もロッカールームをうろうろし、ホッケーや契約の話をしたり、来たるシーズンに向けてNHLが導入した新しいルールを検討したりしていた。

ヴァージル・ダフィーから呼びだしを受けるのは、そう珍しいことではなかった。ジェネラル・マネージャーが新戦力を探して州の外に出ているときは、とくにそうだ。ジョンはチヌークスのキャプテンだった。もう三〇年もプレイしてきたベテランだ。チーム内には、彼ほどホッケーを知っている選手はいない。ときに意見が食い違うことはあっても、ヴァージルはジョンの意見を尊重したし、ジョンはヴァージルのビジネスの才覚に一目も二目も置いていた。現在彼らが話しあっているのは、第二ラインで相手に睨みをきかせられる選手のことだ。敵を震えあがらせるような選手は、そう安くない。おまけにヴァージルは、限られた才能しかない選手には大金を払わない男だった。

ジョンはフロント・オフィスに向かいながら、ちらりと、ヴァージルがレキシーの存在を知ったらどうするだろうと思った。やっこさんのことだから決して喜んだりはしないだろうが、かといって俺をトレードに出すとも思えない。しかしヴァージルはすぐにかっとなることで有名な男だった。七年前に起きたことは、できるかぎり耳に入れないほうがいいだろう。わざとレキシーの存在を隠してきたわけではないが、あえて事実を突きつける必要もないのだから。

ジョンはレキシーのことを考えて顔をしかめた。一か月半前のあのキャノン・ビーチでの朝以来、ジョージアンヌは娘に会わせてくれなかった。それどころか、口紅をつけたブルドッグのような弁護士を雇い、DNA鑑定を受けろと迫ってきたくらいだ。なのに、いざ法廷が検査を行おうとすると、弁護士は急に路線を一八〇度転換し、ジョンを父親として認める書類を作ってきた。結局彼は、ジョージアンヌからペンを受けとってサインをすることで、正式にレキシーの父となった。

法定諮問官がジョンにインタヴューを行い、ハウスボートを視察した。その諮問官はジョージアンヌのところも訪ね、レキシーがジョンの家である程度の期間暮らしはじめる前に、父と娘を定期的に会わせたほうがいいのではないかと提案してくれた。その結果彼は、離婚した父親と同様の親権をあたえられることになった。裁判官の前に立たなくてよかったのだから、そのほうが好都合だ。ジョージアンヌがジョンを父親として認めて以来、物事はすみやかに進行しはじめた。

それでも、今のところ主導権を握っているのはジョージアンヌのほうだ。ジョンにしてみれば楽しい経験ではないが、おそらく向こうは今の立場を楽しんでいるのだろう。せいぜい楽しめばいいさ、と彼は思った。だって最後には、彼女の要求などたいした問題ではなくなるのだから。ジョンは弁護士を通じて、レキシーのデイ・ケアの費用と生命保険の保険料を支払おうと申してでたが、断られてしまった。ジョージアンヌは彼の助けなど、すべて拒絶するつもりらしい。向こうの弁護士からも、その旨、通達があった。けれど、そういうことも最後にはどうでもよくなるだろう。交渉もそろそろ大詰めに近づいている。ジョージアンヌはこちらの提案を呑むしかなくなるはずだ。

ビーチ・ハウスの朝以来、ジョージアンヌには会ってもいないし、話もしていない。あのとき彼女はなんでもないことで感情を爆発させ、ジョンを嘘つきだと罵った。しかし彼には、だましたつもりなどなかった。確かに、彼女がボート・ハウスを訪ねてきた日、何から何まできちんと説明しておけば誤解は避けられたのかもしれない。弁護士を雇うのはやめようと言ったのは事実だが、彼女が戸口に姿を現す二時間前、ジョンはすでにカーク・シュワルツに弁護を依頼していた。正直に伝えればよかったのだろうが、そんなことをするとジョージアンヌが怒りだし、もう娘には会わせないと言いだすのではないかと思った。おそらくその予想は正しかったはずだ。今も、あのときの決断が間違っていたとは思わない。彼は法的な権限がどこまで自分に許されているのか、きちんと知っておきたかった。ジョージアンヌがいつまでもシアトルにいるとは限らない。引っ越してしまうかもしれないし、どこかの誰かと結婚してしまうかもしれないではないか。だからその前に、娘の出生証明書に誰の名前が記載されているのか、確かめておく必要があったわけだ。それはレキシーと彼の未来にとって、大切なことだった。

キャノン・ビーチのキッチンの戸口にレキシーが立っていたときのことは、まざまざと記憶に残っていた。あのとき娘の顔に浮かんでいたとまどい。そして、ジョージアンヌに引きずられるようにして歩道を歩きながら振りかえったとき、その瞳に浮かんでいた混乱。あんなふうにして、自分の正体を知られたくはなかった。まず、ゆっくり時間を過ごしてからにしたかった。そして、俺が父親なんだよと伝えたときには、レキシーに喜んでほしかった。

今、娘はどんな気持ちでいるのだろうか。いや、それもすぐにわかるはずだ。いっしょにいられるのはほんの短いあいだだが、二日後には娘を訪問することができる。

ジョンは監督のオフィスに入り、うしろ手にドアを閉めた。ヴァージル・ダフィーが合成皮革のカウチに腰をおろしていた。高価そうなリネンのスーツを着て、顔はカリブの太陽に焼けている。

「見てみろよ」彼はポータブル・テレビの画面を指さしながら言った。「この若造の体はセメントでできてるぞ」

デスクの向こうに座っていたラリー・ナイストロムの顔色は、オーナーほど冴《さ》えなかった。

「でもあいつは、船着き場を狙って湖にシュートを放りこむようなやつですよ」

「シュートの打ちかたくらい教えてやればいい。でも、ハートの強さってのは、教えることができないんだからな」ヴァージルはジョンのほうを見て、再び画面を指さした。「きみはどう思う?」

ジョンはカウチの反対側に腰をおろし、ちらりとテレビを見た。フロリダ・パンサーのルーキーが、フィラデルフィア・フライヤーズの中心選手、エリック・リンドロスをボードに突きとばしたところだった。身長一九五センチのリンドロスが大儀そうに立ちあがり、ゆっくりベンチへ戻っていく。「フットボールのラインバッカーみたいに高いタックルですね。たしかにハード・ヒットは得意みたいですが、将来性となると、どうかな。いくらです?」

「五〇万ドルだ」

ジョンは肩をすくめた。「その価値はあるでしょうけど、うちにほんとうに必要なのは、グリムソンとかドミとか、相手が心底嫌がる選手ですからね」

ヴァージルは首を振った。「高すぎるよ」

「ほかには誰を検討してるんですか?」

ヴァージルが早送りのボタンを押し、彼らは三人でほかの選手を見ていった。チームのトレーナーも書類を持ってやってきて、ナイストロムの向かいに座った。ビデオが流れているあいだ、監督といっしょに資料をチェックしている。

「おまえの体脂肪率は一二パーセント以下だったぞ、コワルスキー」監督が目もあげずに言った。

ジョンは驚きもしなかった。この年齢だと、太りすぎでスピードが落ちたりするのは禁物だ。脂肪はできるだけつけないようにしていた。「コーベットはどうです?」チヌークスの右ウィングだ。トレーニング・キャンプに現れたときは、食べ放題のバーベキュー・レストランでひと夏を過ごしたかのような体型だった。

「なんてこった」ナイストロムが吐き捨てた。「二〇パーセントもありやがる」

「誰がだ?」ヴァージルが停止ボタンを押してたずねた。画面には突然、地元のテレビ局が流しているパンパースのコマーシャルが映った。

「コーベットですよ」トレーナーが答える。

「まあ、たっぷりケツを火であぶって、脂を落とさせてやりましょう」監督が応じた。「そうじゃなきゃ、出場停止か病院送りだ」

「トレーナーをつけてやってくださいよ」ジョンが提案した。

「キャロラインのやってるダイエットを試させろ」ヴァージルが口をはさんだ。「すごく効き目のあるダイエットなんだ」キャロラインとヴァージルは、結婚してもう四年になる。彼女は夫より一〇歳しか年下でなく、ジョンの目からも見ても性格のいい女性だった。おまけにヴァージルともうまくやっているようだ。「試合前に必ず、白米を一カップ分と、鶏のささみを食わせるんだ。そうすりゃ、バリバリ働けるようになる」

パンパースのコマーシャルが終わった。すると、ジョンがここ二か月耳にしていなかった声がテレビから語りかけてきた。「じゃあ、始めましょうか」二二インチの画面に映っていたのは、ジョージアンヌだった。「ここでちょっと罪深いことをしますからね。みなさん、見ててください」

「これはいったい……」ジョンはそうつぶやき、身を乗りだした。

ジョージアンヌはグランマニエのボトルを手にとって、ショットグラス一杯くらいの分量をボウルにあけた。「お子さんのいらっしゃるご家庭では、リキュールをくわえる前にムースをとりだしておいてくださいね。うちのおばあちゃんに言わせれば、アルコールはすべて〝罪の水〟なんですから」緑の瞳でカメラのほうに微笑んでいる。「宗教的な理由でアルコールがだめだったり、未成年だったり、酒はストレートで飲むものだと思ってたりする方は、グランマニエは忘れて、かわりにオレンジ・ピールを使ってください」

ジョンは混乱した齧歯類《げっしるい》のように、じっと彼女を見つめていた。この女性には、あの夜、酒以上の罪を教えてしまった。すると翌朝、人形の頭で殴られ、〝わたしを利用したのね〟となじられた。ジョージアンヌはきっと、頭がおかしいに違いない。

彼女は広い襟に刺繡のついた白のブラウスを着て、ダーク・ブルーのエプロンを首のうしろで結んでいた。髪は引っつめにし、耳たぶを小さな真珠で飾っている。スタッフは彼女のしたたるような色っぽさを抑えようとしたのだろうが、少しもうまくいっていなかった。誘うような瞳とふっくらした赤い唇だけで、充分セクシーすぎる。そのことに気づいたのは、ジョンだけではなかったはずだ。まるで、昼メロのヒロインがいきなり料理番組に登場したみたいだった。彼はジョージアンヌがスプーンでムースをすくいながら、とめどなくしゃべりつづけるのを見守った。ムースをボウルに移しおえると、ちょっとだけ唇を開き、拳についたチョコレートを舐めとる。ジョンは顔をしかめた。あれは視聴率稼ぎにやっていることに違いない。きみはレキシーの母親なんだぞ、と彼は思った。小さな娘のいる母親が、テレビでセクシー・アイドルのような仕草を見せるなんて。

画面が突然暗くなった。ジョンはジョージアンヌの顔が映って以来はじめて、ヴァージルが同席していることを思いだした。オーナーは驚きのせいか、日焼けした顔を少しだけ青ざめさせていた。しかしその表情には何も浮かんでいない。怒りもいらだちも感じられなかった。結婚式の祭壇から逃げだした花嫁に対して、裏切られたという気持ちさえ持っていないのだろうか。ヴァージルは立ちあがってリモコンをカウチに放ると、部屋から出ていった。

ジョンはそのうしろ姿を見送り、監督とトレーナーのほうを振り向いた。ふたりともまだ体脂肪率のことを話しあっている。ジョージアンヌの姿は見ていなかったらしい。見ていたとしても誰だかはわからなかっただろうし、彼との関係についても、何も知らないはずだ。そして、ヴァージルとの関係についても。

ジョージアンヌは坂を転がり落ちていくような感覚にとらわれていた。六回分の収録が終わったところだった。だがまだ、ほんの少ししかなじめない。リラックスして楽しめばいいのよ、と自分に言い聞かせてきたつもりだった。生放送ではないのだから、せりふを間違ったとしてもカメラをとめてやりなおせばいい。なのに彼女は、カメラを見つめるたびに胃がよじれるのを感じながら、こう言わなければならなかった。「みなさんはご存じかどうかわかりませんけど、わたし、ダラスの出身なんです。もじゃもじゃ頭にカウボーイ・ハットをかぶった人たちがたくさんいるところですね。これまで世界じゅうの料理を勉強してきたんですが、いちばん得意なのは、やっぱりテックス・メックス料理。テックス・メックスっていうと、タコスを思いだす人も多いと思います。でもそれだけじゃないんですよ。じゃ、いろんなテックス・メックス料理をご覧に入れましょうね」

一時間以上もマンゴやチリやトマトを刻んだというのに、いざオーブンからとりだすテキサス料理は、すでにできあがったものだった。そうして最後のせりふだ。「じゃあ来週はちょっとキッチンから離れて、個性的な写真のフレームの作りかたをご紹介しましょう。とっても簡単で、楽しいんですよ。じゃ、また」

カメラのてっぺんについているライトが消え、ジョージアンヌは大きく深呼吸した。今日の収録はそんなに悪くなかった。一度ポークを落として、三度せりふを読み間違えただけだ。最初のときより全然いい。はじめての収録は、七時間もかかってしまった。その回の放送は数日前だったのだが、チョコレート・ムースが視聴者に少しも受けなかったのではないかと思い、オン・エアは見もしなかった。当然のごとく番組を見たチャールズは〝退屈じゃなかったし、きみだって太ったようにも馬鹿みたいにも見えなかったよ〟と言ってくれたが、彼の言葉なんて信用できない。

レキシーがガムテープでフロアにとめられたケーブルをまたいで近づいてくると、「トイレに行きたい」と言った。

ジョージアンヌは首のうしろに手を回して、エプロンの紐をほどいた。だが、まだピンマイクがついたままだ。「もうちょっと待ってて。連れてってあげるから」

「ひとりで行けるもん」

「ぼくが連れてってあげますよ」若いスタッフが助け船を出してくれた。

ジョージアンヌはお礼がわりににっこり微笑んだ。

レキシーは逆に顔をしかめながら若いスタッフの手をつかんだ。「もう五歳じゃないんだから」と口をとがらせる。

ジョージアンヌは娘のうしろ姿を見送ってから、エプロンをとった。彼女がこの番組を受けた条件のひとつは、収録現場にレキシーを連れてくることだった。チャールズはその条件を呑んでくれただけでなく、レキシーに〝クリエイティヴ・コンサルタント〟という肩書きまで授けてくれた。喜んだ娘はいろんなアイデアを出し、収録前に行われる料理の仕込みを手伝ってくれたりした。

「今日はすごくよかったよ」スタジオの裏から姿を現したチャールズが声をかけてきた。ジヨージアンヌのピンマイクがとりのぞかれるのを待って、彼女の肩を抱く。「第一回放送の視聴者の反応も上々だしね」

ジョージアンヌは安堵のため息をついて彼を見あげた。しかし、個人的なつきあいのおかげで番組が続いていくのは嫌だ。「わたしを喜ばせようとして言ってるんじゃない?」

チャールズは彼女のこめかみに唇を寄せた。「そんなこと、あるわけないだろう?」と言って笑みを浮かべる。「数字が落ちたら、きみはクビだ。約束するよ」

「ありがとう」

「どういたしまして」彼はジョージアンヌの頭にキスをして、体を離した。「レキシーやアンバーもいっしょに、みんなでディナーでも食べないか?」

ジョージアンヌはキッチン・カウンターの陰に置いてあったバッグを手にとった。「だめなの。ジョンがレキシーを迎えに来るから。これが最初の訪問なのよ」

チャールズが灰色の瞳の上で眉をひそめた。「じゃあ、ぼくもきみの家にいようか?」

彼女は首を振った。「だいじょうぶ」そうは言ったものの、少しもだいじょうぶではなかった。レキシーがいなくなったら、わたしはだめになってしまうかもしれない。そんなところを他人には見せたくなかった。だから今回は、チャールズの申し出を断るしかない。

チャールズにジョンのことを伝えたのは、キャノン・ビーチから戻ってきて三日後だった。セックスをしたこと以外は、正直に打ち明けたつもりだ。もちろん、彼女がジョンの家に行ってきたことを知ったチャールズはいい顔をしなかったが、かといって、根掘り葉掘り質問したりもしなかった。それどころか前の奥さんの弁護士を紹介し、三〇分のテレビ番組をやってみないかともう一度誘ってくれた。ジョージアンヌにはお金が必要だった。だから、生放送ではないこととレキシーをスタジオへ連れていくことを条件に、話を受けることにした。

一週間後、彼女は契約書にサインした。

「レキシーは父親といっしょに過ごすことをどう思ってるんだい？」

ジョージアンヌは革のバッグの紐を肩にかけた。「よくわからない。ただ、名字がコワルスキーになっちゃったんで、とまどってるみたいね。綴りが難しいんだって。そのほかは、あんまり何も言ってくれないの」

「ジョンのことも何も言わないのか？」

ジョンが父親だと知ってからの数週間、レキシーは殻に閉じこもり、母親を遠ざけていた。ジョージアンヌもどうして嘘をついていたのか説明したのだが、レキシーはただ黙って聞いているだけだった。癇癪を起こしてジョージアンヌに八つあたりすることもあった。だが今では、ほとんど昔のレキシーに戻っている。ときどきじっと考えこんでいるのが心配だったけれど、何を考えているのかは、あえてたずねなかった。訊かなくてもわかっていたからだ。

「今夜ジョンが迎えに来ることは教えてあるわ。そのときも何も言わなかった。ただ、何時におうちに帰ってこられるの、って訊いてきただけ」

レキシーがトイレから戻ってきたので、三人でスタジオを出て玄関に向かった。「あのね、チャールズ、知ってる？」レキシーが言った。

「なんだい？」

「あたし、一年生になったの。先生の名前はミセス・バーガーっていってね。ハンバーガーのバーガー。優しい先生だから、大好き。教室でアレチネズミを飼っていいって言ってくれたんだよ。アレチネズミは雄で、白と茶色で、すっごく耳がちっちゃくて、みんなでスティンピーって名前をつけたの。あたしはポンゴがいいって言ったんだけど、みんなはスティンピーのほうがいいんだって」レキシーは建物から出て駐車場に着くまでおしゃべりを続けた。なのに、家に帰る車のなかでは黙りこくってしまった。ジョージアンヌが何度か話しかけてみたのだが、少しも乗ってこない。

自宅の一ブロック先から、家の前にとめられたジョンのレンジローヴァーが見えた。ジョンは股を広げ、太腿のところに前腕部をついてポーチに座っている。ジョージアンヌがちらりと助手席を見ると、レキシーはまっすぐに前を見つめながら、上唇を歯ではさんでいた。番組のアイデアが浮かんだらすぐ書きとめられるようにと、チャールズがくれたクリップボードを、小さな手でしっかり握りしめている。紙の上には奇妙な形の犬や猫が描かれ、〝ペット・ショ〟と書いてあった。

「緊張してるの？」ジョージアンヌは娘にたずねたが、自分自身もそわそわしていた。

レキシーは肩をすくめただけだった。

「行きたくないんだったら、ジョンも無理には連れていかないと思うけど」それが真実であってくれたらいいのだが、と思いながらジョージアンヌは言った。

娘はしばらく押し黙ってから、こう言った。「ジョン、あたしのこと好きかな」

喉が詰まってしまったような気分だった。レキシーは、みんなが自分のことを愛していると信じている子供だ。これまで、その自信が揺らいだことなどなかった。そんな子が、父親の愛情に不安を抱いているなんて。「もちろん好きよ。はじめて会ったときから、あなたのことが大好きだったんだから」

「ふうん」娘はぽつりと言った。

ふたりで車をおり、歩道を歩いていく。ジョージアンヌは大きなサングラスの奥から、ジョンが立ちあがるのを見た。カジュアルな格好だ。ベージュの綾織《あや》りのズボンをはき、白いTシャツを着て、格子縞のドレス・シャツをざっくり羽織っている。前に会ったときより髪を短くしたようだ。ぎざぎざの前髪が額にかかっていた。彼の視線は、レキシーに釘づけだった。

「やあ、レキシー」

レキシーは突然殻にこもったかのように、クリップボードに視線を落とした。「ハイ」

「前に会ったときから、何をしてたんだい?」

「なんにも」

「学校はどう?」

娘はジョンを見ようとしなかった。「まあまあ」

「先生は好きかな?」

「うん」

「名前はなんていうんだ？」

「ミセス・バーガー」

手で触れられそうな緊張感だった。レキシーは父親に対して郵便配達人に対するより冷たい態度をとっていたし、それはふたりともわかっていた。ジョンが顔をあげ、なじるような視線でジョージアンヌを見る。彼女の心に怒りが充満した。レキシーに嫌われたからといって、それはわたしのせいではない。ジョンの悪口など言った覚えはなかった――少なくとも娘のいるところでは。それどころかジョージアンヌ自身、娘のあまりの人見知りぶりに驚かされていたくらいだ。もちろん原因はわかっていた。原因は、レキシーの目の前に立ちはだかっている筋肉質の巨人だ。レキシーは明らかに、ジョンの前でどうふるまっていいのかわからなくなっていた。

「アレチネズミのこと、ジョンに教えてあげたら？」彼女はレキシーが夢中になっている動物のことを持ちだした。

「アレチネズミを飼ってるの」

「どこで？」

「学校」

ジョンは、六月に会ったときの女の子はどこへ行ってしまったんだろうと思いながら、レキシーを見おろしていた。あれほどおしゃべりな子だったのに。

「なかに入らない？」ジョージアンヌがたずねた。

彼にしてみれば家に入るより、まず、娘に何を吹きこんだのか聞きだしたかった。「いや。もう行かないと」

「どこへ？」

ジョンは彼女の大きなサングラスを睨みつけながら、きみにはなんの関係もないことだと言いかけた。「俺の住んでるところをレキシーに見せたいんだ」レキシーのクリップボードに手を伸ばし、そっととりあげる。「九時までには家に帰すよ」そう言ってクリップボードをジョージアンヌに渡した。

「じゃあね、ママ。愛してる」

ジョージアンヌは視線を落とし、お得意の作り笑いを浮かべた。「キスはしてくれないの、ダーリン？」

レキシーはつま先立ちになって、母親にいってきますのキスをした。ジョンはそれを見ながら、嫉妬を感じていた。母親を愛するように、自分も愛してほしかった。首に腕を巻きつけてキスをし、愛していると言ってほしかった。〝パパ〟と呼んでほしかった。

家に連れていけばリラックスしてくれるはずだ。ジョージアンヌの影響下から離れれば、きっと、彼が知っていた女の子に戻ってくれるだろう。

だが、そんな願いもむなしかった。九時に送りとどけたレキシーは、七時に迎えに行ったレキシーと何も変わらなかった。娘と話をしていても、いらいらさせられることばかりで、柔らかい氷の上を滑るのと同じくらい困難だった。ハウスボートの説明なんてすぐに終わってしまったし、レキシーも、バスルームはいくつあってどこにあるの、と訊いてこなかった。キャノン・ビーチに来たときは、まるでそれが一大事でもあるかのように息せききって質問したのに。

娘のためにわざわざ片づけておいた予備のベッドルームを見せ、買い物に連れていってあげるから好きなようにこの部屋を飾っていいんだよ、と言ってやった。きっと跳びあがって喜ぶだろうと思っていたのだが、レキシーはただうなずいて「下のデッキに出たい」と言っただけだった。そばに停泊してあったモーターボートに興味を示したので、ふたりでゆっくりと湖をクルージングした。ハウスボートに戻ってくると、キャビンを見てまわったり、調理室にあった小型冷蔵庫をあけたりしているレキシーをじっと見守った。膝の上にのせて舵《かじ》をとらせてやると、娘はようやく大きく目を見開き、唇の端に笑みのようなものを浮かべたが、それでも言葉はほとんど発しなかった。

二時間後、ジョージアンヌの家の前に車をとめたときのジョンの気分は、頭上で雲を集めつつある空と同じだった。彼がハウスボートに招いた少女は、レキシーではなかった。レキシーだったら、よく笑い、際限なくおしゃべりを続けていたはずだ。

レンジローヴァーが完全に停止する前に、ジョージアンヌが家から出てきた。大きめのレースのドレスの裾が歩くたびに足首にまとわりつき、髪の毛は頭のてっぺんでまとめられている。

通りの向こう側の庭に立っていた女の子がレキシーの名前を呼び、長いブロンドの髪をしたバービー人形を狂ったように振りまわした。

「誰だい？」ジョンはレキシーのシートベルトを外してやりながらたずねた。

「エイミーよ」娘はそう答えると、ドアをあけて四輪駆動の外へ飛びおりた。「ママ、エイミーのとこへ遊びに行ってもいい？　エイミーが新しいマーメイドのバービーを買ったの。あたしも欲しいお人形だから、あとで見せたげるね」

ジョージアンヌはレンジローヴァーの前を回りながらジョンを見た。彼もこちらを見ていたので、思わず目を伏せて娘に視線を移す。「もうすぐ雨になるわよ」

「お願い」レキシーはかかとにバネでもついているかのように何度も跳びあがった。「少しだけでいいから」

「じゃあ、一五分だけね」ジョージアンヌは駆けだそうとする娘の肩をつかまえた。「その前にジョンに言わなきゃいけないことがあるでしょ？」

レキシーは身をかたくし、彼のおへそのあたりを見つめた。「ありがとう、ジョン」ほとんどささやくような声だ。「楽しかったです」

キスはなかった。〝パパ、愛してる〟もなかった。すぐに心を開いてくれるとは考えていなかったが、レキシーの髪を見おろしていると、思ったよりずっと時間がかかりそうなことがわかった。「次はキー・アリーナへ行ってみようか。仕事場を見せてあげるよ」そんな誘いもレキシーの興味を引くことはできなかった。ジョンはあわててつけくわえた。「ショッピング・モールへ行ってもいいけどね」モールなんて大嫌いだが、辛抱が肝心だ。

レキシーは唇の端をほんの少しだけ持ちあげ、「いいよ」と言って歩道の縁石に近づいた。両側をきちんと確かめてから、走って通りを渡る。「ねえ、エイミー」彼女は大声で言った。「知ってる？　あたし、大きなボートに乗ったんだよ。それでガス・パークの近くまで行ったの。お魚が水からジャンプしたんだけど、ジョンったら、そのお魚を轢いちゃったんだから。それにあたし、長いあいだお船を操縦したんだよ」

ジョンはふたりの女の子が歩いていくのを見送ってから、ジョージアンヌのほうを振り向いた。「あの子に何をしたんだ？」

彼女は目をあげ、緑の瞳の上の眉をひそめた。「なんにもしてないわ」

「嘘をつけ。あれは、俺が六月に会ったレキシーじゃない。いったい何を言った？」

ジョージアンヌは長いあいだ彼を見つめてから提案した。「なかに入りましょう」

家になど入りたくなかった。お茶を飲みながら理性的に話しあうなんて、まっぴらだった。それでは彼女の思う壺《つぼ》にはまるような気がした。怒りのあまり、叫びだしそうだ。「ここでいい」

「ジョン、芝生の上じゃまともな会話なんてできないわ」

彼はジョージアンヌを睨みかえし、身ぶりで先に立つように示した。彼女のあとについて家の脇を回ったときは、彼女の後頭部から視線を外さないようにした。腰のあたりに目をやりたくなかったからだ。以前は、ドレスの裾を振りながら揺れるヒップを見ているのが大好きだった。だが今は、ジョージアンヌのどんな仕草も愛《め》でる気になれない。

裏庭にはパステル・カラーの花が咲きみだれていた。いかにもジョージアンヌらしい、女性的な万華鏡だ。花々は嵐を予感させる風に首を振り、青と白に塗られたブランコのそばではスプリンクラーが芝に水をあたえている。レキシーにはじめて会ったときに見たプラスティックのショッピング・カートが、手押し車のそばに置いてあった。どちらも、しおれた花や草でいっぱいだ。ジョンは庭を見まわしながら、互いの生活環境の違いに驚いていた。ジョージアンヌは庭つきの家に住んでいるし、このあたりはレキシーが歩道で自転車に乗ったりローラースケートをしたりできるところだったが、それでも、彼女の家の毎月のローンはジョンのハウスボートの係留代にも満たないだろう。彼は眺めのすばらしい、高価なハウスボートを持っていた。なのに、そのハウスボートを心から〝家〟と呼ぶことはできなかった。ここが〝家〟であるのなら、彼の住んでいるところは〝家〟ではない。

ここには家族が住んでいる。ジョンは、背の高いラベンダーの花のうしろにある水道栓に手を伸ばしたジョージアンヌを眺めながら思った。俺の家族。いや、それは違う。ここにいるのは、俺の娘だけだ。

「最初に言っておきますけど」ジョージアンヌが背筋を伸ばして口を開いた。「わたしがレキシーを傷つけるようなことをしたり言ったりしたって思ってるんだったら、それは大間違いですからね。娘の前ではあなたの悪口なんて、ひとことも言ったことはありません」

「信じられないな」

ジョージアンヌは肩をすくめながら、なんとか気持ちを落ち着かせなければ、と考えていた。ジョンが目の前にいるだけで、何か悪いものでも食べたような気分になってしまう。だが同時に彼は、スプーンですくって食べてしまいたいほど魅力的でもあった。近くに寄ってもだいじょうぶだろうと思っていたのだが、どうやらそうではなかったらしい。「あなたが何を信じようと、かまわないけど」

「どうしてあの子は、前みたいに話をしてくれなくなったんだ？」

自分の意見を正直に述べてもよかったが、それでは、彼に娘を連れ去る理由をあたえることになってしまうかもしれない。「時間がかかってるだけよ」

ジョンは首を振った。「はじめて会ったときだって、あの子はものすごい勢いでしゃべりつづけたんだぞ。なのに俺が父親だってわかったとたん、ほとんど口もきかなくなっちまったんだ。理由を教えてくれないか」

ジョージアンヌには娘の気持ちが理解できた。彼女自身、たった一度だけ母親に会ったとき、拒絶されるのが怖くて話さえできなかった経験があったからだ。そのときジョージアンヌは二〇歳だった。もしあれが子供のころだったら、どんな気持ちになっただろう。レキシーがジョンに何を言っていいのかわからなくなったとしても、当然のことだ。

彼は片方の足に体重をのせ、首をかしげるようにした。「きみがさんざん嘘を吹きこんだんだろ。機嫌を損ねてるとは思ってたが、ここまでするとは思わなかったよ」

ジョージアンヌは両腕でおなかを包みこむようにしながら、痛みを抑えこんだ。いくらひどいことを言われても、落ちこんではいけない。「あなたからは言われたくないわ。あなたが弁護士のことで嘘をつかなかったら、こんなことにはならなかったんですからね。そっちこそ、とんでもない嘘つきじゃないの。それでもわたしは、レキシーにあなたの悪口なんて言ってませんけどね」

ジョンはかかとに体重をのせながら、目をすがめて彼女を見おろした。「なるほどな……きみは俺の家のカウチで裸になったことで怒ってるってわけだ」

顔が赤くなりませんようにと願ったが、まるで女子高生のように、頬に血がのぼってくるのがわかった。「あんなことがあったから、レキシーがあなたを嫌うように仕向けたって言いたいの？　あなたがほのめかしてるのは、そういうこと？」

「ほのめかしてるわけじゃない。正直に言ってるだけさ。きっときみは、俺が花を送ったりしなかったから怒ってるんだろ？　それとも、あの翌朝目が覚めて、ちょっと一発やりたくなったのに、俺がそばにいなかったから怒ってるのか？」

ジョージアンヌはもはや痛みをこらえられなくなり、大声で言った。「違います。あなたのことが大嫌いになっただけ。だからもう指一本触れてほしくないの」

彼が意地悪な笑みを浮かべた。「でもあの夜は、俺のことが嫌いじゃなかったはずだぜ。すっかり燃えあがって、もっともっとってせがんだじゃないか」

「いいかげんにして」ジョージアンヌは吐き捨てた。「そんなこと、もう忘れました。だってあなた、そんなに魅力的じゃなかったんだもの」

「よく言うよ。いったい何回やったと思ってるんだ？」ジョンはそう言うと、片手を出して指を折りはじめた。「カウチだろ」指が一本。「それからロフトの上掛けの上。あのときはきみのむきだしの胸に星の光が落ちてたっけ」指が二本。「それからジャグジー。水がばしゃばしゃあふれて、大変だったよな。翌日、床が腐らないようにカーペットを干さなきゃいけなかったくらいだよ」指が三本。そして四本目を折りまげながら微笑む。「それと壁や床に手をつきながら。最後は俺のベッドのなか。言っとくが、この三つを一回にしか数えなかったのは、俺が一度しか達しなかったからだからな。きみは何度も達してたみたいだけどね」

「そんなことありません！」

「ごめん。最初にカウチでやったときとごちゃごちゃになっちまってさ」

「ロッカールームで卑猥な話をしすぎたみたいね」ジョージアンヌは食いしばった歯のあいだから言った。「ほんとうの男だったら、セックス自慢なんてする必要はないはずよ」

ジョンは一歩近づいた。「かわいこちゃん。あのベッドマナーから考えると、きみが知ってるほんとうの男は俺ひとりのはずなんだがな」

何を言っても、ジョンのかたい胸に跳ねかえされるみたいだった。逆に、彼の言葉は心に突き刺さってくる。勝ち目はなかった。だからジョージアンヌは、退屈したふりをした。

「せいぜい、ごたくを並べてれば？」

彼はほんの一〇センチくらいのところまで接近すると、唇をゆがめて笑った。「お願いします、って言ったら、俺のスティックを磨かせてやってもいいんだぜ」顔をぐいと寄せて、シルクのような声でささやく。「製氷機にのりたいか?」

ジョージアンヌはしっかり踏ん張ったまま睨みかえした。今は、オレゴンでやったように怒りに任せて彼を罵ったりするつもりはなかった。彼女は少しだけ顎をあげ、南部なまりの口調で言った。「そぉんなこと言って、自分が恥ずかしくないの?」

ジョンの目がさらに細くなった。「服を着てるときも脱いでるときと同じくらいいい子だったら、きっと今ごろ結婚できてただろうにな」

いつものように、目の前の空間はすっかりジョンで占められていた。呼吸することさえ難しい。それでもジョージアンヌは苦労しながら息を吸いこみ、彼の体臭とアフターシェイヴ・ローションのにおいで肺をいっぱいにした。「アドヴァイスしてるつもり? ストリッパーと結婚してたあなたが?」

ジョンがはっと頭をあげて、一歩あとずさった。その表情を見ていると、ようやくゴールを決められたことがわかった。「まあな」と彼は言った。「俺って、でかいオッパイを目にするとすぐに我を忘れちまう癖があってね」手首を内側に向け、時計を確かめる。「こんなに楽しかったのはデトロイトで足首を折って以来だが、もうそろそろ行かなきゃ。土曜日にまたレキシーを迎えに来る。三時までに準備をさせといてくれ」彼はほとんどジョージアンヌを見もせず、背中を向けた。

ジョージアンヌは喉もとを押さえながら、裏口から出ていく彼の背中を見送った。どうやら言い争いに勝ったらしい。ジョンに勝てた——どうやったのかは自分でもわからなかったが、あの男の巨大なエゴをへこませてやった。

だが彼女は、胸の奥にしこりのようなものを感じながら裏のポーチにあがり、階段のいちばん上に腰をおろした。

言い争いに勝ったというのに、気分が晴れないのはどうしてなんだろう？

16

「やっぱりきくわね」メイはカルーア・ミルクをひと口飲んでからつぶやいた。右足をぶらぶら動かすと、つま先に引っかけた黒いエナメルのパンプスが揺れた。眼鏡の上から、大音量の重低音と毒ガスをまき散らしながらゆっくり通りすぎていく改造車のシェヴィを見る。彼女は顔の前で手を振り、外に座ったのは間違いだっただろうかと考えた。小さなビストロ・スタイルのテーブルからは、古くて居心地のいいジャズ・バーに近づいてくる人たちを全員目にすることができた。サックスのメロディが開いたドアからあふれだし、ダウンタウンの夕闇へと流れていく。まわりのカップルがしゃべっているのは、シアトルの人間なら誰しもが口にする話題――雨とコーヒーとマイクロソフトのことだ。

彼女は飲み物をテーブルに置き、腕時計を確かめた。「来ない気かな」そうつぶやいて、きちんと靴を履きなおす。久しぶりに仕事のない金曜日の夜だった。意味もなく口紅やマスカラをつけてきたわけではない。ドレスまで着ていた。おまけに黒いスリップ・ドレスの下には何も身につけていない。寒さに凍えそうだった。なのに、新しいボーイフレンドのテッドは、まだ姿を現さない。

きっと、出ようとしたところを奥さんにつかまったのだろう。メイはそう思って、バッグをつかんだ。普段は手ぶらなのだが、今日は下着さえつけていないのだから、ほかに現金を入れておくところがない。彼女は二〇ドル札を出してテーブルに置いた。もう帰ろう。それほど男に不自由しているわけではないのだから。

「おやおや、きみみたいな子が、こんなところで何をしてるんだい？」

メイは眉をひそめた。思わず、〝あんたなんてあっちに行ってよ〟という言葉が唇からこぼれそうになる。だがここは控えめにしておいたほうがいい。「今夜はこれ以上ひどいことになりようがない、って思ってたとこだったのに」

ヒュー・マイナーは笑い声をあげ、いっしょにいた男たちに声をかけた。「先に入っててくれ」そうしてメイの正面の椅子を引く。「俺もすぐ行くから」

メイは男たちが店内に入っていくのを見送り、バッグをつかみなおした。「今、帰るところだったのに」

「一杯くらいつきあってくれよ」

「嫌」

「どうして？」

凍えそうなくらい寒いからよ、とメイは思った。「どうしてつきあわなきゃいけないの？」

「俺のおごりだからさ」

ただで飲めるからといって喜ぶような彼女ではなかったけれど、ちょうどそのとき、赤毛のウェイトレスが近づいてきて恥ずかしげもなくヒューに色目を使いはじめた。猫撫で声を出して体を彼の肩にこすりつけ、今にもひざまずいてお口のサービスでもしそうな勢いだ。大きな青い目とすばらしい体つきの、かわいい女性だった。しかしそんな女がサインをねだったというのに、ヒューは意外にもそれを断った。

「でもさ、マンディ」彼はウェイトレスに言った。「もしベックスのビールと……」そう言ってメイのほうを振り向く。「きみは何を飲んでたんだい?」

今は帰れなかった。せっかくマンディが刺すような嫉妬の視線を向けてくれたところだ。ほかの女の人に妬《ねた》まれるなんて、めったにないことだった。「カルーア・ミルクよ」

「もし、ベックスとカルーア・ミルクを持ってきてくれたら、うれしいんだけどな」

「どれくらいうれしい?」ウェイトレスはあたりを見まわしてから、彼の耳もとでささやいた。

ヒューが静かに笑った。「マンディ。俺はそこまで女性に飢えてるわけじゃないんだ。それにきみのしようとしてることは、州によっちゃ犯罪なんだぜ。だが、いいことを教えてやるよ。今夜はドミトリ・ウラノフも来てる。あいつは外国人だからね。きみがどんな手段で誘惑したって、罪にあたるかどうかなんてわからないだろうよ。手練手管はドミトリに試してみたほうがいいんじゃないかな」

ヒューは、笑いながら去っていくマンディのお尻に視線をへばりつかせた。

「そこまで飢えてないんじゃなかったの?」メイは意地悪く言った。

「見るくらい、いいじゃないか」彼はそう言って、注意をメイの顔に向けた。「それに、あの子はきみより全然きれいじゃなかったよ」

きっと、会った女性全員にこんなお世辞を言うのだろう。喜んではいけない、とメイは思った。「あの子、何がしたかったわけ？」

ヒューがハシバミ色の瞳をきらめかせながら首を振った。「それは言わぬが花だな」

「そんなにすごいこと？」

「まあね」彼は着ていたボマー・ジャケットをするりと脱ぐと、テーブルごしに彼女へ渡した。クリーム色のドレス・シャツを着た広い肩があらわになった。

「テーブルのそっち側からでも、鳥肌が立ってるのがわかった？」彼女はそう言って、ありがたくジャケットを受けとった。肩がさがるくらいぶかぶかだが、あたたかい。麝香《じゃこう》のような男性っぽいにおいがした。

彼はメイに微笑みかけた。「そうだね。よくわかったよ」

そんなに穴のあくように見ていたのか、と詰めよりたかったけれど、男性からからかわれるのはうんざりだったので、やめておいた。

「俺の質問には答えてくれないのかい？」

「質問って？」

「きみみたいな子が、どうしてこんなところにひとりでいるのか、って質問だよ」

「わたしみたいな子？」

「そうさ」彼は明るく笑った。「きれいで。魅力的でさ。きみみたいに人柄があたたかいと、男がたくさん寄ってくるんだろうな」

笑える冗談だとは思えなかった。「どうしてわたしがここにいるのか、ほんとうに知りたい？」

「訊いたんだから、当然だろ？」

嘘をつくこともごまかすこともせず、メイはありのままを正直に伝えた。ヒューを驚かせてやりたかったからだ。彼女はジャケットのポケットのなかで拳を握りしめ、顔を突きだした。「浮気相手を待ってるの。その人、結婚してるんだけどね。今夜はひと晩じゅう、マリオット・ホテルの部屋ですっごいセックスをしようと思って」

「マジかよ」

どうやら、驚かせることには成功したようだ。さて、あとは反応だ。ほとんど倫理感ゼロのこんな男でも、こういうときはモラルを振りかざすんだろうか。

「ひと晩じゅう？」

メイは少し落胆しながら椅子に寄りかかった。「そのつもりだったんだけど、すっぽかされちゃったみたい。彼、家から出られなかったのね、きっと」

ウェイトレスが姿を現し、ヒューの前にビールを置きながら何事か耳もとでささやいた。彼は首を振ってから財布をとりだし、五ドル札を二枚渡した。

メイは、ウェイトレスが遠ざかるのを待ちきれずにたずねた。「今度はなんだって？」

ヒューはビールを口に運び、ごくごくと飲んでからテーブルに戻した。「ジョンは来るのか、ってさ」

「来るの？」

「いいや。ま、ジョンがここにいたとしても、あの子はタイプじゃないからな」

メイもひと口カルーア・ミルクを飲んだ。「どんな子が彼のタイプ？」

ヒューが微笑んだ。「きみの友達みたいな子さ」

彼が微笑むと、瞳がきらきらと輝いた。こういう表情を見たら、たいていの女は〝なんてハンサムなの〟と思ってしまうのだろう。「ジョージアンヌのこと？」

「ああ」ヒューはグリーンのボトルの首の部分を親指と人差し指でつまんで、くるくると回した。「ジョンって、ああいう体つきの女が好きなんだよ。ずっと前からね。もしそうじゃなかったら、こんなにめんどくさいことにはなってなかったはずさ。ジョージアンヌのおかげで、やっこさん、すっかり傷ついちまったんだからな」

メイは思わずむせそうになった。唇についたコーヒー・リキュールを舌で舐めとる。「傷ついた？　それを言うならジョージアンヌのほうよ。あんなにいい子なのに」

「よくわからないけどね。俺はジョンの話しか聞いてないし、あいつもあんまり個人的なことは言わないやつだから。でも、レキシーのことがわかったとき、ものすごく喜んでたのはほんとだぜ。いつもあの子の話ばっかりだったからね。何か月も前から計画してたカンクン旅行もキャンセルしちまったし、ワールド・カップ行きもとりやめたんだ。レキシーとジョージアンヌをオレゴンの家に招待するためにね」

「でも結局あの人は、またジョージアンヌの信頼を裏切って、あの子をさんざん苦しめたわけでしょ？」

　ヒューは肩をすくめた。「オレゴンで何があったのかは、はっきり教えてもらえなかったんでね。でも、きみはよく知ってるみたいだな」

「わたしが知ってるのはジョンが彼女を傷つけて――」

「メイ？」男性の声が会話をさえぎった。振り向いて見あげると、テーブルの脇にテッドが立っていた。「遅れてすまなかった。出るときに、ちょっとトラブルがあってね」

　テッドは痩せぎすで背の低い男性だった。メイはそのときはじめて、彼のベルトの位置がいささか高すぎることに気づいた。テーブルの向かいに座っている筋肉のかたまりに比べると、まるで頼りない。「ハイ、テッド」メイは挨拶し、ヒューのほうを指し示した。「こちら、ミスター・ヒュー・マイナーよ」

　テッドは笑みを浮かべて有名なゴーリーに手を差しだした。

　だがヒューは笑いもせず、握手にも応じなかった。逆に立ちあがって、相手を見おろすようにする。「一度しか言わないからよく聞いとけ」彼は冷ややかな声で言った。「さっさと失《う》せろ。でないと痛い目を見るぞ」

　テッドの顔から笑みが消え、手が引っこんだ。「え？」

「もう一度メイの前に姿を現したら、この俺が相手になるって言ってんだよ」

「ヒュー！」メイはあえぐように言った。

「そうしたら、おまえの嫁が病院まで行って、遺体の身元を確認するはめになるだろうな。どうしてそんなことになったのかも、そのとき全部嫁さんに話してやるよ」

「テッド！」メイはあわてて立ちあがると、ふたりの男たちのあいだに割って入った。「この人、冗談を言ってるの。あなたを痛めつけたりしないわ」

テッドはヒューからメイへと視線を移し、何も言わずにくるりと背中を見せて、ほとんど逃げるようにしてその場を離れた。メイは勢いよく向きを変え、ヒューのジャケットを脱いでテーブルに放ると、拳をかためて彼の胸のあたりを思いきり殴りつけた。「なんてこと言うのよ！」ほかのテーブルについていた客たちが振りかえったが、そんなことはどうでもよかった。

「痛いな」ヒューが手をあげて胸をさすった。「たいしたことじゃないのに、そんなに強く殴ることはないだろ？」

「いったいどういうつもり？　あの人、わたしのボーイフレンドなのよ」彼女は怒りを沸騰させながら言った。

「だからこそ、この俺に感謝してほしいもんだな。あんなイタチ野郎なんて」

イタチに似ていることはわかっていたけれど、それでも、ハンサムなイタチだ。ここまで来るのに三か月かかって、ようやく彼を味見しようとしていたところだったのに。メイはテーブルの上のバッグをつかんで、通りを見わたした。急げばまだ追いつけるかもしれない。

だが向きを変えて行こうとしたとき、腕をつかまれてしまった。

「あいつのことは、ほっとけったら」

「嫌」手を振りほどこうとしたが、できなかった。「ああ、もう、ちくしょう」テッドのうしろ姿がどんどん小さくなるのを見送りながら、彼女は罵りの言葉を吐いた。「二度と電話なんてしてくれないわ」

「そうかもな」

彼女はにやにやしているヒューに向かって表情を険しくした。「どうしてあんなこと言ったの？」

彼が肩をすくめた。「あいつが気に食わなかったんでね」

「どういうこと？」メイはユーモアのかけらもない笑い声をあげた。「あなたがあの人のことを気に入ろうが気に入るまいが、それがなんだっていうわけ？　あなたの承認なんて、必要ないんですからね」

「あいつはきみには似合わない」

「どうしてわかるの？」

ヒューが微笑んだ。「だって、きみにお似合いなのは、この俺だからさ」

今度はおなかの底から笑いがこみあげてきた。「冗談でしょ」

「本気さ」

彼の言っていることなど信じられなかった。「でもあなたって、わたしが絶対にデートしないタイプの男なの」

「どんなタイプだって言いたいんだ？」

メイはいまだに自分の腕を握りしめている手を見た。「マッチョで、頭のなかまで筋肉で、ジコチューな男よ。小さくて弱そうな人間だったら、好きに指図していいと思ってるような男」

ヒューは彼女の腕を放すと、テーブルからジャケットを拾いあげた。「俺はジコチューじゃないし、他人に指図しようとも思ってない」

「ほんと？　じゃ、どうしてテッドにあんなことをしたわけ？」

「テッドは数に入らないよ」ジャケットを再びメイの肩にかけてやりながら言う。「あの男、家で嫁さんを殴ってそうじゃないか」

メイはあまりのひどい決めつけかたに顔をしかめた。「じゃ、わたしのことは？」

「きみのこと？」

「わたしに指図してるじゃないの」

「ハニー、鉄球くらい強い女性に指図なんてできると思うかい？」ヒューはジャケットの襟をかきあわせてやり、彼女の肩に手を置いた。「それにきみは、自分で気がついてるより俺のことが好きだと思うんだけどな」

メイはうつむいて目を閉じた。違う。そんなの、嘘よ。「わたしのことなんて、知りもしないくせに」

「でも、きれいだってことは知ってるぜ。それに、きみのことならいつも考えてる。俺、きみに惹かれてるんだよ、メイ」

彼女はぱっちりと目を見開いた。「わたしに?」ヒュー・マイナーのような男は、絶対わたしのような女に惹かれたりしない。彼は有名なホッケー選手であり、わたしは高校を出るまでボーイフレンドさえいなかった胸の小さな痩せっぽちの女だ。「冗談にしても、笑えないわよ」

「冗談のつもりじゃないから、笑えなくても当然さ。公園に立ってたきみを見たときから、ずっと好きだったんだ。どうして何度も電話をかけたんだと思う?」

「女をからかうのが好きだからでしょ?」

ヒューが笑った。「違うさ。相手がきみだから、かけてたんだ。きみは特別だからね」

メイは一瞬だけ、彼を信じることにした。一瞬だけ自分を許し、この大きなアスリートのお世辞を楽しもうと思った。しかし彼とデートなどする気はない。はじめて会ったとき、彼にさんざんからかわれたことをまだしっかり覚えていたからだ。一瞬は、ほんの一瞬で過ぎてしまった。「あなたって、最低ね」

「きみの気持ちを変えるためのチャンスが欲しいんだけどな」

彼女はヒューの手首をつかんだ。「もう笑えないんだってば」

「だから、笑わそうとはしてないって言ったろ? たいていの場合、俺って、両思いが好きな男なんだけどね。俺を嫌ってる女性を好きになったなんて、はじめてだよ」

彼の表情があまりに真剣だったので、メイはほとんど信じそうになった。「わたしだってあなたのこと、嫌いじゃないのよ」つい、言葉が口から出てしまった。

「じゃあ、スタート地点としては間違ってないわけだ」彼は手をあげてメイの首の横にあて、親指で顎を傾けさせた。「まだ寒い？」

「少し」ヒューのてのひらから伝わってきたあたたかさが、おなかのほうへ広がって揺らめく炎になった。そうして、自分がそんな反応を示してしまったことに驚き、うろたえた。

「飲み物を持ってなかに入ろうか？」

もう何がなんだか、よくわからなくなっている。「家に帰りたい」

ヒューは落胆して口の端をさげたが、それでも彼女の腕をさすってやった。「車まで送っていくよ」

「タクシーで来たの」

「じゃあ、うちまで送っていく」

「いいけど、家のなかには入れないわよ」メイのことを浮気性だと思っている女性はいるかもしれないが、彼女には彼女なりの基準があった。ヒュー・マイナーはハンサムだし、お金も持っている。おまけに今では態度だって紳士的だ。それでも、この人はわたしのタイプじゃない。

「それはきみ次第だ」

「本気よ。なかには入れません」

「わかった。もしきみが嫌なんだったら、俺はバイクに乗ったままでいるから」

「バイク？」

「ああ、ハーレーでここまで来たんだ。きみもきっと気に入るぜ」ヒューはメイの肩を抱き、ふたりでバーの入り口に向かった。「でもその前にドミトリとスチュワートを見つけて、先に帰るって言わないとな」

「バイクになんて乗れないわ」

ふたりは入り口で立ちどまり、出てこようとしていた人々を待った。「乗れるさ。怪我なんてさせないから」

「そんなことを心配してるんじゃないの」メイは彼を見あげた。その顔は、ドアの上につけられたミラーのネオンサインでオレンジ色に照らされていた。「下着をつけてないのよ」

ヒューは一瞬凍りついてから、にんまりと微笑んだ。「ほう、そりゃうれしいな。俺たちにも共通点があるなんてね。実は、俺もだよ」

ジョンはキャロライン・フォスター＝ダフィーのあとについて、ベインブリッジにあるヴァージルの家の廊下を歩いていた。彼女の髪にはところどころに白いものがまじり、目尻には細かい皺が刻まれている。だがキャロラインは、年をとるごとに賢くなり、優雅になっていく幸運に浴した女性だった。年齢にあらがって髪をけばけばしい色に染めたり、整形手術を受けたりはしていなかったし、六五歳になった今でも上品で美しい。

「お待ちしてたのよ」彼女はフォーマルなダイニング・ルームの前を通りすぎながら言い、マホガニー材のダブル・ドアの前で立ちどまった。薄いブルーの瞳に、心配げな光を浮かべている。「お願いがあるんだけど、お話は手短にしてくださる？ ヴァージルのほうからあなたを呼んだのはわかってるの。でもあの人、ここ二日ほど仕事ばかりで。疲れているのに、休めないみたいなのよ。困ったことがあるんでしょうけど、わたしには何も言ってくれなくて。あなた、何かご存じ？ ビジネスのことかしら？」

「わかりません」ジョンは言った。今シーズンは三年契約の二年目にあたる。交渉が始まるのは来シーズンだから、その手の話でヴァージルに呼ばれたのでないことは明らかだ。それに、実際の交渉は代理人の仕事だった。プロとしての利益を守るために、スポーツ・マネージメントの会社と契約を結んである。「ドラフトの選択肢の話じゃないですかね」だがそれなら、金曜の夜九時にわざわざ家まで呼びつける必要はない。

キャロラインは眉をひそめつつドアをあけた。「ジョンがいらしたわよ」そう声をかけてヴァージルの書斎に入った彼女のあとに、ジョンも続いた。部屋には桜材の家具や革張りの椅子が置かれ、日本の漁師の彫刻や一九世紀のリトグラフが飾ってあった。様々な要素がまじりあって、いかにも金持ちらしい上品さを醸しだしている。「お話は三〇分だけにしてね」キャロラインがヴァージルに言った。「ジョンには早く帰っていただきたいの。あなた、少しは休まないと」

ヴァージルが、エグゼクティヴ用のデスクの上に散らばった書類から目をあげた。「出るときにドアを閉めていってくれ」妻に向かって厳しい口調だった。

キャロラインは唇を真一文字に結んだまま、何も言わずに部屋をあとにした。

「座らないか？」ヴァージルがデスクの正面に置かれていた椅子を指し示す。

年配のオーナーの顔をのぞきこんだとき、ジョンは、なぜ自分が今夜ここに呼ばれたのかを悟った。苦々しい色を浮かべたヴァージルの目の下には、疲れによる隈ができている。すっかり、七五歳という年相応の老人になってしまったようだ。ジョンは革張りのウィング・チェアに腰をおろし、待った。

「この前は、ジョージアンヌを見てほんとうにびっくりしたようだったな」ヴァージルが言った。

「ええ」

「シアトルでテレビ番組に出演してることを知らなかったのか？」

「知りませんでした」

「きみたちはどれくらいのつきあいなんだ？」

「そんなに親しくはありません」ヴァージルは何を知っているのだろう、と思いながらジョンは答えた。

オーナーは一枚の紙を手にとると、デスクの向こう側から突きだした。「これでもまだ、そんな寝言を言うつもりか？」

ジョンは書類を受けとり、目を走らせた。レキシーの出生証明書の写しだ。父親の欄には彼の名前が記載されている。いつもだったらそれを見て満足感を覚えたはずだが、プライヴァシーをつつきまわされたのだから、喜んでなどいられない。紙をデスクに放りかえし、ヴァージルと視線を合わせた。「どこでこんなものを手に入れたんです?」

ヴァージルは手を振ってジョンの質問を無視した。「ほんとうなのか?」

「そうです。どこで手に入れたんですか?」

ヴァージルが肩をすくめた。「以前からジョージアンヌのことを調べさせてたもんでね。でも、きみの名前を見つけて驚いたよ」そう言って、ジョンが父親であることを証明する正式な書類を何枚か持ちあげてみせる。「きみは、ジョージアンヌとのあいだに子供をもうけたわけだな」

「そのとおりです。だから、さっさと本題に入ってください」

ヴァージルは書類を置いた。「それがきみのいいところだ、ジョン。どんなことにも、まっすぐ飛びこんでいくところがな」彼は視線をそらさずに続けた。「あの子とセックスをしたのは、わたしが老いぼれの阿呆《あほう》みたいにとり残される前だったのかね、あとだったのかね?」

過去を蒸しかえされるのもプライヴァシーを踏みあらされるのも嫌だったが、フェアな質問ではあった。ヴァージルには答えを知る権利がある。「ジョージアンヌに会ったのは、彼女が結婚式から逃げだしたあとです。あなたの家から走って出てくるまでは、見たこともありませんでした。でも、車に乗せてくれって言われてね。ウェディング・ドレスを着ていなかったもので、どこの誰だかわからなかったんです」

ヴァージルは椅子に背中をもたせた。「でも、どこかの時点ではわかったんだろう？」

「ええ」

「彼女が誰だかわかったうえで、寝たんだな？」

ジョンは眉をひそめた。「そうです」だが、ジョージアンヌを結婚式場から連れだしたのは、ヴァージルのためにもなったはずだ。彼女はとてつもなく辛辣《しんらつ》な一面を持っている。ベッドのなかのことが印象に残らなかったなどと言われて、この老人が傷つかないわけがない。俺とは違うのだから。

ヴァージルは彼女といっしょにならなくて幸せだった。その気にさせておいて、あとで男を辱める女。蜜にまみれたような声で、ストリッパーと結婚したことを思いださせる女。間違いなく性悪な女だ。

「どのくらい、そういう関係にあったんだ？」

「ほんの少しのあいだだけです」ヴァージルとは長いつきあいだった。今さら色っぽい話を聞くために、わざわざ海峡の向こうから呼びだしたわけではないはずだ。「言いたいことを言ってください」

「きみはわたしのチームで最高のプレイを続けてくれた。だから、どこの誰と寝ようがかまわん。しかし同じあばずれでも、相手がジョージアンヌとなると話は別だ」

ジョンは立ちあがった。デスクごしに飛びかかって、ヴァージルの首根っこを絞めつけてやろうかと思った。オーナーが老人でなければ、ほんとうにそうしたかもしれない。ジョージアンヌはこれまで彼が出会ったなかでも、最も気持ちをそそられる女性だった。おまけに彼女は、そのへんにいるあばずれ女などはない。ジョンは必死に怒りを抑えつけた。「まだ言いたいことがあるんでしょう？」

「チヌークスでのキャリアか、ジョージアンヌか、どちらかを選べ。ふたつともきみのものにすることは許さん」

プライヴァシーをほじくりかえされるのも嫌いだが、脅迫されるのはもっと嫌いだった。

「トレードに出すと脅してるわけですか？」

ヴァージルはどこまでも真剣な表情で言った。五か月前だったら、そう言いはなって部屋から出ていったかもしれない。「それはきみ次第だ」勝手にしろ、と言ってやりたかった。しかし、チヌークスは居心地のいいチームだったし、今さらほかのチームに移ってもなじめるかどうかはわからなかった。おまけに今は状況が違う。失うものが多すぎた。娘の存在がわかった上に、ようやく親権も勝ちとったところだ。「子供ができたのは事実ですが、それがなんだっていうんです？」

ヴァージルが言いはなった。「子供に会うのはかまわん。好きなだけ会えばいい。だが、母親には指一本触れるな。デートも結婚も、絶対に許さないからな。でなければ、面倒なことになるぞ」

数か月前だったら、さっさとトレードに出せと言ったはずだ。しかし、デトロイトやニューヨークやロサンジェルスに行って、レキシーの父親でいることができるだろうか。同じ州に暮らしていなければ、娘の成長を見守ることは不可能だ。「いいですか、ヴァージル」ジョンは老人が立ちあがるのを目にしながら言った。「今の俺とジョージアンヌは憎みあってるんですよ。あなたも苦労して書類など集める必要はなかったし、俺だってわざわざここまで来ることはなかったんだ。俺はジョージアンヌのことを腹の脂肪くらい避けようとしてるし、向こうは俺のことをそれ以上に嫌ってるんですからね」

オーナーの疲れた瞳が、嘘をつけ、と言っていた。「わたしの言ったことを覚えておいてくれ」

「記憶力はいいほうなんでね」ジョンは最後にもう一度老人を睨みつけ、部屋をあとにした。家の外に出たときも、まだヴァージルの最後通告が耳の奥でこだましていた――〝チヌークスでのキャリアか、ジョージアンヌか、どちらかを選べ。ふたつともきみのものにすることは許さん〟。

一五分間フェリーを待ち、ハウスボートにたどりついたころには、ヴァージルの脅迫のあまりの理不尽さのせいで笑いだしそうになっていた。あの老いぼれは、復讐をしているつもりなのだろう。確かにうまいやりかたなのかもしれない。しかし俺とジョージアンヌは、一瞬たりとも同じ部屋にはいられないような関係だ。どうせなら、ふたりを無理やり結婚させるほうが復讐としては効果的なのではないだろうか。

タイヤのきしむ音やガラスの割れる音が、ジョンの頭のなかを満たした。レキシーが木に激突したあと吹き飛んで、歩道に倒れこみ――。

「うまくなったでしょ」娘がゲーム・センターの騒音のなかから叫んだ。

ジョンはレキシーの前にあるスクリーンを見つめながら、こめかみに鈍い痛みを感じていた。「おばあさんに気をつけて――」だが、遅かった。レキシーはお年寄りを轢き、アルミ製の歩行器を跳ねとばした。

ジョンは、ビデオ・ゲームもゲーム・センターもとくに好きではなかった。ショッピング・モールへ来るより通信販売で買い物をするほうがよかったし、アニメ映画だって、さして見たいとは思っていない。

ゲームが終わったところで手首を返し、時計を確かめた。「もうそろそろ行かないと」

「ジョン、あたし勝った?」レキシーがスクリーンの得点を指さしながらたずねた。中指には、彼がパイク・プレイス・マーケットの宝石屋で買ってやったフィリグリー細工の銀の指輪をはめている。隣には別の店で買った手作りのガラスの猫が置いてあったし、レンジローヴァーの後部座席はすでにおもちゃでいっぱいだった。今、ふたりは、通りを行ったところにある映画館でかかっている『ノートルダムのせむし男』の上映時間まで暇つぶしをしているところだ。

ジョンは娘の愛情を金で買おうとしていた。それほどまで、意固地になっていたわけだ。なんでも買いあたえたし、ゲーム・センターの騒々しさにも長いあいだ我慢し、ディズニー映画だって何時間も見つづけた。ただ、〝パパ〟と呼んでもらうために。「勝ったも同じだね」彼は嘘を言い、娘の手をとった。「猫を忘れちゃだめだよ」そう念を押して、ふたりで人込みをかきわけながらゲーム・センターを出る。以前のレキシーが戻ってきてくれるなら、なんでもするつもりだった。

午後になって彼が迎えに行ったとき、レキシーはアイシャドウと口紅をつけて姿を現した。土曜日なのだからしかたがない。売春婦のような化粧などしてほしくなかったが、六月に会った女の子ともう一度出会いたかった。だから、口紅の色はもっと明るいほうがいいんじゃないかと提案するにとどめておいたのだが、娘は首を振って拒絶しただけだった。

レキシーがどうしてこんな態度をとっているのか、もう一度ジョージアンヌにただしてみたくても、彼女は家にいなかった。鼻にリングをつけた一〇代のシッターによれば、今は仕事中だけれどレキシーが帰るころには彼女も帰ってくるという話だった。

ジョージアンヌとはあとで会えばいい。ジョンはそう思いながら、娘を連れて映画館へ向かった。ふたりの大人として理性的に話をすれば、レキシーにとって何がいちばんいいのか決められるかもしれない。もしかすると。しかしジョージアンヌの顔を見るたびに神経がぴりぴりするのも事実だった。そうして思わず、彼女を挑発したくなってしまう。

「見て！」レキシーが突然足をとめ、店のウインドウを凝視した。ガラスの向こうでは、縞の子猫たちが毛むくじゃらのボールのように転がりながら追いかけっこをしていた。ケージには生まれたばかりらしい猫が六匹ほど入れられている。レキシーは瞳を輝かせながら見つめていた。そこには、公園で彼の心をとりこにしたあの少女の面影があった。

「なかに入って、ちょっと見てみようか?」ジョンは言った。

レキシーはまるで犯罪でも行うかのような目で、ちらりと彼を見あげた。「でも、ママが……」そこで言葉を切り、口の端にゆっくりと笑みを浮かべる。「ま、いいよね。なかに入ろうよ」

ジョンは〈パティーズ・ペットショップ〉のドアをあけ、娘を店内に入れてやった。客はひとりもいない。店員の女性がカウンターの向こうで、何かノートに書きつけているだけだ。レキシーは買ってもらったガラスの猫をジョンに渡し、ケージに近づくと上から手を差し入れて指先を振った。すぐに黄色い子猫が飛びついてきて、手首にしがみつく。彼女は楽しげに笑って、その子猫を胸もとに抱きあげた。

ジョンは青と緑のポロシャツの胸ポケットにガラスの猫を突っこみ、娘のかたわらにしゃがみこんだ。子猫の耳のあいだをかいてやると、拳が娘の顎に触れる。どちらのほうが柔らかいのか、判断がつかなかった。

レキシーが彼を見た。興奮のあまり早口になって言う。「あたし、こういう子が大好きなの、ジョン」

ジョンは子猫の耳に触れながら、手の甲で娘の顎の感触を確かめていた。「パパって呼んでもいいんだよ」そう言って、息を詰める。

レキシーは大きな青い瞳を一度、二度としばたたかせ、思わずこぼれてしまった微笑みを子猫の頭に埋めた。頬にえくぼが浮かんでいるが、何も言わない。

「ここにいる猫ちゃんたちは、みんな予防注射もすんでるんですよ」店員がうしろから声をかけてきた。

ジョンはランニング・シューズのつま先を見おろしながら、心のなかで落胆していた。

「今日は見に来ただけなんだ」そう言いながら立ちあがる。

「その猫ちゃん、たった五〇ドルなんです。とってもお安いと思うんですけど」

レキシーはこれほどの動物好きだ。ジョージアンヌだって、もしペットが飼えるのなら、とっくにそうしていたはずだろう。「子猫なんて連れて帰ったら、この子の母親に殺されちまうよ」

「じゃあ、ワンちゃんはいかがです？　ダルメシアンの子犬が入ったばかりなんですけど」

「ダルメシアン？」レキシーが耳をそばだてた。「ダルメシアンがいるの？」

「こっちです」店員がガラス張りのケージを指さす。

レキシーはそっと子猫を戻すと、犬のケージに近づいた。ガラスの箱のなかにはダルメシアンがいて、太ったハスキーの子犬がおなかを見せて眠っていた。そしてもう一匹、餌を入れるボウルのなかで、ネズミの親玉みたいなのが丸くなっている。

「あれは何？」レキシーが、耳だけが異様に大きく、ほとんど毛のない生き物を指さしてたずねた。

「チワワよ。ほんとにいい子なの」

ジョンは、こんなものを犬と呼んでいいのかと思った。ぷるぷる震えているし、見るからに哀れな生き物じゃないか。犬族の名折れだと言ってもいい。

「寒いのかな」レキシーが額をガラスに押しつけながらつぶやいた。

「そうじゃないのよ。なかはあたたかくしてあるんだから」

「じゃあ、怖がってるのかな」レキシーはてのひらをケージにあてた。「ママがいなくて、怖い思いをしてるのかも」

「きっと違うさ」ジョンは、小さな魚を救うために太平洋にわけ入ったときのことを脳裏に浮かべながら言った。ぷるぷる震えている犬を救うためにまた演技をさせられるなんて、たまったもんじゃない。「ママを恋しがったりはしてないよ。ここでひとりでいるほうが好きなんだと思うけどな。餌のお皿で眠ってるのが気持ちよくて、たぶん、いい夢を見てるのさ。震えてるのは、夢のなかで強い風に吹かれてるからなんだよ」

「チワワって、神経質な犬なんです」店員が不必要な情報をあたえる。

「神経質？」ジョンは犬を指さした。「ぐっすり寝てるじゃないか」

店員が微笑んだ。「あたたかい愛情が必要なんですよ」そう言って、スイング・ドアのあいだを抜けて行ってしまった。すると数秒後、ガラスのケージの裏の扉が開いてふたつの手が現れ、皿で丸まっていた犬を抱きあげた。

「もう行かないと映画に間に合わないよ」しかし、ジョンがそう言ったときには手遅れだった。店員が戻ってきて、待ち構えていたレキシーの腕に犬を預けてしまったからだ。

「名前はなんていうの？」レキシーは犬を見おろしてたずねた。チワワはつぶらな瞳でじっと彼女を見かえしている。

「まだ名前はないのよ」店員が答える。「名前をつけるのは、飼い主さんだから」

犬が小さなピンクの舌を突きだして、レキシーの顎を舐めた。「この子、わたしのことが好きみたい」彼女は笑い声をあげた。

ジョンは腕時計を眺めながら、どうやってレキシーと犬を引き離そうかと考えていた。

「映画が始まるよ。もう行かなきゃ」

「あの映画、もう三度も見たんだもん」娘は犬に視線を凝らしたままだった。「あなたって、ほんとうにかわいい子ね」引きずるような口調が、驚くほど母親にそっくりだ。「キスしてちょうだい」

「だめだ」ジョンは突然、片肺飛行のまま着陸しなければならないパイロットのような気分になりながら言った。「キスなんてしちゃ、いけないよ」

「この子、もう震えてないよ」レキシーが頬をこすりつけると、犬は彼女の耳を舐めた。

「もうケージに返さなきゃ」

「でもこの子、あたしのことが大好きなの。あたしもこの子が大好き。ねえ、飼ってもいいでしょ？」

「それは無理だよ。ママに殺されちゃうから」

「ううん、ママ、きっと、いいって言うよ」

ジョンはレキシーの声に絡めとられたかのように、片膝をついた。地面が迫りつつあるというのに、残ったエンジンもとまってしまったらしい。墜落する前に何かうまい手を考えなければ。「そうかもしれないけど……じゃあ、こうしよう。かわりにカメを買ってあげるよ。俺の家で飼っておいて、好きなときに好きなだけ遊べばいいじゃないか」

レキシーは、幸せそうに丸くなっているチワワを抱えたまま、ジョンの胸にしなだれかかった。「カメは欲しくない。ポンゴが欲しいの」

「ポンゴ？ レキシー、名前なんてつけちゃいけないんだよ。まだ飼ってるわけじゃないんだからね」

娘の瞳が潤み、顎が震えはじめた。「でも、この子が大好きなんだもん。この子もあたしが大好きなんだもん」

「ほんとの犬のほうがいいんじゃないかい？ わかった。来週末、ほんとの犬を見に行こうよ」

レキシーは首を振った。「この子だってほんとの犬よ。まだ小さいだけなの。ママがいないんだから、あたしがいなくなったら、すごく寂しがっちゃう」下のまつげからぽろりと涙がこぼれ落ち、しゃくりあげはじめる。「お願い、パパ、ポンゴを飼ってもいいでしょ？」

ジョンの心臓が肋骨《ろっこつ》にぶつかり、喉から飛びだしそうになった。体が燃えるように熱い。もう我慢できなかった。だって、レキシーが〝パパ〟と呼んでくれたのだから。彼は財布をとりだし、にこにこしている店員にクレジット・カードを差しだした。

「わかったよ」腕をレキシーに回して抱きよせる。「でも、俺たちふたりとも、きっとママに殺されちゃうぞ」

「ほんと？　ポンゴを飼ってもいいの？」

「まあね」

レキシーはさらに涙をあふれさせながら、ジョンの首筋に顔をうずめた。「ジョンは世界で最高のパパよ」娘の涙が肌まで染みとおってくる。「あたし、ずっとずっといい子でいるから」レキシーの肩が震え、犬も震えていた。きっと俺もじきに震えだすに違いない。早くなんとかしないと、娘と同じように泣きだしてしまいそうだ。女の子みたいに泣きじゃくる姿を店員の女性に見られるなんて、まっぴらだった。「パパもレキシーが大好きだよ」そう言って、ごほんと咳払《せきばら》いをする。「さあ、ほら、この子のごはんもちょっと買っていってやらないと」

「でしたら、キャリーバッグもごいっしょにいかがです？」女性店員がそう勧め、クレジット・カードの残高をさらに減らそうとした。「それに、この子はちょっと毛が薄いですから、セーターもあるといいかもしれませんね」

レキシーとポンゴと犬用に買ったものすべてをレンジローヴァーに積みこんだときには、ジョンの財布は一〇〇〇ドル近くも軽くなっていた。ベルヴューに向かって町なかを走り抜けるあいだじゅう、レキシーは早口でしゃべりつづけ、チワワに子守歌を歌ってやっていた。だが、家に近づくにつれてだんだん口数が少なくなっていき、ジョンが路上に車をとめたときには沈黙が車内に広がっていた。

車からおり、無言のまま歩道をとぼとぼ歩いていった。ポーチの明かりの下まで来ると、ふたりは閉まったドアを見つめた。ジョージアンヌと顔を合わせる場面を、少しでも先のばしにするかのように。大きなネズミのような生き物は、レキシーの腕のなかで震えていた。

「きっとママ、すんごく怒るよね」レキシーがささやきにもならない声で言う。

小さな手がジョンの手を握ってきた。「まあね。クソってほどお小言を食らうかもしれないな」

レキシーは彼のひどい言葉づかいを正そうとはしなかった。小さくうなずき、ひとことつぶやいただけだ。「うん」

〝チヌークスでのキャリアか、ジョージアンヌか、どちらかを選べ。ふたつともきみのものにすることは許さん〟――ジョンは思わず笑いだしそうになった。ヴァージルの脅しなど、これからジョージアンヌと対決することを思えば、なんでもない。

ドアがあくと、予想したとおりの展開が待っていた。ジョージアンヌはふたりを見てから、娘が抱えている哀れな子犬を見つめた。「それ、何?」

レキシーは黙りこくったままだ。話はパパがつけて、ということらしい。「いや、その、たまたまペットショップの前を通りかかって――」

「なんですって?」ジョージアンヌが大声をあげる。「あなた、レキシーをペットショップに連れていったの？　この子はペットショップ出入り禁止にしてあるのよ。この前なんて、さんざんだだをこねて泣きわめいて、最後は吐いちゃったくらいなんだから」

「そうかたいこと言わずに、いいほうに考えてくれないか。今回はこの子も気持ち悪くなったりしなかったんだし」

「いいほうって？」彼女はレキシーが抱えている生き物を指さし、金切り声をあげた。「それって、犬なの？」

「店の人はそう言ってた。俺はあんまり信用してないけどね」

「返してきて」

「だめ、ママ。ポンゴはあたしのなんだから」

「ポンゴ？　もう名前までつけたの？」ジョージアンヌは彼を見かえし、目を細めた。「わかりました。だったら、ポンゴはジョンに飼ってもらえばいいわ」

「うちには庭がないんだけどね」

「デッキがあるでしょ。あそこで充分よ」

「パパんとこにいるんじゃ、あたしは週末しか会えないじゃない。それじゃ、ちゃんとトレーニングできないから、カーペットの上でおしっこするような子になっちゃうよ」

「トレーニングって、どっちを？　ポンゴ？　それともパパ？」

「おもしろくない冗談だぞ、ジョージー」

「わかってるわよ。とにかくこの犬は返してきて、ジョン」

「そうできればいいんだけどね。でも、レジ・カウンターの上のボードに、いかなる場合も返品はお受けできませんって、でかでかと書かれてたんだ。だから、今さらポンゴを返しに行くわけにはいかないな」彼はジョージアンヌを見つめかえした。いつもと変わらぬ美しさだが、いつになく激怒している。しかしキャノン・ビーチの一件以来はじめて、ジョンは言い争いをしたくないと思っていた。これ以上、彼女を挑発したくない。「すまなかった。でもレキシーに泣かれて、〝だめだ〟って言えなくなっちまったんだよ。この子、名前までつけて、俺の首っ玉にかじりついて泣きだしたんだ。だからつい、店員にクレジット・カードを渡しちまってさ」

「アレクサンドラ・メイ、おうちに入りなさい」

「うわぁ、本気だ」レキシーは言い、子犬を抱きなおして頭をさげると急いで母親の脇を駆け抜けた。

ジョンもあとに続こうとしたが、ジョージアンヌが立ちはだかった。「あの子にはもう五年間も、一〇歳になるまでペットは飼っちゃいけませんって言いつづけてきたのよ。なのにあなたって、たった数時間あの子と外出しただけで、毛も生えてない犬を買ってきちゃったのね」

彼は右手をあげた。「わかってる。悪かった。餌は全部俺が負担するし、しつけのレッスンにも連れていくよ」

「餌代くらい払えます！」ジョージアンヌはてのひらを上にあげ、眉のあたりを指で押した。今にも頭が破裂しそうだったからだ。「腹が立ちすぎて、目の前がくらくらするわ」

「子犬の育てかたを書いた本も買ってきた、って言ったら、少しは気が楽になるかい？」

「いいえ、ジョン」彼女はため息をつきながら手をさげた。「なりません」

「犬小屋も買ってきたんだけどな」彼はジョージアンヌの手をつかんで、車のほうへ引きずっていった。「ほかにも、いろいろとね」

ジョージアンヌは脈拍が速くなるのを感じつつ、あとについていった。「いろいろって、どんなもの？」

ジョンが後部座席のドアをあけ、ドレッサーの引き出しほどもある犬用のベッドを出した。「夜はそこで寝させるようにするといい。あちこちで粗相しないようにね」そう言って、再び車内に体を突っこんだ。「それから、これが犬のしつけの本。こっちがチワワの本。そしてもう一冊――」いったん言葉を切って、タイトルを読みあげる。「『どうやって犬と暮らしていくか』餌も買ってあるし、歯を守るビスケットだとか、くわえるためのおもちゃだとか、首輪もリードもあるし、子犬用のセーターまであるんだぜ」

「セーター？　あなた、店の品物を全部買ってきたの？」

「ほとんどね」ジョンは振り向いたと思ったら、またしても車のなかに頭を入れた。

ジョージアンヌは、抱えた犬のベッドの上から、こっちに向かって突きだしている彼のお尻を眺めた。ところどころ色が薄れた青いジーンズをはき、革紐を編んだベルトをしている。

「どこかにあったんだけどな」彼がそう言ったとき、ジョージアンヌは四輪駆動車の後部座席に視線を移した。おもちゃ屋の巨大な袋がいくつかと、〝アルティメット・ホッケー〟と書かれた箱がある。

「これ、どうしたの？」彼女は頭を振ってうしろの座席を示しながらたずねた。

ジョンが肩ごしに振りかえった。「レキシーに買ってあげたんだよ。あの子が遊びに来ても、うちにはおもちゃなんてひとつもないからね。それにしても、バービーがあんなに高いとは思わなかったな。ひとつ六〇ドルなんて、びっくりだ」彼は体を起こすと、チューブに入ったものを彼女に手渡した。「これが、ポンゴの歯磨き粉」

ジョージアンヌはうんざりした。「バービー人形に六〇ドルも出したの？」

彼は肩をすくめた。「ひとつはプードル付きだったからね。それにもうひとつは、ゼブラの縞のジャケットを着て、同じ柄の帽子をかぶってたんだ。まあ、店員に足もとを見られたわけじゃないと思ったんでね」

つまり、ジョンはレキシーにうまく言いくるめられたわけだ。レキシーは数日もしないうちに、買ってもらったばかりのバービーをすっかり裸にし、ガレージ・セールで買ってきたような状態にしてしまうだろう。ジョージアンヌはこれまで、娘に高価なおもちゃをあたえないようにしてきた。あの子にはまだ、ものの価値などわからないからだ。それに長いあいだ、ふたつの人形に一二〇ドル払えるほどの経済的余裕もなかった。

クリスマスやお誕生日には大盤ぶるまいをすることもあったけれど、そういうときにつかうのは、前もって貯《た》めておいたお金だった。しかしジョンの場合は違う。先月、ふたりの弁護士が親権のことを話しあったときにわかったことだが、彼はホッケー選手として年に六〇〇万ドル稼いでいたし、投資やスポンサーシップでさらにその半分の利益をあげている。そんな人と競争して勝てるわけがない。

ジョージアンヌは微笑んでいるジョンを見て、この人は何をたくらんでるんだろう、と思った。気をつけていないと、彼にすべてを持っていかれ、わたしの手もとには毛のない子犬しか残らないかもしれない。

17

「ラテはスキニーでよかった？　それともモカ？」ジョージアンヌはエスプレッソ・マシンの金属フィルターにコーヒーの粉を詰めながら、メイにたずねた。

「スキニーのほう」メイは、丸くなって子犬用ビスケットにむしゃぶりついているポンゴから目を離さずに答えた。「この子って、情けないほどちっちゃいわよね。うちの猫でも、この子より大きいのに。ブーツィーに蹴られたらひとたまりもなさそう」

「レキシー」ジョージアンヌは大声で娘を呼んだ。「メイがまた、ポンゴの悪口を言ってるみたいよ」

レキシーがキッチンに入ってきて、レインコートを着こんだ。「あたしのワンちゃんの悪口、言わないで」怒ったように言うと、テーブルの上のバックパックをつかむ。「傷つきやすい子なんだから」それから床に膝をついてしゃがみ、子犬に顔を近づけた。「それじゃあたし、学校に行ってくるから、またあとでね」子犬はビスケットを食べるのをやめて、レキシーの口をぺろぺろ舐めた。

「ほら、そうやって舐めさせちゃだめだって言ったでしょ」ジョージアンヌは冷蔵庫からスキムミルクのカートンをとりだしながら叱った。「悪い癖がついちゃうじゃない」

レキシーが肩をすくめて立ちあがる。「いいでしょ。あたし、この子が好きなんだもん」

「ママはそういうの、好きじゃないの。ほら、早くエイミーのところへ行かないと、車に乗り遅れるわよ」

いってらっしゃいのキスをしてもらおうと、レキシーが唇をすぼめた。

ジョージアンヌは首を振った。「犬にキスする女の子とはキスしないことにしてるの」玄関までレキシーを送ってやり、娘が通りを渡りおえるのを見とどけてからキッチンへ戻った。

「あの子、子犬に夢中なのよね」メイに話しかけながら、エスプレッソ・マシンのほうへ戻る。「飼いはじめてからたったの五日で、すっかり犬中心の生活になっちゃって。あの子ったら、ポンゴに小さなデニムのベストまで作ってやったんだから」

「ちょっと話があるんだけど」メイが出し抜けに言った。

ジョージアンヌは肩ごしに友人を振りかえった。メイが悩みを抱えている様子なのは、うすうす気づいていた。ここ数日、どこかうわの空だったし、心配事がなければこんなに朝早くからうちへコーヒーを飲みに来たりしないはずだ。「なんなの、話って?」

「わたし、ヒューが好きになっちゃった」

ジョージアンヌは微笑み、エスプレッソ・マシンにカップ二杯分の水を入れた。「わたしも〝あなた《ユー》〟が好きよ」

「ううん」メイが首を振る。「そうじゃなくって。わたし、ヒューが好きなのよ、ゴールキーパーの」

「えっ？」ジョージアンヌは手をとめ、眉をひそめた。

「あの、ジョンの友達の？」

「そう」

ガラスのポットはセットしたものの、マシンのスイッチを入れ忘れていた。「あなた、彼のこと、嫌いだったんじゃない？」

「前はね。でも今は違うの」

「どうしてそんなことになっちゃったわけ？」

メイはジョージアンヌと同じくらい困惑しているように見えた。「わたしにもわからないのよ！　この前の金曜日、ジャズ・バーから家まで送ってくれたんだけど、彼、それからずうっとうちにいるの」

「この六日間、いっしょに暮らしてるっていうの？」ジョージアンヌはふらふらとキッチン・テーブルに近づいた。腰をおろさずにはいられない。

「まあその、六日というか、六晩というか」

「何かの冗談？」

「とんでもない。まあ、あなたがそう思う気持ちはわかるけど。どうしてこんなことになったのか、自分でもわからないくらいだから。うちに来ても入れてあげないわよって言ってたはずなのに、気がついたらふたりとも裸になってて、どっちが上になるかでもめてたのよ。結局彼が勝って、で、わたしは恋に落ちてしまったってわけ」

ジョージアンヌはショックのあまり、脱力感に襲われていた。「ほんとなの?」

「ほんと。彼が上になったの」

「そのことじゃなくて!」メイには、こっちが知りたくもないことまで語りたがる癖がある。その点だけはなおしてほしいと、ジョージアンヌは前から思っていた。「あなた、ほんとうに彼と恋に落ちちゃったの?」

メイはうなずき、ブラウンの目に涙を浮かべた。こんなこと、友達になってからの七年間ではじめてだ。普段のメイはとても強い女性なのに、こんなふうに泣くことがあるなんて。ジョージアンヌはその姿に胸を打たれた。「ああ、ハニー、かわいそうに」吐息まじりに言ってメイの椅子の横にひざまずき、友人を腕のなかに包みこんで慰める。「男なんてまったく、ろくなもんじゃないわね」

「ほんと」メイはすすり泣いた。「すべてうまくいっていたのに、いきなりあんなこと言いだすんだから」

「あんなことって?」

メイが体を離し、ジョージアンヌの顔を見つめる。「俺と結婚してくれ、って」

ジョージアンヌは声を失い、床にぺたんと座りこんだ。

「そんなの早すぎるっていくら言っても、聞く耳を持たないの。俺はきみを愛してるし、きみも俺を愛してるのはわかってる、って言い張ってね」メイはリネンのテーブルクロスの端をつかんで、目もとをぬぐった。「今すぐ結婚するなんて早すぎるって思うんだけど、彼、わたしの言うことを聞いてくれないのよ」

「今すぐ結婚？　そんなの、無理がありすぎるわ」ジョージアンヌはテーブルにつかまって立ちあがった。「つい先週まで、彼のこと、好きでもなんでもなかったんでしょ？　なのに、こんな短期間で決断を迫るなんて、向こうもどうかしてるわ。たったの六日間で、これから死ぬまでいっしょに人生を歩んでいきたいかどうかなんて、決められるわけないもの」

「でも三日目の晩には、わたしの気持ちはかたまってたんだけどね」

ジョージアンヌはめまいを感じて、再び椅子に腰をおろした。「あなた、わざとわたしを混乱させようとしてるんじゃない？　本気で彼と結婚したいの？」

「ええ、もちろん」

「それなのに、プロポーズを断ったわけ？」

「ううん、イエスって答えた。断ろうとしたんだけど、どうしてもノーって言えなくて」またしてもメイの目から涙があふれだす。「馬鹿げた話に聞こえるでしょうけど、わたし、本気で彼を愛してるの。一時の気の迷いなんかじゃない。幸せをつかめるこのチャンスを逃したくないのよ」

「でも、そんなふうに泣いてちゃ、あんまり幸せそうには見えないけど」

「幸せよ！　こんな気持ち、はじめて。ヒューはわたしをいい気分にさせてくれるの。いっぱい笑わせてくれるし、わたしの言うこともおもしろがってくれるしね。だから、いっしょにいればわたしは幸せになれるんだけど……」メイは言いよどみ、再び涙をぬぐった。「でも、あなたにも幸せになってほしいのよ」

「わたし？」

「だってあなた、オレゴンへ行ってからここ二か月ほど、ひどく落ちこんでたでしょ？　あなたが悲しそうにしてるのに、わたしだけがこんなに幸せなんて、すごく申し訳なくって」

「わたしは幸せよ」メイを安心させるように言いながら、ジョージアンヌは心のなかで自問していた。このところいろいろありすぎたせいで、自分が何をどう感じているのか、落ち着いて考える余裕がなくなったのは確かだ。でも今は、自分の気持ちをあれこれ検証しているときではない。ジョージアンヌは笑みを浮かべ、腕を前に伸ばしてテーブルをぽんぽんと叩いた。「そんなことより、今はあなたの幸せについて考えましょう。結婚式のプランを立てなきゃ」

メイが手を重ねてくる。「急ぎすぎだと思われてもしかたないけど、わたし、ほんとうにヒューを愛してるの」彼の名前を口にすると、メイの顔が輝いた。

ジョージアンヌは友人の瞳を見つめ、胸にわきおこる疑問を抑えつけてロマンスと興奮に身を任せることにした——とりあえず、今のところは。「日どりはもう決めてあるの？」

「一〇月一〇日」

「あと三週間しかないじゃない！」

「そうなんだけど、ホッケーのシーズンが五日にデトロイトで始まるの。ヒューはもちろん開幕戦に出場するし、そのあとニューヨークとセントルイスへ遠征して、こっちに戻ってくるのは九日のコロラド戦のときになるのね。彼ったら、パトリック・ロワを打ち負かすチャンスを絶対に逃したくないんですって。会社のスケジュールを確認してみたら、一〇月の最初の三週間はけっこう暇だったから、一〇日に式を挙げればそのあと一週間くらいマウイへ新婚旅行に行っても、わたしはこっちに戻ってきてからベネットのパーティーの準備を手伝えるし、ヒューはそのままトロントに向かってメイプルリーフス戦に出られるってわけ」

「三週間って……」ジョージアンヌは弱々しい声で言った。「たったの三週間で、どれほどすてきな結婚式のプランが立てられるっていうの？」

「あなたは何も考えなくていいのよ。だってあなたには、キッチンにこもるんじゃなくて、式に出席してほしいから。ケータリングはすべてアン・マクリーンに任せようと思ってる。レッドモンドで大きなバンケット・ホールを経営してる人なんだけど、彼女なら急ぎの仕事でも受けてくれるわ。でも、あなたにはふたつ、頼みたいことがあるの。ひとつは、ウェディング・ドレスを選ぶのを手伝ってほしいってこと。ほら、わたしって、そういうセンスがまったく欠けてるでしょ？　自分ではいいものを選んだつもりでも、とんでもなくみっともないドレスを選んだりするだろうし」

ジョージアンヌは微笑んだ。「わたしでよければ、いくらでも手伝うわ」

「それとね、もうひとつ」メイが重ねた手に軽く力をこめる。「花嫁の付添役を、ぜひあなたにやってほしい。ヒューは花婿の付添役をジョンに頼みたいって言ってたから、あなたたちふたり、並んで立つことになると思うんだけど」

涙がこみあげてきて喉が詰まった。「わたしとジョンのことなら気にしないで。あなたのためなら、喜んで引き受けるから」

「でも、ひとつ問題があるのよね。けっこう深刻な問題が」

「たった三週間で式の準備をして、ジョンの横に立たなきゃいけないこと以上に、深刻な問題なんてあるの？」

「ヴァージル・ダフィーのこと」

ジョージアンヌのなかで、すべてが凍りついた。

「わたしは招待したくないって言ったんだけど、そうもいかないってヒューが言うのよ。チームメイトのほかに、トレーナーやコーチやフロントの人たちも招くなら、オーナーだけをのけ者にはできない、って。だったら、親しい友達だけを招くことにしたら、とも言ってみたんだけど、ヒューが仲よくしてる友達ってほとんどがチームメイトだから、彼らだけを招いてほかの関係者を招かないっていうのも角が立つでしょ？」メイが両手で顔を覆う。「それでわたし、どうすればいいのかわからなくなっちゃって」

「もちろん、ヴァージルは招待しなきゃ」ジョージアンヌはかろうじてそう言った。過去の亡霊が次々とよみがえってくる。最初はジョン、そして今度はヴァージルだ。

メイが首を振り、両手をおろした。「あなたにそんなひどいことできると思う？」

「わたしはもう大人なんだから。ヴァージル・ダフィーに怯えたりはしないわよ」そうは言ったものの、自信はなかった。こうしてキッチンに座っているかぎり、彼を怖いとは思わないけれど、結婚式の当日顔を合わせたらどんなふうに感じるかはわからない。「彼だけじゃなくて、誰でも好きな人を招待していいのよ。わたしのことは心配いらないから」

「いっそのこと、ふたりだけでヴェガスへ飛んで、エルヴィスのそっくりさんの立ち会いのもとで式を挙げるのがいいかも、ってヒューには言ったんだけどね。そうすれば、何も問題は起きないはずだから」

自分が過去に犯したあやまちのせいで、親友に駆け落ちみたいなまねをさせるわけにはいかない。「だめよ、そんなの絶対だめ」鼻をつんとあげて、警告するように言う。「エルヴィスに見守られてひっそりと結婚するなんて、すごくかっこ悪いわよ。わたしがそういう野暮で安っぽいこと大嫌いなの、知ってるでしょ？　あなたがそんな式を挙げるなら、同じくらい安っぽい結婚のお祝いを買ってあげなきゃならないもの。たとえば、テレビ・ショッピングでよく売ってる、ガラスでも切れる万能カッターとか。ほら、ペプシの瓶で自家製グラスを作れるやつ。でも、ごめんなさい、わたし、そんなものをもらって喜ぶ人とは友達でいられないの」

メイが笑う。「わかった、エルヴィスはやめておく」

「よかった。せっかくだもの、すてきな結婚式にしないとね」ジョージアンヌはそう言って、さっそくウェディング・プランナー選びにとりかかった。

ふたりいっしょだと、段取りはすみやかに進んだ。ケータリング業者に電話をかけ、そのあとすぐにジョージアンヌの車に飛び乗って、レッドモンドへ向かった。

それからの一週間で、花屋と話をつけたり、ウェディング・ドレスを一〇着以上見てまわったりした。〈ヘロン・ケータリング〉での仕事にくわえ、テレビの番組やレキシーの世話、そして迫りくる結婚式の準備に追われて、ジョージアンヌが自分のためにつかえる時間はほとんどなかった。唯一座ってくつろげるのは、ジョンがレクシーとポンゴを迎えに来て、子犬のしつけ教室に連れていってくれる月曜と水曜の夜だけだ。でもそのときでさえ、完全にリラックスすることはできなかった。大柄でハンサムなジョンが晩夏のそよ風を思わせるいい香りを漂わせて家のなかに入ってくると、それだけで心臓がどきどきしてしまい、彼が去っていくたびにきゅんと胸に痛みが走った。わたしはまた彼に恋してしまった。ただし今回のほうが、前のときよりもみじめだ。愛を返してくれない人を愛するなんて、とっくに卒業したと思っていたのに、どうやらそうではなかったらしい。たとえ振り向いてもらえなくても、ジョンを愛する気持ちは少しも変わっていなかった。だから彼に愛してもらえず、娘も連れていかれてしまうと、心がからっぽになった。おまけにメイは結婚して新しい人生を歩みだそうとしている。なんだか自分だけが置いてけぼりにされてしまったみたいだ。今はまだ楽しいことがたくさんあるけれど、そのうち愛する人たちがみんなわたしのもとから離れていってしまうのではないだろうか。

あと何日かで、レキシーははじめて泊まりがけでジョンと週末を過ごし、アーニー・マクスウェルやジョンの母親のグレンダに会うことになっている。娘には新しい家族ができたわけだ。結局、わたしがあたえてあげられなかった家族。そこではわたしだけがよそ者だった。

これからも決してその一員にはなれないだろう。ジョンなら、レキシーが欲しがるものや必要なものを、なんでもあたえてくれるはずだ。わたしなんかいなくたって、誰も困らない。

メイの結婚式を一〇日後に控えた金曜日、ジョージアンヌは〈ヘロン・ケータリング〉のオフィスにひとり座って、レキシーとジョンとメイのことを思い、孤独感にさいなまれていた。だから、チャールズが〝〈マコーミック・アンド・シュミックズ〉でランチでもいっしょにどうだい〟と電話をかけてきたとき、ふたつ返事で誘いに応じた。夕方から入っている大きなケータリングの仕事の前に二時間くらい息抜きして、気の置けない友人と楽しくおしゃべりするのも悪くない。

そんなわけでジョージアンヌは、ハマグリやソフトシェル・クラブの料理を前に、メイの結婚式のことをチャールズにすべて語って聞かせた。「だから、もう来週の木曜日なのよ」リネンのナプキンで両手をぬぐいながら話しつづける。「準備期間がほとんどなかったのに、宗派を問わないカークランドの小さな教会とレッドモンドのパーティー会場を見つけられたのは、ラッキーだったわ。レキシーがフラワー・ガールで、わたしは花嫁の付添役なの」ジョージアンヌは首を振りつつ、フォークを手にとった。「どのドレスを着るかはまだ決めてないんだけど。でもまあ、もうすぐすべて終わると思えば、気が楽ね。次はレキシーが結婚するまで、何も考えなくていいもの」

「きみ自身が結婚するつもりはないのかい?」

彼女は肩をすくめ、ふっと視線をそらした。結婚について考えると、いつも、『GQ』の撮影でフォーマルなタキシードを着ていたときのジョンの姿が思い浮かんでしまう。「あんまり考えたことないな」

「少しは考えてみたらどうだ？」

ジョージアンヌはチャールズに目を戻し、にこりと微笑んだ。「それって、プロポーズのつもり？」

「きみが受けてくれるなら、そうとってもらってもいいんだけどね」

彼女の笑みがゆっくりと消えていく。

「心配しなくていいよ」彼はそう言うと、食べおえた貝の殻を皿に投げ捨てた。「いきなりそんなことを言いだして困らせるつもりはないし、わざわざ断られるつもりもないからね。きみがまだその気になれないことくらい、わかってるさ」

ジョージアンヌはチャールズを見つめかえした。この人はわたしにとって大切な存在だ。しかし、妻が夫を愛するようには愛せない。この人を愛せたらいいのに、と頭では思うものの、心では別の男性を愛していた。

「だからって、その可能性を捨ててしまうこともない。まあ、しばらく考えてみてくれよ」

チャールズと結婚したら、わたしが抱えている問題のいくつかは解決するはずだ。彼なら、わたしとレキシーに快適な生活をもたらしてくれるだろうし、三人そろえば家族にもなれる。今は彼を愛しているとは言えないけれど、もしかしたら、時がたてば愛せるようになるかもしれない。もしかしたら、自分の心を説得できるかもしれない。

った。ジョンはTシャツを脱ぎ、床に投げ捨ててあるランニング・シューズとソックスの上に放った。ジョギング・ショーツ一枚の姿になって、顔の下半分にシェイヴィング・クリームを塗りたくる。剃刀を手に持って目の前の鏡をのぞきこみ、そこに映った人影を見てにやりと笑った。「おしゃべりしたいんなら、入ってきてかまわないぞ」バスルームの戸口から、レキシーが顔をのぞかせていた。

「何してるの？」

「ひげを剃ってるんだよ」彼は左側のもみあげの下に剃刀をあて、そこから下へと刃を滑らせた。

「ママも、脚とか脇の下とか剃ってるよ」レキシーがとことこ歩いてきて横に並ぶ。ピンクと白のストライプのネグリジェを着て、髪は寝癖でくしゃくしゃだった。レキシーはゆうべ、はじめてひとりで泊まりに来た。ベッドルームでクモを見つけたときは大変だったが、退治してやったあとはたいして騒ぐこともなかった。ジョンが本でクモを叩きつぶすと、まるで水の上を歩いてみせたかのように驚きの目で見つめたほどだ。

「あたしも中学生になったら剃っていいことになってるの。そのころにはきっと、毛がぼーぼーになってるもん」レキシーがそう言って、鏡のなかの彼を見あげる。「ポンゴもいつか、もじゃもじゃになると思う？」

ジョンは剃刀を洗い、首を振った。「いや。あいつは毛が伸びない犬種だからな」ゆうべレキシーを迎えに行ったとき、哀れな子犬はきらきら光るビーズや石がちりばめられた真っ赤なセーターを着せられ、同系色のニット帽までかぶせられていた。ジョンが家のなかに一歩足を踏み入れるなり、別の部屋に逃げこんで隠れてしまったのは、ジョージアンヌが言ったように彼の背の高さに驚いたわけではなく、女の子みたいな格好をさせられている情けない姿をほかの雄に見られたくなかったからに違いない。

「ねえ、その眉のとこ、どうしたの？」レキシーがたずねる。

「これか？」ジョンは小さな傷跡を指さした。「一九歳のころ、誰かが俺の頭を目がけてパックを打ってきたんだが、首をすくめるのが一瞬遅くてね」

「痛かった？」

確かにあれは痛かった、ものすごく。「全然」ジョンは顔を天井に向けて、顎の下のひげを剃りはじめた。視界の隅で、こちらを見あげるレキシーの姿をとらえる。「そろそろ着替えたほうがいいんじゃないか？　おばあちゃんと、ひいおじいちゃんのアーニーが、あと三〇分くらいで来るんだぞ」

「頭、やってくれる？」レキシーがヘアブラシを握った手を突きだして言う。

「小さな女の子の髪なんて、いじったことないからなあ」

「ポニーテイルでいいよ。それならとっても簡単でしょ？　サイド・ポニーでもいいけど。でもそれだったら、ちょっと高いとこで結んでね。低いのは好きじゃないから」

「まあ、頑張ってみるよ」彼は剃刀についたクリームとひげをいったん洗い流し、反対側の頬を剃りはじめた。「でも、おてんばな女の子みたいに髪が跳ねちゃっても、文句は言わないでくれよ」

レキシーは笑って、彼の脇腹に頭を押しつけてきた。柔らかい髪が肌に触れる。「あのさ、ママがチャールズと結婚しても、あたしの名字はコワルスキーでいいの？」

口もとで剃刀の刃がぴたりととまった。鏡に映ったレキシーの顔へと視線をさげていく。やがてジョンはゆっくり剃刀を顔からおろし、お湯で洗った。「ママはチャールズと結婚するつもりでいるのかい？」

レキシーが肩をすくめる。「たぶんね。そうしようかなって考えてるみたい」

これまで、ジョージアンヌとの結婚を真剣に考えたことはなかった。だが別の男が彼女と結ばれ、その肌に触れると思うだけで、はらわたがよじれそうになる。ジョンは素早くひげ剃りを終え、お湯をとめた。「ママがそう言ったのか？」

「うん。だけどあたし、パパはジョンなんだから、ジョンと結婚すればいいのに、って言ったといた」

タオルをとって、左耳の下に残っていた白いクリームをふきとる。「そしたらなんて？」

「そしたら笑って、そんなことはありえないから、って。でもまだ、パパのほうからプロポーズすることはできるでしょ？」

ジョージアンヌと結婚？　この俺が？　それは無理だ。ポンゴの一件以来、お互いにかなりうまくつきあえるようにはなってきたものの、向こうが本気で俺を好きになってくれるとは思えない。

　正直に言えば、ジョージアンヌには好意以上の気持ちを抱いていた。レキシーを迎えに行くたびに、服を着ていない彼女の姿を想像してしまうほどだ。しかし、欲望だけで永続的な関係を維持していくことはできない。確かに彼女には敬意も感じていたが、それでもまだ不充分だろう。レキシーのことは愛しているし、娘を幸せにするためならなんでもするつもりだった。だが、子供を理由にいっしょになったところで結婚生活がうまくいかないことは、何年も前に学んだはずだ。

「パパもプロポーズしてみれば？　そうしたら赤ちゃんだって生まれるでしょ？」

　子犬を欲しがったときと同じく、レキシーがすがるような目で見つめてきた。だが今回ばかりは、その視線に屈するわけにはいかなった。再婚するとしたら、それは、その女性なしでは生きていけないと心から思ったときだ。「きみのママは、俺のことなんか好きじゃないと思うけどな」ジョンはそう言って、タオルを洗面台の横のカウンターに放り投げた。「さて、そのポニーテイルってのは、どうやってやればいいんだい？」

　レキシーが椅子に座って、ブラシを差しだした。「最初にきれいにとかさないといけないのよ」

　ジョンは床に片膝をつき、レキシーの絡まった髪にブラシをあてて注意深くとかしはじめた。「痛くないか？」

　レキシーが首を振る。「ママはパパのこと、好きだよ」

「ママがそう言ってたのかい？」

「それにね、ハンサムですてきだと思うって」

ジョンは声をあげて笑った。「ほんとは、そんなふうに言ってなかったんだろう？」

レキシーが肩をすくめる。「パパがキスしてあげれば、ママだってパパのこと、ハンサムだって思うはずだもん。そしたら、赤ちゃんができるでしょ」

ジョージアンヌにキスしたいのはやまやまだったが、たった一度のキスが魔法のようにすべてを解決してくれるとは思えなかった。ましてや、子供を作るなんてありえない。

ジョンは娘に横を向かせ、左耳の下あたりで絡まっている髪をとかしはじめた。「髪に食べ物がくっついてるみたいだな」強く引っぱりすぎないように注意して、ブラシをそっと動かしていく。

「なんだろう、ピザかな」レキシーは平然と答えたあと、黙ってじっと座っていた。ジョンは、髪を傷めてしまうのではないかと恐れながら、静かにブラシを動かしていった。この子もようやく、ジョージアンヌとキスと赤ん坊のことを忘れてくれたのかもしれない。だが、彼がそんなことを思ったとたん、レキシーがささやいた。

「パパがキスしたら、ママはきっと、チャールズよりもパパのことが好きになると思うんだけどな」

ジョンはカーテンを脇に押しやり、デトロイトの夜景を眺めわたした。オムニ・ホテルの部屋からは、ゆったりとなめらかに流れる川が見おろせる。なんとなく気持ちが落ち着かなかったが、それは別に珍しいことではなかった。試合後の数時間はいつもこんな感じだ。とくに、レッドウィングス戦のあとは。昨シーズン、チヌークスはあと一歩のところでレッドウィングスに及ばず、プレイオフで敗退した。セルゲイ・フェドロフに、フェイクからのバックハンド・シュートを決められたせいだ。しかし今年は、長いシーズンの開幕戦でライバル・チームとあたって四対二の勝利をおさめ、すばらしいスタートを切ることができた。

チームメイトのほとんどは階下のバーに集まり、祝杯をあげているはずだ。だがジョンは違った。妙に興奮して眠れないというのに、みんなといっしょに騒ぐ気にもなれなかった。バーでピーナツを食べながら、試合を振りかえったり、群がってくるファンの女の子たちを追い払ったりする気分ではない。

何かがおかしい。今日の試合では、フェティソフをうしろから突き飛ばした以外、まさに教科書どおりのホッケーをしたはずだ。スピードとパワーとテクニックにくわえてハードなボディチェックも兼ねそなえた、自分の理想とするプレイを披露したつもりだった。好きなことを、好きなようにやれた。昔からずっと好きだったことを。

それでも満足できなかった。やはり、何かがおかしいらしい。〝チヌークスでのキャリアか、ジョージアンヌか、どちらかを選べ〟――そんなヴァージルの言葉がよみがえってくる。

ジョンはカーテンを引き、腕時計を見おろした。デトロイトは午前零時、シアトルは午後九時だ。彼はベッドの脇のテーブルにあった受話器をとり、ジョージアンヌの番号を押した。

「もしもし?」呼び出し音が三回鳴ったところで、彼女の声が聞こえてきた。そのとたん、胸の奥のほうで何かがうずいた。

〝パパがキスしてあげれば、ママだってパパのこと、ハンサムだって思うはずだもん。そしたら、赤ちゃんができるでしょ〟ジョンは目を閉じた。「やあ、ジョージー」

「ジョン?」

「ああ」

「今どこに……いえ、どうして電話なんか……? ちょうど今、あなたの試合をテレビで見てるところなんだけど」

ジョンは目をあけ、部屋を見わたして、閉じたカーテンを見つめた。「西海岸では、生放送じゃなくて録画なんだよ」

「ああ、なるほどね。で、勝ったの?」

「まあね」

「レキシーが聞いたら喜ぶわ。今、リビングであなたを見てるの」

「どんな様子だ?」

「とっても楽しそうに見てたのよ、大きな赤い人があなたを殴り倒すまではね。そしたら、ちょっとふさぎこんじゃって」

〝大きな赤い人〟というのは、デトロイトのエンフォーサー――相手チームを威圧するラフ・プレイが得意な選手のことだ。「今はもうだいじょうぶなのか?」

「ええ。あなたがまた立ちあがって滑りはじめたら、もうけろっとしてたから。あの子、プレイしてるあなたを見るのがほんとうに大好きみたい。きっと遺伝なんでしょうね」

ジョンは電話の横のメモを見おろした。「きみはどうなんだい？」彼女の答えがとても重要な気がするのはどうしてなんだろう、と思いながらたずねる。

「普段はわたし、スポーツを見るのはあんまり好きじゃないのね。でも、みんなに内緒にしておいてくれるなら白状するけど――ほら、わたしって、テキサスの出身でしょう？」わざと語尾を伸ばして引きずるように言う。「なのに、フットボールよりホッケーのほうがおもしろい気がするの」

ジョージアンヌの声を聞くだけで欲望がわきおこり、情熱的なセックスの記憶がよみがえってくる。〝パパがキスしたら、ママはきっと、チャールズよりもパパのことが好きになると思うんだけどな〟彼女がボーイフレンドとキスする場面を想像するだけで、胸をスティックで強打されたような衝撃が走った。「金曜日の試合、レキシーといっしょに見に来ないか？　チケットは用意するから。ぜひ、きみたちに見てほしいんだ」

「金曜日？　っていうと、結婚式の次の夜？」

「何か問題でもあるのかい？　仕事が入ってるとか？」

彼女はしばらくためらってから答えた。「ううん、その日ならたぶん行けると思う」

ジョンは受話器に向かって微笑んだ。「ときには、試合中にひどい野次や罵声が飛び交うことなんかもあるけど」

「そういうのはもう慣れてきたから」彼女の声にも笑いがまじっていた。「レキシーが横に来てるの。今、代わるわね」

「ちょっと待って、もうひとつだけ」

「何?」

〝ボーイフレンドとの結婚を決めるのは、俺がそっちに帰ってからにしてくれないか。きみには、あんな女々しくてだらしないやつなんかより、もっと別の男がふさわしい〟――できればそう言いたかったが、そんなことを要求する権利などなかった。だから彼は、ベッドの隅にどさりと腰をおろした。「いや、やっぱりいいよ」

「言いたいことがあったんじゃないの?」

ジョンは目を閉じ、深々と息を吸った。「いいんだ。レキシーに代わってくれ」

18

レキシーはフラワー・ガールをやるために生まれてきたかのように、通路をゆっくりと進んでいた。くるくるとカールした髪を肩の上で跳ねさせ、手袋をはめた手で小さな無宗派教会のカーペットの上にバラの花びらを振りまいていく。ジョージアンヌは牧師の左側で、ピンクのサテンとクレープ地のタンク・ドレスを着て立っていた。膝上五センチのドレスの裾を引っぱってさげたい気持ちを必死にこらえつつ、白いレースのワンピースに身を包んで気どりながら通路を歩いてくる娘を目で追う。レキシーは、みんなが自分のために集まってくれたかのように輝かしい笑顔を見せていた。まるでドラマのヒロインだ。そんな我が子が誇らしくて、ジョージアンヌも思わず笑みを浮かべた。

祭壇の前までやってきた娘は母親の脇に並び、通路の反対側をちらりと見て笑みを浮かべた。新郎の横に、ヒューゴ・ボスのネイビー・ブルーのスーツを着たジョンが立っている。レキシーはバスケットの取っ手を握っている指を三本動かし、彼に合図を送った。するとジョンも口の片端を持ちあげ、指を二本だけ振ってみせた。

ウェディング・マーチが流れはじめると、みんなはうしろを振りかえって、入場してきた新婦に注目した。白バラとカスミソウの花冠を短いブロンドの頭にのせたメイは、とんでもなくきれいだった。着ているのは白いオーガンザのロング・ドレス——ジョージアンヌが選んであげたものだ。すっきりしたシルエットのシンプルなドレスは、サテンやチュールのありきたりなウェディング・ドレスに比べて、はるかにメイの魅力を引きたてていた。前のスリットが縦のラインを強調しているせいで、いつもより背が高く見える。

メイはエスコート役もつけず、ひとりで堂々と通路を歩いてきた。家族や親戚は誰も招待されていなかった。新婦側の席を埋めているのは、仕事を通じて知りあった友人たちだ。ジョージアンヌは、せめて両親だけでも呼んだほうがいいと説得したのだが、メイは頑として首を縦に振らなかった。彼女の親は以前から子供たちを遠ざけていて、レイの葬儀にも姿を現さなかったらしい。そんな人たちに人生で最も幸せな日を台なしにされたくない、とメイはかたくなに言い張った。

みんなの視線が花嫁に集まるなか、ジョージアンヌは花婿を観察していた。黒のタキシードを身にまとったヒューはとてもハンサムだけれど、気になるのはスタイルや服ではなく、彼の表情だった。ジョージアンヌは、予想外のロマンスや性急すぎる結婚式に不安を募らせていた。しかしヒューの弾《はじ》けるような笑顔を見て、少しだけほっとした。今にも両手を大きく広げ、ここまで走っておいでと言いだしそうな顔つきだ。まるで宝くじにでもあたったみたいに、満面に笑みを浮かべて瞳をきらめかせている。まさに恋する男の表情だった。メイがあっけなく心変わりをしてしまったのも無理はない。

メイが横まで歩いてきてジョージアンヌに笑いかけ、それからヒューの横に立った。

「愛する兄弟たちよ……」

牧師の声が聞こえてくると、ジョージアンヌは足もとに目を落とし、革製のTストラップのベージュのパンプスを見つめた。ゆうべチャールズに、あなたとは結婚できないと告げたばかりだった。心から愛していない人とは、やっぱり結婚なんてできない。彼女の視線は通路の向こうへとさまよっていき、ジョンの履いている黒いタッセルつきのローファーの上でとまった。これまでに何度か、熱い欲望を宿した彼のブルーの目に見つめられたことがあった。このあいだレキシーを迎えに来たときも、〝今すぐきみを押し倒したい〟と言わんばかりの顔つきだった。でも、欲望と愛は違う。欲望なんて翌朝には消えてしまうだけ――とくにジョンの場合はそうだ。彼の長い脚を目でたどっていき、ダブルのジャケットから、バーガンディーとネイビー・ブルーのタイへ視線を移す。さらに顔へと視線をあげると、ブルーの瞳が彼女を見かえしていた。

彼は笑みを浮かべていた。さりげないその笑顔が、ジョージアンヌの頭のなかで警鐘を鳴らした。ジョンは何かたくらんでいる。彼女は式に注意を戻した。

前の列に座っている女性が何人かすすり泣きを始めたので、ジョージアンヌはそちらに目をやった。前もって紹介されていなくても、そこに集まったのがヒューの家族であることはひと目でわかった。家族全員、顔つきがそっくりだったからだ。母親も、三人の姉妹も、八人の姪や甥《おい》さえも。

彼女たちは短い式のあいだじゅう泣きつづけ、退場の時間になってもまだ泣いていた。ジョージアンヌとレキシーはジョンと並んで通路を進み、二枚扉のドアを抜けてチャペルを出た。そのあいだ、彼のジャケットの袖が何度か腕に触れそうになった。

入り口のホールに出るなり、ヒューの母親は息子を押しのけるようにして花嫁に近づいた。「まるでお人形さんみたいよ、あなた」そう言ってメイを抱きしめ、娘たちのほうへ連れていく。

ジョージアンヌとジョンとレキシーは、新郎新婦へ祝福を述べに次々とやってくるメイの友人やヒューの家族の邪魔にならないよう、脇にどいた。

「はい、これ」レキシーが、バラの花びらの入ったバスケットをジョージアンヌに渡してため息をついた。「疲れちゃった」

「先に抜けだして、パーティー会場へ行こうか」ジョンがジョージアンヌのうしろに来て言った。「きみとレキシーも俺の車に乗っていけばいい」

ジョージアンヌは振りかえってジョンを見あげた。結婚式用の盛装が見事に決まっている。惜しむらくは、襟もとにつけている赤いバラが下を向いてしまっていることだった。花そのものではなく、茎の部分にピンを刺しているせいだ。「まだだめよ、ウェンデルに写真を撮ってもらわなきゃいけないんだから」

「誰だって？」

「ウェンデル。メイの雇った男性カメラマン。これからみんなの記念写真を撮ってくれることになってるの」

ジョンの笑顔がしかめっ面に変わる。「そうなのか？」

ジョージアンヌはうなずき、彼の胸もとを指さした。「バラが落ちそうね」

彼は襟もとを見おろして、肩をすくめた。「こういうの、得意じゃないんだ。つけなおしてくれるかい？」

しかたなく、ジョージアンヌはネイビー・ブルーのジャケットの襟に指を滑らせた。上からのぞきこまれつつ、長いまっすぐなピンを引き抜く。距離が近すぎるせいでこめかみに彼の吐息がかかり、コロンの香りに包まれるのを感じた。今顔をあげたら、唇が触れあってしまいそうだ。彼女は真っ赤なバラをピンでとめ、ウールの生地に刺しなおした。

「自分の指を刺すなよ」

「平気。こんなこと、しょっちゅうやってるんだから」見えない皺を伸ばすように片手で襟を撫でおろし、高級なウールの感触を楽しむ。

「しょっちゅう男に花をつけてやってるってことかい？」

ジョージアンヌが首を振ると、彼のなめらかな顎がこめかみのあたりをかすめた。「わたしやメイは花をつけることが多いの。仕事のときにね」

むきだしの腕に、ジョンがそっと手を置いた。「パーティー会場まで俺の車で行かなくて、ほんとうにいいのか？　ヴァージルも来てるはずだから、ひとりになるのは気が進まないかと思ったんだが」

結婚式のあれやこれやに追われて、元婚約者のことはたった今まで忘れていた。とたんに、胃のあたりがずしりと重くなる。「レキシーのこと、彼に話したの？」

「もう知ってたよ」

「どういうふうに受けとめてる感じだった？」もう一度、ジャケットの見えない皺を伸ばすように指を滑らせてから、手をおろした。

ジョンが大きな肩をすくめた。「別になんとも。七年もたってるから、彼のなかでは終わったことなんだろう」

ジョージアンヌは安堵に胸を撫でおろした。「パーティー会場には自分の車で行くわ。でも、誘ってくれてありがとう」

「どういたしまして」ジョンのあたたかいてのひらが腕から肩へ這いあがってきたかと思うと、また手首のほうへ滑りおりていった。ぞくぞくするような心地よい興奮が腕に走る。

「写真にはどうしても写らなきゃいけないのか？」

「どういうこと？」

「撮影のために待たされるのは嫌いなんだ」

まただ。またしても彼はわたしの頭をいっぱいにして、考える余裕をなくしてしまう。こうして彼と触れあうのは甘い喜びであり、同時に、つらい拷問でもあった。「写真を撮られるのなんか、もう慣れっこだと思ってたけど」

「撮られるのは別にかまわないさ。待つのが嫌なだけでね。俺はそれほど辛抱強くないんだよ。何かが欲しいと思ったら、すぐに手に入れたいほうだから」

もしかして、彼は写真以外のことを言っているのだろうか、とジョージアンヌは思った。

数分後、カメラマンが列席者を祭壇の前に整列させはじめると、彼女は再び快楽と苦痛にさらされることになった。ウェンデルは女性を男性の前に立たせた。レキシーはメイのすぐ隣だ。

「ではみなさん、楽しそうに笑って」どことなく女っぽさの感じられる甘ったるい声でカメラマンが言った。三脚の上のカメラをのぞきこみ、一同にもう少しまんなかへ寄るよう、手ぶりで示す。「さあ、撮りますよ。みなさん、幸せそうなそのお顔に、幸せそうな笑みを浮かべてくださいね」

「なあ、あいつ、公共放送サービス《PBS》で番組をやってた画家の親戚か？」ジョンが口の片端だけを動かしてヒューにたずねる。

「アフロ・ヘアの、ボブ・なんとかという油絵画家のことかい？」

「ああ。〝幸せそうな雲ちゃんをここにちょこっと描いてみましょう〟とかなんとか、クソおもしろくもないことをほざいてたじゃないか」

「パパ！」レキシーが声をひそめつつも聞こえるようにたしなめる。「ひどい言葉をつかっちゃダメでしょ」

「ごめんごめん」

「みなさん、ごいっしょに〝ウェディング・ナイト〟って言えますか？」ウェンデルが一同に向かってたずねた。

「ウェディング・ナイト！」すかさずレキシーが大声をあげる。

「そうそう、とってもいい感じですよ。ほかのみなさんも、かわいいフラワー・ガールを見習ってくださいよ」

ジョージアンヌはメイと目を見交わし、ぷっと吹きだした。

「ほらみなさん、幸せそうに笑って笑って」

「おいおい、いったいどこであんなやつを見つけてきたんだ？」ヒューがメイのほうを向いて訊く。

「ずっと前から知ってる人なの。レイの友達だったのよ」

「ああ、なるほどな」

そのときジョンがさりげなく腰に手を回してきたせいで、ジョージアンヌはぴたりと笑うのをやめた。ウェストをしっかり抱えこんで、壁のようにがっしりした胸のほうへ引きよせ、耳もとに低い声でささやきかけてきた。「〝チーズ〟って言えばいいさ」

息が喉に引っかかって、うまく声にならない。「チーズ」ジョージアンヌが弱々しくそうつぶやいた瞬間、カメラマンがシャッターを切った。

「では今度は、新郎のご家族だけで」ウェンデルがフィルムを巻きあげながら指示を出す。

ほんの一瞬、ジョンの腕に力がこもった。ぐいと拳を握って、ジョージアンヌのドレスの生地をいっしょに巻きこむ。そのせいで、短いドレスの裾が腿のあたりまでずりあがった。

彼はすぐに手をおろして一歩あとずさり、ふたりのあいだに少しだけ距離を置いた。ジョージアンヌが振りかえって見あげると、その顔にはいつものさわやかな微笑みが浮かんでいた。「なあ、ヒュー」何事もなかったかのように、ジョンが友人のほうを向いて声をかけた。たった今、ジョージアンヌを強く抱きしめたことなど、おくびにも出さない。「シカゴに行ったとき、チェリオスの店はのぞいてみたか？　やつがブラックホークスで稼いだ金で地元に作った店だよ」

ジョージアンヌは、今の抱擁から彼の意志を読みとろうとしてはいけないと自分に言い聞かせた。思惑や下心を探そうとしても、そんなものなどあるわけがない。ぎゅっと抱きしめられたり、にっこり笑いかけられたりしたくらいで、夢中になっちゃだめ。忘れるのがいちばんよ。どうせ、ただのおふざけなんだから。彼に何かを期待しちゃいけないの。

しかし一時間たっても、彼女はパーティー会場のバンケット・ホールのなか、料理や花がふんだんに盛られたビュッフェ・テーブルの横にたたずみ、まだ先ほどの出来事を忘れようとしていた。ふと気を抜くと、目が勝手にジョンを探してしまう。明らかにホッケー選手だと思われる男たちや、すらりとした数人のブロンド美人と談笑している彼を見ても、気づかないふりをしなければいけない。だが、いくら忘れようとしても無理だった。この広いホールのどこかにヴァージルがいるという事実を忘れられないのと同じくらいに。

ジョージアンヌはレキシーのために料理をとりわけ、チョコレート・ディップされたイチゴをいくつか皿にのせた。チキン・ウィングを一本と、ブロッコリーもふたつほど添える。

「あとね、ケーキと、これもちょっと欲しいな」レキシーは結婚式用のミント菓子が山盛りになったクリスタルのボウルを指さした。

「さっき、メイとヒューが切りわけてくれたときにケーキを食べたのに」ジョージアンヌはミント菓子をいくつかとニンジンのスティックを一本皿にのせて、娘に手渡した。そうして素早く招待客たちの顔を眺めわたす。

知った顔を見つけたとたん、胃が引っくりかえりそうになった。生身のヴァージル・ダフィーを目にするのは七年ぶりだ。「メイおばさんのそばに行ってて」娘の肩をつかんで、さっと向きを変える。「ママもすぐに行くから」そして背中をぽんと押し、娘が新郎新婦のほうへ歩いていくのを見守った。うっかり鉢あわせしたら何を言われるだろうと、パーティーが終わるまでびくびくしながら過ごすわけにはいかない。だったらいっそのこと、神経がまいってしまう前にこちらから会いに行ったほうがいいだろう。ジョージアンヌは深呼吸してから、自分の過去と向きあうために大股で歩きだした。人波を縫うようにして会場を進み、彼の前に立つ。

「お久しぶりね、ヴァージル」声をかけたとたん、老人の表情が険しくなった。

「ジョージアンヌ、よくもわたしの前に顔が出せたもんだな。そんな勇気はないかと思っていたんだが」その口調から、教会でのジョンの言葉とはうらはらに、ヴァージルがまだあの事件を〝終わったこと〟だと思っていないのがわかった。

「あれから七年もたつんだし、もう昔のことだもの」

「きみにとってはそうだろうがな」

肉体的には、彼はほとんど変わっていないように見えた。髪が若干薄くなり、目もとが少しふっくらした程度だ。「お互い、過去は忘れるべきだと思うんだけど」

「ほう、どうして忘れなきゃならない？」

ジョージアンヌは、彼の顔を見つめた。深く刻まれた皺の下には、憎悪に燃えている男がいた。「あんなふうにあなたを傷つけてしまったのは、ほんとうに申し訳ないと今も思ってます。でもあの前の晩、やっぱり結婚はとりやめにしたいと伝えようとしたんだけれど、あなたは話を聞こうとしてくれなかったでしょ？　だからって、そのことを責めるつもりはないの。ただ、わたしの気持ちを説明しているだけ。あのころのわたしはまだ若くて子供だった――そのことは謝ります。だからどうか、わたしの謝罪を受け入れてくれないかしら」

「受け入れられるわけがないだろう」

ジョージアンヌは、ヴァージルの怒りを前にしてもたじろいでいない自分に驚きを覚えた。謝罪を受け入れてもらえるかどうかすら、さほど気にならない。それより、過去ときちんと向きあったおかげで、長年背負ってきた罪悪感から解放されたという思いのほうが大きかった。わたしはもう、若くて子供だったころの自分ではない。今は怯える必要もない。「そういうふうに言われるのは残念だけど、謝罪を受け入れてもらえなくても、そのせいで夜も眠れなくなったりはしないと思うわ。今のわたしには愛してくれる人がたくさんいるし、幸せな人生を歩んでるから。あなたにどんな怒りや敵意を向けられようと、傷つくことはありません」

「そういう愚直なところは、七年前と同じなんだな」ヴァージルがそう言ったとき、ひとりの女性が近づいてきて彼の肩に手を置いた。キャロライン・フォスター＝ダフィーだ。地元紙で何度も写真を見たことがある。「ジョンは絶対にきみとは結婚しないぞ。チームを捨ててきみを選ぶことなど、ありえないんだからな」ヴァージルは捨てぜりふを残し、くるりと背を向けて妻とともに去っていった。

ジョージアンヌは彼の捨てぜりふに困惑しながら、ふたりを見送った。もしかしてあの人はジョンに脅しをかけたの？　だとしたら、どうしてジョンはそのことを黙っているんだろう？　すっかりわけがわからなくなって、彼女は首を振った。ジョンがほかの何かを犠牲にしてまでわたしと結婚するなんて、夢にも考えたことはないのに。

嘘をつきなさい。ほんとうは、一夜の熱いセックス以上のものをジョンが求めてくることを、何度も思い描いてるでしょ？　ジョージアンヌは心のなかでそう認めて、新郎新婦やタフな外見の男たちに囲まれているレキシーのほうへ近づいた。どれだけわたしがジョンを愛していようと、ジョンの目がときおり欲望できらめいていようと、それだけでは彼がわたしを愛している証拠にはならない。ほかのことを犠牲にしてもわたしを選んでくれる保証なんて、どこにもない。ひと晩いっしょに過ごしても、翌朝にはまたわたしをひとり置き去りにして消えてしまうかもしれないのだから。

ジョージアンヌは再びヴァージルのことを考えながら、バンドが演奏の準備をしているステージの前を通りすぎた。彼ときちんと対面し、過去の重荷から解きはなたれたおかげで、気持ちはだいぶ楽になった。彼女はメイのそばまで行って声をかけた。「ねえ、どんな気分?」

「最高よ」にっこりと微笑みかえしたメイは、とてもきれいで幸せそうに見えた。「最初はちょっと緊張してたんだけどね、ホッケー選手が三〇人も押しよせてくるって聞かされてたから。でも実際に会ってみたら、みんな優しくて、いい人たちだった。ただひとつ残念なのは、レイがここにいないことね。分厚い筋肉と引きしまったお尻の持ち主に囲まれたら、きっとあの子、天国みたいな気分になれたでしょうに」

ジョージアンヌはくすくす笑って、レキシーの皿からイチゴをひとつつまんだ。広い部屋を見わたして、ほかの招待客たちより頭ひとつ飛びだしているジョンに目をとめる。彼もこちらを見かえしていた。彼女はイチゴをかじりながら、さっと視線を外した。

「あっ、ママ、ずるーい」レキシーが文句を言う。「イチゴじゃなくて、お野菜のほうを食べてよ」

「ヒューのお友達にはもう紹介してもらった?」メイは新婚ほやほやの夫を肘で軽くつついて友人にたずねた。

「ううん、まだ」ジョージアンヌは答え、イチゴの残りを口のなかへ放りこんだ。

ヒューが、高級なウールのスーツとシルクのネクタイに身を包んだふたりの男性をジョージアンヌとレキシーに紹介してくれた。ひとり目の紳士はマーク・ブッチャーといって、目のまわりに黒々としたあざを作っていた。「ドミトリのことは覚えてるよな」もうひとりの紳士を紹介してから、ヒューが言う。「二、三か月くらい前に、ジョンのハウスボートで会ってるだろ?」

ジョージアンヌは、ライト・ブラウンの髪とブルーの瞳の男性を見つめた。まるで記憶にない顔だ。ジョージアンヌは、ライト・ブラウンの髪と…

「俺も覚えてる」ドミトリが明らかになまりのある口調で言う。「確か、きみ、赤い服を着てた」

「そうだった?」そのときのドレスの色まで覚えていてくれたことに、ジョージアンヌは感激した。「驚いたわ、とても記憶力がいいのね」

ドミトリが笑うと、目の端にかすかに皺が寄った。「覚えてるさ。今は俺、金のチェーン、つけてないから」

ヒューがにやにや笑いながら言う。「だよな。アメリカの女は鎖なんてちゃらちゃらつけてる男は好きじゃないって、俺が教えてやったおかげだよ」

「あら、それはどうかしら」夫を見あげて、メイが反論する。「パールのチョーカーとおそろいのイヤリングをつけてたって、すてきに見える男の人を何人も知ってるけど」

ヒューはメイをかたわらに引きよせ、頭のてっぺんにキスをした。「女装癖のある連中のことを言ってるんじゃないんだよ、ハニー」

「その子は、きみの娘さんなのかい?」マーク・ブッチャーがレキシーを見て、ジョージアンヌにたずねる。

「ええ、そうよ」

「おじさん、その目、どうしちゃったの？」レキシーはジョージアンヌに皿を手渡し、最後のイチゴでマークの目もとを指した。

「アバランチ戦でコーナーに追いつめられて、フクロにされたんだよ」ジョージアンヌの背後からジョンが答えた。片腕でひょいとレキシーを抱きあげ、目の高さを合わせる。「気の毒がってやる必要はないけどね。こいつがヘマしたせいなんだから」

ジョージアンヌはジョンに目を向けた。ヴァージルの捨てぜりふのことを質《ただ》したかったけれど、それはふたりきりになってからのほうがいい。

「やっぱり、リッチの野郎をスティックで小突いたのがまずかったんじゃないか？」ヒューがつけくわえる。

マークは肩をすくめた。「こっちは去年、あいつに手首を折られてるんだからな」それから話題は、どっちの怪我のほうがひどかったかということに移っていった。はじめのうちジョージアンヌは、骨折や筋肉断裂や幾針も縫う裂傷の話に驚き、あっけにとられていた。でもずっと話に耳を傾けていると、徐々に怖いもの見たさの興味がわいてきた。はたしてこの部屋にいる男たちの何人が、自前の歯を持っているのだろう。彼らの話から想像するに、そう多くはなさそうだ。

レキシーがジョンの頭を両手でつかんで、自分のほうに向かせた。「パパも昨日、怪我をしたの？」

「俺が？　まさか」

「パパ？」ドミトリがレキシーを見て言った。「この子、おまえの子なのか？」

「ああ」ジョンはチームメイトたちに目を戻した。「この心配性の子は俺の娘で、レキシー・コワルスキーっていうんだ」

つい最近まで娘がいるなんて自分でも知らなかったんだけどな、という言葉が続くのをジョージアンヌは待ったが、ジョンは何も言わなかった。どうして娘が突然目の前に現れたかについては、いっさい説明しようとしない。ずっと以前からそうしていたかのように、ただレキシーを腕に抱いているだけだ。

ドミトリがジョージアンヌを見てからジョンに視線を戻し、何か訊きたそうに眉をあげた。

「そういうことだ」ジョンはそれだけ答えた。ふたりの男たちのあいだで、いったいどんな無言のやりとりがあったのだろうか。

「きみはいくつなんだい、レキシー？」マークが訊いた。

「六歳。お誕生日が来て、今は小学校の一年生。あとね、今は犬を飼ってるの。パパがプレゼントしてくれたのよ。名前はポンゴっていうんだけど、そんなにおっきくはないの。毛もあんまり生えてないから、お耳が冷たくってね。だからあたし、お帽子を作ってあげたの」

「紫色のね」メイがジョンに向かって言う。「おバカな子にかぶせるみたいな帽子を」

「どうやって犬に帽子なんかかぶせられるんだ？」

「両膝のあいだで押さえつけるの」ジョージアンヌは答えた。ジョンが娘に顔を向ける。「おまえ、ポンゴの上に座ったのかい?」

「そうよ、パパ、ポンゴもそうされるのが好きだから」

あのポンゴが、無理やり馬鹿げた帽子をかぶらされるのが好きだとは思えない。とにかく、小さな犬の上に座るのはやめたほうがいいと娘を諭そうとしたとき、バンドが大音量で楽器を鳴らした。「こんばんは!」ステージ上のボーカリストがマイクをつかんでしゃべりはじめる。「それでは今から今夜最初の曲を演奏しますので、みなさんどうか、ヒューとメイといっしょにダンス・フロアへお集まりください」

「ねえ、パパ」レキシーが音楽に負けじと声を張りあげる。「ケーキをひとつ、食べてもいいでしょ?」

「ママはいいって言ったのか?」

「うん」

彼はジョージアンヌのほうを振り向き、膝を曲げて彼女の耳もとに口を近づけた。「料理が出てるテーブルへ行ってくるよ。いっしょに来るかい?」

彼女が首を振ると、ジョンは緑の瞳をじっと見つめて言った。「じゃあ、ここで待っててくれ」そして答える暇をあたえず、レキシーを連れてテーブルに近づいた。

「なるべくおっきなケーキにしてね」レキシーが言う。「お砂糖とクリームがたっぷりかかってるやつ」

「あんまり食べすぎると、おなかが痛くなっちゃうぞ」

「そんなことないもん」

テーブルまでたどりつくと、ジョンは娘をおろし、紫色のバラ飾りがついたケーキのなかからひと切れを選ばせてやった。いらいらするほど時間がかかったが、辛抱強く待ってから、ヒューの姪が座っている円テーブルに席を見つけて座らせてやる。ジョージアンヌのいたあたりを目で探すと、彼女はドミトリに誘われてダンス・フロアに引っぱりだされようとしているところだった。普段はあのロシア人の若者を気に入っているジョンだったが、今夜はわけが違う。ジョージアンヌがあんなに短いドレスを着ていて、それを見たドミトリが高級キャビアを前にしたときのように、よだれを垂らさんばかりの表情を浮かべているのだから。

ジョンは込みあったダンス・フロアを縫うように歩いていき、チームメイトの肩に手をかけた。何も言う必要はなかった。ドミトリはジョンを見るやいなや、肩をすくめて去っていった。

「こういうのって、よくないんじゃない？」ジョンに腕のなかへと引きよせられながら、ジョージアンヌは言った。

「どうしてだ？」ジョンはさらに彼女を抱きよせると、柔らかいカーブを自分の胸に押しつけるようにし、メロウな音楽に合わせて体を動かしはじめた。腕のなかの彼女のぬくもりを感じながら、ヴァージルの警告を思いだす。〝チヌークスでのキャリアか、ジョージアンヌか、どちらかを選べ。ふたつともきみのものにすることは許さん〟――だがもう、心は決まっていた。何日も前、デトロイトにいたときに。

「だって、ダンスに誘ってくれたのはドミトリなのに」

「あいつは共産圏の出身なんだぞ。近づかないほうがいい」

ジョージアンヌが頭を少し反らし、彼の顔を見あげた。「てっきり、あなたのお友達だと思ってたのに」

「さっきまではね」

彼女の眉間《みけん》に皺が寄る。「何があったの？」

「俺たちはふたりとも、同じものを欲しがってるんだ。でも、やつには絶対に渡さない」

「同じものって？」

欲しいものはたくさんあった。「そういえば、ヴァージルと話してるのを見かけたよ。なんて言ってた？」

「たいした話はしなかったの。七年前のことを謝ったんだけど、受け入れてもらえなかった」ジョージアンヌは一瞬とまどったような表情を見せてから、首を振って目をそらした。「あなたはさっき、彼のなかではもう終わったことなんだろう、って言ってたけど、まだわたしを恨んでる様子だったわ」

ジョンは彼女の首筋にてのひらを滑らせ、親指で顎を上に向かせた。「あいつのことは気にしなくていい」ジョージアンヌの顔をまじまじと見つめ、遠くからこちらをじっと睨んでいる老人と目を合わせる。さらにあたりに視線を走らせ、ジョージアンヌのバストラインを舐めるように見つめているドミトリやほかの男どもの顔を悠々と眺めまわしたあと、再び彼女の顔に目を落とし、いきなり唇を奪った。口と舌で熱いキスをしながら、片手を彼女の背中からヒップへと撫でおろしていく。周囲の人間にわざと見せつけるような、長く、情熱的なキスだった。ジョージアンヌはジョンにしがみついてキスに応え、やっと彼が唇を離したころには、息も絶え絶えになっていた。

「どういうつもり?」彼女はささやき声でたずねた。

「それより、チャールズのことを教えてくれないか」まだとろんとしている彼女の目に浮かんだ情熱が、くしゃくしゃのシーツと柔らかい肉体を思いおこさせた。

「チャールズの何が知りたいの?」

「レキシーから聞いたんだが、きみはあいつとの結婚を考えてるんだって?」

「それならもう断ったわ」

安堵感が胸のなかで一挙に広がっていった。ジョンは彼女に腕を巻きつけ、髪に唇を寄せて微笑んだ。「今夜はとってもきれいだよ」耳もとでささやく。それから頭をあげ、彼女の顔やふっくらとしてみずみずしい口もとを見つめた。「どこかに、きみを押し倒せるような場所はないかな。婦人用のトイレのカウンターはどれくらい広いんだ?」

ジョージアンヌは笑顔を隠そうと、あわててうしろを向いた。だがジョンは、その瞳が楽しそうにきらめいていたのを見逃さなかった。「ドラッグでハイになってるんじゃないの、ジョン・コワルスキー?」

「今夜はやってないよ」彼は笑った。「ナンシー・レーガンの教えを忠実に守ってるんだ。そういうきみは？」

「やってないに決まってるでしょ」からかうようにジョージアンヌが言う。

音楽がいったんとまり、テンポの速い曲が始まった。「レキシーはどこ？」にぎやかな音に負けないように、ジョージアンヌはたずねた。

ジョンはレキシーを置いてきたテーブルのほうを振りかえり、指さした。レキシーは口を半開きにして、テーブルに頰杖《ほおづえ》をついている。「あのまま眠りこけてしまいそうだな」

「そろそろ家に連れて帰らないとね」

彼は両手でジョージアンヌの肩を撫でた。「俺が抱いて運ぶよ、きみの車まで」

彼女は一瞬ためらってから、ジョンの申し出を受けた。「そうね、そうしてもらうと助かる。わたし、バッグをとってくるから、あなたたちは先に行ってて」ジョンは去り際に彼女の腕を軽くぎゅっと握り、レキシーのほうへ歩いていった。ジョージアンヌはそれを見とどけてから、メイを探しに行った。

今夜のジョンは明らかにいつもと違う。あんなふうに抱きしめてきたり、大胆にキスをしてきたりするなんて。まるで、かたときもわたしを放したくないかのように情熱的にふるまっていた。けれど、そのことに深い意味を読みとろうとしてはいけない。そう自分をたしなめながらも、彼女は胸に小さな希望の火が灯るのを感じた。

席に置いてきたバッグをつかみ、メイとヒューにさよならの挨拶をしてから会場をあとにする。外はすっかり夜のとばりがおり、駐車場が街灯で照らされていた。自分の車のほうを見るとジョンが車体に寄りかかり、レキシーの体をウールのジャケットでくるんで大事そうに胸に抱きかかえている。暗い駐車場のなか、彼の白いシャツがくっきりと浮かびあがっていた。

「そういうもんじゃないんだよ」ジョンが何やらレキシーに話しかけている。「自分で好きな名前をつけることはできないんだ。誰かがそういうふうに呼びはじめて、いつの間にかそれがその人のニックネームになっていくんだからね。エド・ジョヴァノフスキーが、自分で〝スペシャル・エド〟なんていう名前を選ぶと思うかい？」

「でもあたしは〝ザ・キャット〟って呼ばれたいの」

「きみは〝ザ・キャット〟にはなれないな」ジョンはジョージアンヌに気づいて、車からさっと離れた。「フェリックス・ポトヴァンがすでにその名前で呼ばれてるから」

「じゃあ、〝ドッグ〟ならいい？」レキシーが彼の肩に頭をすりよせながら訊く。

「ほんとうに、レキシー・〝ザ・ドッグ〟・コワルスキーなんて呼ばれたいのか？」

レキシーは彼の首筋に向かって、さも楽しそうに笑った。「そうじゃないけど、でもあたしもパパみたいにカッコいい名前が欲しいの」

「猫っぽいのがいいんなら、チーターはどうだ？　レキシー・〝ザ・チーター〟・コワルスキーだ」

「それがいい」レキシーがあくびしながら答えた。「ねえ、パパ、サバンナの動物たちがどうしてあんまりトランプをしないか、知ってる?」

ジョージアンヌは目をくるりと回してから、鍵穴にキーを差しこんだ。

「〝ずるをするやつ《チーター》〟が多すぎるからだろ」彼が答える。「そのジョークなら、もう五〇回くらい聞かされたぞ」

「そうだっけ、忘れてた」

「ほんとはなんにも忘れてないくせに」ジョンは明るく笑いながら、レキシーを助手席に座らせた。車内灯が彼の髪を艶やかに輝かせ、青と赤のペイズリー柄のサスペンダーを照らしだす。「それじゃ、明日の夜、試合のときにな」

レキシーは自分でシートベルトを締めた。「おやすみのキスして、パパ」唇をすぼめてジョンを待っている。

ジョージアンヌは微笑みながら運転席へ回りこんだ。レキシーを大切にあつかい、慈しんでくれるジョンの姿には、ほんとうに胸を打たれる。彼はすばらしい父親だ。わたしとのあいだに何があろうと、これほどレキシーを愛してくれる彼のことはいつまでも愛せる気がした。

「ジョージー?」ひんやりした夜気のなかで、彼の声があたたかかった。

車のルーフごしに、半ば影になっているジョンの顔を見つめかえす。

「どこへ行くんだ?」彼がたずねた。

「どこって、家に帰るのよ、もちろん」

ジョンは厚い胸に声を深く響かせて笑った。「きみもパパにおやすみのチューをしなくていいのかい?」

そんなふうに誘われると心がぐらぐら揺れて、自制心を失いそうになってしまう。いや、ほんとうはジョンのこととなったら、自制心なんて最初からこれっぽっちも働いていなかった。あんなキスをされたあとなのだから、なおさらだ。ジョージアンヌは誘惑に負けてしまう前に、運転席のドアを大きくあけた。「今夜のところはお預けよ、色男さん」

「今、なんて言った?」

彼女は片足を車内に入れた。「先月の呼ばれかたよりはましになったでしょ?」そう言ってさっさと車に乗りこむ。そしてエンジンをかけ、夜のしじまに響きわたるジョンの笑い声をあとに残し、駐車場から走り去った。

ジョージアンヌは家までの道すがら、ジョンの態度が変わったことについて思いをめぐらせていた。それが何かすてきなことを意味しているならいいのだけれど。たとえばホッケーのパックが頭にあたったりして急に正気になり、わたしなしでは生きていけないことに気づいたとか。でもこれまでの経験から、そんなことはないだろうと思えた。自分に都合のいい解釈をしてはいけない。彼の言葉のひとことひとことや、さりげない触れあいに深い意味を読みとろうとしても、混乱してしまうだけだ。ガードをおろすと、いつだって彼に傷つけられてばかりなのだから。

レキシーをベッドに寝かしつけてから、ジョンのジャケットをキッチンの椅子の背にかけ、靴を蹴って脱ぎ捨てた。ハーブ・ティーをいれるためにお湯を沸かしているうちに、外では天気が変わったらしく、窓ガラスを優しく叩く雨の音が聞こえてくる。彼女は椅子に近づき、ジョンのジャケットの肩の縫い目を指でなぞりながら、教会で彼が通路ごしに青い瞳で見つめかえしてきたときのことを思い浮かべた。彼がつけていたコロンの香りと、声のトーンがよみがえってくる。〝どこかに、きみを押し倒せるような場所はないかな〟——そう言われたとき、ほんとうは誘惑に身を任せてしまいたかった。

ポンゴが急にキャンキャン吠えだしたと思ったら、次の瞬間、ドアのベルが鳴った。ジョージアンヌは子犬を抱きかかえて玄関へ急いだ。雨粒に髪を濡らしたジョンが立っているのを見ても、彼女はさほど驚かなかった。

「明日の夜のチケット、渡すのを忘れてたんだ」そう言って、封筒を差しだす。

ジョージアンヌはチケットを受けとり、深く考えもせずに彼をなかへ招き入れた。「今、お茶をいれようとしてたところなの。あなたもどう？」

「あったかいやつか？」

「そうよ」

「アイス・ティーはないのかい？」

「あるわよ、もちろん。わたしはテキサスの出身なんですからね」彼女はキッチンに戻り、ポンゴを床に放した。犬はすぐさまジョンのもとに駆けよって、靴をぺろぺろ舐めはじめた。

「ポンゴはいい番犬になってくれそうよ」ジョージアンヌは冷蔵庫からアイス・ティーのピ

ッチャーをとりだしながら言った。

「ああ。そうみたいだな。誰かが家に押し入ってきたときも、この犬はそいつの足をぺろぺろ舐めるんじゃないか？」

ジョージアンヌは笑って冷蔵庫の扉を閉めた。「たぶんね。でもその前に、狂ったように吠えるはずよ。ポンゴがいればホーム・セキュリティーなんて必要ないわね。この子がそばにいてくれるだけで、なぜだか安心できるから」彼女は封筒をカウンターに置き、グラスにアイス・ティーを注いだ。

「この次はもっと大きな犬を買ってやるよ」ジョンが何歩か歩みよってきて、グラスにさっと手を伸ばす。「氷はいらない。ありがとう」

「この次なんて、ないほうがありがたいけど」

「なんにだって、次はあるんだよ、ジョージー」グラスの縁ごしに彼女を見つめながら、ゆっくりとアイス・ティーを飲む。

「ほんとうに氷はいらない？」

彼は首を振り、グラスをおろした。湿った唇を舐めつつ、ジョージアンヌの胸もとから腿へと視線をさげていき、再び顔へと目を戻す。「きみがそんなドレスを着てるせいで、こっちは頭がどうにかなりそうだったよ。はじめて会ったときに着てたピンクのミニのウェディング・ドレスを思いだしちまってね」

ジョージアンヌは服を見おろした。「あのドレスとは全然違うでしょ」

「短くて、ピンクじゃないか」

「あっちのほうがずっと短くて、ストラップもついてなくて、息もできないくらいきつかったのよ」

「そうだったな」ジョンは微笑み、カウンターにもたれかかった。「コパリスへ向かうあいだじゅうずっと、きみは胸もとを引っぱりあげたり裾をずりさげたりしてたっけ。その仕草がなんとも色っぽかったな。エロティックな綱引きをしてるみたいでさ。どっちが勝つんだろうなって思いながら眺めてたよ」

ジョージアンヌは冷蔵庫に片方の肩を押しつけて寄りかかり、腕を組んだ。「そんなことまで覚えてるなんて、びっくりね。わたしの記憶では、あなたはわたしのこと、あまり気に入っていないみたいだったけど」

「俺の記憶じゃ、最初っからきみのことを気に入っていたはずだけどな。この女に惚れたらまずいことになる、ってわかってはいたんだけどさ」

「それはわたしが裸だったときだけでしょ。それ以外のときは、けっこう失礼だったもの」

ジョンは手のなかのアイス・ティーを見つめて眉をひそめ、再び彼女を見つめた。「そんなふうにしたつもりはないんだ。たとえ失礼な態度をとったとしても、それはきみのことが気に入らなかったせいじゃない。あのころの俺の人生は、クソみたいなことの連続だったからね。酒を浴びるように飲んで、キャリアも人生も台なしにしかねないことばっかりしてた」そこでいったん言葉を切り、深呼吸してから続ける。「前に結婚してたって話したこと、覚えてるかい？」

「ええ、もちろん」ディー・ディーとリンダの話は、忘れられるわけがない。

「あのときは、リンダがどうして死んだかまでは話さなかったと思う。彼女はバスタブで自殺したんだよ。剃刀で手首を切ってね。それから何年も、俺は自分を責めつづけた」

ジョージアンヌはショックのあまり声を失い、目を丸くして彼を見かえした。何を言えばいいのか、どうすればいいのか、わからない。とっさに、彼の腰に腕を巻きつけて抱きしめてあげたいと思ったけれど、なんとか思いとどまった。

ジョンはアイス・ティーをもうひと口飲んでから、唇を手の甲でぬぐった。「ほんとうのことを言うよ。俺は彼女を愛してはいなかった。ひどい夫だったし、結婚したのも彼女が妊娠したからだったんだ。赤ん坊が死んでしまったら、ふたりをつなぐ絆もなくなってしまってね。だから俺は結婚を解消しようとした。でも、彼女は別れたがらなかったんだ」

胸の奥に鋭い痛みが走る。ジョンの人となりを知っているからこそ、彼がどれだけ苦しんだかわかる気がした。だけど、どうして今になって打ち明ける気になったのだろう。こんなにつらくて悲しい身の上話をしてもいいと思うくらい、わたしを信頼しているってこと？

「赤ちゃんがいたの？」

「ああ。未熟児で生まれてきて、生後一か月で亡くなった。トビーが生きていたら、今ごろ八歳になっていたはずだ」

「お気の毒に」それしか言えなかった。わたしだったら、レキシーを失うなんて想像すらできない。

彼がグラスをカウンターに置き、ジョージアンヌの手をとった。「ときどき、あの子が生きていたらどんな子になっていたんだろうな、って考えるよ」

ジョンの顔を見つめると、心に再びあたたかい火が灯った。この人はわたしを大切に思ってくれている。そうした信頼が、いつかほんとうの愛に変わることがあるかもしれない。

「きみにリンダとトビーのことを話したくなったのには、ふたつの理由があるんだ。ひとつは、彼らのことを知っておいてほしかったってこと。そしてもうひとつは、俺は二度も結婚に失敗しているけど、同じあやまちをくりかえす気はもうないってことを、わかっておいてほしかったからだ。再婚するとしたら、それは子供のためでも、欲望に流されたせいでもなく、相手の女性を心底愛して、夢中になれたときだけだ」

心に灯ったあたたかい小さな火にいきなり冷水を浴びせかけられた気がして、ジョージアンヌは手を引き抜いた。わたしたちのあいだにはレキシーがいるんだし、彼が肉体的な意味でわたしに惹かれているのも間違いない。しかし彼はただの一度でさえ、ひとときの快楽以上のものを約束する言葉など口にしなかった。それがわかっていながら、わたしはまた同じ間違いをしてしまったわけだ。決して手に入らないものを、心のどこかで夢見てしまうなんて。目の裏がちりちりと痛んだ。「話してくれてありがとう、ジョン。でも、今のわたしは、あなたの正直な気持ちに応えられそうにないの」そう言って、玄関のほうへと歩きだす。

「悪いけど、帰ってくれる?」

「どうしてだ?」信じられないという面持ちで、ジョンがあとをついてくる。「きみならわかってくれると思ってたのに」

「あなたがそう思ってたのは知ってる。だけどね、セックスがしたいときにここへ来れば、いつでもわたしがおとなしく服を脱ぐと思ってるんなら大間違いよ」顎の震えを抑えることができないまま、ジョージアンヌは玄関のドアをあけた。ぼろぼろに泣き崩れてしまう前に、彼に帰ってほしかった。

「俺のこと、そんなふうに思ってたのか? ここに来るのはセックスだけが目的だって?」

ジョージアンヌはひるみそうになる自分を必死に励ました。「ええ」

「なんでだよ!」ジョンはドアを押さえている彼女の手を払い、ばたんと叩きつけるように閉めた。「洗いざらい打ち明けたっていうのに、その気持ちを踏みにじるのか? 俺は正直になろうとしてるだけなのに、きみと寝ることしか頭にないっていうのか?」

「正直? あなたが正直になるのは何かが欲しいときだけでしょ? それ以外はしょっちゅう嘘をついてるくせに」

「いつきみに嘘をついた?」

「たとえば、あの弁護士のこととか」彼女は指摘した。

「別に嘘をついたわけじゃなくて、黙ってただけじゃないか」

「黙ってても嘘は嘘だし、今日だってまた嘘をついたわ」

「いつ?」

「教会でよ。ヴァージルのなかでは七年も前に終わったことだなんて言ってたけど、ほんとうは彼がまだ忘れていないこと、知ってたんでしょ」

ジョンは眉をひそめて彼女を見おろした。「何か言われたのか？」

「あなたがチームを捨ててわたしを選ぶはずはない、って。どういう意味？」彼女はたずね、納得のいく説明を待った。

「ほんとうのことを知りたいんだな？」

「もちろん」

「じゃあ言おう。あいつは、俺たちがこれからもつきあうんなら、別のチームへトレードするぞと脅しをかけてきたんだ。だが、そんなことは関係ない。ヴァージルのことは忘れてくれ。あいつはただ、自分の欲しかったものを横どりされて腹を立ててるだけなんだから」

ジョージアンヌは壁にもたれかかった。「欲しかったものって、わたしのこと？」

「そうだ」

「あなたにとって、わたしはそれだけの存在なの？」まじまじと彼を見かえす。

ジョンはふうっと息を吐きだし、両手で髪をかきあげた。「俺が欲望を満たすためだけにここへ来てると思ってるんだったら、それは大間違いだよ」

彼女はウールのズボンに包まれた股間のふくらみを見つめてから、彼の顔に目を戻した。

「そう？」

ジョンは怒りのせいで頬を赤く染め、歯を食いしばった。「俺はきみに対してまっすぐな気持ちを抱いてるんだぞ。それを勝手に、汚らわしいものに変えるのはやめてくれ。俺はきみが欲しいんだよ、ジョージアンヌ。きみを見るたびに、欲しくなるんだ。キスして、体じゅうを撫でまわして、愛を交わしたくなってしまう。そのせいで体が自然に反応してしまうんだから、謝る必要なんてないじゃないか」

「それで、朝が来たらさっさと出ていくんでしょ、またわたしを置き去りにして」

「何を言ってるんだ」

「だって、これまでに二度もそういうことがあったじゃない？」

「この前は、きみのほうが逃げだしていったんじゃないか」

ジョージアンヌは首を振った。「どっちがいつ逃げだしたかなんて、関係ないの。どうせまた同じことのくりかえしなんだから。あなたにその気がないとしても、結局わたしは傷つくことになるのよ」

「きみを傷つけたくなんかない。嫌な思いなんて、これっぽっちもさせる気はないんだ。俺が自分の気持ちに正直になれたんだから、きみだってできるはずだろ？　ほんとうは俺といっしょにいたい、って思えるはずだろ？」

「いいえ」

ジョンの目が細くなった。「そんな言葉は嫌だな」

「申し訳ないけど、これまでのいろんなことを考えると、それ以外の答えは出てこないわ」

「七年前のことをまだ根に持って、俺を懲らしめようとしてるのか？　それとも今のは、ただの口実なのか？」ジョンは彼女の頭を両脇からはさむようにして、壁に両手をついた。「いったい何を恐れてるんだ？」

「あなたのことじゃないのは、確かよ」

彼はてのひらをジョージアンヌの顎にあてがった。「嘘をつけ。きみはパパに愛されないことを恐れてるんだろう？」

息が肺に詰まった。「ひどいことを言うのね」

「ひどいかもしれないが、真実だ」彼女がぎゅっと引き結んでいる唇を、ジョンは親指でなぞった。あいているほうの手で手首をつかむ。「きみは欲しいものに手を伸ばしてつかみとることを恐れているが、俺は違う。自分の欲しいものくらい、ちゃんとわかってるからね」そして彼女のてのひらを自分のかたい胸に押しつけ、シャツのボタンを撫でおろさせた。「いつかパパに自分の存在を気づいてもらいたくて、いまだにきみはいい子を演じようとしてるんじゃないのか？ ひとつ、いいことを教えてやろうか、ベビー・ドール？」ジョンはささやき、彼女の手をさらに下へと導いていって、ズボンの生地ごしにかたく盛りあがっている情熱の証に触れさせた。「俺はきみって存在を、よく知ってるよ」

「やめて」ジョージアンヌはとうとう涙をこらえきれなくなった。ジョンなんか大嫌い。でも、愛してる。帰ってほしいと思うのと同じくらい、そばにいてほしい。無慈悲で情け容赦ない言葉だったけれど、彼の言ったことはあたっていた。わたしは彼に触れられることを恐れながらも、触れてもらえないのではないかと怯えている。自分から手を伸ばして欲しいものをつかみとる勇気がなくて、またみじめで悲しい思いをさせられるだけだと怯えている。みじめで悲しい思いなら、もうたっぷり抱えているというのに。わたしに勝ち目などあるはずがない。彼は中毒性のある麻薬のような存在であり、わたしはすっかりその麻薬におぼれてしまっているのだから。「お願いだから、わたしをこんな目にあわせないで」

ジョンは彼女の頬を流れる涙をぬぐい、手を放した。「俺はきみが欲しい。きみを手に入れるためなら、多少汚い手を使うことさえいとわないくらいにね」

この人とはきっぱり別れるしかない、とジョージアンヌは思った。リハビリ施設にでも入って、完全に彼を断ちきらなければ。熱いキスや愛撫、欲望をたたえたまなざしに、これ以上引きずられてはいけない。もっとタフにならなきゃ。「どうせあなたは、わたしの体だけが――」

ジョンが首を振って、微笑んだ。「体だけじゃない。きみのすべてが欲しいんだよ」

19

ジョンはジョージアンヌの目をのぞきこんで、声を出さずに笑った。タフになろうとしているくせに、悪態ひとつつけずにいるらしい。ジョージアンヌのそういうところがいとしくてたまらなかった。「きみの心も、魂も、体も、何もかも」彼は頭を少し傾け、唇を軽く触れあわせた。「きみのすべてが欲しいんだよ――永遠にね」そうささやきながら、片腕をウエストに巻きつける。ジョージアンヌははじめ、彼を押しかえすように両のてのひらを胸についたが、やがて柔らかい唇を開いてキスを受け入れた。ジョンは勝利の甘い喜びに酔いしれた。膝ががくがくと震えそうになる。身も心もすべて味わいつくしたいという思いに駆られ、彼女がつま先立ちになるまで抱えあげて、荒々しく唇をむさぼった。キスはほどなく、口と舌が絡みあう情熱的で激しいものに変わっていった。ジョンは彼女の背中のファスナーを引きさげ、ドレスを肩からするりと脱がせた。すぐにスリップとブラも引きずりおろし、腰から上をむきだしにする。ジョージアンヌは腕を両脇におろしたままだったので、わずかに身を引き、目の前に惜しげもなくさらけだされた豊満な胸をうっとりと眺めた。彼女の腰に腕を回し、左の胸に顔を近づけていって、その先端に優しくキスをする。舌で転がして肌に吸いつくと、ジョージアンヌがうめくような声をもらした。彼女が背中をのけぞらせて胸を前に突きだしてきたので、ジョンは乳首を口に含んだ。彼女が身をよじって腕をあげようとしても、しっかりと抱きかかえたまま放さなかった。

「ジョン」ジョージアンヌが熱い声でささやく。「わたしにも触れさせて」

彼は腕の力を抜き、右の乳房に吸いついた。準備はもう整っていた。何か月も前からずっと。股間が耐えがたいほどうずいている。できればこの場で彼女を壁に押しつけ、ドレスの裾をめくりあげて、熱く潤ったところへ深く自分をうずめたい。今すぐに。

ジョージアンヌは絡まったストラップから腕を振りほどくと、彼のシャツの裾をズボンから引きだしはじめた。ジョンは背筋を伸ばし、とろんとした彼女の目をまっすぐに見つめた。そして、玄関脇のこの場所で彼女を奪ってしまいたいという衝動に負けないうちに、手をつかんで家の奥へと引っぱっていった。「ベッドルームはどこだ?」廊下をずんずん進みながらたずねる。「この辺のどこかだろう?」

「左側のいちばん奥」

ジョンはその部屋に一歩足を踏み入れるなり、はっと立ちどまった。ベッドには花柄のキルトと、レースの天蓋《てんがい》がかかっている。ヘッドボードにはひらひらのフリルがついたクッションや枕がいくつも立てかけてあった。壁紙も、椅子のファブリックも、すべてが花柄だ。ドレッサーの上には大きな花のリースまで飾られ、部屋の目立つところには生花の花瓶もふたつほど置かれている。まさしく女の子の秘密基地といった場所にさまよいこんでしまったらしい。

ジョージアンヌがドレスを胸もとで押さえ、脇をすり抜けていった。「何かお気に召さない？」

ジョンは花に囲まれている彼女を見かえした。両手で体を覆おうとしているようだが、半分も隠れていない。「そんなことはないさ。きみがまだ服を着ていることを除けばね」

「あなただってそうじゃない」

彼は微笑み、まず靴を脱いだ。「いつまでもこのままでいる気はないよ」そして、またたく間に着ているものをすべて脱ぎ捨て、裸になった。再びジョージアンヌを見つめかえしたときには、もう爆発寸前だった。彼女は、手を伸ばしてもぎりぎりで届かないところに立っている。生地をけちったのかと思うほど小さな下着と、ピンクのガーターで押さえられているストッキングだけの格好だ。ガーターからこぼれでるようにふっくらとした腿やヒップに、ジョンの目は釘づけになった。豊かな胸は美しく丸みを帯び、肩はなめらかで、顔はすっかり上気している。ジョンは彼女の手をとって自分のほうへ引きよせた。彼女の感触は熱く、柔らかく、彼が女性に望むあらゆるものが詰まった感じだった。決して先を急ぐつもりはなかった。彼女と愛しあうなら、できるだけじっくりと歓びを味わいたい。だが、大好きな遊び場に向かって一目散に走っていく子供のように、気持ちがはやってしまう。唯一ジョンを押しとどめているのは、どこから遊びはじめようかと迷っている彼自身の心だった。彼女の口も、肩も、胸も、全部欲しい。おなかにも、腿にも、両脚のあいだにも、キスしたい。

ジョージアンヌをベッドに仰向けに押し倒し、上から体を重ねた。口にキスをしながら、両手をお尻の下に潜りこませる。そしてパンティーを片手でつかむと、ひと息に足もとまで引きずりおろした。それから彼女のなめらかなおなかに熱くいきりたったものを押しつけ、腰を回すように動かす。それだけでいっそう欲望が高まり、あやうく爆発しそうになってしまった。

だがまだ早すぎる。もっと時間をかけて、彼女も燃えあがらせてやらなければ。優しい恋人になりたかった。足もとまで引きずりおろした下着を脱がせてやってから、ジョージアンヌを見おろす。ナイロンのストッキングとガーターだけを身につけた彼女が腕を伸ばしてくると、もう我慢の限界だった。彼女の上に覆いかぶさり、絹のような手ざわりの腿のあいだに腰をあてがって、両のてのひらで彼女の顔を包みこんだ。「愛してるよ、ジョージアンヌ」

ジョージアンヌは熱い吐息をもらし、手を彼の腰のほうへ滑らせていった。「愛してるわ、ジョン。昔からずっと愛してたの」

彼女のなかに深く腰を沈めた瞬間、コンドームをつけ忘れたことに気づいた。とろけるように熱い肉体にじかに包みこまれる感触を味わうのは、ここ数年ではじめてだ。そのまま一気に果てそうになる自分を必死に抑えつつ、ジョンは彼女を激しく抱いた。腰を引いては突き入れ、ふたりがともにめくるめくクライマックスに達するまで。

ジョンがベッドからおりて服を着はじめたときには、午前三時になっていた。ジョージアンヌは胸もとまで引きあげたシーツに身をくるんでベッドに座り、彼がズボンのボタンをとめるのを眺めていた。やっぱりいなくなるのね、と彼女は思っていた。そうせざるをえないことはわかっている。ここに泊まっていったことをレキシーに知られたくはない。それでも、彼が帰ってしまうと思うと胸が痛んだ。愛していると言ってくれたけれど——何度もくりかえし言ってはくれたけれど、まだ少し、彼の言葉を信じられずにいる自分がいた。体の奥からわきだしてくるこの歓びを、信用できない自分がいた。

彼がシャツを拾いあげ、袖に腕を通した。なぜかこみあげてきた涙を、ジョージアンヌはまばたきしてこらえた。明日の夜もまた会えるのかと訊きたかったが、しつこくて貪欲《どんよく》な女だと思われるのは嫌だった。

「アリーナへは、あんまり早く来ないほうがいい」ジョンが今夜の試合について話しはじめた。「ゲームだけでも、レキシーはかなりくたびれるだろうからね。試合前の練習や騒がしいショウまで見せる必要はないさ」そう言ってベッドの縁に腰をおろし、靴下と靴を履いた。「なるべくあったかい格好をしておいで」そうしてすっかり身支度を整えると、立ちあがって彼女の手をつかんだ。ベッドの上に膝立ちにさせてキスをする。「愛してるよ、ジョージアンヌ」

この言葉を聞き飽きることなんて、一生ないだろう。「わたしも」

「それじゃ、試合のあとで」彼はそう言うと、最後に再び唇にキスして、行ってしまった。

ジョージアンヌの頭のなかでは、ヴァージルの警告が渦巻いていた。この幸せが壊れてしまいそうな気がして、怖かった。

ジョンはわたしを愛してくれている。わたしもジョンを愛している。でも、彼は本気でチームを捨ててわたしを選ぶつもり？　ほんとうにそうなったら、わたしはいったいどうすればいいの？

キー・アリーナのサウンド・システムから耳をつんざく大音量で流れるロック・ミュージックに合わせ、ブルーとグリーンのスポットライトが氷の上をめまぐるしく動きまわり、へそだしルックのチアリーダーたちが跳ねるように踊っていた。胸にずんずん響く低音に直撃されても、アーニーは平気なのだろうか。ジョージアンヌはちょっと心配になり、両手で耳を押さえているレキシーの頭ごしにジョンの祖父を見やった。だがアーニーはこんなにうるさい音楽にも、まったく動じていないらしい。

アーニー・マクスウェルは七年前とほとんど変わっていないように見えた。薄くなりかけたクルーカットの白髪頭も、老優バージェス・メレディスを思わせるしゃがれ声も。違いは青い目に黒縁の老眼鏡をかけ、左耳に補聴器をつけたことくらいだろうか。

ジョージアンヌとレキシーが席に到着したとき、そこにアーニーがいたことには驚かされた。ジョンの祖父とどういう顔をして会えばいいのかわからなかったからだ。しかし、すぐにアーニーのほうから彼女の気持ちをほぐしてくれた。

「やあ、ジョージアンヌ。昔よりもさらにべっぴんになったようだな」アーニーはそう言いながら、彼女とレキシーがコートを脱ぐのを手伝ってくれた。

「あなたもいちだんとハンサムですよ、ミスター・マクスウェル」いちばん自信のある魅力的な笑顔を見せて、ジョージアンヌは言った。

アーニーは笑った。「そういうことを言ってくれるから、わたしは南部美人が大好きなんだよ」

突然、音楽がやみ、アリーナの照明が落とされた。リンクの両エンドに描かれているチヌークスのロゴだけがスポットライトで照らしだされる。

「レイディーズ・アンド・ジェントルメン、ザ・シアトル・チヌークスの登場です！」スコアボードの巨大なスクリーンにとりつけられたスピーカーから、男性の声が響きわたった。ファンがいっせいに熱い声援を送るなか、ホーム・チームの選手たちが次々とリンクへ飛びだしてくる。闇のなか、白っぽいユニフォームがひときわ輝いていた。ブルー・ラインの真横から数列うしろの席に陣どっていたジョージアンヌは、白いホッケー・ジャージの背中を必死に目で追い、背番号11の上に青い文字でコワルスキーと書かれている選手を探しだした。そのとたん、誇らしい思いと愛が胸にあふれてくる。白いヘルメットを目深にかぶったあの大柄な男性が、わたしのものだなんて。あの人がわたしを愛しているということが、なんだかいまだに信じられない。夜中にさよならのキスをして以来、ジョンと話すチャンスがなかったせいで、もしかしたらゆうべの出来事はすべて夢だったのではないかと内心怯えていたのだけれど。

リンクとは距離のあるこの席からでも、ジョンがショルダー・パッドをつけているのがわかったし、脚全体を覆う分厚いストッキングが膝丈のアウター・パンツのなかまで伸びているのが見えた。パッドつきのグラブをはめた手にホッケー・スティックを持った彼は、誰にもあたり負けしそうにないほど頑丈に見えた。まさに〝ザ・ウォール〟という名にふさわしいたたずまいだ。

チヌークスの選手はゴールポストからゴールポストへとなめらかに滑っていって、最後に中央のレッド・ラインに整列した。そこで会場の明かりがつき、今度はフェニックス・コヨーテスの選手が呼びこまれた。彼らがリンクに姿を現すやいなや、アリーナを埋めつくすチヌークス・ファンからブーイングがわきおこる。ジョージアンヌは敵のチームがかわいそうになった。身の危険さえ感じなければ、彼らにも声援を送ってあげたいくらいだ。

「敵のやつらなんかブッ飛ばしちまえ！」センター・サークルにパックが落とされて試合が始まったとたん、アーニーが叫んだ。

「アーニーおじいちゃんてば！」レキシーがはっと息を呑む。「そんなひどい言葉、つかっちゃダメじゃない」

聞こえなかったのか、聞こえていてレキシーの忠告を無視したのか、アーニーは相変わらず大声で叫びつづけている。

「寒くない？」ジョージアンヌは観衆の声に負けないように、レキシーの耳もとでたずねた。

今日のふたりは、真っ白なコットンのタートルネックにジーンズを身につけ、足もとはウールのライニングがついたアンクル・ブーツという冬の出で立ちだった。

レキシーはリンクに目を釘づけにしたまま首を振り、スピードに乗ってこちらに向かって走ってくるジョンを指さした。パックを持っている敵チームの選手にものすごい形相で襲いかかり、ボディチェックで相手をボードへ跳ね飛ばした。派手な音がして、プレキシガラスが揺れる。この調子ではいつかあの透明な板が割れて、選手が観客席へ突っこんできそうだ。男たちの肺からもれる荒い息の音を聞きながら、ジョージアンヌは、あんなに激しくぶつかったら、あたられたほうは病院送りになってしまうに違いないと思った。だが、彼らは倒れるどころか肘打ちで応戦し、スティックを振りまわしながらチヌークスのゴールに向かってシュートを放った。

ジョンがすかさず向こうのエンドへ滑っていき、別の選手を勢いよくリンクに倒して、こぼれたパックを奪いとった。選手同士のぶつかりあいは、ときに車の衝突事故と同じくらい激しく、荒っぽかった。ジョージアンヌは、どうかジョンが大きな怪我を負ったりしませんようにと祈らずにいられなかった。

観客も熱狂して声を張りあげ、辛辣な野次を飛ばしている。アーニーはおもに、敵チームより審判に向かって不満をぶちまけていた。「その目は節穴か！　ちゃんと試合に集中しろ！」などと大声でわめき散らす。ジョージアンヌにとって、こんな短時間にこれほどたくさんの罵りの言葉を聞かされ、これほど大勢の人々が唾を吐くのをまのあたりにするのは、生まれてはじめてだった。罵声と唾液《だえき》が飛び交うなか、両チームの選手は激しい肉弾戦をくりひろげ、猛スピードでリンクを駆けまわり、ゴールに襲いかかった。だが第一ピリオドが終わっても、どちらのチームもまだ得点をあげていなかった。

第二ピリオドになると、ジョンはトリッピングの反則をとられ、ペナルティー・ボックス行きを命じられた。

「何見てやがるんだ、この野郎！」アーニーが審判に向かって叫ぶ。「ローニックは自分の足に蹴つまずいてブッ倒れただけだろうが！」

「アーニーおじいちゃん！」

アーニーに反論する気など毛頭なかったけれど、ジョージアンヌは、ジョンが相手選手のスケートにスティックを引っかけて転ばせたところをはっきり見ていた。しかし、その動きがあまりにも自然でさりげなく、グラブをはめた手を胸に置いて審判に無実を訴えているジョンの様子がいかにも潔白そうに見えたので、もしかしたら相手選手が氷の上に大の字に倒れたのはわたしの目の錯覚だったのだろうか、と疑いたくなったほどだった。

第三ピリオドに入って、ドミトリがついに先制点をあげたが、その一〇分後にコヨーテスが同点に追いついた。キー・アリーナの空気が張りつめ、観客も席から身を乗りだすようにして応援していた。レキシーはとうとう座っていられなくなって、ぴょんぴょんジャンプしながら声援を送った。「パパ、頑張ってえええええ！」ジョンが体を張ってパックを奪いとり、氷の上を疾走していく。しかし頭をさげ、センター・ラインを突っきった瞬間、どこからともなくコヨーテスの選手が現れて突進してきた。もしも自分の目で見ていなかったら、ジョンほど大柄で頑丈な男性が吹っ飛ばされて宙を舞うなんて信じられなかったことだろう。彼は背中から氷の上に落ち、ホイッスルが吹かれるまでじっと動かなかった。チヌークスのベンチからトレーナーやスタッフが飛びだしてくる。レキシーは泣きだしてしまい、ジョージアンヌはみぞおちのあたりに嫌な感じを覚えて息を呑んだ。

「パパならだいじょうぶだ。ほら」アーニーがリンクのほうを指さして言う。「ちゃんと立ちあがっただろ」

「でも、怪我しちゃったんじゃない?」レキシーは泣きじゃくりながら、ベンチではなくピリオド間に選手が引っこむゲートへと引きあげていくジョンを見送っていた。

「心配ないさ」アーニーはレキシーの腰に腕を回して、自分のほうへ引きよせた。「なんたってあいつは〝ザ・ウォール〟なんだからな」

「ママ」レキシーが涙をこぼしながら訴える。「パパにバンドエイドを渡してきて」

バンドエイドはこの際たいして役には立たないだろう。ジョージアンヌも泣きたい思いに駆られてゲートをじっと見つめていたが、ジョンは戻ってこなかった。数分後、ブザーが鳴って、試合は終わった。

「ジョージアンヌ・ハワードさん?」

「はい?」座席のうしろから声をかけてきた男性を見あげて、彼女は立ちあがった。

「ハウイー・ジョーンズです。チヌークスのトレーナーをやってる者ですが、ジョン・コワルスキーに、あなたを探してきてほしいと頼まれましてね」

「怪我の具合はどうなんです？」

「まだよくわかりません。とにかくあなたを連れてきてほしいと言ってるんです」

「そんな！」ひどい怪我以外に、ジョンが今すぐ会いたがる理由など考えられない。

「早く行ってやってくれ」アーニーも立ちあがった。

「でも、レキシーが……」

「この子はわたしがジョンの家に連れて帰るよ。おまえさんが帰ってくるまで、そっちで待ってるから」

「ほんとうにいいんですか？」様々な考えがめまぐるしく回転して、頭のなかが少しもまとまらない。

「もちろんだとも。さあ、早く行ってやるんだ」

「何かわかったら、すぐに連絡します」彼女はレキシーの濡れた頬にキスしてから、コートをつかんだ。

「電話なんかかけてる暇はないかもしれんぞ」

ジョージアンヌはハウイーのあとについてスタンド席の通路を駆けおり、先ほどジョンが消えていったゲートへと急いだ。スポンジ状の分厚いゴム・マットが敷かれた通用口を歩き、制服姿の警備員たちの前を通りすぎる。廊下を右に折れ、カーテンで仕切られた大きな部屋を突っきってさらに奥へと進んでいくうちに、不安が募って胃がむかむかしてきた。いったいジョンの身に何が起こったのだろう。

「この少し先です」ハウイーが言った。廊下の奥は、スーツ姿の関係者やチヌークスのチームカラーの服を着た男たちでごったがえしている。ふたりは〝選手控え室〟と記されたドアの前を通り、再び右に曲がって、両開きのドアから広い部屋に入った。

そこでは、チヌークスの青い大きなバナーを背にしたジョンが座っていて、まわりをテレビの報道陣が囲んでいた。彼の髪は濡れ、肌も汗まみれで艶々と輝いている。懸命に戦ったせいで疲れはてているようだが、大怪我をしているようには見えなかった。すでにジャージを脱いでショルダー・パッドを外し、青いTシャツに着替えているものの、それまで汗でびしょびしょになって広い胸に張りついている。下半身はまだ、試合用のアウター・パンツとストッキングと両脚のプロテクターをつけていたが、スケート靴はもう履いていなかった。上半身にギアをつけていなくても、彼はとても大きく見えた。

「試合終了の五分前にカチャックからハード・ヒットを受けていましたが、今のご気分はいかがですか？」リポーターがたずね、ジョンの顔の前にマイクを突きだす。

「なんともないよ。青あざくらいはできるだろうけど、それがホッケーだからね」

「この借りは、今後の試合で返すってことですね？」

「そんなつもりはないさ、ジム。こっちだって頭をさげてたんだ。カチャックみたいな選手とやりあうときは、いつだってゲームに集中して身構えておくのが当然なんだよ」ジョンは小さなタオルで顔をふきつつ、部屋全体を眺めまわし、戸口のそばに立っているジョージアンヌを見つけるとにっこり微笑んだ。

「今夜の試合は引き分けでしたが、結果には満足してますか？」

ジョンはインタヴュアーの男性に注意を戻した。「勝てなかったわけだから、もちろん満足はしてないさ。パワー・プレイになって有利な時間をもっと活かせるようにしないとね。オフェンスにも、もう少し勢いが欲しかった」

「三五歳にして、いまだにトップランクの成績を残していますが、どうしてそんなことが可能なんです？」

彼はにんまりして、穏やかな声で笑った。「まあたぶん、清廉潔白な人生を歩んできたおかげだろう」

リポーターとカメラマンもどっと笑い声をあげる。「今後のことは？」

ジョンはジョージアンヌのほうを指さした。「それは、あそこに立ってる女性次第なんだけどね」

ジョージアンヌのなかで、すべてが凍りついた。ゆっくりとうしろを振りかえったが、廊下には男たちが大勢立っているだけだ。

「ジョージアンヌ、ハニー、きみに話しかけてるんだよ」

彼女は前に向きなおり、自分を指さした。

「ゆうべ俺が言ったこと、覚えてるだろう？　結婚するとしたら、相手の女性を心底愛して、夢中になれたときだけだ、って」

ジョージアンヌはうなずいた。

「もうわかってると思うけど、俺はきみに夢中なんだ」ジョンはストッキングをはいた足で立ちあがり、片手を彼女のほうへ差しのべた。ジョージアンヌは夢見心地で前に進みでて、その手をとった。「きみを俺のものにするためなら、多少汚い手を使うこともいとわないって、警告しておいたよな」ジョンは彼女の肩をつかんで、今まで自分が座っていた椅子に座らせた。そして、カメラマンに向かってたずねる。「これって、まだ放送されてるのか?」

「ええ」

ジョージアンヌは急にぼやけてきた視界のなかで、ジョンを見あげた。おずおずと伸ばした手を、彼がすかさずつかんだ。

「俺の体には触らないほうがいいよ、ハニー。汗まみれだからね」そう言って床に片膝をつき、彼女の目を見つめた。「七年前に出会ったとき、俺はきみを傷つけた。そのことはほんとうにすまないと思ってる。でも、今の俺はあのころとは別の男だ。きみのおかげで変わることができたんだよ。きみがこの部屋に入ってきたとき、太陽をいっしょに連れてきてくれたみたいに、あったかい気持ちになれたんだ」そこで言葉を切り、彼女の手をぎゅっと握りしめる。こめかみから汗のしずくが垂れ、再び口を開いたとき、その声は少し震えていた。

「俺は詩人じゃないからあんまりロマンティックなことは言えないし、どういう言葉をつかえばこの気持ちが正確に伝わるのかもわからない。ただ言えるのは、きみは俺にとって肺のなかの空気であり、心臓の鼓動であり、魂のうずきであり、きみがいなければ俺はからっぽになってしまうってことだけだ」ジョンは彼女のてのひらに熱い口づけをして、目を閉じた。再び目をあけて彼女を見たとき、その瞳はとても青く、とても真剣なまなざしに変わっていた。そして彼はホッケー・パンツのなかから、少なくとも四カラットはあるようなエメラルド・カットの青いダイヤモンドをとりだした。「俺と結婚してくれ、ジョージアンヌ」

「そんな、嘘でしょ！」涙で何も見えなくなってしまい、彼女はあいているほうの手で目もとをぬぐった。「信じられない」息を吸って肺に空気を送りこみつつ、指輪からジョンへと目を戻す。「これって、ほんとう？」

「もちろんさ」ジョンはかすかにむっとしたように答えた。「偽物のダイヤなんか、きみに贈ると思うのかい？」

「指輪のことを言ってるんじゃないの」ジョージアンヌは首を振り、頬を流れる涙をぬぐった。「ほんとうにわたしと結婚したいのかってこと」

「ああ。いっしょに年をとっていきたいんだ、きみと。子供もあと五人は欲しいしね。きっと幸せにするよ、ジョージアンヌ。約束する」

心臓をどきどきさせながら、ハンサムな顔を見つめかえす。彼はただの気まぐれでこんなことを言っているわけではない。テレビカメラの前で大きなダイヤモンドまで差しだし、わたしの手をぎゅっと握りしめているのだから。ゆうべは、彼がほんとうにわたしを選ぶつもりでいるのかどうか、もしもそうなったらわたしはいったいどうするべきなのだろうかと思い悩んでいた。そのふたつの問いに、今、答えが出たわけだ。「喜んでお受けします」ジョージアンヌは涙をこぼしながら笑って言った。

「よかった」ジョンがほっとした表情を浮かべる。「きみがそう言ってくれるまで、不安でたまらなかったんだ」

アリーナのスタンド席のほうで万雷の拍手がわきおこり、数千人のファンたちがにぎやかにはやしたてる声が聞こえてきた。あまりの熱狂ぶりに、アリーナ全体の壁が揺れるほどだった。

ジョンが肩ごしにカメラマンを振りかえった。「もしかして、今のは会場のビッグ・スクリーンにも映しだされてたのか？」

カメラマンが片手の親指を突きたてて返事をすると、ジョンはまたジョージアンヌのほうを向いた。そして彼女の左手をとり、指の付け根にキスをした。「愛してるよ」そう言って、薬指に指輪をはめる。

ジョージアンヌはジョンの首に抱きついた。「わたしもよ、ジョン、愛してる」泣きじゃくりながら、彼の耳もとで言う。

ジョンは彼女を抱きかかえたまま立ちあがり、部屋に集まっている人々を眺めわたした。

「ご協力ありがとう」報道陣に向かって言い、カメラのスイッチを切るように指示する。ジョージアンヌは彼にしがみついたまま、みんなの祝福を受けた。そうしてマスコミがひとり残らず部屋を出ていっても、まだ彼にしっかりと抱きついていた。

「きみまで汗でびしょびしょになっちゃったな」ジョンが微笑みながら彼女を見おろす。

「そんなこと、ちっともかまわない。だって、あなたを愛してるんだもの。あなたの汗も何もかも」ジョージアンヌはようやく自分の足で立って、ぴったり体を押しつけた。

ジョンがひしと彼女を抱きしめる。「それはよかった。これからきみには、もっともっとたくさんの汗とつきあってもらわなきゃならないんだからね」

「いったいいつ、こんな計画を立てたわけ？」

「四日前にセントルイスで指輪を買って、マスコミの連中には今日の午前中のうちに話を通しておいたんだよ」

「わたしがイエスと答える確信はあったの？」

彼は肩をすくめた。「だから、多少のずるならするかもしれないって、言っただろ」

ジョージアンヌは彼の顔を見あげてから、ありったけの思いをこめてキスをした。ずっとずっと待ち望んでいた瞬間だった。ふたりの唇は熱く触れあい、溶けあった。彼女は少しだけ頭を傾け、彼の舌先を舐めた。両手で彼の肩を撫で、首筋から濡れた髪のなかへと手を滑らせていく。

ジョンはたちまち欲望に駆られ、股間を熱くうずかせながらジョージアンヌの甘いキスから逃れた。「だめだよ」うめくように言って膝を曲げ、ショーツのなかに手を突っこんで位置をなおす。かたいプラスティックのカップに皮膚がはさまって痛かったが、ジョージアンヌの前では言葉を慎もうと、息を呑んでこらえた。「下着がもうぐしょぐしょなんだ」

「脱げばいいじゃない」

「その上に四枚ほど重ね着してるからね。それに、服を脱いで裸になる前にやらなきゃいけないことがある」ジョンは背筋を伸ばし、彼女の緑の瞳に浮かんだ残念そうな思いを読みとった。

「裸になるより大事なことって、なんなの？」

「ちょっとした野暮用さ」ジョージアンヌが自分を求めていると思うと、ジョンの胸は男として誇らしい思いと熱い歓びでいっぱいになった。こんなふうに人を愛するのははじめてだ。ジョンは彼女を、友人として、尊敬すべき女性として、かたときも離れたくない恋人として愛していた。おまけに、彼女のほうも俺を愛している。どうしてこんな女性が、俺みたいな男を愛してくれたのだろうか。頑固者で、口の悪い、一介のホッケー選手にすぎないこの俺を。もっとも、わざわざそんなことを問いただして、思いがけない幸運をふいにする気はなかった。

できるものなら一刻も早くジョージアンヌを家に連れて帰って、服を脱がせたかった。だがその前に、やるべき仕事が残っている。ジョンは彼女の手をとると、部屋から出て廊下を歩きはじめた。「帰る前に、片づけておかなきゃいけないことがあってね」

彼女の足が遅くなる。「ヴァージルのこと？」

「そうだ」ジョンは、ジョージアンヌが心配そうに眉を寄せるのを見て立ちどまり、両手を彼女の肩に置いた。「やつに会うのが怖いかい？」

彼女が首を振る。「だって彼、あなたに選択を迫ってくるんじゃない？　わたしをとるのか、チームをとるのか、って」

選手の控え室へ向かうところらしく、トレーナーがひとり、廊下の奥からやってきた。ジョンは彼とすれ違えるように、ジョージアンヌのほうに身を寄せた。

「おめでとう、ウォール」トレーナーが声をかけてくる。

ジョンはうなずいた。「ありがとう」

彼女はジョンのTシャツの前身ごろに指を絡ませた。「あなたにそんなこと、選ばせたくないの」

彼はジョージアンヌに視線を戻し、皺の寄った眉間にキスをした。「選択の余地なんて、もともとなかったんだ。きみを捨ててチームを選ぶなんて、最初からありえないんだから」

「でもそれじゃ、ヴァージルはあなたをクビにするかもしれないでしょ?」

彼は笑って、首を振った。「ヴァージルは俺をクビになんかできないよ、ハニー。勝率五割を切ってるチームにトレードするか、もっとひどけりゃ、新設されたばかりの弱小チームに追いやることはあってもね。だがそれも、こっちの作戦が失敗したときの話だ」

「どういうこと?」

ジョンは彼女の手を握りしめた。「来ればわかるさ。早いこと話を終わらせれば、それだけ早く家に帰れる」彼は先週、エージェントに指示して、バンクーバー・カナックスのジェネラル・マネージャーのパット・クインにコンタクトをとらせていた。バンクーバーならシアトルから車で二時間しかかからないし、チームは第一ラインのセンター・プレイヤーを欲しがっている。自分の将来は、自分で決めたかった。

ジョージアンヌを脇に従えて、ヴァージルのオフィスへ入っていく。「やっぱりここにいましたね」

ヴァージルがデスクの上のファックスから目をあげた。「ずいぶん忙しくしていたようだな。きみのエージェントはクインにコンタクトをとったそうじゃないか。向こうの提示条件は、もう耳に入ってるのか？」

「ええ」ジョンはうしろ手にドアを閉めて、ジョージアンヌの腰に腕を回した。「三人の選手と、ドラフト指名権をふたつ、でしょう？」

「きみはもう三五だ。よく向こうがそれだけの条件を出してきたものだと、驚いたよ」

ほんとうは少しも驚いていないはずだった。チームのキャプテン、あるいはフランチャイズ・プレイヤーの移籍なのだから、それくらいの見かえりがあって当然だ。「俺以上の選手はいませんからね」ジョンは堂々と言った。

「それにしてもこういう話は、まず最初にわたしにするのが筋ってもんじゃないかね？」

「どうしてです？　この前話をしたとき、あなたは、ジョージアンヌかチームかどちらかを選べと言いましたよね。でも、そのときにはもう俺の心は決まってたんですよ」

ヴァージルはジョージアンヌをちらりと見てから、ジョンに視線を戻した。「今日のプレイぶりは見事だったな」

ジョンはジョージアンヌをさらに抱きよせた。「どんなことでも、手抜きはしないほうなんでね」

「ああ、だろうな。それにしても、ずいぶんと大胆な賭《かけ》に出たじゃないか。ＥＳＰＮの全国放送でプロポーズなんて。断られる危険もあったわけだろう？」

「イエスと言ってもらえる確信がありましたから」

ジョージアンヌが彼のほうを向いて、片方の眉を吊りあげる。「あら、ちょっとうぬぼれすぎじゃない？」

ジョンは身をかがめ、彼女の耳もとでささやいた。「ハニー、男なんてみんなちょっとはうぬぼれていたいものなんだよ」もちろん、彼だって最初から最後まで自信満々だったわけではない。プロポーズの言葉を口にしたあと、ただちに返事がもらえなかったあの瞬間は、彼女を肩に担いで部屋から連れ去り、聞きたい答えが聞けるまでどこかに閉じこめてやろうかと思ったほどだ。

「きみの望みはなんなんだ、ウォール？」

ジョンはヴァージルのほうを振りかえった。「え？」

「何が望みかと訊いてるんだ」

表情にこそ出さなかったが、彼は心のなかで会心の笑みを浮かべた。チェックメイトだ。やっぱりこの古ダヌキは、本気で俺をトレードする気などないのに脅しをかけていただけらしい。「なんのことです？」

「トレードに出すなどと言ってきみを脅したのは、まことにもって軽率かつあさはかな行動だった。きみにチームに残ってもらうために、わたしは何をすればいいんだね？」

ジョンはかかとに体重をのせて、しばし考えるふりをした。だが、ヴァージルがこんなふうにてのひらを返すことは、とっくにお見とおしだった。「第二ラインにエンフォーサーをひとり加えてくれるなら、俺をトレードすると脅したことは忘れてあげてもいいですよ。といっても、へなちょこのルーキーなんかじゃだめです。経験豊富な選手じゃなきゃ。コーナーでのプレイが得意で、ネットの前でも粘れるようなやつがいい。大きくて、重心が低くて、貨物列車みたいに突進するタイプですよ。そういう選手をとってくるには、大金が必要でしょうけどね」

ヴァージルの目が細くなった。「候補選手のリストを作って、明日の朝までに持ってきてくれんか？」

「すみませんが、今夜は忙しいんです」ジョージアンヌに肘で小突かれ、ジョンは彼女の顔をのぞきこんだ。「なんだ？　今夜はきみだって忙しいだろ？」

「わかった」ヴァージルが言った。「来週の頭までだ。では、そろそろ出ていってくれ。ほかにも仕事があるんでな」

「もうひとつだけ」

「一〇〇万ドルのエンフォーサーだけでは足りないのかね？」

「ええ」ジョンはうなずいた。「俺の婚約者に謝ってください」

「そんなことまでしてもらわなくても」ジョージアンヌがあわてて口をはさむ。「ほんとうよ、ジョン。ミスター・ダフィーはあなたの希望をかなえてくれたんでしょ？　それだけで充分ありがたいことだと――」

「いいから、この場は俺に任せてくれ」ジョンはさえぎった。

ヴァージルが再び目を細める。「厳密には、いったいどういう理由で、わたしがミス・ハワードに謝罪すべきだっていうんだ？」

「あなたが彼女の心を傷つけたからですよ。結婚式の日に逃げたことを、彼女はあとでちゃんと謝った。なのにあなたは、彼女の謝罪をはねつけたそうじゃないですか。ジョージーはとても繊細な女性なんです」ジョンは軽く彼女の手を握った。「そうだろう、ベビー・ドール？」

ヴァージルが立ちあがり、ジョンとジョージアンヌを見比べた。そして、何度か咳払いしてから顔を真っ赤にしてこう言った。「きみの謝罪は受け入れよう、ミス・ハワード。こう言えば、謝ったことになるのか？」

もう少し言いようがあるだろうに。ジョンはそう思って、言葉はちゃんと選んでほしいと言いかけたが、ジョージアンヌにとめられてしまった。

「もちろんです」彼女は答え、てのひらをジョンの背中に押しあてた。その手を下へと滑らせながら、彼を見あげる。「さあ、もうこれくらいにして、ミスター・ダフィーをお仕事に戻らせてあげましょ」その瞳には、愛と、かすかな笑みらしきものがきらめいていた。

ジョンは軽くジョージアンヌの唇にキスをして、オフィスをあとにした。彼女をしっかり抱き、ロッカールームへと引きかえしていく。そのとき、昨晩自宅に戻ってうとうとしていたときに見た夢を思いだした。それは、ジョージアンヌの出てくるいつもの艶っぽい夢ではなかった。花で飾られた巨大なベッドで目覚めると、小さな女の子たちが笑いながらまわりでぴょんぴょん跳ねまわっているという夢だ。かわいらしい少女や子犬たちが、クモを退治して小さな魚を救ってやったジョンを、ヒーローをあがめるような目で見つめていた。

その夢を現実にしたかった。ジョージアンヌといっしょに。黒い毛の猟犬や、バービー人形や、毛のない子犬たちに囲まれて暮らしたい。ひらひらのレースがあしらわれたベッドや花柄の壁紙も、この手にしたい。そして何より、南部なまりで耳もとにささやきかけてくるセクシーな女性を自分のものにしたかった。

ジョンは微笑み、片手をジョージアンヌの腕から肩へと滑らせた。たとえこれ以上ふたりのあいだに子供ができなかったとしても、欲しいものはもう全部この手のなかにある。

俺の望むものすべてが。

エピローグ

ジョージアンヌは、カウアイ島にあるプリンスヴィル・ホテルの、正面玄関前の石段にたたずんでいた。熱帯の太陽が、むきだしの肩や頭のてっぺんに照りつけている。サロンの巻きかたを完璧にマスターするのに二、三日かかったものの、今ではフクシアの花柄の布を首のうしろで器用に結び、水着を覆い隠せるようになった。片方の耳の上に大きな蘭《らん》の花を挿し、足首にはピンクの編みあげサンダルの紐を巻きつけている。とても女らしい気持ちに包まれながら、彼女はレキシーのことを考えた。あの子がいたら、きっとカウアイ島が大好きになっただろう。美しいビーチも、青く澄んだ海も。でも残念ながら、レキシーにはおみやげのTシャツで我慢してもらうしかなかった。ジョージアンヌとジョンには、どうしてもふたりきりで過ごす時間が必要だったからだ。だから娘は、ジョンの母親とアーニーに預けてきてしまった。

レンタカーのジープ・チェロキーが、ホテルの前まで来てゆっくりとまった。運転席のドアがあいた瞬間、ジョージアンヌの胸は高鳴った。ジョンの動く姿を見るだけで、うっとりしてしまう。彼はいつも大いなる自信に満ちあふれ、堂々とした足どりでゆったり歩く。大きな赤い花と大きな緑の葉っぱの模様の青いシャツなんて、よほど自分に自信のある男性でなければ着こなせない。ときにはそのあまりの自信に、こちらが気圧《けお》されてしまうこともあるくらいだ。今回だって、あのままジョンにすべてを任せていたら、プロポーズの翌日には式を挙げるはめになっていただろう。そこをなんとか抑え、せめて一か月は準備の期間が欲しいと訴えたおかげで、ベルヴューの小さなチャペルですてきな結婚式を迎えることができた。

あれからちょうど一週間。日を追うごとに、彼への愛が増していく。ときには思いがふくらみすぎて、胸からあふれだしてしまうほどだった。あまりにも幸せすぎて、何もない空間をただじっと見つめているだけで自然に笑みがこぼれたり、理由もなく笑いだしたりしてしまう。彼女はジョンを信頼し、心を差しだした。そのお返しに彼は安心感をあたえてくれて、息も詰まるほどの強い愛情を注いでくれている。

四輪駆動の車を回って歩いてくるジョンの動きを、ジョージアンヌは目で追った。彼は助手席のドアをあけ、こちらを見あげて微笑んだ。はじめて会ったとき、赤いコルヴェットの横に立って広い肩をそびやかしていたハンサムな男性が救世主に見えたことを、しみじみと思いだす。

「アロハ、ミスター」彼女はそう呼びかけながら、石段をおりていった。

ジョンが眉間にかすかな皺を寄せた。「もしかして、その下は裸なのかい？」

彼の前まで来ると、ジョージアンヌは片方の肩をすくめてみせた。「さあ、どうかしらね。

あなたはホッケーの選手なの？」

「ああ」笑みが広がって、眉間の皺が消える。「ホッケーは好きかい？」

「いいえ」ジョージアンヌは首を振り、声をひそめて言った。彼の大好きな、かすかに南部なまりのある色っぽい口調で。「でも、あなたなら特別につきあってあげてもいいわよ、シュガー」

ジョンが彼女を自分のほうへ引きよせ、むきだしの腕を両手で撫であげる。「俺の体が欲しいんだろ？」

「だって、しかたないでしょ」ジョージアンヌはため息をつき、もう一度首を振った。「わたしはかよわい女なんだもの。あなたの魅力にはあらがえないわ」

訳者あとがき

レイチェル・ギブソンの『大好きにならずにいられない』、いかがだったでしょうか。

結婚式から逃げだしてきた花嫁とホッケーのスター選手というとりあわせが、まず興味深い設定ですし、昨今流行のミステリー・ロマンスなどとは違って、ふたりの恋の行方をきっちりと描いた本格的なロマンスとして、とても楽しい小説に仕上がっています。

レイチェル・ギブソンは、二〇〇二年、RITA賞を獲得し、その後も親友である四人の女性たちを主人公にした連作などでよく知られる作家。全国紙である『USAトゥデイ』でも、ベストセラー作家に選ばれるほどの人気を誇っています。

一九九八年に出版された本作、実は、作者の処女作にあたります。本人の言葉によると、何度も書きなおしてから出版社へ送り、そのたびに断られてきたそうですが、そんなことが信じられないほど、よく練りあげられた作品になっています。九〇年代後半といえば、王道のロマンスではなく、様々な意匠を凝らした作品が世に出まわりはじめたころ。そんなとき、言葉は悪いかもしれませんが、この作品のような〝直球勝負〟のロマンスは編集者の目にとまりにくかったのでしょうか。しかしレイチェル自身も、作品を送りかえされることによって成長していったようです。彼女の言葉を紹介しましょう。

「処女作を書く六年前からずっと小説を書いていて、四冊分の原稿を仕上げていました。でも、最初に書いた原稿と完成した『大好きにならずにいられない』を比べると、大きな違いがあると思います。四冊分の原稿をボツにされたおかげで、いろんなことを学んだんです。筋の立てかたや、登場人物の設定のしかた、それに彼らの心理的葛藤《かっとう》の描きかたとか、そういうことをね。それから、この作品ではつとめて、出版社がマーケティングをしやすい小説を書くように心がけたつもりです」

その言葉どおり、本作はとてもわかりやすく、感情移入しやすく、同時に豊かなロマンスの味わいがある作品に仕上がりました。魅力的な女性でありながら、自分の体型にも能力にもコンプレックスを抱いているヒロイン、ジョージアンヌ。そして、プロ・ホッケー・チーム、シアトル・チヌークスの中心選手として活躍し、大きな人気を集めながらも、まだほんとうの意味では女性を愛したことのないヒーロー、ジョン。

そんなふたりをとりかこむ脇役たちも、それぞれ実に個性的です。ジョージアンヌの親友でありビジネスのパートナーでもある潑剌とした女性、メイや、ジョンのチームメイトのいささかマッチョなゴールキーパー、ヒュー。ひと癖もふた癖もあるチヌークスのオーナー、ヴァージル。そして絶対に忘れてはいけないのが、おしゃまでおしゃべりで、とてもキュートなジョージアンヌの娘、レキシー。

そんな登場人物たちの様々な〝心理的葛藤〟を描きながら、物語は進んでいきます。

「マーケティングをしやすい小説」とレイチェル・ギブソンは言っていますが、しかしそれは、自分の表現したいことを曲げて大衆におもねるような作品を書いた、という意味ではありません。その証拠に、彼女はこの後もホッケー選手を重要な登場人物にした作品をいくつか書いています。

二〇〇三年に書かれた『SEE JANE SCORE』という作品では再びシアトル・チヌークスが登場しますし、二〇〇九年発表予定の最新作『TRUE LOVE AND OTHER DISASTER』は、ヒロインが父親の持つホッケー・チームを受けついだところから始まります。

どうしてレイチェル・ギブソンは何作もの〝ホッケー・ストーリー〟を書いているのか。これについて、本人はインタヴューでこう語っています。

「ホッケー選手って、氷の上の男性ホルモン、って感じでしょう？　大きくて、強くて、殴りあいだって始めてしまうんですから。女性って、洞窟《どうくつ》で暮らしていた大昔から、いちばんタフな男性に惹かれてしまう遺伝子を持っているんじゃないでしょうか。ホッケーって、スポーツのなかでも最もタフな競技だと思うんです。それに、見た目がすごくカッコいい選手も多いですしね」

ここでちょっと、NHLについて説明しておきましょう。

NHLとは、ナショナル・ホッケー・リーグのこと。アメリカとカナダにまたがって、三〇のアイス・ホッケー・チームが所属しています。アイス・ホッケーは、ベースボール、バスケットボール、アメリカン・フットボールと並んで〝アメリカ四大スポーツ〟と言われているほど人気のある競技。この作品にも出てくる、貴公子然としたパヴェル・ブレや、デビュー当時はいかにもキュートだったヤロミル・ヤーガーなど、女性から熱い視線を送られている選手も数多くいます（ジョンのチームメイトがそういった選手を厳しい口調で非難したがるのは、そういうことが理由だったわけです）。

ちなみに、この作品で登場するホッケー・チームや選手は、すべて実在しています。例外は、シアトル・チヌークスとそのメンバーだけ。シアトルにNHLのチームは存在しません。考えてみると、南部のアトランタやフロリダにチームがあるのに、アメリカの北西部に位置する大都会、シアトルにチームがないのは不思議ですが、レイチェル・ギブソン、まさにうまいところに目をつけたと言っていいでしょう。

試合になると、五対五の対戦。激しいスポーツなので、交代は自由です。そのため、NHLでは選手たちを〝ライン〟と呼ばれる小さなグループに分け、第一ラインが疲れたら第二ライン、というふうにどんどんメンバーを入れ替えながら戦うのが普通です。また、ゴールキーパーですが、サッカーでは〝キーパー〟と略されるこのポジション、アイス・ホッケーでは〝ゴーリー〟と呼ばれています。

力強い肉体と熱い心を持ったアイス・ホッケー選手と、かよわい部分をひた隠しにしながら懸命に生きてきた魅力的な女性。そんなふたりの恋の行方とそれを見守る人々。

本作は、ほんとうのロマンスが読みたい、と思ったあなたにうってつけの作品です。

ライムブックス

大好《だいす》きにならずにいられない

著　者　レイチェル・ギブソン
訳　者　大杉《おおすぎ》ゆみえ

2009年2月20日　初版第一刷発行

発行人　成瀬雅人
発行所　株式会社原書房
〒160-0022東京都新宿区新宿1-25-13
電話・代表03-3354-0685　http://www.harashobo.co.jp
振替・00150-6-151594
ブックデザイン　川島進（スタジオ・ギブ）
印刷所　中央精版印刷株式会社

落丁・乱丁本はお取り替えいたします。
定価は、カバーに表示してあります。
 ISBN978-4-562-04356-9　Printed in Japan